龔鵬程著

# 詩史本色與妙悟

張之淦署檢

臺灣學生書局印行

# 詩史本色與妙悟　目錄

# 第一章　導　論

早期郭紹虞曾寫過「性靈說」「神韻與格調」二文，後來輯成「性靈、神韻與格調」一書，是研究中國文學批評史必備的參考資料。本書在寫作形式上，與郭氏書頗爲近似，但在處理的方法、寫作的意識和整本書的意義上，却與郭書不大相同。玆當出版，自應稍做說明如次。——

## 一、中國文學理論的重建

書中分成「論詩史」「論本色」「論妙悟」三部份。這三部份，係由我近年來「史詩與詩史」「詩史觀念的發展」「論本色」「論學詩如參禪」「技進於道的宋代詩學」等五篇研究論文，重新修改補充而成的。原稿均曾刊載於學術論文集中，並在學術會議中宣讀。換言之，這是我個人長期思索及研究的成果。但這個論題有何重要，值得我花這麼多氣力來處理呢？

由近代文學批評史的發展來看，五四所發起的文學革命是個重要的轉捩點，所謂現代文學批評，自此興起；而對傳統的文學創作、文藝評論多所詬病。從胡適詫怪中國小說結構都不及格以來，諸如「中國文學批評不發達」、「中國文學批評都太主觀、沒有系統、不科學」之類講法，早已成為普通常識性用語了；用「情節」來討論中國小說，用「悲劇英雄」來解說我國神話中的英雄，也流行於坊肆庠序之間；至於用古典、浪漫、抒情、寫實……等名辭，來論述中國文學史，那就更普遍了❶。

例如劉大杰「中國文學史」說魏晉時期文學是神秘玄虛的浪漫文學，陳子昂王孟岑高李白等唐詩也是浪漫詩的全盛，晚明又是浪漫文學的思潮。但陳子昂、李白等人分明是意在復古，揭言「文自建安來，綺麗不足珍」的，何以竟與魏晉南北朝同屬一類？晚明三袁，標榜宋人，推崇東坡，以反抗「詩必盛唐」的風氣，為什麼又居然也是魏晉盛唐一路？足見這樣的評論，實在扞隔難通之至。可是數十年來，大家非但見怪不怪，抑且大量運用這類辦法來討論中國文學及文學批評，甚至連各類「唯心」、「唯物」、「唯美」、「進化」、「退化」……等標籤也廣為採納，原因何在？

倘若用孔恩（Thomas Kuhn）對科學革命的結構之分析，來看這一文學革命，問題就清楚了。

孔恩是哈佛大學物理學博士，他在讀研究所時，有一次受邀去演講十七世紀力學的起源。於是他讀了一些亞里斯多德與中世紀的物理學。那些東西當然大都是落伍過時的錯誤見解，可是他更想不通的是：像亞里斯多德這樣優秀的學者，何以會講那麼多明明是荒謬的話呢？而且這麼荒誕的話，居然支配了人心兩千年！

他一直在想這個問題，有一天，他又在反覆翻閱那本幾乎完全錯誤的亞里斯多德物理學時，忽然他似乎開始能「讀懂」這本書了。因爲他發現：他只要從亞里斯多德典範來看物體運動現象，許多荒謬錯誤的語句，立刻就變得合理而有意義了。

這次經驗，使他發展出「典範」（Paradigm）這個觀念，並寫下「科學革命的結構」這本名著。一時洛陽紙貴，光是第二版紙面本，芝加哥大學出版社就賣出了三十八萬本以上。人文學科與社會科學各方面，也都廣泛移用這套理論來處理學術的發展問題❷。

那麼，什麼是典範呢？

「典範」有廣狹二義，廣義的「典範」指一門學科研究中的全套信仰、價値和技術，因此可以稱爲「學科的型範」（disciplinary matrix）；狹義的「典範」則指一門科學在常態情況下所共同遵奉的楷模（examplars or shared examples），是「學科的型態」中最重要最中心的組成部份。

從科學史上看，可以說一切科學研究的傳統，都是由於「典範」的出現而形成的。科學家學習他本門學科的過程，通常並不是從研究抽象的理論和規則入手，反而是以當時最高的具體科學成果爲楷模而逐漸學習來的。這種具體的科學成就，在今天是以教科書的方式出現

❶ 詳見林順夫「儒林外史中的禮及其敘事結構」（中外文學，十三卷六期，胡錦媛譯）、龔鵬程「中國哲學之美」（鵝湖月刊一二〇期）、「中國小說史論叢序」（七三，臺灣學生書局）、費維廉（raig Fisk）「主觀與批評理論——兼談中國詩話」（中外文學六卷十一期）等文。

❷ 孔恩書有新橋譯叢本。國內最早引介並使用孔恩「典範」說來解釋學術史問題的，是余英時，見所著「近代紅學的發展與紅學革命」（歷史與思想，六五，聯經）。

的；在以往則見之於科學史上所謂經典之作，如亞里斯多德的物理學、牛頓的原理等等。這些典範不僅指示了科學家解決疑難的具體方式，也培養了一套特定的思考方法和觀念系統、共同的信仰、語言、基本概念。離開了這些典範，這些科學家們甚至不知道如何去進行思考或研究。

但也正因爲每個科學團體，都是通過其典範來接受具體問題，所以一個初學者在接受教育和訓練時，就被强制地學會了跟這一團體典範息息相關的語言和基本概念。所以通過這些語言和概念來觀看世界，變成了一件理所當然的事；除非他碰到生活在另一個不同典範中的人，否則他很難覺察到這個「觀念的箱子」。所以，每一個語辭，對物理學家、語言學家、運動員、畫家所代表的意義並不相同。「典範」是一種特定的連貫的認知傳統，一群人若認同於一個共同接受的典範，他們便說著同樣的語言，反之則難以溝通。除非雙方能夠翻譯到一個中立語言去，否則兩者無從比較，不可共量（Incommensurability）。

民國初年的文學革命，其實也就是一場類似孔恩所說科學革命的例子。認爲舊有典範已經死亡了僵化了，於是進行革命。革命之後，新典範出現，整個文學和文學研究，遂導向一套新的信念，研討的問題和接受答案的判準也改變了：採用西方或科學的思考方式、觀念系統、術語、概念來討論中國東西。碰到這個新「典範」所無法丈量的地方，便詬病中國文學及文學評論定義不精確、系統不明晰、結構不嚴謹、思想不深刻……。

大家似乎忘了：兩個典範及其所構成的傳統之間，有其不可共量的地方，不可以套用新典範去觀察原有的典範，而應追探原有典範本身傳統的律則。拿什麼浪漫、情節、古典……來討論中國文學，猶如以唯心唯物來凌遲中國哲學，縱使蔓衍無窮、花團錦簇，終歸戲論，毫無價值可言❸。一般所說中國文學批評太主觀、沒有系統云云，更是盲人摸象之談；因爲，依中國典範來看，那些貌若模糊飄渺的言論，本來都是明晰嚴謹，且深刻而可親的。問題是你必須先「讀懂」它，找到這個典範及其相關聯的觀念、術語、理論，而予以說明。然後，它與新典範才能在「不可共量」的基礎上，嘗試著進行比較與溝通。

可惜過去我們很少注意到這些，反而以運用新典範「整理」中國文評資料沾沾自喜，自詡超越古人，例如朱光潛「詩論」中「詩的隱與顯——關於王靜安的人間詞話的幾點意見」

❸ 套用當然是不對的，但另有一種意見，認爲源生於不同文化社會中的文學觀念，仍然可以具備文學的普遍性；因此，我們可以借用西方的文學觀念做指標，尋找出我國具有某些相同點的作品來。這一看法，詳見柯慶明「論悲劇英雄」（境界的探求，六八，聯經）、黃景進「中國敍事詩的發展」（中國詩歌研究，七四，中央文物供應社）。但這非但不可能，而且徒滋紛擾。試問，我們能以唯物說爲指標，在中國哲學裡尋找具有某些相同點的哲學，而說王船山是中國的唯物論者、王陽明是中國的唯心論者嗎？如果不行，那麼我們又怎能說孔雀東南飛即是敍事詩、說項羽即是悲劇英雄？何況，俄國形式主義者尤里·田仁諾夫（Tynjanov）已經指出：文類是漂浮的系統，在移動的過程中，會添加也會放棄若干構造因素，形成文類的轉移和擴大，因此要使用源生於西方的文類特性，做爲指標，實無可能。其次，將史詩或悲劇這一類語詞，由指形式和結構，轉移到指其結構含意和哲理含意，也會像「浪漫主義」一樣，流於複義，引發該詞的泛意危機。參看第二章第三節、陸潤棠「試釋悲劇文類分法與中國古典戲劇」（電影與文學，七三，中國文化大學）。

一文，謂嚴羽之「興趣」、漁洋之「神韻」、靜安之「境界」都病在籠統，又說王氏論隔與不隔之分不很妥當，論有我之境無我之境欠妥：

> 有我之境與無我之境的分別，……從近代美學觀點看，他所用的名詞有些欠妥。他所謂「以我觀物，故物皆著我之色彩」，就是近代美學所謂「移情作用」。移情作用的發生，是由於我在凝神觀照事物時，霎時由物我兩忘而至物我同一，於是以在我的情趣移注於物。換句話說，移情作用就是死物的生命化，或無情事物的有情化。從此可知王先生所說的有我之境，實在是無我之境。他的無我之境的實例為「采菊東籬下，悠然見南山」「寒波澹澹起，白鳥悠悠下」，都是詩人在冷靜中所回味出來的妙境，都沒有經過移情作用，所以其實都是有我之境。……無我之境中物我兩忘，我設身於物而分享其生命，人情和物理相滲透而我不覺其滲透；在有我之境中，物我對峙，人情和物理卒然相遇，默然相契，骨子裡它們雖是訢合，而表面上却仍是兩回事。……

他把王國維的有我之境無我之境顛倒過來，認為以我觀物卽是移情作用，可由物我兩忘而至物我同一。其實德國美學家李普斯（T. Lipps, 1851-1914）的感情移入說，在本質上根本異於中國傳統主客合一、物我混同的說法：李普斯在「情移、內模仿與身體感覺」（Einfuhlung innere Nachahmung und Organempfindungen）一文中所論移情說，乃是建立在西方知識論基礎上的「直覺」，是指感官對外在現象的直接知覺。可是中國論物我合一，却剛好是要否定感官之知覺，其直覺不從外境對象之感覺而來，只能通過主體的修養，遣盪一切知識作用，以虛靜的心靈觀萬物的自在相。故兩者根本不同。其次，李普斯認爲審美享受雖有事物對象，但其原因却是自我的「內部活動」（Inner activities）。這內部活動包含企求、歡樂、意願、活力、憂鬱、失望、沮喪、興奮、驕傲……等心理情緒。而這些則又正好是中國論物我兩忘時所要消解或超越的，故二者心靈狀態亦迥然互異❹。

換言之，朱光潛對於中國傳統藝術創造活動中，觀照對象的意義與方法、主體精神的修養，以及藝術境界表現的型態，矇無所知。所以才會把移情作用等同於物我合一，把無我之境看成物我對峙的有我之境，而說出以上那樣，看似井井有條實則荒謬錯倒的議論，非議前人而徒成笑枋，類似陳寅恪所說：「其言論愈有條理系統，則去古人學說之眞理愈遠」。

這類錯誤自不僅朱先生一人如此，幾乎人人而然。揆其所以，殆卽由於近代人對中國傳統「典範」的隔閡，所以本來明確可解者變成了不可解或解得一團錯亂。

這當然是因爲技術犯規而造成的技術上的崩潰（technical breakdown）。但長期以來，這類錯謬見解却以經典範例和教科書的型式影響著我們的文學史認知，大多數研究者都在這一「典範」籠罩下從事解決難題（puzzle-solving）的常態工作，根據朱自清、胡適、郭紹虞、劉大杰……等人的示範，來學習他們觀看問題的方法、選擇問題的標準、解決疑難的具體方式，並繼續鑽研他們所遺留下來的問題，開拓或衍申他們的觀點。所以很少人能發現這些通常被視爲常識或定論的東西，根本只是一樁樁荒謬的誤解，例如劉大杰說去陳反俗、好奇尚

❹ 詳見顏崑陽「莊子藝術精神析論」（七四，華正）頁二七二。

硬是山谷作詩的最高信條，引山谷言「寧律不諧，不使句弱；寧用字不工，不使語俗」爲證。後來的研究者遂也深信不疑，並據此大做其研究，卽使看到山谷原文是「寧律不諧，不使句弱；用字不工，不使語俗：此庾開府之所長也，然有意於爲詩也。至於淵明，則所謂不煩繩削而自合者」（文集卷廿六題意可詩後，又見別集卷廿五，苕溪漁隱叢話前集卷三），也不會領悟到山谷並不主張有意出奇，而寧律不諧者，亦非山谷詩之宗旨。這倒不是由於他們格外昏瞶，而是被典範支配矇蔽了眼睛，只顧駕輕車、就熟路，馳入一處迷糊的山谷。

像這樣，只要依據基本文獻對勘就能察覺到的問題，尚且如此；涉及理解和詮釋時，所出現的問題，當然就更複雜更嚴重了。

## 二、重建中國文論的方法

於今之計，端在重建（reconstruction）中國文學批評，對於這一「學科的型範」，有關的信仰、價值系統、語言、基本概念，重新予以清晰地說明。

這個意思，並不是說我們要回到詩文評話的傳統去，仍舊用「氣韻沈雄」、「沈鬱蒼涼，跳躍動盪，古今無此筆力」、「神情超越，不可思議」、「如烏衣子弟，神采超俊」、「若三日新婦，雖體態媚麗，而容止羞澀」……之類語言及觀念來複述中國的文學批評。這既不可能辦到，事實上亦無必要。

爲什麼呢？早期十九世紀秉持歷史主義的歷史重塑論者，卽曾認爲：我們必須設身處地體會歷代的論調並接受其標準，而不能夾帶我們這個時代的成見，以避免時代誤置的思考。這種看法，使我們明白每一時代都有它不同的文學批評觀念和批評傳統，因此有人卽下結論說：每個時代都是一自足自立的單元，表現在它獨有的型態中，不能與其他時代的作品相提並論，以致出現像波杜爾「批評相對論」（Critical relativism）的說法。要求史家具備歷史的同情和想像，以追溯一個旣往的時代和已逝的風氣，考證出許多不同文化裡的一般人生觀、態度、觀念、偏見和基本概念，描述那些與我們這個時代迥異，而都有它自己世界的文學藝術精神❺。這誠然是極可貴的想法，與我們上文所說也頗有相貌似處，但是必須注意：批評的相對主義如果成立，則不同時代之間不僅無法比較，亦不可能理解，因爲任何一位充滿想像力同情力的史家，都無法避免他自己生活的那個時代觀點。同時，我們硏究古代文學藝術精神、考察其觀念與術語，爲的是替古人服務，還是向今人說明呢？如果是爲古人服務，則其語言已完滿具足，不消多所置喙；若是替今人詮說，則顯然宜使用今人所習知之觀念與語言予以析表。

那麼，到底要怎樣詮表，才能一方面使用現代的觀念和語言去解說古代文學批評，一方

❺ 對歷史主義的批評，可以參看韋勒克、華倫「文學理論」（梁伯傑譯，大林）第四章；佛克馬、蟻布思（Douwe Fokkema & Elrud Ibsch）「廿世紀文學理論」（袁鶴翔等譯，香港中文大學）頁一五四。

面又能避開「典範」錯置的危機呢？

這正是個詮釋方法的問題。我們對於理解古人，第一當然須要有理解的能力與方法，不是單靠幻曼無端的靈感、聯想、擬測或憑空的想像，而應透過對理性的知識訓練來達成理解，這乃是方法性的理解（methodological understanding）；其次，則是對於我們所要理解的文學觀念的語言層面，要有清晰的掌握，對表達其觀念與概念的文學批評用語，做一番語言性的理解（linguistic understanding）；第三，則須優游含咀，對於中國文學批評中最基本、最原始的價值本體思想及形上原理，產生價值的體會與認識，而這種體會與認識又可分爲意義和價值兩方面，一方面我們要深入了解其意義，一方面又要體會其價值，進而在意志上對其作肯定與承諾，以達成本體性的理解（ontological understanding）。

這三部份，自然是互爲聯鎖的，有方法性的理解，才能建構概念、分析結構、批評理論、了解意義、掌握其語言含義和本體思想，有語言性的理解，才能扣緊意義的脈絡，摸清該用語所代表的文學觀念，及語辭與語辭之間的關聯，不致泛濫枝蔓，隨意流盪自己的方法性理解；有本體性的理解，才能體察其用語和觀念所以出現並建立的原因，平情默會，深考於言意之表，而不敢凌躐古人，以己爲度、以今爲度。

通過這樣的詮釋方法，來重建中國文學批評，既不是回到古代爲歷史主義復辟；也不是橫蠻武斷地古爲今用，以今之學科型範來强使古人削足適履。既不是複述傳統，也不是攀扯西方；不是貫串傳統與現代，更不是以現代觀點來整理、詮釋，或批判傳統。只是運用我們所已擁有的一切理性的知識訓練，去探索中國文學批評，解說其觀念，闡明其系統，達成知識詮釋學（epistemological hermeneutics）的理解，尋繹中國文學批評語言的發展與衍變，以洞察文學批評的觀念內涵，達成語言詮釋學（linguistic hermeneutics）的理解；體會及認識中國文學批評的意義和價值，明白中國文學批評究竟是什麼、何以是這樣，並了解它是這樣的價值，達成本體詮釋學的理解（onto-hermeneutical understanding）❻。

這當然不是件容易的事，必須一點一滴做起，特別是對中國文學批評語言性的理解，應該重新處理，先釐清了語言及語言所代表的觀念義涵，才能把中國文學批評的特質、系統意義解釋清楚。今人多詬病中國文學評論用語含混，其實非古人含混，乃是研究者糊塗，不能知其所以，如果人人都能像海德格（M. Heidegger）那樣，對當代西洋哲學中基本用語，如Being, substance, essense, existence 等，追溯其語言之發生歷程，以了解它所代表的哲學觀念，中國文學理論又怎麼會闇昧不顯呢？

事實上這類工作也並不是沒有人做過，例如前文所舉郭紹虞的「性靈、神韻與格調」或朱自清的「詩言志辨」，就是罕見的佳構。「詩言志辨」原名「詩論釋辭」，解釋中國詩論中「詩言志」、「比興」、「詩教」、「正變」四個語詞、四個批評意念，研究這四條詩論的史的發展。後來因爲這四篇論文互有關聯，所以才改名爲「詩言志辨」。與郭紹虞一樣，二人本體性的理解都不很充分，故所論不甚高，但徵文考獻，亦平實可讀。可惜書成於抗戰

❻ 以上對詮釋方法的解說，多參考成中英「如何重建中國哲學」（「中國哲學的現代化與世界化」代序，七四，聯經）一文。

時期，此後這條路線並沒有人發展下去，書中所蘊含的問題，至今也未眞正獲得解答❼。

## 三、本書所探討的問題

本書在意義上，可算是郭朱之書的呼應，所論也與神韻、格調、性靈、詩言志、比興、詩教、正變息息相關。但讀者若仔細看去，自會發現所談與郭朱二氏之書，觸處枘鑿，觀點大不相同。

主要的原因，在於郭紹虞和朱自清，所用的仍然是「以科學方法整理國故」的辦法，只是資料的文獻分析，而缺乏處境的分析。所謂處境分析，不是說我們必須以同情的心境重複古人原初的經驗，是指研究者對於歷史上那些行動者，他們所身處的環境與行爲，找出試驗性或推測性的解釋。這樣的歷史解釋，必須解說一個觀念的某種結構是如何形成、爲何形成的。卽使創造性的活動本不可能有完滿的解釋，但仍然可以用推測的方式提出解釋，嘗試重建行動者身處的問題環境，並使這個行動，達到「可予瞭解」的地步。在郭朱二書中，並未告訴我們文學批評家提出一個理論、一個觀念、一個術語，爲的是要解決什麼樣的難題，他們遭遇到什麼文化的、歷史的，抑或是美學的、創作經驗的困難？想要如何面對它、處理它？爲何如此處理？有什麼特殊的好處，使得他們採用了這樣的觀點或理論？

根據我個人的理解，中國文化史在漢末魏晉和中唐期間，都是個劇烈的文化變遷時期，文學與文學批評亦然。漢末開始萌芽的許多觀念和理論，發展到唐代，正須要進一步處理；

而中唐的文化變遷，又帶來了新的問題，逼得人們不得不努力去思索解答，找出調適之道❽。例如：中唐的哲學突破，使得知識階層更深刻地體認到文與道的關係，而有文以貫道、文以明道、文以載道、文以達道、作文審道、因文明道、見文見道、文本於道、文原於道、文道並重……等各種講法；但另一方面，「小詩妨學道」的體認和理學家跟文學家的長期爭執，也在這個時候出現。這種情況，顯示了文與道的問題，已不再是「文心雕龍」式的問題了，他們對這一問題的處理，也不是「文心雕龍」的延伸或發展，而實在是面臨著一個新處境與新問題。【補 遺】

隨著文化的變遷，詩文創作型態的改變，文與道新關係的體認，詩文到了中唐以後，都有劇烈的變化，文章由「文筆之辨」轉爲「詩」「文」之分，詩也碰到「比興」和「賦」分途的局面❾。

❼ 例如朱氏書中談到宋人始以比興論詩，至陳沆則以史證詩；又說毛鄭亦是以詩證史（比興）。在他看來，這是兩條不同的路子，但從宋人之比興，如何發展成清人之以詩證史，卻忘了討論（他已經注意到「賦」的問題了）。

❽ 有關中國文化史的理解與分期，請參閱龔鵬程「江西詩社宗派研究」（七二，文史哲）一書及「觀乎人文：文化的形式與意義」（七三，中國學術年刊七期）「察於時變：中國文化史之分期」（七四，孔孟學報五十期）。本書集中討論觀念自身結構的問題，至於它們與文化的關聯，均詳以上各篇。

❾ 這個轉變，詳見郭紹虞「試論古文運動——兼談從文筆之分到詩文之分的關鍵」（照隅室古典文學論集，頁四九一～五二一）。

元初劉壎曾說：「宋人詩體多尙賦而比興寡，先生（曾鞏）之詩亦然。故惟當以賦體觀之，卽無憾矣」（隱居通義卷七）。劉克莊也說過「本朝文人多詩人少」，這種以文爲詩、以鋪陳敍述爲詩的風氣，乃是宋詩的特徵。這種特徵，不僅如一般人所知，爲唐宋詩之差異，也是漢魏南北朝初盛唐詩，跟中唐以後詩的不同所在，陳沆「詩比興箋」魏源序，說得很清楚：

由漢以降，變為五言。古詩十九章，多枚叔之詞；樂府鼓吹曲十餘章，皆騷雅之旨。張衡四愁、陳思七哀；曹公蒼莽，對酒當歌，有風雲之氣。嗣後阮籍、傅玄、鮑明遠、陶淵明、江文通、陳子昂、李太白、韓昌黎，皆以比興為樂府琴操，上規正始。視中唐以下，純乎賦體者，固古今升降之殊哉！

這種傾向賦體的詩風，使得宋詩開出了迥異於正始以來的面貌，知識性理性行爲的活動在詩中份量加重了，不再只憑藉感性直覺和意象運作⑩。順著這樣的創作型態，自然會出現「詩史」的說法，强調詩歌的敍事功能。但相反地，他們又發現詩自有詩之所以爲詩的本質，不宜溷同於文，所以又有「本色」之說，明謝肇淛「小草齋詩話」說：

中晚（唐）絕句，……曹唐遊仙，已入別調；王建王涯宮詞，借以敘事，遂傷本色。

卽指此而言。認爲詩仍須以比興含蓄、抒寫情性爲主。這當然構成了一種矛盾的狀況，如何解決這個矛盾呢？或者，我們還應當這樣問：中唐以後，詩歌及詩文評爲什麼要導向知性反省之途，而不再走漢魏南北朝初盛唐的舊路？宋詩的賦體傾向與「詩史」之說，是否也顯示了中國詩歌的某些特質？

事實上，中唐以後詩歌及文學批評之所以會導向知性反省，除了文化變遷之外，更有文學美學上的理由；而賦體敍事傾向的宋詩和「詩史」之說，也與比興不相矛盾，它們經由一種超越辯證的方式，以「妙悟」來達到綜合。因此，自宋以後，中國文學批評中表現理論和形上理論、抒情和敍事、審美理論和實用理論，均已不能成爲相對的符碼，由詩史也可以講到比興，由抒情也可以看出敍事，而充分顯示出我國那種情景交融、理事合一、物我合一的藝術精神⑪。

這種精神，不能歸功於宋代的禪宗，猶如宋代知性賦體的詩風，不能視爲理學家之推廣。因爲理學和禪宗也跟這個時期的詩和文學批評一樣，遭遇到同樣的問題，做了同樣的思考，

⑩ 知性理性活動行爲加重，除本書所述者外，宜詳龔鵬程「知性的反省——宋詩的基本風貌」（七十，中國文化新論，文學篇・聯經）。

⑪ 劉若愚「中國文學理論」（七十，杜國清譯，聯經）將我國文學理論分爲形上理論、決定理論、表現理論、技巧理論、審美理論、實用理論。但這一分列並不合適，因爲所謂實用理論盛行的中唐兩宋，其實也是表現理論形上理論大盛的時代，爲什麼會這樣呢？依「易經・繫辭」：「精義入神，以致用也」的傳統，而展開有關詩之用的探討，當然是與形上理論分不開的。這不能解釋爲實用理論吸收了形上要素，或將形上要素與實用要素合併一塊，否則朱熹卽不能說「吾心之全體大用」；戴復古論詩絕句也不能說：「陶寫性情爲我事，留連光景等兒嬉；錦囊言語雖奇絕，不是人間有用詩」（詩集卷七），以陶寫性情爲有用了。其他各類錯誤均類此。另詳第四章。

發展出同樣的理論結構，都企圖經由轉識成智的方式，超然一悟。早在皎然「詩式」裡，就曾說過：「詣道之極也。向使此道，尊之於儒，則冠六經之首；貴之於道，則居衆妙之門；精之於釋，則徹空王之奧」。通過對中國文學中這個問題的探索，我們也可以發現：儒道釋三教，對此大抵有個共同的趨向，而這個趨向，也就指出了中國文化、中國藝術精神、中國詩歌或文學批評的特性所在⓬。

本書的目的，即在指明這一特性，闡釋這些文學理論及觀念興起的原因，及理論內部的關聯。爲解說的方便，有些問題不能不拆開來分別處理；但基本上乃是一貫的、整體的問題，而非各不相干的獨立觀念單位和術語。在寫作時，爲了針對問題的開展，全書當然不能有一個類似教科書那樣，表面關係簡單明瞭的章節；而且，因爲本是分析與重建的工作，並非證明或發明，所以也不可能有固定的結論。

這本書，雖是寫完「江西詩社宗派研究」之後，繼續探索的成果，但問題却是緊密相關的，其間也包含了個人對唐宋思想文化變遷長期的考察，和對中國文化問題的關切。原稿曾分別宣讀或刊載於：

「史詩與詩史」（七二年五月第七屆全國比較文學會議·中外文學十二卷二期）

「論學詩如參禪」（七二年六月·中國學術年刊第五期）

「技進於道的宋代詩學」（七三年十二月·第六屆全國古典文學會議·古典文學第六集）

「詩史觀念的發展」（七四年四月·中國古典文學第一屆國際會議·古典文學第七集）

「論本色」（七五年五月·第七屆全國古典文學會議·古典文學第八集）

宣讀及刊載後，許多師友對這些問題提供了不少意見，現在重行改寫之後，理當對此敬申謝忱，希望這些文字，還不致於使關心中國文學論評的朋友失望。

附錄二「論法」，爲第八屆全國古典文學會議論文，與妙悟等問題有密切的關係，可能也有助於理解六朝以來詩論發展的脈絡，故附著於此。後有補遺若干條，非爲求備，略供詮證而已。其中有些問題，將來可能再寫專文討論，現在只能存其大概，作爲讀者閱讀時的參考。

⑫ 依文化史的分期，中唐開啓的宋文化，一直延續到清末才發生文化變遷。所以這些宋人開始探索爭辯的問題，以及他們所提出的答案，也一直緜延至清末，主導了整個文學批評的問題意識。故本書所論，並不僅限於宋代。

# 第二章　論詩史

## 一、何謂詩史？

詩史之稱，最早見於孟棨「本事詩」：「杜（甫）逢祿山之難，流離隴蜀，畢陳於詩，推見至隱，殆無遺事，故當時號爲詩史」（高逸第三）。據其說，似乎唐人已有詩史之稱，但文獻無徵，所以姚寬「西溪叢語」卷上說：「唐人嘗目杜甫爲詩史，本出孟棨本事詩，而新書亦云」❶。所謂新書亦云，是指宋祁「新唐書」杜甫傳；然而宋祁對詩史的解釋，實不同於孟棨。他說：「甫又善陳時事，律切精深，至千言不少衰，世號詩史」，專指杜甫長篇排律而言，與孟棨完全不牽涉到形式問題的講法，頗有不同。宋人論詩史，有專取孟棨之說者，如陳巖肖「庚溪詩話」卷上云：「杜少陵子美詩，多紀當時事，皆有據依，古號詩史」；有兼用宋祁之義者，如「蔡寬夫詩話」說：「子美詩善敘事，故號詩史。其律多至百韻，本末貫穿如一辭」。但事實上，詩史一辭在形式上的指涉意義不明，我們不可能說杜甫長篇律

【補遺】

❶ 詩史連稱，最早見於宋書謝靈運傳：「先士茂製，諷高歷賞……。並直舉胸情，非傍詩史」及南齊書王融傳：「今經典遠被，詩史北流」，但其意義似與唐宋以後不同。詩史爲唐人稱呼杜甫語，又見後文所引李朴與楊宣德書，但唐人文獻並無證據。王十朋「詩史堂荔枝歌」載夔州有人替杜甫建「詩史堂」，亦不知起於何時。

詩是詩史，古詩如三吏三別、律體如秋興八首之類就不是。因此，論者强調杜詩千言不少衰的用意，應該是在加强說明杜甫敍事（善陳時事）的造詣；而不代表詩史就應以千言長律爲標準。

由此看來，詩史雖不能代表一種形式文類（如律詩、古體、雜言）的劃分，却可以用敍事文類來掌握，宋人之討論詩史，亦無不着重其敍事特徵。

這種特徵，與一般理解中的中國詩歌傳統，頗有出入，因爲中國詩歌，向來以抒情言志爲主，所謂「在心爲志、發言爲詩」「人稟七情，應物斯感」或「緣情而綺靡」等等，均强調了詩歌的抒情特質，欲藉語言呈顯詩人的整體經驗。敍述文學則不然，它必須保存衆人的經驗以傳留於後，其性質是「外化」的，時空座標也常因此而被轉化爲外在的實體，故而敍述文學通常都與史有關。這種對比，使得某些批評家開始感到不安，堅決主張：若從傳統的觀點來看，詩史簡直是不通的名詞；而被稱爲詩史的敍事詩歌，也不合乎傳統抒情詩的審美標準，雖不一定得排除在詩的領域之外，却也是下乘、不是佳構。這類批評家，可以楊愼、王夫之爲代表。

楊愼「升庵詩話」說：

> 宋人以杜子美能以韻語紀時事，謂之詩史。鄙哉！宋人之見，不足以論詩也。夫六經各有體：易以道陰陽、書以道政事、詩以道性情、春秋以道名分。後世之所謂史者，左記言、右記事，古之尚書春秋也。若詩者，其體其旨，與易書春秋判然矣。三百篇皆約情合性歸之道德也……宋人不能學之，至於直陳時事，類於訕訐，乃其

下乘，而宋人拾以為己寶，又撰出詩史二字，以誤後人。

船山的意見與升庵大致相同。「薑齋詩話」：「夫詩之不可以史爲，若口與目之不相爲代也」。「古詩評選」卷四：「史才固以隱括生色，而從實著筆自易。詩則卽事生情，卽語繪狀，一用史法，則相感不在永言和聲之中，詩道廢矣。……杜子美倣之作石壕吏……終覺於史有餘，於詩不足。論者乃以詩史譽杜，見駝則恨馬背之不腫，是則名爲可憐者」（上山採蘼蕪）。強烈主張詩應以抒情爲體旨，不應成爲敍述文類。

這種態度，顯示中國詩歌的特質和批評家的觀念傾向，不過，倘若我們竟因此而以爲詩史可代表中國敍事詩或敍事詩的概念，以與抒情詩相對舉，一如西洋之抒情詩和敍事詩那樣，就大錯特錯了❷。因爲，就中國詩歌傳統而言，抒情與敍事是不可分異的。卽使是船山，也認爲詩應「卽事生情」，而且「詩有敍事、敍語者，較史尤不易」（同上引古詩評選卷四）。詩之敍事，乃是與抒情竟體結合的，所以較單純敍事（史）之作，尤爲困難。這種觀點，在中國甚爲普遍，例如「詩」字的早期涵義中，本來就包括了抒情與敍事二者，如「管子」山權數：「詩者，所以記物也」、鄭玄「詩譜序」疏引「春秋說題辭」：「在事爲詩」，卽與「在心爲志、發言爲詩」之說併行。而後世強調詩史觀念的批評家，對情更是極端看重。像

❷黃景進「以禪喻詩到詩禪一致——嚴滄浪與王漁洋詩論之比較」一文，卽以傳統中國詩歌的風格（如王孟）爲「正調」，杜甫則爲「變調」。因爲杜詩似史記，卽顯示了杜詩的不純粹性；其詩若換用小說或戲劇的形式來表達，也許更理想（古典文學，第四集，頁一三一）。小說戲劇皆屬敍述文類，故此說乃不自覺運用了抒情與敍事對立的觀念。

黃山谷、黃棃州就是。山谷詩，據「若溪漁隱叢話」後集卷九說，他「題浩然畫像詩，平生出處事迹，悉能道盡，乃詩中傳也」、曾季貍「艇齋詩話」也說他撰浯溪碑詩，有史法。但漁隱叢話的前集卷四八却載山谷論詩語云：「詩者，人之情性也」。黃宗羲論詩亦重詩史，但文集中對情之一字，眞是斷斷不已，如明文案序：「凡情之至者，其文未有不至者也」黃孚先詩集序：「今人亦何情之有？情隨事遷，事因世變，乾啼濕哭，總爲膚受……其發於心着於聲，未可便謂之情也」（南雷文案卷二）、論文管見：「文以理爲主，然而情不至。則亦理之郛廓耳……古今自有一種文章不可磨滅，眞是天若有情天亦老者」（南雷文定三集卷三）……等均是顯證。甚至於，對於「歷史」的性質與寫作，中國傳統上也常以抒情敍事結合的觀點來處理。譬如蘇軾說杜甫詩如史記，而黃震云：「太史公載伯夷列傳採薇之歌，爲之反復嗟傷，遺音餘韻，把挹莫盡，君子謂此太史公托以自傷其不遇，故其情到而詞切」、楊愼云：「太史公作屈原傳，其文便似離騷，其論作騷一節，惋雅悽愴，眞得騷之趣者」，都指出了「史記」的抒情性質❸。但這並非只史記一書如此，大凡中國史傳等等記事之文，其末尾必有論、贊、銘、頌，以散文或韻文表示作者抒情言志的判斷。因此敍事和抒志議論向來是不能分開的，王維楨論史記時曾說：「文章之體有二：序事議論各不相蒙，蓋人人能言矣。然此乃宋人創爲之，宋眞德秀讀古人之文，自列所見，歧爲二途。夫文體區別，古誠有之，然有不可歧而別者」，換言之，文章的抒情與敍事在中國文體劃分上，只有量的差異，而沒有性質上的不同，文、史、詩莫不如此❹。惟有如此，詩與史才能結合而成「詩史」的觀念，而不至於產生像船山和升庵所說以口代目的情況❺。

在這種傳統中，詩史之所謂敘事，大抵包涵了兩個方面，一指表達手法，一指表達內容。試看下列文獻：

㈠子美詩善敘事，故號詩史。其律多至百韻，本末貫穿如一辭（蔡寬夫詩話）。

❸高友工「中國敍述傳統中的抒情境界」（國外學者看中國文學，頁一五九—一七七）一文，也提到了「史記」這種特質。但他認爲這乃是敍述趣味壓倒於抒情境界（lyric vsion）之下，顯示了抒情境界移植到敍述文類後的延續性（continuity）。我們的看法與此不同：「史記」這類現象，並不是藉敍述的規套（conventi-on）來表現抒情，而實在是因爲它們本身卽統合抒情敍事爲一體。用抒情與敍事對擧的觀念，很難處理中國文學的問題，此亦一例。

❹劉熙載「藝概」卷二：「詩，一種是歌，『君子作歌』是也；一種是誦，『吉甫作誦』是也，楚辭有九歌與惜誦，其音節可辨而知。九歌，歌也；九章，誦也。詩如少陵近九章，太白近九歌。誦顯而歌微，故長篇誦，短篇歌；敍事誦、抒情歌；詩以意法勝者宜誦，以聲情勝者宜歌。古人之詩疑若千支萬派，然曾有出於歌誦外者乎？」以抒情敍事綜攝一切詩歌，方法與眞德秀「文章正宗」所說相同，但所謂勝，就只是量的差別。又、敍事長而抒情短，也只是比較性的說法，因爲中國也有抒情長篇，如「湘綺樓說詩」卷二：「李白敍情長篇，杜甫亟稱之、更擴之」。

❺船山與升庵都侷蹐於詩只應抒情的觀念中。雖然在實際評論時，仍主張抒情與敍事融合；但討論詩與史時，却往往以抒情（詩）和敍事（史）相對擧。王世貞「藝苑卮言」卷四批評楊愼不瞭解詩歌除了約情合性之外，還有「賦以述情，切事爲快」的一面，正是指此而言。換言之，詩若只准抒情、史若只是記事，則二者性質互異，誠不能混爲一談；但若詩與史都以抒情敍事爲蘄向，則二者却是可以合流的。

(二)寫眞不妄傳詩史（米芾畫史序）

唐人稱杜子美爲詩史者，謂能記一時事耳（李朴餘師錄卷三）。

(三)前人謂杜甫句爲詩史，蓋謂是也；非但敘塵迹、摭故實而已（魏泰臨漢隱居詩話）❻。

(一)項主要是指其表達手法而言，與宋祁說法相似。(二)(三)兩項則指其表達內容是爲敘事。但事實之敘述，實有層次上的區別，因爲紀錄事實是一種層次，穿透這一歷史事實，而顯出歷史的批判與意義，又是一個層次。例如曾季貍「艇齋詩話」所說：「山谷浯溪碑詩，有史法，古今詩人不至此也，張文潛浯溪詩，只是事、持語言；今碑本並行，愈覺優劣易見，張詩比山谷，眞小巫見大巫也」，對張耒黃庭堅詩的比較，就顯示了這兩個層次的不同。張耒詩只是事持語言，只是用詩語記述了一段事迹而已；山谷則有史法。什麼是史法呢？以春秋爲例：其文則史，「蔡寬夫詩話」講的是這個層面，就其表達手法而論；其事則齊桓晉文，李朴米芾講的是這個層面，是敘述事實的層面；至於其義則丘竊取之矣，則是魏泰所談的層面了。黃徹「䂬溪詩話」推崇杜詩史筆森嚴，寓有褒貶，「誠春秋之法也」，原因正在於此❼。【補遺】

史家所貴者，爲有史才史識，能洞見歷史的意義；詩史云云，亦復如此。故謝逸云：「尤愛杜子美，以謂唐之治亂，備見於此。嘗訓釋其義，未絕筆而公已歿矣」（溪堂集卷十·故朝奉大夫渠州使君李公行狀），作者既敘事以見義，觀者自能考其言而審其義。宋人論這種內在關係最精采者，莫過於李復，李復與侯謨秀才書說：「杜詩謂之詩史，以斑斑可見當時。至於詩之敘事，亦若史傳矣。……若欲解釋其意，須以禮義爲本，蓋子美深於經術，其言多止於禮義」（潏水集卷五）。觀乎此，我們可以說：詩史，乃是以敘事的藝術手法，紀錄事件，而又能透顯歷史的意義和批判的一種尊稱。其非敍述文類，甚爲明顯。

詩史不但不是敍述文類，也不是任何文類劃分，因爲它只是一種價值的觀念，與形式之長短、結構之疏密、甚至藝術手法所造就的風格（含蓄或直陳等）均無關係。例如杜甫詩被稱爲詩史，梅村詩也被稱爲詩史，二人藝術面貌既不相同，詩體亦未必相類，而論者稱其爲詩史更不僅就二人某詩體立論，而是綜括其一生創作的宗旨與表現的精神，認爲他們含有上述史的意義和價值，才錫予「詩史」之名。因此詩史本身，即含有高度的價值判斷在。

這種價值判斷之所以能成立，顯然跟詩人對「史」的看法有關。「艇齋詩話」對張耒黃庭堅詩的比較❽；和陳寅恪對元稹白居易詩的批評（「元白詩箋證稿」認爲元稹連昌宮詞合史才、詩筆、議論爲一，並引「容齋隨筆」的意見，以爲勝過長恨歌），都顯示了史與詩的結合，評價要較單純的抒情或紀事高些。「苕溪漁隱叢話」前集卷十二引山谷語說：「莊子多寓言架空爲文章，左氏皆書事實，而文詞亦不減莊子，則左氏爲難」，也是如此。藉事爲言，評

❻ 宋工十朋曾撰「集注編年詩史」卅二卷，「蘇州府志」藝文志亦載有宋范師道編「唐詩史」，卷數不詳，佚，宋史繩祖「學齋佔畢」卷四復有論「詩史百家註」之淺陋者，可見宋人論詩史之風極盛。【補遺】

❼ 『碧溪詩話』卷一子美世號詩史條，綸杜詩敍事，史筆森嚴；諸史列傳條又曰：「諸史列傳，首尾一律，惟左氏傳春秋則不然，千變萬狀，有一人而稱目至數次異者，族氏、名字、爵謚，皆密佈其中，而寓諸褒貶，此史家祖也。觀少陵詩，疑隱寓此旨，……凡例森然，誠春秋之法也」。

❽ 浯溪碑，即元結所撰大唐中興頌，顏眞卿書字。「陳簡齋詩集箋注」卷廿七引荆溪吳明輔云：「讀中興頌詩，前後非一，唯黃魯直潘大臨皆可爲世主規鑒，若張文潛之作，雖無之可也」，可與艇齋之說互參。

價高於架空抒旨，據說是曾鞏孫覺等人都同意的觀點，可見這是詩家普遍的創作意識。這種意識，正與史記引孔子修春秋時所說：「我欲託諸空言，不如見諸行事」，若合符契。

正因爲詩與史都是敍事見義的創作活動，詩史作者的判斷，又卽是歷史的判斷，詩與史在性質和意義上遂因此而等同了。卽詩卽史、卽史卽詩，詩史觀念發展至此，乃臻極至。譬如：

△錢謙益：「春秋未作以前之詩，皆國史也；人知夫子之刪詩，不知其定史。人知夫子之作春秋，不知其為續詩。……曹之贈白馬、阮之詠懷、劉之扶風、張之七哀，千古之興亡升降，感嘆悲憤者，皆於詩發之。馴至於少陵，而詩中之史大備，天下稱之曰詩史」（有學集卷十八．胡致果詩序）

△黃宗羲：「天地之所以不毀，名教之所以僅存者，多在亡國人物，血心流注，朝露同晞，史於是而亡矣。猶幸野制遙傳，苦語難銷，此耿耿者明滅於爛紙昏墨之餘，九原可作，地起泥香，庸詎知史亡而詩作乎？」（南雷文集．萬履安詩集序）

△連橫：「子輿氏有言：王者迹息而後詩亡，詩亡然後春秋作。然則詩則史也，史則詩也」（台灣詩乘序）

卽詩卽史、卽史卽詩。不僅詩具有史的性質、意義與價值；史，亦往往如詩。故常交浹互融，成爲詩史合一的創作樣態。這種詩、這種史，顯然含有甚多作者的價值判斷在，旣非主觀地抒情、亦非客觀地載事，而是透過作者的文化意識與歷史感情，展現歷史與時代的意義，提示歷史的評判。宋人之所以說杜甫詩史是「本諸經術，知止於禮義」，就是說他能以歷史文化之精神，對時代有所記錄與裁斷，類似孔子之修春秋，是是非非，褒貶以示義理之所歸❾。黃梨州、錢牧齋、連雅堂等人，均處於民族存亡、歷史廢絕的關頭，對這一點自然深有體認，他們不約而同地徵引春秋，與詩並論，實在是非常值得注意的事。詩史的意義，也唯有如此理解，才能眞正地說明：它何以不代表文類，而只代表價值觀念。

## 二、詩史與史詩的轇轕

詩史之名義如此，但有些人却把詩史誤爲史詩，如成惕軒先生「汲古新議續集」（七十，商務）頁一三四「騷賦與史詩」一文，引萬芳灼「詩人節獻言」云：「詩與史相表裏……卽就詩騷以來言之……或正或變、或美或刺，何莫非當時史乘之印象？……至於唐代少陵……昌黎、香山、玉溪、六一、東坡、劍南……黃晦聞、陳散原諸君子；……李西涯讀史樂府、尤西堂讀明史樂府、外國竹枝詞、洪北江讀兩晉南北朝史樂府、黃公度日本國史雜事……厲

❾ 事實上對這種創作樣態的說明早見於「詩大序」，大序的作者說：「國史明乎得失之迹，傷人倫之廢，哀刑政之苛，吟咏性情以風其上，達於事變而懷其舊俗者也。故變風發乎情，止乎禮義。發乎情，民之性也；止乎禮義，先王之澤也」。吟咏性情、達於世變，而止乎禮義，不就是後人對於杜甫詩史的看法嗎？此所以作詩者卽是國史，猶如詩史在性質上卽是史一樣。孔穎達疏謂作詩者自是詩人，不是史官，凡臣民皆得風刺，不必國史才能作詩；此處專說史官的意思只是因爲史官負責採集詩歌。解釋得並不對。劉若愚「中國文學理論」（杜國清譯、聯經）頁二五八認爲這段談的是實用理論的概念，更是完全沒有搔著癢處。

太鴻武林紀事、陳雲伯金陵紀事之詩……此等非史詩，誰又得稱爲史詩者？」錢鍾書「談藝錄」頁四六引 Vice 論荷馬之說，以爲「史詩卽是詩與史融而未劃，味者不知，謂古詩卽史，是有史無詩也，其說以之論詩史一門，尚覺扞隔難通，何況詩之全體？」也是把詩史跟史詩弄混了。其實，史詩（Epic），與詩史恰好相反，它不但是個文類的觀念，而且屬於敍述文類之一，用以區別抒情詩體或其他文學類型。

## (一)什麼是史詩

中國的文類批評，早見於曹丕與蕭子顯等人的著作中[10]。西方文類觀念則首發自柏拉圖，他將物與人的再創造（Roproduction）分爲兩種模式，一種是模仿（mitation）、一種是形容（pescription）。根據這兩種模式，又可將詩歌分成三類：1.戲劇詩（Dramatic poetry。模仿人的動作）、2.敍事詩（Narrative poetry。形容人之動作）、3.對白與敍事混合體（Mixed Mode of Dialogue and Narrative）。亞里士多德繼承其說，將文學體裁劃分爲悲劇、喜劇、史詩等。史詩之爲一文類，遂以此相沿迄今。[11]

固然，在如此悠長的時間裏，史詩亦曾屢經變遷，但其文類特質大抵還是一貫相仍的。譬如規模之龐大複雜、格律之堂皇渾厚、形式之廣納奇字譬喻、內容之包羅歷史及英雄事跡等，不僅有形式結構可資識別，亦有與形式配合的風格內容足供類分。因此，本文不擬詳述史詩的發展與流變，只希望根據幾項史詩的文類特質，略予討論。——

## 1.史詩與歷史

史詩與詩史，易混淆處在於它們都與史有關，也都與敘事有關。據美國詩人龐德（Ezra Pound）說，一部史詩卽是一篇包含歷史的詩。史詩必以歷史材料爲內容，是不容置疑的。但這並不表示歷史卽是史詩的主題。我們必須提醒讀者的是：史詩本身乃是超越寫實範疇的作品，其目的固然在傳述歷史事件，卻也因此而完成娛樂大衆的效果。所以保羅・麥强(Paul Merchant）在「論史詩」一書中說：「史詩的雙重關係——一方面與歷史有關，另一方面與日常現實有關——清晰地强調了它最重要的兩種原始功能。它是一部編年史、一本部落之書、一部有關風俗與傳統的重要紀錄，而同時也是一本供大家娛樂的故事書」。史詩的敘述活動，既然意在取悅羣衆，則它所敘述的史迹，就不可能是眞實的歷史，而是爲着聽衆興趣而恣意想像創造的，充滿了作意好奇的幻設、以及大量神話、民間故事、風俗與傳統的材料⓬。故而，在史詩裏，歷史是資材；超寫實的虛構是它的性質；而娛樂則是目的。

就其使用歷史題材而言，史詩主要是敘述超凡的英雄事迹，因此，英雄與神人的冒險、追求，構成了史詩的內在骨幹。後來的史詩，雖不再寫英雄和神話，卻仍以英雄式的個人爲

⓾ 請參見蔡英俊「六朝風格論之理論與實踐」（六九、台大碩士論文）第二章。

⓫ 另詳陸潤棠「悲劇文類分法與中國古典戲劇」（中外文學十一卷七期）

⓬ 史詩與歷史的關係，據亞里士多德的看法是：(1) Epic 所處理的是動作，歷史則處理時代。故詩人可將一時中平行諸不相關事件，任意抽取揉合而成一完整之動作。(2)詩比歷史更「高」。

主，成爲傾向於某人自傳的史詩。如華滋華斯的「序曲」、龐德的「詩章」、大衞·瓊斯的「咒逐」等，都是這類作品。

由於敍述超凡的英雄之事迹，所以史詩又必須含有大量虛構與想像，故其本身往往成爲寓意文學的一種。它不像詩史表現歷史之意義，因爲它的意義並不在史事或歷史上，而是藉用史迹來表現另一層含意，例如「追尋」或其他。波普在「製造史詩的方法」一文，開頭就用寓言來替稱史詩，並說：「寫寓言的方法就是：從任何一篇舊詩、歷史書、傳奇、或傳說中，把那些能夠提供最廣泛長篇描寫的故事部份，抽出來……然後選一個主角（可以因爲它名字悅耳而選擇），把他放進這些冒險中，讓他在那裏活動十二卷」，其言雖不免過份，却顯示了史詩的創作特徵，以及它可以任意容納作者想像和寓意的事實。

這種寓意文學，實際的作用，在於娛樂。一方面娛樂大衆，一方面娛樂自己。當時史詩吟唱，本是大衆娛樂的項目之一，而娛樂之基本活動，卽是佯信（make-believe），以假象創造渲染，在現實世界中另造一意想世界，使自己與他人沈酣其中。爲此，作品如何造成一生動、眩人心神的快感，達到戲樂的效果，自然成爲作者用力之處。史詩大量穿揷神話和想像、引用古典作品，極力顯示博學多聞，廣泛運用譬喩，恢張敷陳，輔之以音樂，卽是爲了完成這種效果。

## 2. 史詩的形式要件

史詩的形式，是爲了配合娛樂需求而設計的，並逐漸成爲一種文類傳統。其中，最明顯的就是吟唱。吟唱詩人自命爲神祇與英雄的代言人，宣稱：

> 如果你們殺害了一名吟唱詩人，那位為神祇
> 和人類歌唱的人，你們將懊悔莫及
> 我是無師自通的，而天神在我心裏，
> 栽培了歌曲的種種唱法

他們對歌唱的技巧有着特殊的天賦和研究，唱來自然能引人入勝。就敍述文學而言，這是種非常自然而普遍的情形，因爲敍述活動旣訴求於羣衆，對羣衆反應的考慮便會影響到創作，敍述文學的許多特徵也只有當這些外在因素被列入考慮時，才能解釋。譬如我國話本小說裏讚頌及詩詞的運用，卽是如此。對當年古希臘吟唱者的演唱狀況，一般中國人只要看看「風雨像生貨郎兒」雜劇中記說唱人張三姑的自述：「無過是趕幾處熱鬧場兒、搖幾下桑琅琅蛇皮鼓兒、唱幾段韻悠悠信口腔兒，一詩一詞都是些人間新近希奇事，扭揑來無詮次，倒也許會動得人心、諧得耳，都一般喜笑孜孜」，也就不難想像了。

一位吟唱者一個晚上能吟唱完的數量，稱爲「曲」；史詩的規模和長度，通常以十二曲或十二卷爲準。夠吟唱者唱十二晚。當然也有許多超過此數，如「伊利亞德」「奧德賽」有廿四卷、奧維德「變形記」有十五卷、拜倫「唐璜」有十六卷等。這種龐然大物，其內容必然是複雜無比的，拜倫說他的史詩十二卷，每卷都要包括愛情、戰爭、颶風、船隻、船長和統治新角色的國王，就是其中一例。這樣龐大的形式結構，一方面固然可有充分的創作自由，也容易讓人感受充溢磅礴、氣象恢闊的快感；但另一方面却也容易使人有究竟是「詩還是帆

布袋」的疑問。因為在這麼龐大的結構中，組織往往較為散漫（黑格爾卽曾說過，史詩較多節外生枝、各部分有較大的獨立性，故聯繫比較鬆散）。

史詩另一個形式特徵就是它充滿了祈禱和譬喩。譬喩的使用，原因及其所欲達成的效果，是娛樂；祈禱則來自史詩和宗教、神話密切的關聯。文藝復興時期，批評家塔索（T. Tasso）甚至認為史詩雖以歷史為題材，却必須是一種眞正宗教（如基督教）的歷史。換言之，史詩不能不涉及宗教，雖不一定以某種宗教信條為主題，却含有濃厚的宗教意味。而且僞教和異教的歷史也絕對不適合用為史詩的材料⑬。

## （二）史詩與詩史的比較

透過這些文類特徵，我們可以簡單地將詩史與史詩做一比較：

1.詩史代表一種價值觀念，而此觀念之發軔，往往在歷史文化意識勃興之際。論者渴望在詩中展現作者的人文精神與文化理想，紀錄並批判一代史事。不僅要像黃山谷那樣：「豫章官迸遠，直筆非謗史，天遣來黔涪，詩鳴配子美」（王十朋・文集後集卷十四・夔路十賢續訪得七人——黃太史），更要「知止於禮義」。這與史詩之偏於想像性寓意的宗教精神，截然互異。

史詩自始卽彌漫着神祕色彩，吟唱者也以神祇的代言人自居。使得史詩中的人物，與神的關係變得非常重要。冒險與奇蹟，更是展示英雄或神意的必要手段。這種特殊精神傾向，或許與西方古代文化有關。西方文化，由其起源處看，不但不是人文的，而且是反人文的。

心智偏於外向世界的放射，則形成愛奥尼亞（Ionia）諸哲人的素朴唯物論、科學精神、以及敍述文學；偏向宗教經驗，則產生奥菲(Orphic Religion)重靈輕肉之說。二者相融相卽，揉爲希臘文化，而史詩則爲此古典時代的一種文化表現⓮。史詩之精神迥異於詩史，可謂其來有自。

2.詩史以歷史文化爲觀照的主體，如上引黃棃州之說，卽足以證明詩與史基本上都以民族文化爲其內容，且含有濃厚的價值判斷在。史詩則爲英雄的行傳，卽使後來逐漸演變成個人自傳，也仍側重於個體生命的表現。敏特諾（Minturno）嘗謂：史詩爲一嚴重及顯赫行動之模仿。所謂嚴重及顯赫行動，卽指歷史上重大的事件及英雄人物。戴尼樓（Daniello）亦云：英雄詩是皇帝及武裝慷慨勇敢之人顯赫行動的模仿。這和何雷斯（Horace）所說，史詩的中心是非凡的人物一樣，均强調個體生命的冒進與表現。

⓭ 以上有關史詩的特徵，多參考保羅・麥强「論史詩」（*The Epic*），見「西洋文學術語叢刊」下；及古丁「淺談史詩及其發展」（六九、二、廿二，中央日報）；Northrop Frye：*Anatomy of Criticism* Specific encyclopaedic Forms. pp. 315-326. Princeton University Press, 1957（書林書店影印本）；*Epic* by S. M. Pitcher in *Princeton Encydopedia of Poetry and Poetics*, ed. by Alex Preminger, Princeton Universty Press. 1965（雙葉書廊影印本）pp. 243-247 以及黑格爾「美學」（朱光潛譯，七二，里仁）第四册頁一〇五一一九六等。

⓮ 西方古典時代反人文之狀況，另詳方東美「中國人的人生觀」（馮滬祥譯，幼獅）第一章、余英時「西方古典時代之人文思想」（收入「歷史與思想」，聯經）。

3.詩史因爲對現實政治有所批判和紀錄，因此，創作手法多傾向於諷喻，使用隱喻和寫實二者，交互爲用⑮。史詩則因其本身乃是超乎現實的，故而譬喻的使用，只是純修辭學的，與詩史完全不同。

4.史詩借資吟唱，且篇幅濶大。詩史則本身並非敍述文類，故亦無此限制。元白樂府及千字律詩，固屬誦唱長篇，但宋人詩話中，也常有引證一二短句以說明「詩史」的例子。有史法的山谷浯溪碑詩，本身就不長。這是因爲詩史一辭，係就作者整體生命及作品之意義表現而說的，與文體本無必然關係。

5.史詩是大衆的娛樂，詩史則是嚴肅的意識創造。其目的與作用互不相同，寫作內容和表達方式遂亦相異。就史詩而言，歷史只是材料；詩史則本身便成爲史，且能照明歷史事件。

6.最重要的是：詩史仍舊是詩，而史詩則不是詩。——詩史本非文類之觀念，因此說某人之詩爲詩史時，史只代表了詩的某種性質，猶如米芾所說的「畫史」。史詩則不然，有史詩，便有非史詩的文類，藉着這些文類劃分，我們也可以清楚地看到史詩逐漸蛻化爲小說的事實。關於這個問題，我們想從文類研究的立場，稍予剖析。

## 三、史詩文類的研究

文類，在我國傳統批評理論中，一向歸入文體論，與風格理論合併討論。黃山谷說王安石論詩文，先「體製」而後工拙。所謂體製就包括了風格與文類兩方面。這種情形，對於文類研究的性質來說，乃是必然的。因爲：文類的觀念，起於人類分類的意識；而分類，則是人類藉以認識複雜的現象世界、並掌握事物整體的一種方法，也是探討一切抽象理論的起點。從對一個個單一藝術作品的分析開始，藉着分類的意識，透過比較、歸納諸多藝術品的異同，即可規範出每一種文學形式所獨具的語言設計和美學目的，譬如「詩緣情而綺靡、賦體物而瀏亮、碑披文以相質、誄纒綿而悽愴、銘博約而溫潤、箴頓挫而淸壯」等等，每一文學類型本身，便因此而各有其成素與常規，也各自形成了特殊的風格典型⑯。如果創作者違悖了這些成素和常規，便稱爲「戾體」「失體」或「破體」。

職是，每一文學類型，都各有共同的語言秩序與美感計劃，同一文類的美感效果大抵相近，也共同呈顯了相同的美學理念；故而文類研究必然包含語言的語形（linguistic morpho-

⑮ 後代許多批評家以爲詩之兼有史的性質，則必是偏於寫實而有歉於隱喻的，因此對「詩史」不滿，如王船山說詩史只是得了國風「怨而誹、直而絞」的一面；升庵說變風變雅應該運用隱喻（如用「雝雝鳴雁，旭日始旦」來刺淫亂等等），而達到言者無罪、聞者足戒的效果。都是如此。但事實上所謂詩史，正是寫實與隱喻互相爲用的。王弇州「藝苑巵言」舉了很多詩經寫實的例子，並用賦比興三種作詩法來綜攝，非常合理。就批評史來看，宋人特別注重杜甫史「善陳時事」的一面，是大家所熟知的；可是在注重「詩史」意義的批評意識下，對杜甫隱譬謠指的重視，却是一般人所不知道的。黃庭堅撰「大雅堂記」，謂當時解詩者「取其發興，於所遇林泉、人物、草木、魚蟲，以爲物物皆有所託，如世間商度隱語者」，很可以說明這種現象。詳見第五節。

⑯ 另詳蔡英俊「抒情精神與抒情傳統」（中國文化新論、文學篇一，抒情的境界，頁六九—一一〇）。

logy）和終極的宇宙觀（ultimate attitudes towards the universe）兩方面。也正因爲如此，所以每一種文學類型，都反映了一種抽象的理則，及有關價值的信仰。我們可以把原先用來指陳某一文類的語辭，轉而用來表達人生的體驗與價值之觀念，例如「抒情精神」「悲劇意識」「喜劇型態」等說法，便是從某一文類中紬繹而得其抽象理則，並用來做爲普遍指涉的例子。有許多文類，在歷史演變中，可能表現爲其他的形式，而我們也可以因爲它仍保有原來文類的抽象理則（精神特質），而仍以原文類的名義來稱呼它，例如現代電影，我們也常以史詩來稱讚其中氣象磅礴而牽涉到歷史的作品，這也是因爲它已逐漸提升爲具有普遍意義的指涉的緣故。

有些文學研究者不了解這層道理，誤以爲文類研究只是純粹爲着經驗上實用而做的分類，沒有美學的依據；像克羅齊「美學原理」第四章就說：「碰見一個藝術作品，不問它是否有表現性、不問它表現什麼、也不問它是否把話說好，而只問它是否遵照史詩或悲劇的規律、歷史畫或風景畫的規律」，是種「錯誤地判斷和批評」。——誠然，以文類規律硬套在作品頭上，做爲價值判斷的依據，乃是無比荒誕的事。然而，這樣便可以取銷文類研究或文類觀念的劃分嗎？完全否定了藝術創作「門類或種屬的系列」，通常也同時否定了「審美範疇」（Aesthetic Categories），因爲文類乃是一端扣着語言形式，一端扣着美的理念的。何況，在實際創作中，語言結構及技巧的遷變，必然也會帶來風格及美學目的改變，更是無可爭議的事實。可見文類的觀念，並不只爲了實用，更不只具有經驗上的意義。

不過克羅齊絕對排斥文類研究的見解雖然值得商榷，他另一段有關文類研究的看法，却很可令人深思。他說：

> 還有一些偏見也是從這「種類說」生出來的：有一個時期，人們由於這些偏見，嘗惋惜義大利沒有悲劇（一直到一位作者崛起，在義大利光榮的頭髮上，加上它裝飾中僅缺的花圈）、法國沒有史詩（一直到「亨利歌」出現，潤了一潤批評家的渴喉）。而加諸新種類創始人的讚揚，也常與這些偏見有關。……（美學原理·第四章）。

克羅齊對這些偏見的指責，無疑是對的；但他忽略了：這些偏見，並非文類觀念本身所有，而來自文類所從生的文化傳統。爲什麼呢？上文已經說過，文類的觀念，必然在語法形式之外，又與其美學目的及價値信念有關，則文類表現必與文化傳統深具關聯，殆無疑義。某一文化體系之內，定有相應於此一文化理念的幾種或一種代表性文類產生；不同的文化體系，其代表性文類固不相同，更不必有共同的文類出現。例如我國的騈文、律詩，在其他文化體系中，就不易找到相同的文類；史詩和悲劇，也不是每個民族或文化體中所都具有的。文學研究者在此，正須發揮其比較與分析的能力，觀同別異，而彰顯諸文化中文學作品的特質；不應執一隅之見以馭萬方之變，强使每一民族每一文化的文類表現完全相同。

像克羅齊所指摘：把某文化或民族不具有某一文類，視爲「恥辱」或「缺陷」，惋惜某國沒有「史詩」，並對該國終於產生了「史詩」作家、終於有了「史詩」作品，表示慶幸的文化偏見現象。事實上也是民國以來中國文學研究上的一個大問題。

繼討論「中國何以沒有悲劇」和在中國作品中尋訪悲劇的活動之後，許多卓越的批評家也在納悶：何以中國沒有史詩（或長篇敍事詩不發達）？文類的比較，本來甚爲應該，但問題是這些論題本身却是套在文化偏見的格局裏，如果中國居然沒有史詩或悲劇，豈不羞煞人了？所以又有許多批評家努力地在中國文學作品中尋找史詩和悲劇，一如克羅齊筆下的法國與義大利批評家。

他們找到的「史詩」眞是洋洋大觀，從唐詩、漢代樂府、漢賦、楚騷、卜辭、易經中的短歌、詩經雅頌，到一切帶有本事的詩歌全算在內。爲什麼會這樣呢？

我們認爲這可能是觀念之錯植與糾葛的結果，而觀念之錯植與糾葛的原因，大抵有以下四方面：

㈠、文化傳播接觸時產生的誤解。——每個民族的語言裏，大部份的辭彙都帶有濃厚的文化歷史色彩，也包蘊著種種社會意識與背景，因此語辭的傳輸與譯介，在異文化之間固然是文化溝通的橋樑，却也同時是誤解的起點。這一方面是因爲不同的翻譯者，對翻譯對象的文化背景各有深淺不同的認識，以致於翻譯時所採取的立場和看法也不一致。一方面則是因爲在這種溝通中，往往採取了「格義」的方式，藉一語辭爲中介，以本國的文化去理解另一文化系統。佛教初期傳入中國時，運用「格義」及不斷重譯佛經的情形，可以充分說明這種狀況。當時因語文與概念的隔閡，誤解誤譯者不計其數，如天台宗智者大師在「妙法蓮華經玄義」中，將悉「檀」與「檀」施混爲一談，即是一例。這是一般文化傳播時常有的現象，玄奘西行求法並重譯三藏經典，就是爲了解決這些問題。民國初年，東西文化才剛開始實際正面接觸，一般知識份子尚無足夠的認知背景來處理中西方不同的歷史條件和知識，因此，類比格義的謬誤和觀念的錯植，自然就無可避免了。胡適把 Epic 譯爲「故事詩」，並說故事詩就是記述或敘說一件故事的詩篇，其精神全在說故事，例如漢樂府日出東南隅、孔雀東南飛、左延年秦女休行、傅玄秦女休行、蔡琰悲憤詩等都是故事詩；至於樂府孤兒行、上山採蘼蕪，則只能算是敘事的（Narrative）諷喻詩。劉大杰則認爲孔雀東南飛和上山採蘼蕪一樣，都是成熟的敘事詩。姑不論二人說法的矛盾，他們對史詩，甚至史詩的名稱、看法都有問題。而這些矛盾與問題，則來自誤解。

(二)、心理情緒的障礙。——由於近代中國在歷史上的挫敗，使得我們的知識份子對傳統文化價值，產生了憐恤、懷疑、憎厭、誤會……等複雜的心理。時代救亡圖存的國家羣體意識，遂因此而壓過了文化本土的認同意識，知識份子也因此而翹首西方，隨風沐化。這些心理情緒藴成的結，逐漸形成他們對歷史判斷時難以排除的執着點，致使他們不能照察歷史的眞相。不只在「詮釋」歷史時，徹底運用西方架構；卽使是在進行「評價」活動時，也無法擺脫來自西方的歷史觀點和美學假定、價值標準。若中國歷史與文化不合乎這些假定或標準，那簡直令人困窘沮喪極了，如非營養不良，便是歷史中這類事實被忽略了，應該運用「現代的」觀點（也就是西方的標準），重新挖掘出來；等到實在找不出，便加以若干揣測之辭，曲爲之釋。例如林庚「中國文學史」第二章把卜辭、易經中的短歌、雅頌等，劃入「史詩時期」，却又說這個時期並沒有史詩，也沒有偉大的悲劇和喜劇，這種難堪的現象，原因皆在於文字太特殊了⑰。又如朱光潛在「長篇詩在中國何以不發達」一文中說史詩和悲劇在我國不發達

⑰ 詳林庚「中國文學史」第二章。

的原因，最主要的是：哲學思想平易和宗教情操淺薄，好比荒瘠的土壤中開不出繁茂的花來⑱。至於胡適，一方面說：「故事詩（Epic）在中國起來得很遲，這是世界文學史上一個很少見的現象」，一方面則設法在歷史中尋找故事詩。意思似乎是說：雖然花開得遲些，畢竟還是開了⑲。王夢鷗更乾脆，認爲花開遲了總是不妥，所以他便把商人玄鳥之頌、周人履帝武之詩，全算是敍事詩而被刪存在詩經中的殘餘；又懷疑離騷也是模仿古代敍事詩而改爲自敍傳的作品⑳。他這些推斷，其實都無法徵驗，而且只顯示了中國詩歌的發展，確實沒有西方式的敍事詩或史詩而已。爲什麼我們竟不敢承認這種不同發展的事實呢？

㈢、西方批評意識的傳統。——西方史學，自中古基督教史學興起後，卽强烈顯示了決定論的分期階段發展觀念，並認爲所有人類的歷史，都應該是一個性質相同的整體，共同表現上帝的旨意。雖然文化復興以後，對「決定者」的看法迭有改易，但基於決定論的歷史普遍性分期模式，却一直是西方史學和文化批評時的大傳統㉑。但問題在於：這些歷史演化歷程，基本上是以西方文化發展爲經驗模式的。以這種經驗模式拓衍爲世界史，當然容易把其他文化不同的發展及型態視爲怪異，不是努力地找出其他文化中合於西方經驗的事例，就是鄙爲進化歷程中較差的一階。因此，他們在討論中國文學時，也不免要問中國爲什麼沒有史詩、沒有悲劇？因爲他們在歐洲，已經在惋惜法國沒有史詩、義大利沒有悲劇了㉒。

㈣、忽略了史詩的文化背景——每一文類之形成，必有其文化上的因素，西方的史詩或敍事詩，是在西方古代社會那個特殊的時代與文化傳統中產生的，怎能强求諸其他非西方社會呢？追問中國何以沒有史詩，不如研究西方何以有史詩！那麼，史詩形成的文化背景是什麼呢？一是個人主義，如納茜斯自鑑而成爲水仙的自戀狂及其所代表的個人主義精神，實貫串於西方文化傳統中，在這個傳統裡，才容易產生英雄的嚮往、追尋的歷程，而我國從「詩大序」以來，就是由抒情邁入詩史，由言志而使個人通向社會人倫，所以多是聖賢，而非英雄。㈡、史詩要形成，必須是一個宗教社會，我國則從古迄今，宗教一直不像西方那樣具有支配力，一直是人文精神蓬勃的。㈢、史詩要產生，必須是在以悲劇爲其意義導向的文化傳統中。因爲史詩本身便可以和悲劇一樣做性格悲劇或命運悲劇的分類，而且也必須具備如悲劇悲急轉、發現、受難的場景，它對於人生及歷史之意義認取，更是深含悲劇精神的。㈣、有而且只有貴族階層化的社會體系及組織，才是史詩成長的溫床。亞里士多德曾認爲悲劇人

⑱ 文刊於上海「申報月刊」三卷二期，收入「詩論新編」（洪範）。朱光潛這個論點又見於所撰「中西詩在情趣上的比較」（申報月刊三卷一期）及「遊仙詩」（北平文學雜誌三卷四期）中。細繹文中所說，即可發現朱氏對中國哲學的認識非常淺薄，對中國神話也不夠了解。

⑲ 詳胡適「白話文學史」第六章。

⑳ 見王夢鷗「文學概論」第十章。註三所引高友工文曾說：「離騷事實上並非如許多人所言，乃一史詩或敘述詩，而是一長篇抒情詩」，與王氏意見恰好相反。而且九章惜誦：「惜誦以致愍兮，發憤以抒情」、班固兩都賦序：「賦者古詩之流也……或以抒下情而通諷喻」，都明白指出了賦的抒情性質。

㉑ 參見柯林烏德「歷史的理念」（陳明福譯，桂冠）第二章。

㉒ 這些活動之所以選擇「文類」做爲討論的重心，自非毫無原因，葉維廉在「東西文學中模子的應用」中指出：「模子是結構行爲的一種力量，使用者可以把新的素材來拼配一個形式，而這種行爲在文學中最顯著的，則爲『文類』」（見氏著「飲之太和」頁二六四）。

物與英雄，必須與我們相同或較優。換言之，奴隸或身份卑下的人，是不可能進入悲劇中的。所謂較優，一指性格、一指地位，他必須出身高貴門第、負有重大責任，故希臘悲劇，往往自少數家族中取材。直到十八世紀後，社會劇變，才有市民悲劇出現，而其形式與內涵又皆與傳統史詩不同了。我國有此貴族階層化組織的社會否？忽略了這些因素，卽不免如蘇雪林所說：「外國學者每謂世界各文明古國皆有史詩，獨中國沒有，當是中國人組織力欠强之故……筆者聞之甚感恥辱。其實組織力與想像力也是養成的，我國人的文學自來常走錯路，何止史詩一端呢？」（五八・東方雜誌・神話與文學）深感慚惶無地，必須學步邯鄲，才能釋懷了。

總之，來自這幾方面的糾纏，使得批評家們一直未曾注意到：史詩（或敍事詩）這個觀念，與中國詩歌，有基本枘鑿之處。而且Epic與「史詩」「敍事詩」「故事詩」之間，也仍存有許多問題。以下，我們就想討論這些問題。

## 四、史詩不是詩

據胡適說，Epic就是故事詩，就是敍說一件故事的詩。那麼，像元稹「會眞詩」一類，追懷往事、紀錄長聞的作品算不算是故事詩呢？邱燮友「歷代故事詩」收錄了許多這類作品，但我們可以斷言它們絕不是Epic，也不是敍事詩㉓。因爲在我們詩歌創作中，不可能純粹敍事而不涉及作者的情感與判斷。像「最偉大的敍事詩」孔雀東南飛，王世貞「藝苑巵言」就說它是「敘事如畫、敘情若訴」；此外，如杜甫劉九法曹鄭瑕丘石門宴集詩：「秋水清無底，蕭然淨客心，掾曹乘逸興，鞍馬去相尋，能吏逢聯璧，華筵直一金，晚來橫吹好，泓下亦龍吟」，浦二田的「讀杜心解」就說：「此逐層敘事之詩，一二領起，三指劉，四含鄭，五六敘宴集、下一逢字，連己在內。結乃酒酣樂湊之趣」；又、范二員外邈吳十侍御郁特枉駕闕展待聊寄此作詩，浦云：「敘事達情，重訂後款，如辭令脫口」；至於洞房、宿昔、能畫、鬥雞、歷歷、洛陽、驪山、提封八詩，浦也說是「皆敘事」。不但抒情與敘事事實上是結合難分的，其所謂敘事，也與西方文類劃分中的敘事詩不同。因此，要在中國敘述事件的詩歌中尋覓「Epic（故事詩）」，乃是徒勞無功的㉔。

劉大杰提出了另一種判斷「敘事詩」（Epic）的方法，認爲敘事詩應該運用純客觀的敘事法㉕。但是，上山採蘼蕪就不是純客觀的敘述；被稱爲「中國敘事詩雙璧」之一的蔡琰悲憤詩，也是全篇以「我」主觀的陳述和感慨爲主，與杜甫及浦起龍等人所說的一般敘事法，沒什麼不同。至於豔歌羅敷行，據「古今注」說，也是羅敷彈箏自作，所謂「照我秦氏樓」，

㉓ 邱著上下兩册，三民書局出版。

㉔ 像吳秀笑「試析節婦吟——兼論敘事詩的情節構成」（中外文學七卷二期）以張籍節婦吟爲具有情節、完整動作、有機統一體的敘事詩，但在討論該詩之表現技巧與藝術效果時，則說：一切藝術都是情意的直覺，而文學藝術特質是抒情的。這便陷於自我矛盾而不自知了。

㉕ 見劉著「中國文學發展史」第七章第五節。

其非純客觀敍事法甚明㉖。由此，我們可以發現，他們的定義和理解，借自西方；而扣到中國詩歌的性質和歷史上，則甚難脗合。其原因除了中國詩歌本不適合用抒情與敍述對舉的觀念來掌握之外，恐怕跟史詩（Epic）的性質有關。

據古丁說，史詩（Epic）在希臘，本泛指一切詩而言，其後抒情詩產生，爲了有所區別，才專用來指史詩㉗。其實希臘與中國不同，直到亞里士多德時代，仍無「詩」之共名，只有某一文類某一文類的類名㉘。因此亞里士多德撰作「詩學」（*Do arte Poetica*）主要的工作有二：一是把一切模倣的藝術括稱爲「詩」，拉丁文 *Poēsis*，在希臘字中本爲一般製作之辭，泛指一切製作品而言；他用「詩」總括這許多文類，以爲諸類型雖或不同，却都是「詩」。二、將以上各種文類的不同，視爲「詩」在發展時不同階段的現象：經由祭奠酒神的詩歌、史詩，而到悲劇。因此詩的發展史，其實也就是悲劇的發展史。它隨時間之演化而表現爲多種文類，史詩卽其一也。故可以用與悲劇相同的律則來討論它；但它終究不如悲劇，因爲它並非發展的終極，不能濃縮理想。就此而言，「亞里士多德的詩學，是戲劇的詩學，尤其是悲劇的詩學」㉙。

這兩點，都和中國傳統對「詩」的看法，大相逕庭。從第一點來看，詩幾乎成了文學的代辭，可以總括模倣之藝術。王夢鷗曾說西洋詩的歷史，可分爲韻文與散文兩階段，前者爲具有音樂韻律的抒情詩、戲劇詩、敍事詩；後者爲口語的自由詩、小說、戲劇。正是相應於此一詩學傳統而說的。中國詩，除了偶爾可以兼指詞曲外，一般不如此用，也不如此想。其次，亞里士多德將「詩」視同「文學」，而且又是「模倣的藝術」，則這種詩與中國之所謂詩，性質上亦不相同。因爲自尙書和詩序以來。中國歌詩是環繞着「詩言志」這個觀念而發展的，其性質並非模倣；而亞里士多德將詩藝術的性質界定爲「模倣」，也使得他的「詩學」缺少了抒情詩，成爲戲劇的詩學㉚。不僅如此，亞里士多德又說：「詩，是藉語言以模倣的藝術，其體或散行或和韻」，在體製上，中國詩也沒有不用韻的散行體。可見無論在指涉、性質、體製各方面，此詩與彼詩，皆非一物，隸屬於「詩學」觀念下的「史詩」、作爲悲劇前身的「史詩」，要到中國詩歌裏來認親戚，豈非緣木而求魚？

再就第二點看，史詩之成爲一文學類型，乃因爲它是悲劇的前行階段，其藝術成就雖不

㉖ 通常抒情詩均以第一人稱敍述，悲劇採第三人稱敍事觀點，史詩雖用第一人稱，但因史詩作者之所謂我，代表大衆，因此他投入的角色意識也是客觀的。蔡琰悲憤詩和艷歌羅敷行，顯然表達的是個人經驗，而非客觀敍述，故與史詩之敍述方式不同。

㉗ 同註⑫所引文。

㉘ 另詳陳世驤「中國詩字之原始觀念試論」（收入「陳世驤文存」，志文）。

㉙ 見赫姆塞特、布魯克斯合著「西洋文學批評史」（顏元叔譯，志文）第三章。史詩與悲劇，相同處是二者皆模擬嚴肅的主題、單一完整的動作，故事結構同爲統一的有機體，可作同樣的分類，而且也都具備急轉、發現、受難的場景，不同處則在於史詩是敍述的形式，而長度方面，悲劇大約一天，史詩則依動作進行，無時間的限制，且使用英雄韻律，也較能包容隱喻與外來語。

㉚ 固然，柏拉圖也曾討論到抒情詩。但他認爲抒情詩人完全宣洩自我，其藝術算不上是模倣，所以最不動人；而戲劇則爲最純粹之模倣，故最動人。這種價值觀念也與中國詩論相距遼遠。

如悲劇，却與悲劇有相同的藝術律則，例如其故事結構必須和戲劇一樣、必須與悲劇做同樣的分類……等等。但由於史詩只以敍述或韻文爲媒介，進行模倣，不供完全表演，因此它與戲劇間的關係又十分曖昧；徘徊於小說與戲劇之間㉛。早期的長篇小說，往往是劇作家的創作，而蒙有史詩之名，例如塞萬提斯（Cervantes）的「唐・吉訶德」（*Don Quixote*）、史推恩（Laurence Sterne）的「崔斯川・商弟」（*Tristram Shandy*）即被稱爲十七八世紀的史詩。梅爾維爾（Herman Melville）的「白鯨記」（*Moby Dick*）等，也博得史詩之名。但另一方面，一九二〇年代德國表現主義者畢斯卡特（Erwin Piscator）及布雷赫特（Beartolt Brecht）則又倡出「史詩劇場」的理論（認爲除了表演之外，史詩和悲劇的基本差異是：史詩只有「悲劇的片刻」，而非集中與危機，因此史詩劇場不像戲劇劇場那樣，直線發展、並替觀衆提供感情的激動，而是成曲線跳躍地發展，廣濶而富變化，逼使觀衆採取決定、思考事件中所獲得的教訓）。因此，史詩無論在性質和發展流變的歷史事實上，顯然都不是「詩」，而是小說或戲劇。其中又以類同於小說的成份更大些，華倫和韋勒克（Warren & Wellek）合著的「文學論」曾說：「大部份的現代文學理論都把想像性文學（imaginative literature）分爲小說（長篇小說、短篇小說、史詩）、戲劇（不管以散文或詩體寫成）和詩（主要指與古代抒情詩相對應的作品）四類」，即是基於上項理由㉜。史詩不管在敍述方式、語型語態、時間空間的處理……等方面，均與詩（抒情詩）不同，而與小說屬於同一體類。歸入小說，甚爲合理。這種情形，就像詞話不是詞一樣㉝。

詞話是說唱系統的文學，其性質是小說而不是詩歌，雖然其中也雜有詩體。這個分別，蘊涵了一個頗有意味的問題。原來那一般被稱為中國Epic中最傑出的巨構「孔雀東南飛」，吳喬「答萬季埜詩問」就說：「問：焦仲卿妻，在樂府中又與餘篇不同，何也？答：意者，此篇如董解元西廂、今之數落山坡羊，乃一人彈唱之詞」㉞，這個回答精采極了，史詩之在

㉛ 根據「詩學」第三章，史詩與悲劇的差異有三：⑴史詩所用媒介僅為文字，且只用一種揚抑抑六音步；悲劇則包括有音樂的媒介。⑵史詩採敘述之形式，悲劇則為對話體演出。⑶史詩與悲劇的長短不同，且悲劇有配合舞台演出需要的成分。

㉜ 除了新批評之外，例如盧卡契，也認為長篇小說即是「末世為上帝所棄」的史詩，視二者為本質相同的文類。姚一葦「詩學箋註」則說：「敘事詩對後世之文學具有無比之影響，今日之傳奇（ romance ）與小說亦與此有關」。另見蒲安迪「中西長篇小說文類重探」（文學評論第四集）中有關史詩與小說文類關係的討論。

㉝ 這裏有另外一個懸而未決的問題。——胡適將Epic譯為故事詩，劉大杰等人則譯為敘事詩。但亞里士多德所談的Epic，一般譯作史詩，而敘事詩則或稱為epos。故赫姆塞特與布魯克斯合著的「西洋文學批評史」才會說「詩學」一書：「並沒有純粹抒情詩的理論，更沒有考慮到敘事詩」。這顯然讓人困惑，因為姚一葦在「詩學箋註」裏是將Epic譯為敘事詩的。究竟Epic應如何翻譯？史詩與敘事詩又是否同一？

筆者民國六八年曾撰「論詩與敘事詩、史詩、故事詩之間的糾葛」（八、廿一，中央日報）反省此一問題。最近，葉維廉在「比較文學論文叢書總序」中也談到：「Epic可以譯為史詩嗎？」（七二、二，中外文學一二九期）。這個問題希望能得到進一步的釐清。

㉞ 清賀貽孫「詩筏」曾經談到：「敘事長篇動人啼笑處，全在點綴生活，如一本雜劇，插科打諢，全在淨丑」並引焦仲卿妻、悲憤詩、木蘭詩、琵琶記為例，可以參看。

中國，正是與詩歌平行發展的說唱系統，才較具有此一性質㉟。這些說唱系統的作品，本來卽介乎小說和戲劇之間，而後來的演變，則多蛻化爲小說，因此日人中野美代子所著「從中國小說看中國人的思考方式」一書，就將「大目連冥間救母變文」「大唐三藏取經詩話」和「西遊記」視爲中國的敍事詩；柳無忌「中國文學概論」第十四章也將「三國演義」「水滸傳」稱爲史詩式的長篇小說。【補遺】

此類彈唱文學，向以宗教及歷史爲兩大題材，「孔雀東南飛」自是早期的彈唱類文學，等到唐代變文興起，這類作品就更多了。變文本身有全韻、全散及韻散夾雜體，其內容則或說佛生平故事如「八相成道變」「佛本集行經變」、或說佛菩薩故事如「降魔變」「大目乾連冥間救母變」、或說歷史及時事如「伍子胥變」「王昭君變」「舜子至孝變」「張義潮變」等。與變文同時發展的，則有講史；後來的陶眞、崖詞、鼓詞、蓮花落……等，亦屬說唱系統。崖詞多爲六七言詩，陶眞則爲七言詩體，據「西湖老人繁勝錄」所載宋代杭俗：「凡傀儡，敷衍：煙粉、靈怪故事、鐵騎、公案之類。其話本或如雜劇、或如崖詞」、明田汝成「西湖遊覽志餘」卷廿所說：「杭州男女瞽者，多學琵琶，唱古今小說、平話，以覓衣食，謂之陶眞。大抵說宋時事，蓋汴京遺俗也。……若紅蓮、柳翠、濟顚、雷峯塔、雙魚扇墜等，皆杭州異事，或近世所擬作也」，可知此類唱詞，或與雜劇相似，且後來多衍成散文小說，其性質則爲歷史故事與民間傳奇，與宗教的關係也很密切（紅蓮柳翠等均與宗教度化有關）。蓮花落，本來也是宣揚教義的曲子，起於唐五代，稱爲散花樂，到宋代才成爲貧人的歌唱，元明間極盛，且發展成大型的敍事蓮花落。其體以七言詩體爲主，較宋代的敍事鼓子詞、覆賺等更進一步。至於詞話，其體略同於陶眞，但增加了十字句，元明間頗盛，至明末分化爲彈詞和鼓詞二類。多以歷代史事爲敍述對象，如「大唐秦王詞話」「水滸傳詞話」等均是。楊愼的「歷代史略十段錦彈詞」尤爲重要。其書有程仲秩旁注、董世顯朱璣評訂、張三異孫德威輯注，後來江南人改名爲「廿一史彈詞」，梁辰魚並撰有「江西廿一史彈詞」擬其體；續作則有陳忱「續廿一史彈詞」、顧彩「第十一段錦彈詞」、金諾「明史彈詞」、張三異「明史彈詞」、古木散人「明末彈詞」等。關於以上這些說唱文學，凌濛初「南音三籟」卷首所載「譚曲雜劄」說：「元曲源流：古樂府之體……一變而爲詩餘集句……再變而爲『詩學大成』……忽又變而文詞說唱、胡謅蓮花落，村婦惡聲、俗夫褻語，無不備矣」云云，是很好的總評。

說唱，必須以特殊的聲腔技巧，才能吸引聽衆，所以唐人效法講經僧文溆的聲調，製爲歌曲；宋代孔三傳創爲諸宮古調，士大夫皆傳其聲㊱。且其說唱，頗與戲劇有關，除上文所舉陶眞崖詞外，元「通制條格」卷廿七搬詞說：「農民、市民、良家小弟，若有不務正業，習學散樂，搬唱詞話，並行禁約」，「元史」刑法志也說：「諸民間子弟，不務生業，輒於

㉟ 黑格爾「美學」第三卷下、第三部分、第三章，論史詩，朱光潛譯時，就直接說：「史詩在希臘文裡是Epic原義是『平話』」。

㊱ 據慧皎「高僧傳」載：「魏陳思王曹植，深愛聲律，屬意經旨……始著太子頌及睒頌等，因爲之製聲，吐納抑揚，並法神授」（卷十五），可見佛家把誦唱經文的聲腔，認爲是神授的。唐文溆或文漵僧之聲腔技巧，當亦如此。此與希臘唸唱詩人自以吐納抑揚爲神授者相似。

城市坊鎮，演唱詞話、教習雜劇，聚衆淫謔，並禁治之」，搬、演，都指其表演性質而說，可見它們在說唱中也帶有若干表演成份，但與純粹的雜劇仍有區別而已。說唱的內容，多爲史事，敷衍傳奇，以供娛樂，且又與宗教有相當地關聯。這些性質與「史詩」皆有相似之處。尤其是說唱中專講英雄式個人歷險經過的，例如「大目乾連冥間救母變」「伍子胥變」等，與Epic之型態，尤爲接近。但我們必須注意：㈠說唱中不像「史詩」那麼樣注重英雄或超凡的人物，所謂滿村聽唱蔡中郎，正與說唱焦仲卿妻一樣，門類甚廣。且其行動也未必是人類的重大事件㊲。㈡含有宗教意味的說唱，有時與敘事無關。變文中僅演述經文而不敘寫故事的，像「地獄變」「父母恩重經變」之類，寶卷中亦有之。㈢袁枚「隨園詩話」曾說：「咏物詩無寄託，便是兒童猜謎；讀史詩無新義，便成廿一史彈詞；雖著議論，無雋永之味，又似史贊一派，似非詩也」。彈詞等說唱系統文學，雖大多以詩體爲主要構成方式，而歷來總未承認它們是詩。原因是因爲彈詞多只是事持語言，不能透視歷史，照見史中深微奧義；至於純理性的處理歷史，未能柔言感諷、寄情渺遠者，亦非詩之所喜，可見詩必須是合抒情敘事於一治的。詩家論詩，素推「詩史」，而摒說唱於門外，理由不難由此揣知㊳。

## 五、明代對詩史說的反省與比興傳統的再發現

以上所談，是希望通過史詩與詩史的比較，以及對史詩文類的探討，進行中西詩學意識發展的比較，觀察抒情與敘事在我國文學中結合的現象（包括作品表現與批評方式），並進而

討論歷史與藝術之融通的問題：我覺得詩與史互證的批評觀點和手法，很能顯示「藝術爲最眞實之歷史」的這個事實；而且正因爲詩與史能夠結合融通，所以不適合用「抒情——敍事」對立的分析架構來討論。

但是有關「詩史」部份的探究，至此並未結束。因爲有關詩史的觀念及其帶生的複雜狀況，在我國詩歌發展過程中，有著深遠繁複的變遷發展，影響到明清間詩與詩論的形式與內容。我國詩歌象徵系統的完成，亦與此頗有牽連。最近余英時先生對陳寅恪詩一系列的勘探索賾，引出了陳文華先生有關詩中「俗成暗碼」「自創暗碼」的解析，而高陽先生也因處理

㊲ 即使是寫英雄或超凡的人物，也多與史詩不同。史詩主角必須是亞里士多德式的英雄，關係著全國、全民族乃至全人類的命運；伍子胥、目連等皆不如此。這些英雄高貴的行動（戰爭），包含了毀滅、漂泊回歸、建立新王國等三個原則。亦屬中國說唱文學所無。張漢良「史詩的文類研究」一文認爲史詩反映的是貴族封建社會的價值觀（見「現代詩論衡」頁五五），近是。中國說唱文學則爲市民文化興起後的產物，致有此差異，不足爲奇。本文之所以舉說唱系統來討論「史詩」，主要在於對照，並由此揭示詩與說唱之平行發展關係，初不在比傅，幸勿誤會。

㊳ 事實上，在中國，由說唱而形成的話本和小說，本身也仍然是抒情寫實合一的。J. Průsek所撰「中國中世紀小說裏寫實與抒情的成分」（陳修和譯，中國古典小說研究專集三）曾對這一事實有所論列，他並認爲西方要到十九世紀才發展出類似的觀念，這當然也是事實；不過中國小說之結合抒情與敍事的情況，跟詩並不完全相同。詩歌基本上是抒情言志，而表現上則未嘗離事而見志；小說基本上是敍述，而終究不能不呈現出抒情的性質，則是文化誘導限制的力量，中國戲劇也是如此。

吳梅村李商隱詩等問題，提出了「詩史的明暗兩面」的講法㊴。這些問題，其實就都與這個象徵系統及詩史的觀念與發展，息息相關。如果我們能對詩史的問題，多一些理解，則以上諸項也當然更容易獲得澄清，對我國傳統詩歌的詮釋，可能也能提供較有系統的線索。

前文說過，詩史之說，起於孟棨「本事詩」，謂老杜遭逢安史之亂，流離隴蜀，一切經歷畢陳於詩也。其後使用此一辭語者，對於「詩史」的解釋，並不一致。有些注重杜甫能反映當時的事物狀況（例如酒價）㊵；有些則認爲詩史是指他能引物連類，掎摭時事，所謂無一字無來歷㊶；更有些强調杜甫長篇排律的成就。但無論如何，杜甫善於用敍事手法來紀述時事，是宋人對杜詩的一般認定。

這種認定，當然也卽是他們尊崇杜詩的原因之一。由於宋詩本有以文爲詩的傾向，黃山谷更曾說過：「杜之詩法，韓之文法也」（苕溪漁隱叢話前集卷六引），所以對於杜甫詩法的理解與掌握，經常是側重在他「亦是一片文章」之處，强調他在記事方面的優越表現。例如蘇轍「欒城集」卷八「詩病五事」中就說杜甫哀江頭詩：「詞氣如百金戰馬，注坡驀澗，如履平地，得詩人之遺法。如白樂天詩詞甚工，然拙於記事，寸步不遺，猶恐失之，此所以望老杜之藩垣而不及也」㊷。

換言之，所謂詩史，在性質上固然不能屬諸敍述文類，但在表達手法方面，則確實是以類似作文的敍述手法爲主。以類似作文的敍事手法來作詩，自然容易使詩在「賦、比、興」的傳統創作手法中，比較接近賦。所謂「直陳時事，指斥利病」，遂成爲宋人眼中杜甫詩史的特徵，而且深受推崇。

然而，歷史寫作，固然也可以容許藝術活動有充分發揮的餘地，但正如黑格爾所說，它不僅在寫作方式上，尤其在內容上，都是散文性的；而散文意識的思維方式，仰賴知解力，與詩的想像在本質上卽有所差異；詩歌以意象爲主要表達方式的特性，也非散文所能擅長。因爲散文的規律，乃是精確、鮮明和可理解性，直指意義內容；詩則訴諸想像，借用比擬譬況，以借物起興㊸。是以宋人這種推崇賦體詩史的觀念及態度，在宋代也並不是沒有人提出過反省或質疑，例如屬於江西詩社宗派的洪炎，就曾在「豫章黃先生文集後序」中說：

詩人賦咏於彼，興託在此，闡繹優遊而不迫切，其所感寓常微見其端，使人三復玩味之，久而不厭，言不足而思有餘，故可貴尚也。若察察言如老杜「新安」「石壕」

【補遺】

㊴ 參見余英時「陳寅恪晚年詩文釋證」（七三・時報）「陳寅恪的『欠斫頭』詩文發微」（七三年七月十九、二十日・聯合報副刊）「文史互證、顯隱交融——談怎樣通解陳寅恪詩文中的『古典』和『今情』」（七三年十月十六—二十日聯合報副刊）、陳文華「何罪斫頭」（商工日報副刊七三年八月廿日）、高陽「吳梅村的『七夕』詩」（七三年八月四、五日聯合報副刊）「詩史的明暗兩面」（七三年十一月十一日聯合報副刊）。

㊵ 見釋文瑩「玉壺野史」卷一、陳巖肖「庚溪詩話」卷上、劉攽「中山詩話」、周必大「二老堂詩話」、王夫之「夕堂永日緒論」內編。

㊶ 見王得臣「增注杜工部詩集序」。餘詳本章第一節。

㊷ 詳龔鵬程「江西詩社宗派研究」（七二・文史哲）頁一六一—一六九。

㊸ 詳見黑格爾「美學」（七二・里仁・朱光潛譯）第三卷下、第三部分第三章詩、序論、A：詩的藝術作品和散文的藝術作品的區別。頁一—五六。

「潼關」「花門」之什，白公「秦中吟」「樂遊園」「紫閣村」詩，則幾乎罵矣。（豫章黃先生文集卷三十）【補遺】

他這種講法，確實點出了一個問題，但當時的江西及嚴羽等人，也成功地解決了這個問題㊹。到明代，這一問題又尖銳化起來，逼得明人不得不逐漸開始正視它。如楊愼「升庵詩話」卷四說：「直陳時事，類於訕訐，乃其（杜甫）下乘，而宋人拾以爲己寶，又撰出『詩史』二字以誤後人」，攻擊詩史的觀念及其創作手法，不可謂不激烈；而他這種批駁的理由，主要也是因爲他認定了詩歌的表達方式必須與記事記言之文不同：

> 二南者……皆意在言外，使人自悟。至於變風變雅，尤其含蓄，言之者無罪，聞之者足以戒。如刺淫亂，則曰「雝雝鳴雁，旭日始旦」，不必曰「愼莫近前丞相嗔」也；憫流民，則曰「鴻雁于飛，哀鳴嗷嗷」，不必曰「千家今有百家存」也……。如詩可兼史，則尚書春秋可以併省。【補遺】

在此，他顯然是以比興的創作方式，作爲詩歌主要表達手法，而反對直言之賦。所以王世貞「藝苑卮言」卷四說楊愼「所稱皆興比耳，詩固有賦以述情，切事爲快，不盡含蓄也」㊺。這種反駁，很有力量，但楊愼這類看法，卻頗能代表明代中葉以後詩評的一種傾向，像船山「詩廣傳」卷五魯頌說：「詩者，與書異壘而不相入者也」、「古詩評選」卷四又說：「(詩用史法，則相感不在永言和聲中，詩道廢矣。……杜子美石壕吏每於刻畫處猶以逼寫見眞，終覺於史有餘，於詩不足。論者乃以詩史譽杜，見駝則恨馬背之不腫，是則名爲可憐憫者」（上山採蘼蕪），與楊愼的批評，便很相似㊻。

依我們看，這種批評趨向，很有意義。因爲明代中葉以後對詩史的不滿，正間接暗示了他們已經開始反省到詩歌表達的特殊性了㊼。詩的表達，必然有「賦」所不能處理的地方，必然有異於文章之處，這個差異的抉發，便有助於使他們重新思考有關「比、興」的問題。

因爲所謂詩歌表達手法，其實卽是詩歌語言的運用。賦所代表的語言運用方式，特徵在於「直陳」，而直陳與鋪敍的語言，至少有兩種必然符合的要件，一是在語言結構上，以邏輯的推演及因果的關聯性爲主，所以在表達上也以時間與地點之布列爲線索；其次，則是語言與現實的關係，直接而緊密，由於它直陳時事，故語句不僅含有明確的指涉（reference），

㊹ 詳見第三章。

㊺ 賀貽孫「詩筏」說：「楊升庵譏少陵麗人行云云，蓋謂少陵無含蓄耳。王元美駁之云云，辨則辨矣，而未盡也。……吾方謂少陵含蓄太深，不爲牆茨、新台，而爲君子偕老，用修乃謂其不肯含蓄乎？」可以參看。

㊻ 楊愼王夫之批評「詩史」的原因，互詳第一節。又，船山提到詩歌必須「永言和聲」，恐怕也是明人反對鋪陳直述的一個理由，因爲明人常認爲詩必須具有音樂性，詳㊷所引書，頁五—六。這個立場，直到清末，講比興詩史的人，大多仍保持著。錢牧齋「徐元嘆詩序」云：「書不云乎：詩言志、歌永言。……導之晦蒙狂易之日，而徐反諸言志永言之故，其庶幾乎！」、「增城集序」；「書有之，詩言志，歌永言」、「徵士錄」：「詩卽樂、樂卽詩也。詩言志，歌永言，作詩事也；聲依永、律和聲，作樂事也」，吳喬「圍爐詩話」亦云：「詩與樂通」（卷三）「詩本樂歌」（卷一）「如尚書所言，詩乃樂之根本也」（同上），這一類看法，後來在焦循、王闓運等人的論詩文字中，都可以看到；甚至後來以詩之比興盡於詞，也未嘗不是因爲詞「出於詩人，採樂府之音，以製新律」。

㊼ 明朝以前，論史與文學的區別，僅偏重在文章方面。參見錢鍾書「管錐編」頁一二七五。

其指涉多半也可以檢證。

由於在事件之因果關聯敘述，及可以印證史料或以史料檢證方面，賦之語言表現如此，所以它近乎史，乃是無可懷疑的。同時，這種語言，無論如何積極修辭以激發讀者審美之想像與感情，畢竟仍與日常語言或認知性語言，差別不大㊽。運用到文學作品上時，知解的成份固然很濃，對讀者理解作品意涵很有幫助，但在提供讀者想像的空間方面，卻不免有所欠缺，對激發讀者情感之效果方面，亦難期於完美。故陳子龍說：

君子之修辭也，正言之不足，故反言之；獨言之不足，故比物連類而言之，是以六義並存，而莫深於比興之際。夫(屈)平之為書，上言天人之理、中託鬼神之事、下依寓山川人物草木鳥獸，以自廣其意，蓋欲世之明者哀其志，而昧者勿以為罪也。

（文用昭雅似堂詩詞稿序．安雅堂稿卷三）

反言或比物連類而言，即所以濟正言直賦之不足，並發揮文學之所以爲文學的特殊效果。這種特殊效果，簡單說即是背離語言文字基本的達意功能，尋求知解效果較低而能喚起知解以外其他效果（例如「哀」的情緒）的方法。這才是文學語言及文學知識不同於日常語言科學語言的地方，故王思任云：「詩三百，賦者少而比興多；興者少而比者多。蓋詩本於易，須擬之議之，而成其變化」（雪香庵詩集序）「詩獨以趣勝，其所言在水月鏡花之間，常使人可思而不可解。吾嘗謂太白終在少陵之上，即其寄託游仙泳女，一再讀之，飄淫恍惚，而別離短促之景具是矣」（方澹齋詩序）㊾。比物連類而有所寄託，即所以成就詩歌恍惚迷離之趣，使人讀之可思不可解，昧者勿以爲罪。這不但是文學語言之特殊處，也是詩歌不同於散文的地方，因爲詩比散文更能發揮此一特點。吳喬「答萬季埜詩問」對此頗有分疏，他說：

> 問詩與文之辨。答曰：二者意豈有異？唯是體製辭語不同耳。意喻之米，文喻之炊而為飯，詩喻之釀而為酒。飯不變米形，酒形質盡變；啖飯則飽，可以養生，可以盡年，為人事之正道；飲酒則醉，憂者以樂，喜者以悲，有不知其所以然者。如凱風小弁之意，斷不可以文章之道平直出之！

詩的主要功能在於激發情感，而非說明事理，故其體製辭語較爲特殊。他們能夠體認到這一層，實在難能可貴。但也正因爲體察到詩歌表達方式的特殊性，所以很自然地也會逼使他們重新去探索思考傳統有關比興的問題，並把比興的地位，抬高到賦之上，形成詩歌創作觀念的大轉變。——因爲詩歌既要深於比興之際，不可以文章之道平直出之，則杜甫自然要被視爲別調了。像船山，甚至認爲詩的主要功能在於抒情，杜甫卻用以言王道事功節義文章，所以杜甫是風雅罪魁㊿。這個批判，跟王世貞等人認爲杜詩猶如周孔製作，後世不能擬議的態

㊽ 消極地運用語言記號的效用，與積極地運用語言記號的效用，詳王夢鷗「文學概論」（六二・帕米爾）第十三章。

㊾ 詩歌激發情感的功能，詳早川「語言與人生」（六四、衆文、柳之元譯）第八章。又，文學語言與科學語言的不同，詳龔鵬程「文學散步」（七四、漢光）頁三三—四〇。

㊿ 見「明詩評選」卷五徐渭「嚴先生祠」詩後評。又「夕堂永日緒論」內編、「古詩評選」卷一評庾信「燕歌行」等。

度比起來，當然是一大轉變。

這種轉變與反省，基本上是由於反對前後七子而來的。所以王思任「雪香庵詩集序」便說詩本於易，須擬議變化，「安得以七子調，掩于鱗之論詩乎？」船山對七子的批評更是嚴酷，「俟解」謂王元美何大復之詩，皆無意可達、言不由衷。觀其語氣，與吳喬說七子是「瞎唐詩」實無太大不同。

據錢牧齋「初學集」卷卅二「徐元嘆詩序」說：「本朝……談詩者必學杜，必漢魏盛唐，而詩道榛蕪彌甚，……甚矣僞體之多，而別裁之不易也」。明七子，尤其是李獻吉，以學杜自命，但在明末諸公看來，他們卻都只能算是僞體，因此攻擊他們是「不善學」；稍微激烈一點的，則根本否定了杜甫，認為杜甫本不值得學，非風雅之正宗，尤其杜甫直陳時事的手法，更是杜詩的病痛所在。這種看法，乃是明末人普遍的意見，陳子龍「左伯子古詩序」記得很清楚：

有唐杜子美，當天寶之末，親經亂離，其發為詩歌也：序世變、刺當塗，悲憤峭激，深切著明，無所隱忌，讀之使人慷慨奮迅而不能止。然而論者或曰：「是無當於風騷之旨者也。風人之義，隱而不發，使言之者無罪；而離騷以虬龍鸞鳳比君子、飄風雲蜺喻小人，其旨無取於彰顯。子美皎然不欺其志，磨切之言，無乃近於倖直」。是或一說也，而不可以概論。夫吟咏之道，以三百篇為宗，六義之中，賦居其一。則是敷陳事實，不以託物為工；標指得失，不以詭詞為諷，亦古人所不廢耳。（安雅堂稿卷四）

陳氏本人雖屬七子後勁，但在有關比興的問題上，他與吳喬船山等人的意見並無不同，因此在這裏他也只能宛轉替杜甫開脫；但這種開脫實在顯得軟弱，因爲連他自己，據「吳梅村詩話」說，也是於「少陵微有異同」的。陳子龍尙且如此，其他人的態度就更可以想見了。

更有趣的是，陳子龍在討論比興時，跟吳喬等人非常接近。本來，在明末淸初詩學大轉變時期，因爲要反七子，要追求含蓄、深刻、有寄託、溫柔敦厚而不刻峭指斥的藝術效果，詩壇遂發生了幾種特殊的創作路向：一種是上溯盛唐以前的古詩，求其含蓄敦厚與比興寄託，如陳祚明「采菽堂古詩選」卽其巨擘，船山也稍微有此傾向，但這一路數後嗣乏力，影響並不很大。一種則是學宋元詩，因爲講比興寄託而貶斥直遂敷張，固然會把宋詩的地位壓低，但詩貴比興，自然要關聯著用意深刻方面來討論：比興，所以詩意深隱，非猝然可瞭；反之，若要使詩意深刻，卽須運用比興。所以提倡比興，其實也正意味著他們已經開始反省到詩中「意」的重要性了。我們試一翻檢明末詩論家文集，便會發現凡講究比興的論者，大多也就是强調詩須「主意」的批評家。而詩既要主意，宋人用意又遠比唐詩深刻，所以當時宋元詩又復興了，由錢牧齋、黃宗羲、呂留良、吳之振，到陳汙，以及後來的浙派或桐城派，波瀾極爲壯濶。第三種，則是以美人之思、定情之咏爲主要表現方式，學步西崑，以李商隱爲矩範，牧齋之後，如吳喬、馮班、賀裳等人，均屬於此類，影響後來箋釋義山詩諸家，亦極深遠。而且，像陳臥子這樣學七子的人，於勢，不可能再上追漢魏六朝，窮遊仙咏懷之趣，因此他在論比興時，也不得不折向這香奩一路，在「沈友夔詩稿序」中替這位未能忘情於金筌香奩的作者辯護說：「詩本性情而發者也，其切而易見者，莫如夫婦之際，故古

【補遺】

之作者，義關乎君臣朋友，必假之以宣鬱而達情焉」，又在「三子詩餘序」中說：「風騷之旨，皆本言情，言情之作，必託於閨襜之際」（皆見安雅堂稿卷三）。這種議論，實在跟「好爲脂膩鉛黛之辭，然規諷勸戒亦往往而在」（馮班葉祖仁江村詩序）的虞山詩人趨嚮非常接近，所以這一路向在清初勢力也很盛(51)。

## 六、清初詩史觀念的轉變

由反省詩史的觀念，而對比興傳統有所體認，再因此而發展形成的這幾種詩歌新路向，幾乎籠罩了整個明末清初的詩壇；後來的王漁洋沈歸愚等人，也都是由此發展而來(52)。但，正因爲這些路向，都來自於對比興傳統的共同體認，所以他們彼此之間又常有相融相卽的現象，分而不異；像牧齋門下，就同時發展成主宋元詩與主溫李的兩個系統。這兩個系統，驟視之下當然差別頗大，可是我們如果深入了解，他們在有關比興及詩史這個問題上，依然是相通的(53)。而且也唯有對這一問題，有所理解，才能明白他們持說的底蘊。

以所謂「以溫李爲宗」來說，基本上這就是因對比興傳統有了新的强調與再發現，才在詩歌創作與鑑賞方式上開闢出來的新途徑。因爲義山詩自宋楊億等倡行西崑以後，元明之間並無多少傳習者，舊有劉克、張文亮二家之注，亦俱不傳，故元遺山論詩絕句說：「詩家總愛西崑好，獨恨無人作鄭箋」。直到明末，情形才開始轉變。——由於當時提倡比興，講究借脂黛男女以寄託規諷勸戒，但六朝以來符合這類要求的詩人並不很多，只有李商隱詩「包蘊密緻，演繹平暢，味無窮而炙愈出、鑽彌堅而酌不竭」，可供人玩索，且可思未必可解，恰與明末對詩的要求相符，所以大受歡迎。釋道林開始替他作注，虞山諸人更是心摹手追，如吳喬有「西崑發微」三卷、朱長孺有「李義山詩注」三卷，對後來的詩論家，影響極深，程夢星姚培謙馮浩以迄張爾田，幾乎都依循著同一條路數[54]。

這條路數，簡單說來，一是知人論世，參稽史傳及生平，以求言外隱衷；一是肯定其言

[51] 這種分類，並不是絕對的，像馮舒馮班兄弟，固然以溫李爲宗，但馮武「二馮先生評閱才調集凡例」中便說他們「溯其源於騷選漢魏六朝」，馮班本人也撰有遊仙詩一卷。與他們同屬宗主溫李的吳喬，就不如此，吳喬重「法」，所以比較強調唐詩，「答萬季埜詩問」自承：「問古詩如何？答：鄙人於此未嘗有苦心，焉敢妄對」。因此他們之間的異同，也是很複雜的。

[52] 例如葉燮「原詩」說：「詩之至處，妙在含蓄無垠，思致微渺，其寄託在可言不可言之間，其指歸在可解不可解之會，言在此而意在彼，泯端倪而離形象，絕議論而窮思維」，便與吳喬等人的講法甚爲相似。而且因爲講究比興寄託、含蓄的詩風，主張以景敘情、言情不盡而得溫柔敦厚之意，一變便成爲王漁洋的神韻說，再則成爲沈德潛主溫柔敦厚的格調說，以及主乎言情的性靈說，淵源脈絡，歷歷可見。另詳註[68]。

[53] 馮班爲錢謙益門人，他與賀裳、吳喬等人，都上溯三唐、明破兩宋，但錢陸燦序錢玉友詩時卻說：「學於宗伯（牧齋）之門者，以妖冶爲溫柔、以堆砌爲敦厚」。對於這種批評，馮班辯稱：「錢牧翁學元裕之，不啻過之；每稱宋元人，矯王李之失也。陸凫本無所知，乃云唐人不足學。斯言也，不可以欺三歲小兒」（鈍吟雜錄卷七・誡子帖）。另外，據毛奇齡「西河詩話」所載：「今海內宗虞山敎言，于南渡推放翁……而要之三唐之步，仍却而不前」，則直到順康時期，虞山派中仍有一大部份人是標舉宋詩的。

[54] 後來，田雯「古歡堂雜著」卷一，甚至說：「玉溪生，詩中之聖。」

外隱衷，多寓忠憤之意，與時局有密切關聯。這兩點是互爲因果的。而始作俑者，可能就是錢牧齋。

牧齋生平爲學，邃精於史，造詣之深，可說是司馬光李燾之後第一人，論詩自然也會與史義綰合。他和吳梅村「琴河感舊詩」時，序說：

> 余觀楊眉庵（孟載）論李義山無題詩，以為音調清婉，雖極其濃麗，皆託於臣不忘君之意，因以深悟風人之旨。若韓致光遭唐末造，流離閩越，縱浪香奩。蓋亦起興比物，申寫託寄，非猶夫小夫浪子，沈湎流連之云也。頃讀梅村艷體詩，聲律妍秀，風懷惻愴，於歌禾賦麥之時，為題花看桃之作。旁皇吟賞，竊有義山致光之遺感焉。

梅村琴河感舊詩實無此義，此義亦不創自牧齋，但牧齋刻意如此作解，且擴大到韓偓詩的解釋，卻造成了很大的風氣[55]，朱長孺「李義山詩注」自序說：「男女之情，通於君臣朋友。國風之蛾眉螓首，雲髮瓠齒，其辭甚褻，聖人顧有取焉。離騷託芳草以怨王孫，借美人以喻君子，遂爲漢魏六朝樂府之祖。古人之不得志於君臣朋友，往往寄遙情於婉孌、結深怨於蹇修，以序其忠憤無聊、纏綿宕往之致。唐自太和以後，閹人橫暴，黨禍橫起，義山阨塞當塗，沈淪記室。其身危，則顯言不可而曲言之；其志苦，則莊語不可而謾語之。計莫若瑤臺璚宇、歌筵舞榭之間，言之可無罪而聞之足以動。……學者不察本末，類以才人浪子目義山；即愛其詩者，亦不過以爲帷房暱媟之詞而已。——此不能知人論世之故也。余故博考時事，推求至隱。……」卽本牧齋緒論而來。其後吳喬又根據朱氏所釋時事，撰「西崑發微」，重比興寄託，意在言外，而排斥賦的創作手法。認爲義山早年學杜，後來則別走楚辭一路，所以杜詩代表的是非詩道優柔敦厚之本旨的一種別調，楚辭則是香草美人的始祖。這個意見，朱長孺在序「西崑發微」時，也大抵同意，認爲義山詩確是原本離騷[56]。

然而，正如理解離騷時所發生的問題一樣，如果詩中的閨幃男女，都有感激忠憤之意，而這種意又是託諸比興，「不可以言求意」，那麼，讀者又從何而知之？

他們對於這個問題，首先肯定「文有一定之解，詩多博通之趣」，不必强求其解；其次，則認爲詩之博通，亦非毫無線索與脈絡可尋，可任由讀者隨情理會，胡亂作解；而是必須建立在對於作者創作環境和創作心態的理解上。這就是所謂「知人論世」與「以意逆志」。吳喬「答萬季埜詩問」說：

> 詩不同於文章，皆有一定之意，顯然可見。蓋意從境生，熟讀新舊唐書、通鑑、稗史，知其時事、知其處境，乃知其意所從生。如少陵麗人行，不知五楊所為，則「丞相嗔」之意沒矣；「落日留王母」之刺太真女道士亦然。

讀者要以意逆志，主要憑藉即在於知人論世的工夫，必須對於作者意之所從出的時局環境有

[55] 見「梅村詩話」。案：牧齋自謂其說得自楊孟載，朱長孺序吳喬「西崑發微」，亦云：「往虞山馮子定遠嘗語余，義山無題詩皆寄思君臣遇合，其說蓋出於楊孟載」。然牧齋序釋道源「李義山詩集註」時即已說過「義山之詩，推原其志義，可以鼓吹少陵」（有學集卷十五），故此處仍將其說屬諸牧翁。

[56] 值得注意的是：「離騷」之重獲重視，也與明末比興傳統的再發現有關。

了理解，方能逆知古人之意。朱長孺所謂「博考時事，推求至隱」，與吳喬所說熟讀史書以知其時事，理由都在於此。至於在創作方面，吳喬主張不著聲色意見故事議論，而這一點也與史有密切的關係，尤其是春秋的記事方法，卽是如此，故「答萬季埜詩問」說：「白傅輓元微之詩有似具文見意。具文見意，乃杜元凱左傳序之言，謂但記其事，不著議論而意自見」。

換言之，作者運用史法（類似春秋褒貶美刺的手法）來創作，使得作品含蓄有言外隱曲；讀者則須博考史事，推求至隱，以得其用心、以通其詩意，運用以史證詩的方法去讀詩。詩與史的關係，至此遂顯得緊密無比。

牧齋所傳，馮班吳喬等人推衍至此一地步，卽已停止，但像黃宗羲論詩，卻還要從這裏再跨向前去，講詩與史相表裏，詩亡而後春秋作，正面地開出「詩史」的新意義。

黃氏「南雷文案」卷一「姚江逸詩序」說：「孟子曰：詩亡然後春秋作。是詩之與史相表裏者也。故元遺山中州集竊取此義，以史爲綱、以詩爲目，而一代人物賴以不墜。錢牧齋倣之爲『明詩選』，處士纖介之長、單聯之工，亦必震而矜之」。所謂詩與史相表裏，是指詩具有史的性質，這一點，卽是牧齋的發明，「有學集」卷十八「胡致果詩序」說：

> 春秋未作以前之詩，皆國史也；人知夫子之刪詩，不知其定史。人知夫子之作春秋，不知其為續詩。……曹之贈白馬、阮之咏懷、劉之扶風、張之七哀，千古之興亡升降、感嘆悲憤者，皆於詩發之。馴至於少陵，而詩中之史大備，天下稱之曰詩史。【補遺】

詩中可見一代之升降盛衰，卽是詩而有史的性質，故可稱爲詩史。這種意見，比之以史證詩，實在還要更深一層。錢牧齋爲此論，暗中有極深的「感慨悲憤」在，所謂詩亡而後春秋作，乃不妨說是史亡而後詩作[57]，故黃宗羲「萬履安先生詩序」云：「今之稱杜詩者，以爲詩史，亦信然矣。然注杜者但見其以史證詩，未聞以詩補史之闕。雖曰詩史，史固無藉乎詩也。逮乎流極之運，東觀蘭臺，但記事功，而天地之所以不毀，名教之所以僅存者，多在亡國之人物，血心流注，朝露同晞，史於是而亡矣。猶幸野制遙傳，苦語難銷，此耿耿者，明滅於爛紙昏墨之餘，九原可作，地起泥香，庸鉅知史亡而後詩作乎？是故景炎祥興，宋史且不爲之立本紀，非指南集杜，何由知閩廣之興廢？非水雲之詩，何由知亡國之慘？非白石晞髮，何由知竺國之雙經？陳宜中之契濶，心史亮其苦心；黃東發之野死，寶幢志其處所，可不謂之詩史乎？元之亡也，渡海乞援之事，見於九靈之詩；而鐵崖之樂府、鶴年席帽之痛哭，猶然金版之出地也。皆非史所能盡矣。明室之亡，分國鮫人、紀年鬼窟，較之前代干戈，久無條序，其從亡之士，章皇草澤之民，不無危苦之詞；以余所見者，石齋、次野、介子、霞舟、希聲、蒼水、密之十餘家，無關受命之筆，然故國之鏗爾，不可不謂之史也。先生固十餘家

[57] 楊家駱謂牧齋以變節自慚，故於啓禎以後士大夫之反闖逆、抗清軍者，往往不錄（合刊列朝詩集啓禎遺詩小傳序），此不足以知牧齋。牧齋史學，最重經世借鑑之義，故於宋之遺民事迹文獻，往往三復致意，參見「有學集」卷十六「高寓公稽古堂詩集序」、「初學集」卷八四「跋王原吉梧溪集」「記北盟會編抄本」「跋汪水雲詩」等。黎州論史，在這些地方，與牧齋是很接近的。

之一也……而先生之詩，遂淒楚蘊結而不可解矣。故先生之詩，眞詩史也，孔子之所不刪也」（南雷文定前集卷一）[58]。梨州此說，非特發明牧翁宗趣，抑且關係詩學甚大。因爲在此之前，詩史僅爲專稱，特指老杜而言；至此，則詩史是表明詩的一種性質，是可以替代、補充、發明、印證歷史的創作。凡具有這些性質的詩，都可以稱爲詩史，上侔春秋。故不僅杜甫詩是詩史，扶風七哀也是詩史；不但水雲晞髮之詩是史，蒼水密之等人之詩也是史。風氣所被，遂有如姚經三「昌谷詩集注自序」所說：

> 以詩續春秋也，其辭異、其旨同也。……賀之為詩，其命辭命意命題，皆深刺當世之弊、切中當世之隱，倘不深自弢晦，則必至焚身。……則以賀詩為唐春秋可也。

李賀詩也可以稱爲唐春秋了。而春秋屬辭比事，中多微言大義，詩旣爲續春秋，當然也具有這一特徵，深曲隱晦，難以遽曉，如梨州所謂「淒楚蘊結而不可解」。這是淸初對詩史認定的一個特色，如陳本禮就說李賀箜篌引等詩，「感切當時，目擊心傷，託於咏物寫景，使人不易窺其意旨」（李賀協律鉤元序）。但我們必須注意，純講深曲隱晦，只能如吳喬馮班，開不出詩史的新意義，因爲它仍然無法解決我們在上文所說詩與歷史性散文在表達方式上差異的問題。這個問題若不解決，怎麼能一面講寄託比興，一面又高談詩史呢？

整個明末，由詩歌表達方式的反省與傳統比興手法的再强調，而否定了「詩史」的觀念；但現在又從講究比興寄託而探尋到詩與史的關聯，詩與史顯然無法斷然分割，「詩史」應該可以成立，而且具有崇高的地位。可是，如何說明這個曲折呢？牧齋提出了解答，他說：

> 三代以降，史自史，詩自詩，而詩之義不能不本於史。……傳曰：春秋有變例，定哀多微詞。史之大義，未嘗不主於微也。二雅之變，至於赫赫宗周，瞻烏爰止，詩之立言未嘗不著也。著與微，修辭之枝葉，而非作詩之本原也。（胡致果詩序）

我國歷史，在寫作上，本不盡屬鮮明精確可理解的，所以說史未嘗不微；詩六義中也自有賦體，故詩亦未嘗不著。只不過詩與史相表裏，不是在這外在的表達形式上，而是指詩有史義，凡有史義之詩，就是詩史[59]。【補遺】

這個講法，不僅擴大並深刻了詩史的意義，也消解了杜詩的尷尬處境。所以牧齋仍然可以注杜，自朱長孺以下，清初說杜者，多少都與牧齋有點淵源，漁洋甚至說：「草堂樂府擅驚奇，老杜哀時託興微」，這種講法，在以前是講不通的，牧齋之後才能如此說。同理，梅村與牧齋也只有在這一方面才能契合。因為梅村對牧齋推倒王李鍾譚的詩論，素不愜心，謂

58 南雷文定前集凡例：「余多敍事之文，嘗讀姚牧庵元明善集，宋元之興廢，有史書所未詳者，於此可以考見……其有稗於史之闕文」，文約卷四撰杖集陳葦菴年伯序：「陳先生（詩）……讀之者但覺秋風憯慄，中人肌膚，方其愁樂相生，掩卷不能，曾何忌諱之可言乎？此一人之身而正變備焉者也。令子同亮刻之，問序於余，同亮方集春秋傳注數十家，衷其醇疵。詩亡而後春秋作，亦知詩有不亡者乎？不必舍先生之詩而別求也」，又同卷陸石溪先生文集序也有相同的意見。

59 牧齋另外還有個意見，他認為詩比一般歷史著述更能表現歷史的眞相，如「列朝詩集小傳」劉誠意基：「其深哀託寄，有非國史家狀所能表其微者」。這也與他提倡詩有史義有關。

其紬中顚倒，取快異論⑳；但因牧齋又推重杜甫與香山劍南，他才能與牧齋相契。「梅村詩話」自負：「余與機部（楊廷麟）相知最深，於其參軍周旋最久，故於詩最眞，論其事最當。即謂之詩史，可勿愧」，絕筆遺子曝書更說他自己以「史禍詩禍」自懼，可知他對牧齋詩史之論，也必是深有會心的[61]。

## 七、詩史觀念在清代的發展

從明末到清順治康熙年間，整個詩壇大概的狀況及其觀念之發展，就是如此。咸言比興，豔稱詩史。雍乾以降，風氣雖然頗有轉移，比興寄託的基本創作方針還在，只不過史的意義畢竟減弱了些，故陳衍說：「道咸以前，則懾於文字之禍，吟咏所寄，大半模山範水，流連景光；即感觸，決不敢顯然露其憤懣，間借咏物咏史以附於比興之體，蓋先輩之矩矱類然也」（石遺先生文集卷四・小草堂詩集序）。

而就在這個時候，常州今文派已經開始出現了。乾隆中莊存與爲進士，官至禮部左侍郎，首倡經今文學，主張上溯西漢，求微言大義於語言文字之外。他對京朝士大夫雖然沒有多少影響，卻在家鄉常州形成了一股龐大的勢力[62]，譚獻「復堂日記」卷一所載「師儒表」將它列爲「絕學」，謂其能恢復今文家中斷千餘年的學問。其派中人，據譚獻說，有以下諸人：

莊（存與）方耕先生 家學 從子（述祖）葆琛先生　孫綬甲卿珊／劉（逢祿）申受先生／

宋（翔鳳）于庭先生／汪（中）容甫先生 家學 子喜孫孟慈／同學劉（台拱）端臨氏／

李（惇）孝臣氏／賈（田祖）稻孫氏／江（藩）鄭堂氏∥章（學誠）實齋先生／同學

邵（晉涵）二雲先生∥龔（自珍）定庵先生／同學魏（源）默深氏∥別出黃（承吉）春

谷氏／同學焦（循）里堂氏 家學 子廷琥虎玉／春谷傳詩 王翼鳳句生／梅植之蘊生

由這個表看，可謂洋洋大觀了，但事實上尚不只此數，如包世臣、李兆洛、張惠言等，猶未計入[63]。不過單就這張表來說，卻有個很特殊的地方，那就是章實齋。實齋論詩，仍與其六經皆史說，有密切關聯，列實齋於表中，其實也就暗示了常州派跟史學的關係[64]。——

60 見吳氏「與宋尚木論詩書」、「太倉十子詩序」。

61 另參俞大綱「寥音閣詩話」（六七・河洛）頁九九。

62 詳孫海波「莊方耕學記」（中和月刊第一卷）。

63 見河田悌一「清代學術の一側面——朱筠、邵晉涵、洪亮吉そして章學誠」（東方學五七輯）。常州派其實究竟有那些人，並無定論，阮元序莊氏遺書謂邵晉涵、孔廣森傳莊存與之學，孫海波即不同意。但事實上，所謂常州，只是一種趨勢或精神，他們基本上是每個人都不一樣的。另參龔自珍「常州高材篇送丁若士」錢鍾書「談藝錄」頁一五八、孫春在「清末的公羊思想」（七四、商務）二章四節。

64 劉師培「南北學派不同論」（國粹學報七期）謂李兆洛張琦等人「大抵依經立誼，旁推交通，間引史事說經」。在常州派來說，經與史是一體的，而且史的意義就顯示在他們「經世」的用心上。如包世臣善言水利、周濟知兵（見「求志堂存稿彙編」附錄沈銘石「周濟傳」）。周著有「晉略」及「味雋齋史義」，蓋亦欲以史學經世者也。又，章學誠論詩文與史的關係，見「章氏遺書」卷八「韓柳二先生年譜書後」，卷十五「答甄秀才論修志第二書」「駁文選義例書再答」等。

由歷史的角度來看，詩歌的功能，在於能觀世變，並進而經世敎化；讀者讀詩，則必須知人論世，龔定庵「古史鈎沈論二」說得好：「周之雅頌，義逸而荒，人逸而名亡，瞽所獻、燕享所歌，大抵斷章，作者之初指不在。瞀儒序詩，以斷章爲初指，以諷諫爲本義，以歌者爲作者，史不能宣而明，謂之大罪」，讀者的職責，就是要想辦法把作者的初指本衷（志）搞清楚，所以他實際上也擔負著一種歷史的任務。至於作詩，「春暉閣詩抄選」卷六「長夏無俚拉雜書懷」第十四首也明白指出：「吟詩如作史，中有春秋書」。春秋，尤其是公羊微言大義解說系統下的春秋，正是他們對詩的主要理解。因此這即構成了詩與史無法析分的局面。陳沆「詩比興箋」中，曾一再討論到這個關係：

△情與事附，則志隨詞顯，詩史之目，無俟杜陵。（卷二）

△世推杜陵詩史，只知其顯陳時事耳。甚謂源出變雅，而風人之旨或缺；體多直賦，而比興之義罕聞，然乎哉？然乎哉？今箋其古詩寄託者若干篇。（卷三）

△風以比興為工，雅以直賦為體，枘鑿各異方圓，源流同符三百。所貴詩史，詎取鋪陳？謂能以美刺代褒貶，以誦詩佐論世。苟能意在詞先，何異興含象外？知同導乎情，則源流合矣。……知二者之所以分，又知二者之所以合，則詩教明矣。（卷二）

從這些文字看，很明顯就能看出這一派詩論，乃是從吳喬黃宗羲一路發展而成的。高標詩史，就是認爲詩的意義和性質與史相同，可以褒貶論世。但詩的表達手法，雖兼有賦與比興二類，且同出於情，可是詩史也者，畢竟仍以比興爲主，故卷四云：「謂昌黎以文爲詩者，此不知韓者也；謂昌黎無近文之詩者，此不知詩者也。謝自然、送靈惠，則原道之支瀾；薦孟郊、調張籍，乃談詩之標幟，以此屬詞，不如作論。……豈知排比鋪陳，乃少陵之碔砆；聯句效體，寧吏部之韶濩？以此而議其詩，亦將以諛墓而概其文乎？」書名詩比興箋，原因大抵也卽在此。依魏源的序來看，比興不僅是詩創作的主要方法，可能也是讀者在閱讀並追索作者情志時，主要的思考對象，所以陳沆箋釋漢魏六朝與三唐之比興，魏源撰「詩古微」則旁推曲鬯齊魯韓之比興，心志手眼都是相通的。而也正因爲如此，許多原先認爲是直賦其事的作品，都被他說成是比興了65。

這種詮釋立場和方法，基本上卽是吳修齡等人的延續；「詩比興箋」於古今人詩話，僅引吳氏「圍爐詩話」一部，並且引用好幾次，便可以充分證明他們的關係。但常州是個很特殊的學派，它的詮釋系統不是特指的，而是廣涵的，舉凡一切經史小學詩文詞賦，都涵蓋在這個解釋系統之下。說經如此，解詩論詞，亦皆如此。在詩這方面，既已是推尊詩史、力崇比興了，自然也可以將此觀點推衍到詞那方面去。張惠言首先肯定了詞卽是比興之詩，說：

> 意內而言外者謂之詞，其緣情造耑，興於微言以相感動，極命風謠里巷男女哀樂，以道賢人君子幽約怨悱不能自言之情，低徊要眇，以喻其致，蓋詩之比興；變風之義，騷人之歌則近之矣。（詞選序）【補遺】

詞本緣情，卽陳沆賦比興同導乎情之說；興於微言以相感動，卽包世臣詩詞皆本興之一義之

65 最典型的例子是卷一論繁欽定情詩、卷三論杜甫槐葉冷淘詩、幽人詩。

說㊅；至於變風騷人，亦論比興者之恒言。因此，在意義上，「詞選」只是另一部「詩比興箋」，常州詞派論詞的觀點也與論詩之比興無異，例如周濟批評玉田，說玉田意盡於言，不足好；說北宋之詞多就景敍情，故珠圓玉潤，至稼軒白石而變爲卽事做景，遂使深者反淺、曲者反直；又說白石不如稼軒，只有「暗香」、「疎影」二詞，寄望題外，包蘊無窮，可與稼軒伯仲，餘皆據事直書，故情淺，看似高格響調，卻不耐人思，猶如明七子詩㊆。這些批評，像注重深、曲、寄意題外、就景敍情，而反對意盡於言，不喜歡據事直書，都是我們所熟悉的比興之論。所謂白石手意近辣、以詩法入詞，其實也就像明末人說杜甫以文爲詩，峭激直遂一樣。出自同一類批評觀點。

不但如此，周濟推崇夢窗，原因可能也就像吳喬等人推崇李商隱。夢窗詞，「用事下語太晦」「過嗜餖飣」「幽邃而綿密」，本來卽有神似義山詩之處，讀來當然會有「天光雲影搖蕩綠波，撫玩無斁，追尋已遠」之感。常州論詞，在張皐文時尚不很重視夢窗，但後來從周濟開始，到鄭文焯、朱彊村、陳洵，夢窗的地位一直非常崇高，這種情形，與清初及清末義山詩的流行，也是非常相似的。【補遺】

在這種情況下，詞既爲比興之詩，則詩有詩史，詞亦當有詞史。周濟「介存齋論詞雜著」說：

> 感慨所寄，不過盛衰。或未雨綢繆、或太息厝薪、或己溺己饑、或獨清獨醒，隨其人之性情學問境地，莫不有由衷之言，見事多、識理透，可為後人論世之資。詩有史，詞亦有史，庶乎自樹一幟矣。

這與金武祥「粟香隨筆」討論蔣春霖時說：「譚復堂謂咸同之際，天挺此才，少陵詩史也，水雲詞史也」，同樣都是把詞史當做詞的尊稱或鵠的[68]。詩史的觀念，發展至此，可謂淋漓盡致了。

綜觀這一發展演變之脈絡，有幾點是值得我們注意的：

第一，對於比興的反省與强調，基本上是來自對詩歌獨立特殊性的思索。這種探索，發現了文學在性質及表達方式上與邏輯知解性知識不同，認識並肯定了文學的獨特價值與語言構造方式，所以堅持詩不能被歷史或知解性文字替代。表現在詞這方面，便形成了「尊體說」，肯定它的地位與價值。

第二，文學固然有其獨特性，但作者生活於歷史與社會中，作品自然會與時代發生關係，如果不從修辭方式上看，而從作品表現的意義上去理解，詩確實能夠透顯歷史與人生的意義，彰示最眞實的歷史，表現作者對歷史的感情和判斷。作者創作時，基於文學任務的尊嚴，理當循此目標而努力；讀者讀詩時，也應把這種複雜而深刻的關係揭明出來，知人論世，以意逆志。如此，便很自然地形成了類似上文所描述的創作指向和詮釋系統。

[66] 見「藝舟雙楫」「金筤伯竹所詞序」。

[67] 參見周氏「介存齋論詞雜著」。

[68] 趙尊嶽「蕙風詞跋」：「自卷下握金釵迄霜花腴，並辛亥國變後作，撫時感事，無一事無寄託，蓋詞史也」（詞學季刊一卷四號）；金氏「詞選」後序：「造口之壁，比之詩史」（指辛稼軒菩薩蠻「鬱孤台下清江水」），均與此同意。

第三，如果創作時託興深微，解釋時又旁推曲鬯，詩歌的意義必然會愈挖愈深、愈寄愈沈，以微言興託大義。就文類來看，咏物、遊仙、艷情、宮體、咏史，必然大爲流行；就風格來看，則也將漸漸趨向宋詩，而不是唐詩。就像詞一樣，理論上是說要還北宋之渾化，其實風格仍是南宋的；詩則理論上要上追開元元嘉，實際上卻爲宋人法乳。同光詩家，表面上看來，與陳沆吳喬差別很大，但陳衍論詩，一再說：「不論其世、不知其人，漫曰溫柔敦厚詩教也，幾乎不以受辛爲天王聖明，姬昌爲臣罪當誅？」（石遺室詩話卷三）「李義山詩陳后山詩，有非注斷斷乎不知其好處者，得注乃嘆其眞善學杜。桐鄉馮氏之注義山，考訂翔實，實足知人論世。蘄水陳太初先生之『詩比興箋』，眞能撥雲霧而覩青天，縋幽沈而出井底。學詩者不可不肄業及之」（同上），錢仲聯箋注沈曾植「海日樓詩」，更全以比興解說沈氏詩意，這些都可以看出他們的脈絡[69]。至於近代專走漢魏齊梁風格的作家，如王湘綺之類，就更不用說了[70]。【補遺】

第四，由史義，而不由修辭去了解所謂的詩史，又肯定了比興與賦皆源出於性情，且符合「詩經」。則其所謂比興，已經漸從與賦相對立的創作方式，提昇到一種屬於本質的層面了。例如閻爾梅說：「其間參差錯落，連類生情，觸興而來，興盡而止。是賦比興三者，原散見於風雅頌之中，而興尤靈通於賦比之外，孔子所謂詩可以興者，此也」（徐州二遺民集卷十・示二子作詩之法），此與張惠言論詞皆興於微言以相感動之說，同樣代表了「興」之意義的轉變。這種轉變，不但影響到常州後期的詞論，也顯示了：詩詞若本出於興，則運用任何直陳賦敘的手法，其實也沒什麼不可以。譬如常州諸儒，本身在創作時，風格就比較接近蘇辛，徐珂論常州，也說他們是「賦手文心，貴能以氣承接，通首如歌行然，又須有轉無竭，全用縮筆包舉時事」[71]；這種創作傾向，如果就表達手法層面說，根本是與他們的理論矛盾的，怎麼能夠並存呢？同理，黃公度光緒十七年「人境廬詩序」也說過：「嘗於胸中設一詩境，一曰復古人比興之體；一曰以單行之神，運排偶之體；一曰取離騷樂府之神而不襲其貌；一曰用古文家伸縮離合之法入詩」，比興之體與古文伸縮離合之法，亦同時並列。這是很值得我們玩味的。詳後文。【補遺】

第五，由明代後期開始，到常州派，甚至到黃公度，整個發展都有明顯的新異性，充滿了改革創新的精神。明代後期提倡比興，是爲了反對七子；常州則是爲了經世求變，遠則家國、近則文學，莫不推倒成規，戮力開新。但是，這種新變，來自於對比興傳統的再發現，所以，他們又自稱這卽是一種復古。吳喬「西崑發微」序：「明人自矜復古，不過于聲色求唐人，未有及六義者，殊可嘆也」、陳廷焯「白雨齋詞話」卷五：「復古之功，興於茗柯，

69 這也就是早期虞山派也可以一方面標擧宋元詩，一方面又談詩史比興的緣故。郭紹虞「肌理說」一文，認爲肌理說與常州派聲氣相通；周濟詞史之說，更是跟何紹基論詩相類；至於常州講針鏤離合之法，亦屬肌理說所注意者（國文月刊四三、四四期合刊）。這個說法很有見地，同光派本來就是從肌理說發展出來的，論詩而近於常州之論詞，實無足怪。其論詩史，最重要的文獻則是鄭孝胥的「陳三立散原精舍詩集序」。

70 如果拿清末跟明末作對照，則同光與虞山之主宋詩者相似，湘綺則兼有漢魏及溫李香匳二種路子，但湘綺並不直接學溫李，他是宗法齊梁，得溫李之遠源。詳張之淦金先生「遂園書評彙稿」（七五、商務）。

71 見徐氏「清代詞學概論」（六八・廣文）第二章。徐氏此說，蓋本龍沐勛「論常州詞派」（同聲月刊一卷十號）。

必也成於蒿庵」、魏源「詩比興箋序」：「以箋古詩三百篇之法，箋漢魏唐之詩。……我思古人，實獲我心」、潘祖蔭「宋四家詞選序」：「近世論詞，張氏詞選稱極善，止庵詞辨亦徵時俗猖狂雕琢之習，與董晉卿輩同期復古」以及黃公度「人境廬詩序」，都明白說明了他們的做法只是復古。但復古卽所以開新，在這個問題上，他們的取嚮，似乎也印證了我國文化史上的通例[72]。

第六，如果這些開新，卽來自於對比興傳統的再發現，則比興傳統除了强調比興的創作方式之外，是否也提供了比與興的內容？他們又如何面對這些內容、處理這些內容？這就牽涉到整個比興及與比興有關的象徵系統了。這個問題，甚爲複雜，以下我們想稍做些梳理。

## 八、詩史與象徵系統的建立

對於比興傳統的再發現，基本上起自明末人對詩歌語言之特殊性的體認；而詩歌語言，以雅克愼（Roman Jakobson）的理論來說，卽是一種表達詩功能（Poetic function）的語言。它整個語言行爲集中在語言本身，設法使語言成爲藝術品，而不只有指涉、抒情、感染、線路及後設語規等其他功能。這樣一種語言，構成的基本原理，在於把「對等」當做組合語串的構成法則，使得詩歌語言在語音、文法、語意等層面，都帶有隱喻和旁喻的性質，所以它也充滿了豐富的模稜性（ambiguity）[73]。換言之，詩歌「比物連類」的語言特徵，乃是達成詩之藝術的重要關鍵。一位評論者，一旦思索到這一層，便毫無疑義地會提高比興的地位，視爲詩之所以爲詩的主要條件。明末清初，倡言比興者，基本態度卽是如此。

假如詩之主要表達手法，在於比物連類，則抒情寫意，當然必定會「寓情草木」「託意男女」，這就構成了寄託說。然而，比興寄託從吳喬講到趙尊嶽，卻由表現手法轉而成爲「本原」；專主寄託也逐漸變成「無寄託」，到底原因何在？

以陳廷焯爲例，他說：「作詞之法首貴沈鬱」（白雨齋詞話卷一）「沈鬱以爲用」（自序）「必須沈鬱頓挫出之」（卷七），沈鬱顯然是指表現手法；但他又說：「本原何在？沈鬱之謂也」（卷四）。如果我們相信它們在理論上仍是一貫的，則這個地方就必須有個交代，否則表現手法跟本原焉能混爲一談[74]？同理，無寄託也不是寄託的否定，更不是什麼「更高一層的寄託」或「寄託的極致」，而是將比興從技術層面提昇到本質層面的講法。

這種講法，如何講呢？它的關鍵就是興。賦比興三者，賦是「直陳其事，不譬喻者」

72. 以復古爲開新的方式，詳龔鵬程「試論康有爲的廣藝舟雙楫」（漢學研究二卷一期）、「江西詩社宗派研究」頁一二〇、一七五—一八四、二〇七—二〇九。

73. 詳 Roman Jakobson, "Two Aspects of Language and Two Types of Aphasic Disturbances," *Selected Writings*: II (The Hague: Mouton, 1972), pp. 239-259; and "Closing Statement: Linguistics and Poetics," in *Styl in Language*, edited by Thomas Sebeok (Cambridge: M. I. T Press, 1960), pp. 350-77. 又，古添洪「記號詩學」（七三・東大）第四章「雅克慎的記號詩學」。

74. 林玫儀「晚淸詞論研究」（六八・台大博士論文）第六章論陳廷焯極精，但對於這個參差處，亦無處理。

（左思三都賦序）；比，「詩品」說是：「因物而喻志者」、「文心雕龍」說是：「切類以指事」，所以比卽是比喻，包括明喻與暗喻。至於興，皎然「詩式」說：「取象曰比、取義曰興。義卽象下之意，凡禽鳥草木名數，萬象之中，義類相同，盡入比興」，他把物況的譬喻稱爲比，而把意義的暗示稱爲興，所以興其實就是象徵。

作爲藝術表現裏的象徵，不像比喻那樣，明白指出意義和表現意義之形象間的關係，而其寓含之意義也是抽象的或普遍的，因此象徵具有本質的曖昧性[75]。這一點，常州諸人認識得很清楚，陳廷焯說：「婉諷之謂比，明喻則非；若興則難言之矣。喻可專指，義可强附，亦不足以言興」（卷六）「中白先生序復堂詞有云：夫義可相附，義卽不深；喻可專指，喻卽不廣」（卷五）「仲修之言曰：吾所知者，比已耳，興則未逮。……吾竊願君爲之而蘄至於興也」（同上）。比，就是周濟所說的寄託；興，則是無寄託。託者託物喻意，無寄託者，「指事類情，仁者見仁，知者見知」、「讀其篇者，臨淵窺魚，意爲魴鯉；中宵驚電，罔識東西」。詩歌要到了這個地步，才能說「作者之用心未必然，而讀者之用心何必不然」[76]。

但，推究至此，興依然是創作上的手法而已。如果由此更進一層，理解到：文學所傳達的，本來就是一種象徵經驗（Symbolic Experience），問題就清楚多了。宋羅大經「鶴林玉露」說得好：「興者因物感觸，言在此而意寄於彼，體會乃識，非若比賦之直言其事。故興多兼比賦，而比賦不兼興，古詩皆然」，由於文學本質上是一種象徵，所以在表現手法上的象徵，其實便具有這種本質意義，而且也能統攝賦與比，賦與比卽無此能力。前舉闍爾梅張惠言語，可知他們對此也頗有認識，所以張琦「古詩錄序」（宛鄰文卷一），特別標舉興義，陳廷焯也說：「蘇辛與周秦，流派各分，本原則一」（卷五）。他們這種立場，倒很像安海姆（R. Arnheim）在「藝術與視覺心理學」（*Art and Visual Perception*）中，既說「藝術裏的象徵」，又歸結到「所有藝術都是象徵的」，耐人尋味(77)。

但我認爲他們這種看法，並不只是通過美學或文學本身的思考來的，而是結合了對「易經」和「春秋」的研究而生。早在宋朝，陳騤「文則」卷上丙卽說：「易之有象，以盡其意；詩之有比，以達其情。文之作也，可無喩乎？」清初，宋大樽「茗香詩論」進而推衍之，云：「易取象，詩譎諫，猶之寓言也。但取象猶詩之有比，譎諫則不必於象」，以取象爲比，譎諫則有進乎興者，較陳騤已是推進了一層。到章學誠「文史通義」內篇「易敎」下，便接著說：「易雖包六藝，與詩之比興，尤爲表裏」；常州學者，好以陰陽消息言易象，認爲易象依物取類，貫穿比附，「參伍蓄變，無不包孕，見仁見智，隨所取之」（李兆洛・尚書旣見序），於是易象當然也就同乎比興了。尤其是對立象來說，象之依物取類，固然是比，但立

(75) 詳見黑格爾「美學」（朱光潛譯、七十、里仁）第二卷第一部份象徵型藝術，頁九—一六二；佛洛姆（Erich Fromm）「被遺忘的語言——對夢、童話、神話之初步了解」（葉頌壽譯、七二、志文）第二章、第七章、劉昌元「藝術中的象徵」（中外文學月刊十二卷七期）。

(76) 見莊氏「復堂詞錄序」及譚獻評「詞辨」。又李兆洛「毛詩後箋序」說：「古善讀詩者，莫若孟子，其言曰：不以文害辭，不以辭害意，以意逆志，是爲得之」，此與張惠言以「法有盡而意無窮」論文、惲敬以「橫看成嶺側成峯」論文亦皆相同。互詳注(85)。

(77) 參看安海姆「藝術與視覺心理學」（李長俊譯、七一、雄獅）第十章第五—七節。另外，藝術品是否爲一象徵的問題，又詳劉昌元「藝術與符號」（中華文化復興月刊十二卷九期）。

象盡意，卻是象徵的辦法，象不僅作爲一符號，亦爲一「具象抽離」之後，與所要說明意義之間有內在關聯的符號[78]。

這種關聯，由於只是部份協調，而非意義與象完全相等，所以意義可以用好幾種不同的象來表達，一個象也可以有許多個意義，這便是象徵的模稜曖昧本質[79]。論易者，有的像王弼，認爲既然象徵如此曖昧，「義苟在健，何必乾乃爲馬？爻苟合順，何必坤乃爲牛？」則只要掌握其意義便罷，何必管其象，所以主張掃象。有些則主張觀象見意，既然義在於順不必定說坤卽爲牛，則可以顯此意義的象到底有哪些，不妨予以歸納整理，於是就構建了一個象徵系統。主要的代表人物，就是虞翻。

惠棟「易漢學」說：「荀九家逸象三十有一，載見陸氏釋文，朱子采入本義。虞仲翔傳其家五世孟氏之學，八卦取象，十倍於九家」（卷三），但這些象多半失傳了，惠棟整理後，得三三一事，張惠言著「周易虞氏義」，又增加了一二五事，共得逸象四五六則。譬如乾，爲王、爲明君、爲神、爲大人、賢人、君子、嚴、威、道、德、性、信、善、大、盈、好、利、清、治、龍……；坤爲臣、民、小人、鬼、母、下、惡、藏、恥、亂、怨、晦、夜、車、牛……；離爲女子、孕婦、惡人、刀、斧、鳥、瓶、戎……；凡此之類，後來方申撰「虞氏易象彙編」，續予補充，共得一二八七事，可說是洋洋巨觀了[80]。

我們如果把張惠言等人對虞氏易象的歸納，拿來跟乾隆中刊行的「詩學指南」相對照，便可以發現，「詩學指南」所收晚唐虛中撰「流類手鑑」及題賈島所撰的「二南密旨」，也都是從六藝、風雅、正變，論到物象，例如殘陽落日比亂國、百花比百僚、江湖喻國家、荆蝀蜂蝶比小人……等等，共一〇一則。大抵清人之說比興者，直到清末民初，都是依據這個易象所衍生的流類象喻系統在創作或詮釋作品的，觀魏源的「詩比興箋序」卽知。所以這個系統，也可以簡單地視爲我國詩歌的「公共象徵體系」或「俗成暗碼」[81]。

爲什麼象徵會逐漸形成這樣一個系統呢？象徵固然是仁者見仁、知者見知的，但象徵記號與意義，在一個文化中，卻無法輻射型開放；文化的强制俗成力量，拉合了象與意，使得象特定地朝向某一類意義，而不朝向另一類意義。如此，自然就構成了文化及文學上的成規（cultural and literary conventions）[82]。

張惠言把「詞選序」編在「周易虞氏義序」「虞氏易禮序」「虞氏易事序」「周易鄭荀義序」「易義別錄序」「易緯略義序」之後，「丁小疋鄭氏易注後定序」之前（見茗柯文二編卷上），當然有其用意。他解詞，就是根據這個象徵系統去理解詞意的。因此他一看到「亂

78 易經的具象抽離，詳劉君祖「具象抽離——易經表達手法初探」（中國文化月刊五十期）。蔡錦昌「說易繫辭傳中的幾個核心觀念」（稿）

79 參看75所引書，頁一一一—一一二。

80 另詳簡博賢「虞翻周易注研究」（孔孟學報卅四期）。

81 個人象徵Private Symbolism與公共象徵的分法，此處是參考Rene Wellek & Austin Warren「文學理論」（梁伯傑譯・大林）第十五章，Ione Bell. & Karen M. Hess. & jim R. Matison「藝術鑑賞入門」（曾雅雲譯、七三、雄獅）第九章的劃分方式。

82 詳73引古添洪書，頁三六二—三六八。

紅飛過秋千去」，便立刻說：「斥逐者非一人，殆爲韓范而作乎！」，爲什麼如此斷言？因爲在這個俗成暗碼系統中，百花卽比百僚，所以他才會如此認定。

而這種認定，我們不要忘了，還有「春秋」公羊家所謂的「義例」的意義在。「春秋」的表達手法，本來卽不是直述的舖陳，所以與記錄歷史事實的史籍不同。若就記載歷史事實的角度來看，則它只能算是一部斷爛朝報；但就其彰顯歷史之意義的性質來說，它乃是藉著設況，以事爲媒介，象徵地達成盡意說理的目的。所以它是卽事明理，並借事明義的，至少公羊家們如此認爲[83]。

「春秋」所以「微其辭」，主要是來自這種本質上的特殊要求，至於外在客觀環境的禁忌，如「春秋繁露」所云：「義不訕上，智不危身，故遠者以義諱，近者以智畏，畏與義兼，則世愈近而言愈謹矣。此定哀之所以微其辭」（楚莊王），也與陳子龍錢牧齋以下，迄於清末民初詩人詞客的講法相同。那麼，在這種設況與微辭之中，是否有一規律可循，讓人可以玩索而知其褒貶大義呢？公羊家說有的，某些特定的修辭運用，如及、來、入、取、卒、薨、朝、會等字，都有特殊的意義，再配合時、月、日的書與不書，或詳或略，就構成了筆削寓意的目的[84]。這樣的寓意系統，濫觴於漢晉，但經唐代孔穎達、啖助、趙匡、陸淳，宋代孫復、劉敞、朱熹、黃震、黃仲炎、呂大圭，元代程端學等人摧陷廓清已久，世罕言者。莊存與出，著「春秋正辭」，認爲春秋「以辭成象，以象垂法」，又開始講義例，後來劉逢祿著「公羊何氏釋例」更是集大成之作。所以常州基本上就很注重這個暗碼系統，並要通過這個暗碼系統，去說明：「能說鳥獸之類者，非聖人所欲說也；聖人所欲說，在於說仁義而理之」

（魏源・武進莊少宗伯遺書序），無論解「春秋」「論語」或詩詞，均是如此。

明白了這一點，才能解釋另一個問題：他們講比興寄託，經常被人抨擊爲附會穿鑿，可是在他們自己來看，並不覺其爲穿鑿，反而對於別人的許多比興講法不太滿意。例如錢牧齋注杜，以抉發託興爲獨得之秘，云：「於聲句之外，頗寓比物託興之旨，庾辭隱語，往往有之。今一一爲足下（錢曾）拈出，便不值半文錢矣」（有學集卷卅九・復遵王書），這是他自負之處，但潘耒卻說他「謂少陵大不滿於肅宗，多所譏切，洗兵馬、收京諸作，皆刺詩」，是「傷教害義之大者」（遂初堂集・書杜詩錢箋後）；既然如此，試問牧齋發明比興的講法，跟他自己在注杜略例中所攻擊的「宋人解杜詩，一字一句皆有比託，若僞蘇注之解屋上三重茅、師古之解筍根稚子，尤爲可笑者也」，究竟有何不同呢？同樣地，謝章鋌曾批評常州派「愁禽怨柳，塞滿乾坤，是直以長短句爲謗書矣」（賭棋山莊詞話續編一），但張惠言也批評別人比附猥雜。爲什麼會這樣呢[85]？這不是「主觀」二字能夠解決的。因爲解說比興時，基本上是在追探作者之志，以知人論世的工夫，去以意逆志；但意逆本是主觀的，要避免主觀無限制地輻射開放，卽必須仰賴這套成規（conventions）。凡符合這個成規的解釋，都可以

【補遺】

[83] 見劉君祖「卽事言理——春秋經表達手法初探」（中國文化月刊五一期）。

[84] 這種說法之得失，詳戴君仁「春秋辨例」（五三・中華叢書）。

[85] 錢鍾書「談藝錄」頁三五八謂：「陳太初詩比興箋……以寄託爲高，示詩之不苟作，陳祚明采菽堂古詩選導厥先路，實不出吾郡學者之緒餘而已」，但事實上，陳沆曾對陳祚明大肆抨擊，見其書卷二江淹詩箋部份。

視爲「作者未必然，讀者何必不然」的合理合法解釋；不符合這個暗碼系統的，則不被承認；所以常州的愁禽怨柳是合法的，雖然不一定脗合作者之志，爲蘇之解屋上三重茅則是非法的。象徵系統本身的規範性，便是要提供一個較爲有效的依據，來袪除主觀任意解詩。這一點是我們所必須注意的[86]。

## 九、結　語

由此，我們確信：中國詩歌中沒有史詩（或敘事詩或故事詩）這一類作品，不必曲意比傳；欲覓類似的作品，則當求諸講史及吟唱系統之小說或「類小說」（介乎戲劇小說之間）的作品。

這，並不意味比較史詩與中國傳統詩歌是無意義的，恰恰相反，藉著這類比較，我們更能認清中西方在詩及詩學批評意識發展上的差異。當年朱光潛因比較中西方長詩，而矛盾地發現：「中國詩偏重抒情，就這一點上說，史詩、悲劇和其他長篇詩的缺乏，並非中國文學的弱點，也許還可以說是中國人藝術趣味比較精純的證據」[87]，我們的意見，與之相似。

自鴉片戰爭以後，說中國某某優點勝於西方者，皆不免有被人視爲文化沙文主義或義和團的危險；但我們仔細研究，即可發現：西方詩學批評意識之發展，事實上遠較中國原始。在西方，以悲劇史詩爲詩，久矣；自古希臘以迄十九世紀，皆注重長詩，以爲長詩才能有莊嚴體（grand style）。十九世紀以後，學者才逐漸意識到：詩，一切詩都應該是抒情詩，如

⑯ 案：常州以及從清初講比興寄託以下這個傳統，最初都是想要探尋作者之志，但通過對詩歌語言特質的掌握，發現了詩歌基本上乃是一種象徵；詩歌既是象徵，其基本的語言特徵又在於模稜曖昧，因此作者創作時原初的意圖，便在可解不可解之間了，朱鶴齡「輯注杜工部詩集序」就說過：「指事陳情，意含諷喻，此可解者也；託物假象，興會適然，此不可解者也」。

作者之志既未必可求，則解詩者所解，其實都是讀者觀看此一象徵語言時，對這一作品本身的理解，這就是他們提出「作者未必然，讀者何必不然」的原因。宋翔鳳「洞簫樓詩紀」卷三論詞絕句第一首說：「引申自有無窮意，端賴張侯作鄭箋」注：「張皋文先生詞選申太白飛卿之意，託興緜遠，不必作者如是；是詞之精者，可以仁者見仁，智者見智者」，說此理甚清楚。爲了強化這個立場，陳廷焯也提出了「詩詞不盡能定人品」（詞話卷五）之說。詩詞既與作者本人本衷及人品無關，則詩詞中的忠愛纏綿，當然也不必與作者本人是否忠愛有關了。近代批評常州者，多謂其穿鑿附會以求作者之志，其實他們哪裏是求作者之志呢？如果他們所解，本是讀者之意逆，則必須有一套規範予以約束，否則仁智互見就會成爲隨意亂說，此所以他們又非常重視這個象徵系統的成規。他們自己在創作時，若有意寄託，也卽依循著這個成規，俾使後人能夠理解所欲寄託的是什麼。我們看同光以來詩，就是如此。

但他們所解，固爲讀者仁智之見，是否就一定非作者之志呢？那又不然，因爲他們所據以解詩的象徵系統成規，本身卽是從歷代發展中逐漸形成的，不是從旁的地方借來的；因此，一般中國詩，大抵都不太悖離這個俗成暗碼系統；若能確實運用這個系統，再參以典故、史實的考察，亦不難得其彷彿。所以，從方法上看，這仍是解釋中國詩的有效法門，只是運用時功力有高下罷了。

⑰ 見註⑰所引書。說他矛盾，是因爲朱氏基本上是認爲中國之沒有長詩，必是有某些缺點使然的。不料討論到最後，竟然得到這種看法，在朱氏本人，亦頗意外。

法國美學學家幽佛羅瓦（Jouffroy）、義大利克羅齊（Croce）等均是。而抒情詩必不能長，故美國詩人坡（Edgar Allan Poe）才會說：「長詩，簡直是個自相矛盾的名詞」。許多學者並認爲荷馬史詩、密爾頓失樂園之類，都是短詩雜湊而成的，其中含有許多非詩的成份㊳。這些看法，事實上已經觸探到問題眞正的癥結了。——西方傳統上之所謂詩者，往往含有非詩的原素，其原因在於早期對詩的義界，本來就含混籠統，不僅詩不是文類的劃分，而是許多文類發展的總名，致使非詩者亦往往冒詩之名，難以析別；而且以模倣爲詩藝術的特質，也使詩難以發展得純粹。直到新批評健將韋勒克等人，逕將詩與史詩、戲劇分開，這條曲折的途徑，才算是花明柳暗、光明朗晰，而與我國文學的發展暗合了。我國詩學，很早卽已確定抒情是唯一發展的主線，敍事文學與小說則在詩之外，另行發展，而這種發展又與西方不同，我們是先有小說（短篇）、再有類似史詩的講唱文學，然後再發展爲長篇小說。因此後代小說又可分爲傳奇雜俎的筆記類系統（上承『漢書』藝文志的小說家傳統）及說話系統兩種。這種詩學批評意識的發展，進步得多了。

假如我們確定了以上的陳述不致太錯，則對「抒情詩」與「敍事詩」的劃分，也必須重作考慮。因爲敍事詩根本不是詩，如何能與抒情詩並論？一切詩都應該是抒情的，但問題是：抒情純粹是內在自我經驗的表達呢？還是與事相附麗而見之？這當然牽涉到對「情的興起」和「情的性質」等問題的哲學立場，討論起來甚爲複雜，不過大體言之，中國詩人多傾向於後者，因此詩歌中極少純粹自我心靈圖像的描繪與刻劃，而多是在事、物上見其情。「升庵詩話」卷二十說：「敍物以言情，謂之賦，情盡物也；索物以託情，謂之比，情託物也；

觸物以起情，謂之興，物動情也」，對賦比興的解釋未必確當，但卻足以顯示敘事以言情的特質。敘事以言情，抒情即在敘事之中，所以說是情盡物。「詩史」一般認爲賦的成份最大（因爲它必須有極多的篇幅來寫實），故而這種敘事以言情的性質也最明顯。

由這種詩學批評意識與詩歌創作意識帶動的批評方式，自亦別有特色，那就是所謂的「抒情式批評」。強調作品（物事）與批評者（情感主體）對應調和的關係[89]。這種態度，自與中國人對歷史的看法相同。

詩史的意義，就顯示在此。——詩而可以爲史，基本上有兩個關鍵：一是作者創作時的認識（含有史的意識與自覺，並在作品中表現出來）、一是讀者視詩爲史。這兩者都牽涉到歷史與藝術融通的問題。據柯林烏德的看法，人唯有藉著歷史想像之努力，以意逆志，才能鑑賞過去的藝術；同理，人之能認識歷史，也在乎想像力的貫達，「史料取捨、歷史建設、批評之依據，必須有一標準：先驗的想像（a priory imagination）。此一標準，即是歷史觀念之自身」，並也就是史學家章學誠所說的別識心裁。在這種條件之下，藝術，便是最眞實的歷史[90]。

[88] 見朱氏「詩論新編」頁一五二。

[89] 參見高友工「文學研究的美學問題」（中外文學七卷十一期、十二期）。

[90] 另詳柯林烏德所著「藝術哲學大綱」（周浩中譯，六四，水牛），先驗的想像與章學誠的別識心裁，詳余英時「章實齋與柯靈烏的歷史思想」（收入「歷史與思想」，聯經，頁一六七—二二二）。

黃宗羲就根據這一觀點，提出了以詩證史、以史證詩的方法，如「姚江逸詩序」說：「孟子曰：詩亡，然後春秋作。是詩之與史相表裏者也，故元遺山中州集竊取此義，以史爲綱、以詩爲目，而一代人物賴以不墜；錢牧齋倣之爲明詩選，處士纖介之長、單聯之工，亦必震而矜之」（南雷文案卷一），即是主張詩史互證的；孫德謙「玉谿生年譜會箋序」說：「通意內之隱、索弦外之趣，史公所云：好學深思、心知其意。庶幾遇之。幽賞旣眞，玄解自闢」，則是以史家的想像來說明藝術評鑒時想像的運作。可見以上這一觀點，大抵爲批評者的共識。年譜之作，我國以詩人爲最早，更可以充份證明此說。

日本福井榕亭崇蘭館藏昌黎先生文集四十卷，北宋刊刻，內有呂大防所撰年譜及識語，說：「余苦讀韓文杜詩之多誤，旣讎正之，又各爲年譜，以次第其出處之歲月，而略見其爲文之時，——則其歌時傷世、幽憂竊嘆之意，粲然可觀；又得考其辭力，少而銳、壯而健、老而嚴，非妙於文章，不足以至此」，文寫於元豐七年，是我國年譜之嚆矢。年譜本來就是作者個人的編年史，但其作用却不僅在於傳述其人之生平秩遷而已，它一方面可以觀察作者的藝術表現，所謂考其辭力；一方面又可以考史，所謂歌時傷世，張爾田撰「玉谿生年譜會箋」，王秉恩謂其有功於史學甚大，即是此意。詩與史，在此不但是互爲表裏，藝術也是最眞實的歷史了[91]。

因爲詩與史合一，抒情與敍事自然更證明了不能成爲分離的觀念。情與事，其實也就是情與物、情與景的問題。西方傳統上的反映說、模倣說，都偏於「事」的一面，近代意識流及存在主義文學，又偏於「情」的一面；中國則向來以情景交融、理事無礙爲主，情與景兩相穿透，「孤不自成、兩不相背，合而爲詩」[92]。這是我們討論史詩與詩史時所能夠清楚地看到的。

同時，就歷史的發展來看，「詩史」這個觀念，代表一種詩歌判斷的價值語句，但也顯示了詩的性質。因此，對這個觀念的思考，必然會產生詩歌實際創作及詮釋方法全面的影響。從明代中葉以後，開始重新反省這個觀念，直到清末，整個詩論的主要發展脈絡，似乎都與此息息相關。不通過詩史的觀念發展變遷歷程，恐怕很難深刻地理解明清詩學裏許多重要的問題，對於前後期理論及實踐上的傳承發展，也缺乏足以貫串的線索，不易董理。

其次，如果不從詩與史的關聯性這方面看，則錢牧齋、黃宗羲、章學誠、以及常州這一批講「春秋」的史學家，如何融貫詩與史這兩個範疇，而形成他們自己的觀點，便無由索解。這兩個範疇若未融貫，則詩仍是詩，史仍是史，抒情與敘事永遠不可能融合或並存，「詩史」怎能成立？中國詩與西方傳統「抒情——敘事」的劃分，又有什麼差別？詩史在表現方式上，

[91] 抒情與敘事不能分異，理由之一，是因爲在詩歌的表現上，二者皆有待於氣的運作，葉燮「原詩」：「(情、理、事)之三者，藉氣而行者也」(卷一)，論史亦然，柳詒徵「國史要義」史識篇：「王夫之論史，歸於一治一亂；顧景星論史，亦歸於一治一亂，而曰自古治亂，氣運爲之，氣運者，卽人心之習氣爲之也。章學誠湖北通志稿復社名人傳，引其言以爲確論」。史本敘事，而歸於人心習氣之變。換言之，其事之表現，皆爲人心情之發露也。

[92] 見謝榛「四溟詩話」。又、摯虞「文章流別」：「古詩之賦，以情義爲主，以事類爲佐」「漢書」王褒傳：「辭賦大者與古詩同義……尚有仁義諷喻，鳥獸草木多聞之觀」，亦是此義。

又如何從直陳其事，變成可以直陳也可以興喻呢[93]？

本文處理以上這些問題，認爲以寄託或比興解詩，與西方歷史傳記批評，迥然不同；更不像某些研究者所以爲，是强把道德判斷加在審美判斷上的結果，亦非硬以解經之法解詩。它基本上來自對文學語言的體認，但因爲這種語言要求，又與我國特殊的思維方式有關，所以與「易經」「春秋」的表達手法有聲氣相通之處。這種思維方式，簡單地說，即是通過「類」來進行的事物關聯性思考，這種思考方式乃是隱喻式的，可以稱爲詩的思考[94]；它跟邏輯性的論文式思考不太一樣，因爲後者建立在邏輯、功能分析與形式架構上，其指涉明確而穩定，以抽象表現抽象；前者則是具象抽離的，靠人的創造性想像來進行，詩之比興、易之立象、春秋之設況，均是這種思考型態下的產物[95]。

要這樣看，才能理解爲什麼「詩史」代表了我國詩歌評價中極高的性質，由於它體現了我國抒情與敍事互相穿透的文化特徵，也反映了我國固有的思維方式，所以它當然可以是我國詩歌中最好的表達方式。通過有關「詩史」的思考，才能建立我國共同象徵的系統，作爲創作和詮釋的依據。除了這個俗成的系統之外，創作者個人當然也可以構建屬於他自己獨特的個人象徵系統，但若要讓讀者進入這個象徵的世界，則它的構建原則，當然也跟共同象徵系統無異；同時，俗成暗碼對個人象徵也能提供一些輔助和制約。換言之，要了解個人暗碼，依然要求助於對俗成暗碼的掌握[96]。

93 龐塏「詩義固說」下：「詩有興比賦。賦者，意之所託，主也。意有觸而起曰興，借喻而明曰比，賓也。主賓分位須明。……故余謂詩以賦爲主。興者，興起其所賦也。比者，比起其所賦也。興比須與賦義相關，方無駁雜凌躐之病，而成章以達也」。賦與比興雖爲賓主，但此處論賦，是以意之所託爲說，正可以見賦義的轉變，而顯出類似詩史含義的發展。

94 這卽是田同之「西圃詩說」所講的：「意盡於此，不通於彼，膠柱則合，觸類則滯，不可爲詩」。

95 這也顯示了我國經史文不能强分的特質。牧齋「答山陰徐伯調書」嘗云：「僕以孤生謏聞，建立通經汲古之說」（有學集卷卅九），後來常州旣講經史小學，也談詩論詞，同光要合詩人與學人爲一，都代表了這種趨嚮。更早，則山谷卽說荊公論詩，不失解經旨趣（苕溪漁隱叢話前集卷卅四引冷齋夜話）。我們論傳統詩，不能忽略這一點。又，「類」的思考方式，參考李約瑟「中國科技文明史」第二冊頁四六二—四八三、劉君燦「制器尚象」（哲學與文化月刊一三六、一三七期）。

96 本文對淸代各家比興寄託的詩論、討論較爲簡略，讀者宜另參觀龔鵬程「淸初詩壇比興觀概說」「晚淸詩人諷寓的傳統」（收入七一・華正版「讀詩隅記」）等文。又、錢鍾書「也是集」（一九八四・香港廣角鏡）認爲常州派論詞，張惠言是求作者之原義，宋翔鳳、周濟、譚獻等人却是觸類引申，二者不同（頁一一七—一二二）。實則二者自有脈絡可說，錢氏未及深考耳。另詳註86。

# 第三章　論本色

當行本色之說，非始於元，亦非始於曲，蓋本宋嚴滄浪之說詩。滄浪以禪喻詩，其言：「禪道在妙悟，詩道亦然。惟悟乃為當行、乃為本色。有透澈之悟、有一知半解之悟」，又云：「行有未至，可加工力；路頭一差，愈騖愈遠」；又云：「須以大乘正法眼為宗，不可令墮入聲聞辟支之果」。知此說者，可與語詞道矣。

這是明王驥德「曲律·雜論第三十九」所說的一段話。在當時，論戲曲者，無不言本色，而王氏推源溯始，謂其出於宋人，確是不錯的。但本色之說，實亦不始於嚴羽，更不是來自以禪說詩的緣故。

依嚴羽所說：「惟悟乃爲當行、乃爲本色」來看，當行與本色乃一價值判斷的規範語句，凡合乎某種原則、條件或性質，便可稱爲當行、便具有本色，否則即是偏鋒邪魔外道，而非正宗。在嚴羽，當然是以妙悟作爲這種性質的，但其他人使用這個術語時便不一定如此。故當行與本色，基本上只在表明詩文書畫等具有某種規定的本質，戾此本質，便非當行。

那麼，這種批評觀念和術語，又是怎麼來的呢？

## 一、何謂當行本色？

考察這一點，可以充分看出文學批評及其觀念跟社會組織社會結構間密切的關係。因爲當行的行，本來是指工商業團體。

自北魏以降，都市有所謂行坊的制度。根據職業，居民類聚群分，凡同業商店或工業聚集的市居，卽稱爲某坊。例如染者所居，名爲染坊；冶者所居，名爲銅坊。到了隋唐，則稱爲行。元「河南志」「京城內坊街隅古迹」條載：

> 唐南市，隋曰豐都市，東西南北，居二坊之地，其內有一百二十行，三千餘肆，四壁有四百餘店，貨賄山積。……本曰植業，隋大業六年，徙大同市於此。凡周四里，開四門，邸一百四十一區，資貨六十六行，因亂廢。

這種行，到唐更爲發達，宋敏求「長安志」卷八云東市：「市內貨財二百二十行」，日僧圓仁「入唐求法巡禮行記」卷四會昌三年六月廿七日條也說：「夜三更，東市失火，燒東市曹門以西十二行，四千餘家」。凡此，均可想見其規模。不過，唐代的制度，是行市不能隨意設置，設市之處，必有市令，正午擊鼓開市，日沒擊鼓閉市，坊有宵禁，所以也不可能有夜市。時間地點既然限制這麼多，足見當時所謂的行，只是指同市中的同業，一都會裡若有東西市或南北市，同業便不只一行。

但這樣的制度，隨著社會結構之變遷與工商繁榮的發展，也產生了轉變。中唐以後，都市擴張，市制崩潰，同業商店不再局限於市內固定區域，集中於一處，時間的限制也不復存在。於是從前那種市各爲行的情形，漸漸趨於統一，形成行會組織，而推選出「行頭」或「行首」作爲領袖，以統理代表行務，負責與官府聯繫、保障同業利益。這樣一來，行會便不再是實質的工商業區分，而成爲意義的組織了；這種團體，乃是契約取向的團體，非身份取向❶。行會之能影響到一些非工商業行爲（例如詩文藝術創作），正是因爲其他活動也能在意義上與行會互相類比的緣故。

這種類比，甚爲廣泛，諸如「同行」「本行」「行家」「當行」「在行」「本色」「作家」「作手」「合作」「社會」……等。均與行會制度關係密切，「全唐詩」卷廿八「織錦人」：

> 學織繚綾功未多，亂拈機杼錯拋梭，莫教官錦行家見，把此文章笑殺他（注：「盧氏雜說云：盧氏子失第，徒步出都城，逆旅寒甚。有一人續至，附火，吟云云。盧愕然以爲白樂天詩，問姓名，曰姓李，世織綾錦，前屬東都官錦坊，近以薄技投本行」。）

行家、本行之說，運用在詩文藝術之前的本意卽是如此。又「東京夢華錄」卷五風俗條：

> 士農工商，諸行百戶，衣裝各有本色，不敢越外，謂如香舖裹香人，卽頂帽披背……。

此卽本色之原意。又「夢粱錄」卷十三「團行」條：

> 市肆謂之團行者，蓋因官府回買而立此名，不以物之大小，皆置爲團行，雖醫卜工

❶ 關於市制及其演變，另詳龔鵬程「江西詩社宗派研究」（七二・文史哲）卷二第二章、第三章第四節。

役，亦有差使，則與當行同也。……其他工役之人，或名為作分者，如碾玉作、鑽捲作、篦刀作、腰帶作、金銀打鈒作、裹貼作、鋪翠作、裱褙作、裝鑾作、油作、木作、甎瓦作、泥水作、石作、竹作、漆作、釘鉸作、箍桶作、裁縫作、修香澆燭作、打紙作、冥器等作分。……大抵杭城是行都之處……行分最多。

所謂當行，是應官府回買與差使（以徵役替代捐稅）的行業，故「愧郯錄」卷九「京師木工」條說：「今世郡縣官府，營繕創締，募匠亢役，凡木工，率計在市之樸斲規矩者，雖居鍥枝，無能逃；平日皆籍其姓名藉差以俟命，謂之當行」。凡未加入這種正式團行組織者，即是不當行；既屬當行，就須遵守本色，每一行的衣飾，各有其特色，不得淆亂。所以當行者又稱之爲行家、在行。但因行團本屬職業團體，故行又名爲作。「唐六典」戶部諸司直項下注說：「金銀作……漆作」，又卷廿二：「凡織紝之作有十、組綬之作有五、紬線之作有四、練染之作有六」，作可能可指工廠內部分部之名，而後來遂用以指稱店鋪及組織，雜稱作坊、作分、作鋪，例如「清異錄」說的「油作鋪」，其實就無異於油行。因此行家，亦可名爲作家；從事某行職業的人，稱爲作手，作出來的東西，合乎該行的規範要求，稱爲合作。

這些語詞，全都可以運用到詩文及藝術活動上來，例如文學活動也稱爲「創作」或「寫作」；從事此一寫作職業者，也稱爲作家；所作作品合乎該類文體的體製規格，也稱爲合作，如明王驥德「曲律」所謂：「詞曲不尙雄勁險峻，只一味嫵媚閒艷，便稱合作」（卷四·雜論下）是也。而像這種合作的觀念，顯然也是與當行本色之說密不可分的，說詞曲只一味嫵媚便稱合作，猶如說詞曲須以嫵媚閑艷爲本色。陳聶恆論詞絕句所云：「敢言豪氣全無與，詩論天然非所宜（自註：東坡詞詩、稼軒詞論）。千古風流歸蘊藉，此中安用莽男兒」，即代表這類觀念。因此，綜括來看，宋朝時，由於社會結構及行會組織之發達，使得論詩文藝術者很熟鍊自然地，把這些詞語挪用到有關詩文的討論上去了。視文學寫作具有職業水準的爲行家、爲當行；業餘玩票或不太清楚文體內部格律體製的，則被稱爲外行。某類文體，也被視同一行，有其行規和本色，不得踰越。如「陳后山詩話」說：「退之以文爲詩，子瞻以詩爲詞，如教坊雷大使之舞，雖極天下之工，要非本色」、「能改齋漫錄」卷十六：「黃魯直間作小詞固高妙，然不是當行家語」，就都顯示了這種看法❷。【補遺】

然而，這種看法，何以不起於唐，却大興於北宋末葉呢？這有幾項原因，一、據「夢粱錄」所載：

> 文士有西湖詩社，此乃行都縉紳之士及四方流寓儒人，寄興適情賦咏。膾炙人口，流傳四方，非其他社集之比……（社會條）。

由於「諸行市戶俱有社會」，文人結社，則在實質上或社會意義上，都已經是自爲一行了，用行話來討論行內事務，此正其宜❸。其次，文人可以自爲一行，顯示唐宋之所謂行，性質

❷ 除詩文藝術活動之外，其實這些語詞也運用到一般生活層面中，成爲普遍用語，例如我們說某人具有「軍人本色」、某人有「書生本色」；某種工作或角色爲某人之「老本行」；某人對某事不了解，是個「大外行」……等。社會結構與語言的關係，本來就密不可分，這條線索也值得我們玩味。又，明代稅制亦有本色之說，王船山「噩夢」：「邊糧有本色、折色之異。本色：糧料草束，就近截解以省飛輓」。【補遺】

❸ 詳見註❶所引書，卷二第三章第四節、卷三第三章第二節乙。

並不相同，前文已經說過，行本來是工商業區域的劃分，後來却成了意義上的同業組織，故就行的涵義來看，唐人是不可能用來喻譬詩詞創作的❹。第三，「作」之名，起源甚早，但以「作」字代表工商店舖的組織，並不見於唐代及北宋；而在南宋初渡間，作字指工商同業組織的用法，也是與指稱詩文寫作同時並起的❺。

## 二、爲什麼要談本色

不過，以「當行」「本色」來討論詩文詞曲，本質上並不只是一種譬況或類比，而是從行業行爲及組織中借用了這樣一組語詞與觀念。這樣的借用，當然也不全屬偶然，更不能說只是受社會結構必然的影響，純爲被動的。它們的出現，依然有其內在的原因。

從語言的本質來說，語言並不只是一種溝通的工具，「字（word）與思想的相互獨立性，清楚地告訴我們，語言實際上並不是表現一個已經知道之事實的手段，而是發現事先不知道之事實的手段」。這是爲語言哲學史開創新紀元的洪保特（Wilhelm von Humboldt）的名言。換言之，語言不是現成的，對世界的認知也不是固定的，透過我們建造，創新的語言，我們才能使本來那些模糊、不定、流動的知覺和黯淡的感覺變得比較清楚、確定、明朗，並揭露（discloses）我們生活的世界❻。對此，卡西勒（Ernst Cassirer）曾經深刻地論證說：

每個正常的孩子到某一年齡，一定會出現「求名若渴」（hunger for names）的心理。……一個孩子學習指名道物，並非在他已有的對經驗客體的知識上加上一些人為的名稱而已。他們學習的毋寧是去形成這些客體的概念，用以應付客觀的世界。從此以後，這孩子就站在比較堅實的基礎上面，他那模糊的、不確定的浮動感受，開始有了一個新的面貌。我們不妨說：名稱是個固定的中心，是思想的一個焦點，種種感覺卽圍繞著它具體化起來。一個小孩在最初有意識地運用的名稱，等於是盲人的拐杖，他靠它而摸索前進。語言因此成了通往一個新世界的門❼。

要這樣看，我們才能理解一個新的文學批評語詞產生，何以是一樁大事了。因爲它意味著當時人對於某些模糊不確定的感受和觀念，已經興起「求名若渴」的慾望。通過一個新創造的語詞，以此語詞爲一思想焦點，他們才可以有意識地開啓另一個文學批評的視野。

以宋朝的文學發展而言，散文類如銘頌論記，固然是充分承繼了兩漢六朝隋唐以來的總

❹ 唐宋行會型態之不同，除註❶所引書外，又詳鞠清遠「唐宋官私工業」（六七・食貨）第六章，李劍農「宋元明清經濟史稿」（七〇・華世）第五章第四節。

❺ 稱「作」者，似以手工業爲多，詳全漢昇「中國行會制度史」（六七・食貨），其名自漢以來已有。但據鞠清遠的看法，「作」本指工廠內部分部之名，見註❹所引書第二章第一節。又，推測「作」代表工業店舖的組織，大約起於南宋，亦見鞠氏書第六章。按：在詩話文論中，使用「當行」一詞，最早似見於「陳后山詩話」及「滹南詩話」引晁無咎語，其餘以「作家」「作手」「本行」「本色」「當行」等語討論詩文者，大概也自南宋始盛。

❻ 參見杭之（陳忠信）「台灣的『韋伯熱』有什麼積極效果？」（七四年十一月廿日中國時報副刊）。

❼ 見卡西勒「論人」（An Essay on Man）第二部份第三章「語言」。本文採用杜若洲譯本，六五年審美出版社出版。

和，粲然大備；駢體也發展成了宋四六，且廣泛運用於公私文牘之中；詩歌的古近體各種形式，詞的興起，亦皆文彩郁郁。其形勢，正猶如「四庫全書總目提要·詩文評類」形容魏晉初期，是：「兩漢渾渾灝灝，文成法立，無格律之可拘。建安黃初，體裁漸備，故論文之說出焉」。

所謂文成法立，無格律之可拘，是說文學尚未成爲具有普遍法則可循的創作活動之前，創作，無論是傳達理念，抑或表現感情，它的終極目標都只在「表現」，可以自由選擇運用文字，構成作品。但當這些作品在質與量方面都有了豐富的積累以後，文字組合便逐漸顯示出一定的規律和結構，形成了「法」。這時，自然就會激生批評理論上的知性反省活動，對於這些逐漸完備的體裁，已然成文、已然立法的作品，重加檢視。魏晉時期，如「典論論文」「文賦」之類，卽屬於這一種批評性作業❽。而從漢末迄唐末五代，新體裁、新風格、「文成法立」的作品又出現了這麼多（文章方面倒也罷了，近體律絕及詞，確是新而且大備的體裁），當然應該在這個時候再來一次知性的反省，予以歸納流通，說明其原理與法則❾。

然而，文體大備之後，並不必然卽應續之以知性的批評反省。知性批評反省之出現，必須有一個批評的需要。例如曹丕寫「典論論文」，是由於面臨了當時因體裁大備，而「人善於自見，而文非一體，鮮能備善，是以各以所長相輕所短」的局面，不得不提出他的理論，以解決這個難題❿。宋朝，同樣面臨了體裁大備的場面，但出現的問題已不再是曹丕式的問題，而是各種體裁之間如何分辨的問題了。

北宋時期，有幾次著名的論辨，可以充分顯示這個問題的迫切：

△沈括存中、呂惠卿吉甫、王存正仲、李常公擇，治平中同在館下談詩，存中曰：「韓退之詩，乃押韻之文耳，雖健美富贍，而格不近詩」。吉甫曰：「詩正當如是，我謂詩人以來，未有如退之者」。……余謂凡詩當使挹之而源不窮，咀之而味愈長，至如永叔之詩，才力敏邁，句亦健美，但恨其少餘味耳（苕溪漁隱叢話前集卷十八引隱居詩話。又、冷齋夜話卷二亦有此條）。

△退之詩豪健雄放，自成一家，世特恨其深婉不足（蔡寬夫詩話）。

△韓以文為詩，杜以詩為文，世傳以為戲（捫蝨新話上集卷一）。

△荊公評文章，常先體製而後文之工拙，蓋觀蘇子瞻「醉白堂記」，戲曰：「文詞雖極工，然不是醉白堂記，乃是韓白優劣論耳」（豫章黃先生文集卷廿六·書王元之竹樓記後。漁隱叢話前集卷卅五引西清詩話略同）。

△文體為先，警策為後（歲寒堂詩話）。

❽ 另詳蔡英俊「曹丕典論論文析論」（中外文學月刊八卷十二期）。不過蔡文把文成法立的法，解釋爲文化背景對語言文字組合規律與結構的必然制約，似乎有誤。

❾ 唐朝是表現的時期，宋朝是知性反省的時期，見龔鵬程「宋詩的基本風貌——知性的反省」（七一、聯經、中國文化新論文學篇二）。

❿ 也請參看註❽所引文。該文認爲這是「典論論文」寫作的主要動機與批評起點。關於「典論論文」寫作的外在動機（例如王夢鷗所提出的：與曹植針鋒相對），其實與其批評理論的起點並無關係，批評之所以能成立，主要還是在於批評本身的需要，因此本文只採取蔡氏的說法。

△退之作記，記其事爾；今之記，乃論也。少游謂醉翁亭記亦用賦體（陳后山詩話）。

△范文正為岳陽樓記，用對語說時景，世以為奇。師魯讀之曰：「傳奇體爾」（同上）

△醉翁亭記初成，天下傳誦……宋子京得其本，讀之數過，曰：「只目為醉翁亭賦，有何不可？」（曲洧舊聞卷一）

△近人作歌而為行，製謠而為曲者多矣。雖有名章秀句，若不得體，如人眉目娟好，而顛倒位置，可乎（能改齋漫錄卷十引西清詩話）？

△晁無咎云：東坡詞小不諧律呂，蓋橫放傑出，曲子中縛不住者。其評山谷則曰：詞固高妙，然不是當行家語，乃著腔子唱好詩耳（滹南詩話卷二）。

從這些事例上看，宋朝不僅面臨了一個諸多體裁逐漸混淆的困局，更處在一個風格體製轉變的歷史場景中。醉翁亭記被認為與賦相似，岳陽樓記以對語說時景，正是駢文從律賦走的散文賦，而與散文在風格、體製上逐漸不易析辨的一些具體例證。詩也是如此，韓愈詩，顯然代表了中唐以後詩風轉變的一種典型，與初盛唐截然不同，故后山曾說韓愈於詩本無解會，特以才高而好耳，東坡也說：「詩之美者，莫如韓退之，然詩格之變，自退之始」（漁隱叢話前集卷十七引）。沈括之所以批評韓詩「格不近詩」、「隱居詩話」「蔡寬夫詩話」之所以恨杜甫韓愈歐陽修詩深婉不足，豈不也正因碰到這個詩風轉變的問題嗎⑪？

不但詩文都在改變，詞的興起，晚唐五代以迄宋初，其體雖與詩在淵源上有難以釐析的困難，可是畢竟足以辨識其異同，詞的倚聲曼妙、閨襜纏綿，無論在體製格律、辭彙、題材、內容及作用諸方面，都與詩不同。東坡以後，這種不同，逐漸混淆了。不，應該說是北宋中期以後，詞的發展，就一直朝向「詩化」的路子上走，不僅東坡、晏殊、歐陽修「作爲小歌詞，皆句讀不葺之詩爾，又往往不協音律」、王安石、曾鞏「作一小歌詞，則人必絕倒，不可讀也」（李清照・詞論），即如柳永、周邦彥，也與詩相混了：柳詞喜用六朝小品文賦作法，層層鋪敍，昔人比爲杜甫；晏幾道詞也常寫以詩人句法⑫；賀鑄詞造句恆類晚唐人詩、慢詞命辭遣意，多自唐賢詩篇得來⑬；周邦彥更是善於融化詩句，下字運意，往往自唐宋諸賢詩句中來⑭。風氣如此，自難怪李清照會有那樣主張「詞別是一家」的詞論了。

因爲，事實證明，在一個劇變的時代裡，文學批評必然會深刻而焦慮地想找出一個歷史之常與變的判準和解釋，用以貞定目前的現況、規範未來的發展。文體論的强調及「當行」「本色」諸術語的建立，就是爲了應付這一需要。——在當時人對於文體的釐定與其規範已

⑪ 這種大轉變，涉及到整個宋文化性格的問題，詳見龔鵬程「江西詩社宗派研究」一書及「察於時變：中國文化史之分期」（孔孟學報五十期）。

⑫ 見劉熙載「藝概・詞概」、夏敬觀「手評樂章集」、「晏小山詞黃庭堅序」。

⑬ 見張炎「詞論」、夏敬觀「手批東山詞」。

⑭ 見張炎「詞論」、沈義父「樂府指迷」、梁啓超「藝衡館詞選」。按：這種詩化的情況，造成詞與樂逐漸分離，周柳乃至南宋的姜張等，雖皆能度曲審音，但詞之作爲酒邊歌曲的意味逐漸淡薄，成爲抒情言志的詩作了。「四庫全書總目提要」謂：「詞自晚唐五代以來，以清切婉麗爲宗，至柳永而一變，如詩家之有白居易；至軾而又一變，如詩家之有韓愈，遂開南宋辛稼軒一派」云云，如果配合著詩的發展來看，則我們似乎也可以說：晚唐五代之詞如唐詩，北宋中葉以後之詞如宋詩，在詞史上也自有唐宋之爭的。

經有強烈的感受，但概念思辨仍模糊不清，以致「求名若渴」的時候，適時地創造了這些語詞，作爲思想的焦點，以有意識地展開工作。

## 三、本色說的功能

這種思考，大體卽是一種「文體論」（Stylistics）的討論，所謂「先體製而後工拙」「格不近詩」「賦體」「傳奇體」的體、體格、體製，指的都是這種意義。

前已說過，文學批評是對於既有的具體作品展開知性反省的工作，宋朝當文體大備之會，首先開始以一種概念的間架（conceptual framewor）來檢視文學，自然必須先對文學作品做一番歸納的縱覽（an inductive survey），因此，文體論便成爲批評理論裡第一個思考的範疇⓯。王安石論詩文，之所以「先體製而後工拙」、沈括等人之所以說韓詩雖健美富贍而格不近詩，乃至宋人後來論詩好言高格，先高格而後句意，理由都在於文體風格的考慮。在批評範疇上要先於作品之優劣及內容之是非⓰。

這樣的判斷，基本上是通過對既往作品句法、格律、結構及審美要求的分析與歸類之後，將作品之風格表現予以界定，以供辨識，並作爲一種規範性的要求。猶如「典論論文」所謂：「奏議宜雅，書論宜理，銘誄尚實，詩賦欲麗」，每一文類，均有其應有的理想審美特性和藝術形相，創作者以符合此一藝術形相爲基本要求，否則，如賈誼作論而似賦，稼軒作詞而似論，便是劉勰所謂的「參體」或唐人所謂的「破體」了。「隱居詩話」說凡詩當使挹之而源不窮，亦是此理。

這種適當合宜的審美要求和藝術形相，乃是一種「創作的原則」，對創作和批評提供一規定的（prescriptive）標準，具有規範性的意義，使文體足以辨識，故「南齊書·張融傳」載融「問律自序」說：「夫文豈有常體，但以有體為常，正當使常有其體」。用宋人發展出來的術語來說，則這種常體、適當的藝術形相就喚做本色⑰。

本色，原指各行業人的衣巾裝著，「夢華錄」卷五：「其士農工商、諸行百戶，衣裝各有本色，不敢越外……街市行人便認得是何色目」、「夢粱錄」卷十八：「士農工商、諸行百戶，衣巾裝著皆有差等……各有辨認是何名目人」。各行人等，依其本色以資辨識，此卽常體；如果香舖人却著皂衫角帶不頂帽、質庫掌事却頂帽披背，雖然也可能不難看，但畢竟使得這種辨識紊亂了。【補遺】

為什麼討論文學，却使用了這樣一種源出社會結構及身分劃分的語詞呢？文學的創造性

⑮ 見N. Frye, *Anatomy of Criticism*（Princeton University, 1957）, pp. 4-5, pp. 7-12. 又蔡英俊「六朝風格論之理論與實踐」（六九、台大中研所碩士論文）第一章，註❽所引書。

⑯ 另詳註❶所引書，卷四第二章第二節甲。

⑰ 文體論具有規範性意義，見「文體與文體論」（Graham Hough著、何欣譯·六八·成文）第一章。宋朝詩學是一種規範詩學，詳又按：本色一辭，亦見於「文心雕龍·通變篇」，云：「夫青生於藍，絳生於蒨，雖踰本色，不能復化。……故練青濯絳，必歸藍蒨，翻淺，還宗經誥」，這是指習近略矯訛遠之弊，與宋朝以後的本色說毫無關係。又見本書第四章第一項。

難道能跟社會機械固定的制度劃分相提並論嗎？面對這種詰難，我們可以從兩方面說明本色說在進行文學批評時的必要性：

㈠、分類是進行理性探索的第一步，目的在使我們的經驗世界建立秩序，替我們的邏輯思維尋求法則，一切命名行爲或名實概念，都是分類工作的步驟。通過類概念，我們才能掌握某些事物的共同性質，並對不同諸事物間的差異，有清楚的理解。就文學的發展來說，一個創造表現的時代，文成法立，自然不需分類、也無法分類。但一旦要展開對文學事實的反省與考察，要進行對未來創作的規劃和預期，分類便不可免。唯有仰賴分類，文學批評才能建立。

但因分類是一種邏輯區分，我們只能要求在分類時必須遵守嚴格的推理過程，且不能混用多重標準；却無法保證分類的結果必然脗合經驗事實，所以也難免會給人一種過份機械刻板的印象，例如奏議宜雅、詩賦欲麗，難道就沒有不雅的奏議嗎？沒有說理尙實的詩賦嗎？當然是有的。既然如此，所以又有許多人反文類，追求超越的、普遍的「元類」（genus universum），强調一切詩都是抒情或什麼，以取消文類的劃分⑱。

這兩種對文類劃分的攻擊，應該說都是不了解文學批評必須依靠文類區分乃能運作的事實，對文類區分的原理也不甚瞭然。

㈡、就語言的性質說，本色，乃是根據分類原則對文體作一文類區劃之後，再賦予其藝術形相的規定。這種規定，我們可以借用索緒爾的說法來做個解釋——

索緒爾（Ferdinand de Saussure）在「普通語言學教程」這部名著中劃分 la langue 和

la parole 。他認爲 la langue （語言）是從一般語言的混雜事實中抽出來的明確因素，它是語言屬於公衆的、合於習俗的一面；這體系是根據一個團體中各份子的社會契約而建立的，依賴這一體系才能使他們互相了解。在字典和文法書裡所描述的，就是 la langue 。因爲 la langue 存在，字典和文法書才是可能和必須的，不受個人意志而改變。因爲 la langue 對個人而言，永遠是外在的，他繼承了它、他降生於它之間，就像他活在社會裡一樣。但相反地，la parole 是個人說話的方式，是個人意志與智慧的行動。la langue 是一部法典，la parole 則是這法典在實際情況中被使用的方式。只有在 la parole 中，la langue 才能

## 【補遺】

⑱ 參見張漢良「文類（一）」（文訊月刊十七期·文學術語辭典）。這類例子，可以葉矯然「龍性堂詩話」爲代表，初集：「柳子厚云：『文有二道：辭令褒貶，本乎著述者也；導揚諷諭，本乎比興者也。著述者出於書之謨訓、易之象繫、春秋之筆削，其要在於高壯廣厚、詞正而理備。比興者出於虞、夏之咏歌，殷、周之風、雅，其要在於麗則清越、言暢而意美。玆二者，其旨義乖離不合，故秉筆之士，恒偏勝獨得，而罕有兼者焉。』秦淮海云：『人才各有分限，杜子美詩冠古今，而無韻者殆不可讀；曾子固以文名天下，而有韻輒不工，此未易以理推也。』陳後山又云：『杜之詩法，韓之文法也。詩文有體，韓以文爲詩，杜以詩爲文，故不工耳。』三公之言，彷彿相似，然似之而非也。夫六經之道，同源一致，差異者體格耳。休文有言：『相如工爲形似之言，二班長於情理之說。源其飆流所始，莫不同祖風騷；徒以賞好異情，故意製相詭。』子厚謂之『旨義乖離』可乎？周公訓誥之文，備於尚書，而七月、清廟諸什，風流爾雅，實爲後世詩人鼻祖，可謂之『獨得』、『罕兼』、『人才各有分限』乎？吾嘗聞之坡公矣：『凡物一理也，通其意則無適而不可。分科而醫，醫之衰也；占色而畫，畫之陋也。和、緩之醫，不別老少；曹、吳之畫，不擇人物。謂彼長於是則可也。曰能是不能是則不可。』後有論者，坡公爲不可及矣。」另詳第二章第三節。

實行；而沒有 la langue 的公衆的社會語言制度， la parole 也不可能⓳。

用這種講法來看本色，我們就會發現本色所指正是這一公衆的社會語言制度，是一種與個人意志和智慧無關的社會標準，因此它借用自社會制度劃分的語詞，正合乎其本質。同時，也因爲有這樣一種本色的指明，每一位特殊個別的作者乃可以根據他自己的說話方式來寫作，本色的規範意義亦卽在此。當我們錯用了文法時，批評者會說：「你這句話意思很好，可惜講錯了」；同樣，陳后山也可以說東坡「雖極天下之工，要非本色」。

當然我們可以辯稱文學家使用語言不同於一般人，因爲文學創作的本質之一，就是對語言的開發與重塑，故文學創作腐蝕或摧毀既有的語言規格，乃是必然之舉⓴；文學家使用語言時特具的美學意向，有意地以文字創造美，也與一般人使用語言的方式很不相同，所以本色說不能成立。然而，馬塞爾・克利梭（ Marcel Cressot ）的「文體與技巧」却告訴了我們：不管如何，文學作品卽是一種「溝通」，作家的美學意向只不過是要讓讀者更牢固地注意到作家所欲陳述的意思㉑，因此本質上仍是「辭達而已矣」，但又注意到「言之不文，行之不遠」罷了。本色說的提出，可以讓作者、讀者擁有一個衡量的指標與預期的方向㉒。

其次，本色說的提出，正式建立了「文學是存在於其成規之中」的觀念。不同的文學體製與風格流派，在精神意義或功能顯示上，大體相同，如詩是抒情言志，文又何嘗不然？詩是緣情綺靡，詞不也是如此嗎？我們很難說它們是抒不同類型的情或寫不同性質的事物，而只能說二者在規格體制上便已顯然異趣。這些體製，就是文學之所以爲文學、所以爲這樣或那樣文學的一些藝術成規，它既屬於形式、也屬於風格。例如大部份小說和詩，都有些基本體製差異、都有些敍述方法和運用語言的傳統分歧；而凡是自然主義者的小說，在選擇主題、角色造型、穿插事故、安排對白、分景的結構、時間與空間的控制等各方面，也有驚人的相似性，而與浪漫主義、超現實主義小說迥然不同㉓。後人經常探討的「詩語可以入詞、而詞語不可入詩」之類問題，如張炎說：「辛稼軒、劉改之作豪氣詞，非雅詞也，爲長短句之詩耳」（詞源）、劉體仁「七頌堂詞繹」說：「夜闌更秉燭，相對如夢寐。叔原則云：今宵賸把銀釭照，猶恐相逢在夢中。此詩與詞之分疆也」「稼軒詞：『杯汝來前』，毛穎傳也；『誰共我醉明月』，恨賦也。皆非倚聲家本色」、王士禎「花草蒙拾」說：「或問詩詞、詞

⑲ 詳索緒爾「普通語言學教程」（七四・弘文館）緒論第三章。在這一章裏，索緒爾把語言視爲本身就是一個分類的原則，也可以補充註⑱。又，「文體與文體論」頁廿七對此亦有申述。

⑳ 這便是「破體」的問題。孫鑛云：「醉翁亭記、赤壁賦自是千古絕作，卽廢記、賦法何傷？且體從何起？長卿子虛，已乖屈宋；蘇李五言，寧規四詩？屈原傳不類序乎？貨殖傳不類志乎？揚子雲贊非傳乎？昔昔鹽非排律乎？足見廢前法者乃爲雄」（孫月峯先生全集卷九・與余君房論文書）正是此說之代表，呂惠卿替韓愈申辯，也卽站在這個立場。詳錢鍾書「管錐編」頁八八九、周振甫「文章例話」（七四・蒲公英）頁二一九「破體」。

㉑ 這項論辯，詳「文體與文體論」頁廿八—三三。又，巴利的講法，也可由「歧異」的觀念索補充。歧異，詳古添洪「歧異」（文訊月刊十八期・文學術語辭典）。

㉒ 文類區分作爲作者創作與讀者閱讀時共同參照的座標與規範，又詳張漢良「文類（二）」（文訊月刊十八期・文學術語辭典）。文中所述托鐸洛夫文類與類型間互補、辯證關係的說法，亦正可以化解上述的辯難。

㉓ 參看韋勒克與華倫（Wellek　Warren）「文學理論」（梁伯傑譯・大林）頁一九—廿。

曲分界。余曰：『無可奈何花落去，似曾相識燕歸來』定非香奩詩；『良辰美景奈何天，賞心樂事誰家院』定非草堂詞也」等等，其實就都是本色說的緒餘，指這種藝術上的成規（conventions）。試看李清照「詞論」，在批評晏殊歐陽修蘇軾所作小歌詞只是句讀不葺的詩以後，爲什麼接著大談：「蓋詩文分平側，而歌詞分五言，又分五聲，又分六律，又分清濁輕重。且如近世所謂聲聲慢，雨中花，喜遷鶯，既押平聲韻，又押入聲韻；玉樓春本押平聲韻，又押上去聲，又押入聲。本押仄聲韻，如押上聲則協，如押入聲，則不可歌矣」，便可知道本色說在確認文學傳統與成規上的意義了㉔。

## 四、本色與家數正變

假若本色與當行，代表的是文學的傳統與成規、是一公衆的語言社會標準，則合乎本色當然就有資格被視爲是正常的、不合本色則不正常。

這一區分，在宋代便形成了「正變」、「正宗別調」、「雅俗」甚或「南北宗」的劃分（也許我們說這些劃分跟本色說有其內在的關聯，而彼此刺激、結合，更符合眞相）。——仍請先看王驥德「曲律」卷二「論家數第十四」：

曲之始，只本色一家，觀元劇及「琵琶」、「拜月」二記可見。自「香囊記」以儒門手脚為之，遂濫觴而有文詞家一體。……大抵純用本色，易覺寂寥；純用文調，復傷琱鏤。「拜月」質之尤者，「琵琶」兼而用之，如小曲語語本色，大曲……過

> 曲……未嘗不綺繡滿眼，故是正體。

曲發源於北方，且爲教坊搬演的藝術，故以通俗、不塡垛學問辭采、有蒜酪味者爲本色；後文人染指，其體遂不得不變。文詞家雖非當行，但在明朝却已成一股勢力，迫使論曲者如王驥德採取「掇拾本色、參錯麗語」的立場，並以此爲正體。這當然是本色說在明代的發展；然而，値得注意的，是王氏論本色、正體而其標目則爲「論家數」，且文中又說：「作曲者須先認其路頭，然後可徐議工拙」「雅俗淺深之辨，介在微茫」。此非嚴羽之本色說歟？「滄浪詩話・詩辨」曰：

> 禪家者流，乘有大小，宗有南北，道有邪正：學者須從最上乘，具正法眼，悟第一義。若小乘禪，聲聞辟支果，皆非正也。論詩如論禪：漢魏晉與盛唐之詩，則第一義也。大歷以還之詩，則小乘禪也，已落第二義矣。晚唐之詩，則聲聞辟支果也。學漢魏晉與盛唐詩者，臨濟下也。學大歷以還之詩者，曹洞下也。大抵禪道惟在妙悟，詩道亦在妙悟。且孟襄陽學力下韓退之遠甚，而其詩獨出退之上者，一味妙悟而已。惟悟乃為當行，乃為本色。

據此，嚴羽要求學者以漢魏盛唐爲師，入門須正，否則路頭一差，愈騖愈遠。他在「詩法篇」中又說：

> 辨家數，如辨蒼白，方可言詩（原注：荆公評文章，先體製，而後文之工拙）。

㉔ 以這個意義來說，成規猶如每一行的行規，不當行非本色者，即是說不熟悉該行的行規。

王氏之說，顯然是把嚴羽的講法稍加綜合而已。但嚴羽所謂家數，也顯然即是本色說的一面。因為所謂本色，雖如前述，類似「文心雕龍」六觀中的第一觀「觀位體」（位體是指作品之體裁與風格是否協襯的問題，位體失宜，即是「頌贊篇」所說的「謬體」），但本色除了應用在文類區分方面之外，也可以據以劃分作家及時代，故又可以「家數」名之㉕。

家數，是把家族觀念運用到風格判斷上的用語，凡創作活動，能顯出某種特殊成熟的風貌，就好像一個人已有能力自立門戶一樣，可以自成一家了。因此，家，是個獨立的風格單位，凡風格路數相同、自成一類者，即為一家。宋朝宗族組織十分蓬勃昌盛，其觀念中也喜歡運用宗族結構來類秩事物，故「家」「家數」普遍運用於各行業及詩文藝術活動之中㉖。不但商行稱家，說話人也有四家。在論詩方面，如洪适「題信州吳傅朋郎中游絲書」：「直欲名家自成體」（盤州文集卷一）、李洪「櫟株集序」：「專於所長，乃能名家」（芸庵類稿卷六）、周必大「跋山谷書文賦」：「前輩為學，日益新而又新，晚欲自成一家」（平園續稿卷九）、劉克莊「中興絕句續選」：「南渡詩尤盛於東都，炎紹間，則王履道、陳去非……一二十公，皆大家數」（全集卷九七）、楊萬里「江西詩社宗派序」：「大抵公侯之家有閥閱。豈惟公侯哉？詩家亦然。……然唐云李杜、宋言蘇黃，將四家之外，舉無其人乎？門固有閥，業固有承也」、戴復古「祝二嚴」：「遍參百家體」（石屏詩集卷一）云云，概屬此類㉗。

所謂大家、小家，當然是在風格分類中蘊涵了價值判斷，在這種價值判斷下，創作者首先應分辨的，就是各家風格之異同，如嚴氏所說「辨家數如辨蒼白，方可言詩」；其次則須選定大家數去學習，才不會岔了路頭，墮入旁門左道或小家仄徑，嚴羽說：「看詩須著金剛眼目，庶不眩於旁門小法」即是此意。

這種價值選擇與判斷，乃是宋朝詩學的主要精神之一，如「潛溪詩眼」：「學者以識爲主，禪家所謂正法眼藏，直須具此眼目，方可入道」、晦齋「簡齋詩集引」：「詩至老杜極矣，東坡蘇公、山谷黃公奮乎數世之下，復出力振之，而詩之正統不墜」、陸游「喜楊廷秀秘監再入館」：「願公力起之，千載傳正統」、戴復古「題鄭寧夫玉軒詩集」：「辨玉先辨石，論詩先論格，詩家體固多，文章有正脈」、眞德秀「文章正宗」序：「正宗者，以後世文辭之多變，欲學者識其源流之正也」、方回「桐江集」卷三引劉元輝：「三百五篇既刪後，寥寥正派有傳否？」……等，凡正宗、正派、正統、入門須正、正法眼藏這類名辭，都代表了在創作導向上的別擇與判斷，唯有先從事這樣的價值選取，才不會落入旁支別流，故朱熹

㉕ 以下所談，是本色說在風格論方面的意義，而「位體」並無此意義。但後人因受本色說的影響，有時也會以體位來稱表示本色的意涵，如「龍性堂詩話初集」：「簡文帝與湘東王論文云：吟咏性情，反擬內則之編；操筆寫志，更摹酒誥之作；遲遲春日，翻學歸藏；湛湛江水，遂同大傳。要知此語不徒見臨文體位不同，亦見騷雅風流，不是邊幅道學者得而詭托」，即是一例。

㉖ 說話科目，據孟元老「東京夢華錄」載，有講史、小說、說三分、五代史、說諢話等；但分四家，則首見於「都城記勝」瓦舍衆伎條及「古杭夢遊錄」；「夢粱錄」承襲其說，謂「說話者雖有四家數，各有門庭」。

㉗ 見龔鵬程「家」（文訊月刊二一期、文學術語辭典）、註❶所引書第三卷第三章第二節甲、「試論江西詩社宗派之形成」（古典文學第二集·學生書局）。

云：「作詩先用看李杜，如士人治本經然。本既立，次第方可看蘇黃以次諸家詩」（語類卷百四十）㉘。

了解了「家數」具有這麼嚴格的價值選擇與創作規範意義之後，對於嚴羽爲什麼會說「唯悟始爲當行，始爲本色」、劉須溪一句「隨意襯貼，皆及本色」（精選陸放翁詩集卷六評）爲什麼就代表好的評價這一類問題，也就比較容易理解了。

同理，辨家數而有所謂正變，也是風格的劃分與價值判斷。如陳后山云：「韓退之作記，記其事耳，今之記乃論也。記必以記事爲正體，雜議論爲變體，然亦有變而不失其正者」，雖仍屬於位體成規之說，不涉及風格源流，但相對於傳統的正變說，却是一大改變：

據毛詩序：「王道衰、禮義廢、國異政、家殊俗，而變風變雅作矣」，鄭玄「詩譜序」推闡其說，云：「文武之德，光熙前緒……其時詩風有周南召南，雅有鹿鳴文王之屬；及成王周公致太平，制禮作樂……本之由此風雅而來，故皆錄之，謂之詩之正經。後王稍更陵遲……故孔子錄懿王、夷王時詩，訖於陳靈淫亂之事，謂之變風變雅」。是以時代及政治的治亂淫正爲正變的分野。

但這種講法，到了宋朝，却起了許多不同的意見。宋人如王質「詩總聞」、程大昌「考古編・詩論」都力攻詩序，認爲正變說不可信；朱熹王應麟雖仍採用正變說詩，但或以作者、或以篇章分正變，說皆與毛鄭不同；戴埴則謂樂有正聲卽必有變聲，十五國風之歌，歌之正爲正風，歌之變爲變風，采風者以聲別之，故正變不是世風政體的不同，而是樂音的差異，猶如大曲小曲及正調轉調。這樣不涉及世風治亂和作品主題意識的正變說，實與后山以正變辨體若合符節，都是在「本色」的思考架構中發展出來的㉙。

我們看後代論詩家，固然也有高棅汪琬等少數人，沿用毛鄭以時代治亂隆汚論正變的，但如息翁「體格異同，宗派正變」（蘭叢詩話序）、漁洋「杜甫沈濳，多出變調」（居易錄）「何大復明月篇序謂初唐四子之作，往往可歌，反在少陵之上，說者以爲有功風雅，韙矣！然遂以此概七言之正變則非也」（古詩選凡例）、歸愚「五言所貴，大率優柔善入，婉而多風；少陵才力標擧，篇幅恢張，縱橫揮霍，詩品又一變矣」（唐詩別裁）……等，以宗派正變、正宗別調、正聲變調論詩風詩品的源流，就都起於宋代這種新的正變說，在辨體之際，無不蘊涵著風格與價值的判斷。這樣的判斷，同樣顯示在所謂的雅俗之辨中。如朱子說作詩

㉘ 又詳註❶所引書三卷三章第二節丙。按：學詩如治經，郭紹虞「滄浪詩話校釋」認爲是嚴羽襲用了吳可朱熹的話頭，但却換了一個方向，僅重視藝術上的學古，而對作詩的根本關鍵、內容問題不去注意（頁三—四）。大謬。把嚴羽和儒家論詩宗旨對立起來，把內容和藝術形式切割開來，都嚴重歪曲了宋代詩學的眞相。

㉙ 另詳朱東潤「讀詩四論」（六九・東昇）頁七〇—七四、徐英「詩經學」（五九・廣文）、朱自清「詩言志辨・正變」等。又按：「朱子全集」卷四五「答廖子晦」：「先儒本謂周公制作時所定者爲正風雅，其後以類附見者爲變風雅耳，固不謂變者皆非美詩也。大序之文，亦有可疑處，而小雅篇次尤多不可曉者」，說實與詩序不同。「楚辭集注」卷一又云：「楚人之詞，其寓情草木、託意男女，以極遊觀之適者，變風之流也。其敍事陳情、感今懷古，以不忘乎君臣之義者，變雅之類也。至於語冥婚而越禮、攄怨憤而失中，則又風雅之再變矣」，是變風變雅都不算失中，但詩是興多而比賦少、騷是興少而比賦多。則依他的看法，正變似乎也可理解爲：比興爲正、賦爲變。詳後。

「先須識得古今體制雅俗向背」（答鞏仲至書）、嚴羽說學詩先要除去「俗體」，體制而有雅俗，顯然不只是「文心雕龍」所說觀位體的意思，而涵有風格的價值判斷在㉚。

## 五、「惟悟乃爲本色」

但爲什麼論詩而要追求正宗大雅呢？難道不是因爲所謂的正體正格，就代表了他們對作品本質上的界定嗎？當他們說某某爲正體、詩當如何如何時，卽顯示它們蘊含了「詩之所以爲詩、詞之所以爲詞」的認定。這才是本色說的眞正用意：用以指明某一文體的本質。

這種意涵，當然以嚴羽所說最爲明顯，「禪道惟在妙悟，詩道亦在妙悟。惟悟乃爲當行、乃爲本色」「所謂不涉理路、不落言筌者上也。詩者吟咏情性也，盛唐諸人惟在興趣，羚羊掛角，無迹可求。故其妙處，透徹玲瓏，不可湊泊，如空中之音、相中之色，水中之月、鏡中之象，言有盡而意無窮。近代諸公乃作奇特解會，遂以文字爲詩、以才學爲詩、以議論爲詩。夫豈不工，終非古人之詩也」云云，在嚴羽說來，這卽是「大乘正法眼」，而他的辯析則是「定詩之宗旨」。

定詩之宗旨，乃宋人習語，目的是界定詩之所以爲詩的本質所在。以嚴羽的說法爲例：他認爲詩之所以爲詩，在於它是吟咏情性的，其創作與理解，均來自「妙悟」，而非理性知識的推求，所以作品本身所呈現出來的美感特質，是一種無固定指涉認知意義的非客觀意蘊（他稱爲「興趣」），故言有盡而意無窮。至於以才學、議論、文字爲詩，「雖極天下之工，要非本色」，不能算是詩㉛。

嚴羽這樣的判斷，大體也是宋朝言本色者共同的看法，如「隱居詩話」說韓愈歐陽修「才力敏邁、健美富贍」但少餘味，故格不近詩；「蔡寬夫詩話」說韓詩深婉不足；即是對以才力爲詩的不滿。劉克莊「韓隱居詩序」說：「古詩出於情性，發必善，今詩出於記問博而已。自杜子美未免此病」（大全集卷九四）、「竹溪詩序」說：「本朝則文人多詩人少，三百年間，雖人各有集，集各有詩，詩各自爲體，或尚理致、或負材力、或逞博辯，少者千篇，多至萬首，要皆經義策論之有韻者，亦非詩也」（同上），則是對以議論、學問爲詩的批評。而不能以文字爲詩，强調的人就更多了，李季可所謂：「豈復爲聲韻華藻所累哉！」（松窗百說．詩眼條），宋人集中，觸處可見此類意見。【補遺】

換句話說，認爲詩當以吟咏情性、深婉含蓄爲宗旨，是宋朝的共識，當時之所以會有「本色」這樣的批評術語和觀念，也來自他們對詩之本質有此認定。

但是爲什麼宋人對詩之本質有此認定，而宋朝竟然出現了那麼多以才力議論書卷文字著稱的詩呢？這其實一點也不奇怪，本章第二節曾說過，本色說之提出，基本上是面臨中唐以後詩風轉變的挑戰，試比較呂惠卿和沈括的爭論，就可以發現：把本來屬於文章的一些特質，放入詩歌吟咏的傳統裡來，並强化知性理性在詩裡的作用，正是宋朝許多詩人的創作方向

㉚ 宋詩裏的雅俗之辨，詳註❶所引書二卷四章第一節、四卷二章第一節丙、本書第四章。

㉛ 嚴氏此數語，論者極夥，然多不中竅，詳龔鵬程「文學散步」（七四．漢光）頁六一——六九。

㉜。而對「詩史」的推崇，對詩中賦體運用的重視，就是這種創作型態的一些重要特徵。

例如王十朋說：「誰鐫堂上石，光艷少陵章。莫作詩人看，斯文似子長」（梅溪王先生文集後集卷十三、詩史堂）「豫章客逸遠，直筆非詩史。天遣來黔涪，詩鳴配子美」（同上，黃太史）、項安世說：「嘗讀漢人之賦，鋪張閎麗，唐至於宋朝，未有及者。蓋自唐以後，文士之才力，盡用於詩，如李杜之歌行、元白之唱和，敍事叢蔚，寫物雄麗，小者十餘韻，大者百餘韻，皆用賦體作詩，此亦漢人之所未有也。……大抵屈宋以前，以賦爲文；自屈宋以後爲賦，而二漢特盛，遂不可加；唐至於宋朝，復變爲詩」（項氏家說卷八）……云云，即充分顯示了詩歌走向已轉從鋪陳直述這方面來發展了。

宋詩之强調用意、布置法度、敍事理致，才力閎富，大抵即起這種新的趨勢。但在這同時，宋詩開山的梅聖兪等人又極力宣稱詩應「含不盡之意見於言外」。於是這兩種創作祈嚮和宗旨，便很自然地構成了矛盾或對立的緊張局面。如東坡云：

> 司空表聖自論其詩，以為得味於味外。……但恨其寒儉有僧態，若杜子美云……則才力富贍，去表聖之流遠矣（題跋二、書司空圖詩。王直方、洪駒父詩話引）。

正是把才力富贍和得味外味對舉的。一般說來，宋人之所以會强調文章佈置之法、才力學養之高、議論義理之正，乃正是用以矯前代詩主抒情綺靡的流弊，故東坡的論斷，並不突兀。但這裡便含有一種詭譎在，因爲包括東坡、山谷、后山等最能明顯表現宋詩這種風格傾向的詩家，同時也都是最强調詩應含蓄的人。假如含蓄與鋪陳、直述和比興、抒情和言志，眞是矛盾對立的，那麼這種現象豈不難以解釋了嗎？

本色說的提出，即在處理這個難題。由中唐以來，詩學取向偏於知性反省一路，乃所以矯傳統詩人感性流蕩之弊。但詩之所以爲詩，畢章仍有其不同於文章者在，論本色，除了要肯定詩的特質之外，更要嘗試站在本色的立場，對詩之知性與感性做一番超越辯證的綜合㉝。

這一進路，最具代表性的，就是江西詩社宗派的黃山谷陳后山等人。以下這兩段貌若矛盾的記載，甚爲有趣：

△館中會茶，自秘監至正字畢集。或以謂少陵拙於為文、退之窘於作詩，申難紛然，卒無歸宿。獨陳無己默默無語。衆乃詰之，無己曰：「二子得名，自古不易定價。若以謂拙於文、窘於詩，或以謂詩文初無優劣，則皆不可。就其已分言之，少陵不合以文章似吟詩樣吟、退之不合以詩句似做文樣做」，於是議論始定，衆乃服膺（五總志）。

△晁伯宇少與其弟冲之叔用俱從無己學。無己建中靖國間到京師，見叔用詩，曰：「子詩造此地，必須得一悟門」；叔用初不言，無己再三詰之，叔用曰：「別無所得，頃因看韓退之雜文，自有入處」。無己首允之曰：「東坡言杜甫似司馬遷，世

㉜ 宋代知性反省的詩風、以文爲詩的特徵，詳❾所引龔鵬程文及註❶所引書卷三。

㉝ 宋代詩學從知性反省到辯證超越的綜合，詳見第四章第四節。

人多不解，子可與論此矣」（風月堂詩話卷上）㉞。

杜韓詩文異於常格，是宋人熱烈爭論的問題，而后山提出本色的觀念來處理這個疑難，也獲得了當時人的首肯。但是爲什麼后山後來又讚許晁沖之能悟、能從閱讀韓文來使詩進步、且說杜詩似「史記」呢？晁氏看韓愈文而有入處，不正與山谷說作詩宜看韓愈「原道」一樣嗎？可是呂本中「童蒙詩訓」却又在山谷論詩應看「原道」之後，緊接著說：「詩宜含蓄」，這是怎麼回事？山谷詩，嚴羽謂其以文字議論才學爲詩，而姜夔張耒等人却又都認爲山谷詩極其含蓄，何其參差若此？【補遺】

其實這本不難索解，江西後來之所以會發展出「學詩如參禪」「悟」之類講法，就是因爲他們站在知性反省的立場，重新思考中唐以來詩風轉變的問題，先肯定比興是詩的本質，然後再以「悟」來融滙中唐，達成理性與感性辯證地超越綜合，經過中唐，而再回到盛唐㉟。用當時的語言來說；山谷「極風雅之變，盡比興之體」，即是指他開創了這樣一種特殊的成就，時人謂其晚年詩，「皆是悟門」，亦是此理㊱。這才是本色，因爲他能盡比興之體，一唱三嘆，劉克莊謂后山「文師南豐，詩師豫章，二師皆極天下之本色，故后山詩文高妙一世」（大全集卷九五），也是從這個角度說的。且據王十朋說，當時「學江西詩者，言韓歐二公詩乃押韻之文耳」（後集卷十四、讀東坡），更可以證明本色的重視，是江西的特色之一，

㉞ 山谷也有類似的例子——據「王直方詩話」說：「洪龜父言山谷於退之詩少所許可，最愛南溪始泛，以爲有詩人句律之深意」；但呂本中卻說：「淵明退之詩，句法分明，卓然異衆，惟魯直爲能深識之」，二者矛盾。所以胡仔認爲龜父乃山谷外甥，呂氏之言不可信。其實山谷論句法，本「愛其深遠閑雅」（見范溫「潛溪詩眼」），所謂詩人句律之深意。故二說本不衝突。

㉟ 江西自山谷以來，即有卒歸於唐詩之渾化的傾向，「名賢詩話」載山谷自黔南歸，詩變前體，且云：須要唐律中作活計，乃可言詩。其後如陸游楊萬里，都認爲學江西者定須上參唐人。因此，整體地看來，由江西到嚴羽這類標擧盛唐的詩論，乃是一條脈絡的發展，具有理論上的必然，而非反動。至於陸楊等人通過知性反省以上追唐人，爲什麼不會跟專學晚唐的四靈等人相似，更值得我們深思。

㊱ 見呂本中「童蒙詩訓」。稱贊黃山谷晚年詩者，如林希逸「讀黃詩」：「與寄每有離騷風，筆意尤工是晚節」（竹溪十一稿）、王應麟：「山谷詩，晚歲所得尤深，鶴山稱其以草木文章發帝機杼，以花竹和氣驗人安樂」（困學紀聞卷十八）、陳模：「魯直却有涵蓄，膾炙人齒頰處」（懷古錄卷上）、史彌寧：「我知桂隱傳衣處，玄機參透涪仙句」（友林乙稿、賦桂隱用王從周韻）、魏了翁：「紹聖元符以後，則閱理日多，落華就實，直造簡遠，前輩所謂黔州以後句法尤高，雖百歲之相後，猶使人躍躍然興起也。荆江亭以後諸詩，又何其恢廣而平實，樂不至淫、怨不及懟也?!」（文集卷五三・黃太史文集序）……等，似都著眼於其含蓄興發處。陳模論后山，也認爲后山五言詩「讀之一唱三嘆，眞能有可群可怨之風，其視李長吉等鏤冰刻楮以爲工，而不足以興起人者有間矣」（同上）「后山『葉落風不起，山花空自紅』，興中寓比而不覺，此其得詩人之興而比者也」（卷下），可見「興」是當時人評詩的重點，也是江西之所以被重視的原因，徐明善「西洲詩集序」說得好：「詩自漢魏以降，大抵沈浸乎山樞蟋蟀，其托物引興，以抒長懷、寄永慨，皆祖離騷，蓋變小雅之遺聲也。……又降而唐晚，束字五七，而雕飾無遺巧，於是楊柳依依之遺聲乃復盡散，而雅幾乎絕。賴唐杜氏韓氏詩行世不泯，宋黃山谷陳簡齋曾茶山振微引墜，式克至於今日」（芳谷集卷一）。江西之所以能席捲一世，根本原因之一就是因爲它符合當時詩主興託的本色要求；而不惬於江西者，如張戒嚴羽，也都是站在本色的立場來批評它。這就可以看出宋代詩學的一種趨勢了。

時謂「詩到江西別是禪」，正須由此來理解㊲。而嚴羽論本色當行時，爲什麼要說「惟悟乃爲當行乃爲本色」「此謂之頓門」，其原因不也就非常明顯了嗎㊳？

## 六、本色說的發展

以上的詮析，對宋朝以後，本色說的發展，大抵也很適用。例如宋元朝戲曲方興，文成法立，其創作導向和風格表現，自然就成爲戲曲的傳統成規，成爲戲曲在創作與欣賞時的基本語言規格或契約。像「藝概」所說：「洪容齋論唐詩戲語，引杜牧『公道世間惟白髮，貴人頭上不曾饒』、高駢『依稀似曲才堪聽，又被吹將別調中』、羅隱『自家飛絮猶無定，爭解垂絲絆路人』。余謂觀此則南北劇中之本色當家處，古人早透消息矣」（詞曲概），這些都是唐詩中演變成宋元俗語的例子，而這些例子被視爲南北劇本色的先導或同調，自不難想見所謂南北劇本色，乃是以諧俗爲主的。吳梅所說：

> 自董解元作西廂，以方言俗語雜砌成文，世多誦習，於是雜劇作者大率以諧俗之詞實之。如「天寶遺事」「王渙」「樂昌分鏡」「王魁」等。今所傳者，皆道路悠謬之語。故雜劇之始，僅有本色一家，無所謂辭藻繽紛、纂組縝密也。王實甫作西廂，始以研鍊濃麗為能。此是詞中異軍，非曲家出色當行之作（詞餘講義・十二章家數）。

確乎不誣。蓋自宋以來，「俳優雜劇，不過用供一笑」（莊嶽委談），南戲也是以「宋人詞，而益以里巷歌謠」（南詞敘錄），所以就寫作傳統來說，戲曲自是以諧俗爲大宗的。何況，戲曲之本質，異於純書寫型態的文學，它本是表演的藝術，文縐縐的腔詞賓白、不適合演出而僅能供案頭欣賞的作品，當然也不能稱爲本色。王國維「錄曲餘話」所說：

雜劇大家，如關馬王鄭等皆名位不著，在士人與倡優之間，故其文字誠有獨絕千古者，然學問弇陋與胸襟之卑鄙亦獨絕千古。至明而士大夫亦多染指戲曲，前之東嘉、後之臨川，皆博雅君子也。至國朝孔季重、洪思昉出，始一掃數百年之蕪穢，然生氣亦略盡矣。

卽指戲曲的寫作傳統而說。雜劇的生氣，的確在於它那種樸鄙村俗的本色；落到博雅君子手上，便不易顯出戲曲與群衆結合的關係，而傾向雅緻精深。但自明以後，戲曲的發展，却正

㊲ 「詩到江西別是禪」見金劉迎「題吳彥高詩集後」（中州集卷三）。按：謂山谷后山詩似禪，乃宋以來習見，如惠洪「悼山谷五首之二」：「獨入無聲三昧，同聞阿字法門」（石門文字禪卷十四）、蔡絛：「山谷詩妙脫蹊徑，言謀鬼神，無一點塵俗氣；所恨務高，一似參曹洞下禪，尚墮在玄妙窟裏」（百衲詩話）、金李屏山「西嵓集序」：「黃魯直以俗爲雅、以故爲新，不犯正位如參禪，著末後句爲具眼」（中州集卷二）、任淵「后山詩注目錄序」：「讀后山詩，大似參曹洞禪，不犯正位，切忌死語，非冥搜旁引，莫窺其用意深處」等皆然。若以陳元晉「跋楊伯傳詩後」所云：「前輩謂作詩必此詩，定知非詩人。近世宗晚唐者，則以體物切近爲工，以寄興高遠爲忌。而或者謂后山好處如參曹洞山禪，不著正位，是果何說耶？楊兄伯傳，留意於詩，亹亹迫人矣；試舉似冰翁端陽使君，若有一轉語，幸以見告，當相視一笑」（漁墅類稿卷五），論此事尤爲有趣，蓋不著正位、忌參死語者，卽是興，此爲江西與四靈晚唐之異。

㊳ 所謂似曹洞禪，卽是頓門。在嚴羽之前，把江西和禪類擬時，其實卽已預存了頓漸之分。

如王國維吳梅所指出的，是往典雅研鍊的路子上走，所以，宋元時期，論曲者尚未標榜本色；入明，則不能不舉出本色的講法，來做一番辨明釐析。這跟詩文詞在宋朝必須提出本色的原因，自然也毫無不同。㊴

明人論曲，自何良俊「曲論」、王世貞「曲藻」以降，幾乎無人不深考本色這一問題，如何氏云：

> 西廂全帶脂粉，琵琶賣弄學問，其本色語少，蓋填詞須用本色語，方是作家。鄭德輝，「倩女離魂」越調聖藥王內……云云，如此等語，清麗流便。語入本色，然殊不穠郁，宜不諧於俗耳也。
>
> 既謂之曲，須要有蒜酪，而此由（琵琶記）全無。正如王公大人之席，駝峯、熊掌、肥脂盈前，而無蔬、筍、蜆、蛤，所欠者風味耳。

既以蒜酪爲本色，顯是依循北曲的寫作傳統㊵，不重藻飾、亦無用堆垛書卷；王驥德「曲禁」裡所說的「太文語」「太晦語」「經史語」「學究語」「書生語」「堆積學問」等禁忌，也卽是根據這種要求而來的。陳所聞批評「近代文士，務爲雕琢，殊失本色」（北宮詞紀凡例）「文士爭奇炫博，益非當行」（南宮詞紀凡例）、徐復祚指責「香囊以詩作曲……愈遠本色」（三家村老曲談），亦是如此。

然而，梁伯龍湯玉茗以來，藻麗既成風尚，寖假而亦成爲一種傳統。戲曲在本色之外，儼然另有一種文詞派的作法與相頡頏了。文士作曲，尤其難入本色，而習慣於文藻，王世貞抨擊馮惟敏「止用本色過多，北音太繁，爲白璧微纇耳」（曲藻），卽代表了這種現象，故其書以曲藻爲名。其後淩濛初雖然攻擊說：

> 自梁伯龍出，而始為工麗之濫觴，一時詞名赫然。蓋其生嘉隆間，正七子雄長之會，崇尚華靡。弇州公以維桑之誼，盛為吹噓，且其實於此道不深，以為詞如是觀止矣，而不知其非當行也。以故吳音一派……不惟曲家一種本色語抹盡無餘，即人間一種真情話埋沒不露已（譚曲雜箚）。

但其勢力早已形成，論曲者亦不能不正視它，最明顯的例子就是王驥德。王氏「曲律」論過曲，說：「大曲宜施文藻，然忌太深，小曲宜用本色，然忌太俚」；論劇戲，說：「既非雅調，又非本色，勿作可也」，都以本色和雅詞並舉。「曲律」又說：「純用本色，易覺寂寥；純用文調，復傷琱鏤」「本色之弊，易流俚腐；文詞之病，每苦太文」（論家數）「臨川湯奉常之曲，掇拾本色，參錯麗語，境往神來，巧湊妙合」「問體孰近？曰：於文辭家得一人，曰宣城梅禹金，摛華掞藻，斐亹有致；於本色一家，亦惟是奉常一人」（雜論下），調合二者的立場，非常明顯。

因此，我們總括來看，明人論本色，有幾點很值得討論，第一，曲中本色與雅詞的爭辯，

39 按：興趣一辭，乃宋人習稱，如陳仁子「玄暉宣城集序」：「古今以陶之興趣，兼謝之才力，惟子美一人」（牧萊脞語卷七），即以興趣和才力對舉，與嚴羽用法相同，與指比興興發，趣即趣味韻味之趣。

40 沈德符「顧曲雜言」也說：「曾見汪太函四作……都非當行。……近年獨王辰玉太史衡所作真傀儡、沒奈何諸劇，大得金元蒜酪本色」。

就像詩詞，雖然也有「婉約派」「豪放派」之類爭執，但畢竟仍以本色爲宗。只不過曲之必然朝向藻麗，乃至形成本色與文調並詩的局面，却肇因於戲劇的本質。正如陳所聞所感嘆的：「文士務爲雕琢，殊失本色；而里巷歌曲，又類不雅馴」㊶，戲曲雖屬表演藝術，取悅俗目衆耳，但它畢竟仍是藝術，是藝術卽不能不考慮到它的精美，因此，它在雅俗之際，確實極費斟酌，陳棟「北涇草堂曲話」說：「明人滯於學識，往往以塡詞筆意作之，故雖極意雕飾，而錦糊燈籠，玉相刀口，終不免天池生所譏。間有矯枉之士，去繁就簡，則又滿紙打油，與街談巷語無異」，卽指它這種兩難的處境㊷。明朝文士，身處的文化環境不同於元，又多非歌坊劇作出身，本來卽難免傾向文藻一路；現在又面臨戲劇藝術化的自覺要求，所謂「寧願拗折天下人嗓子」。當然會抬高文藻的地位，視爲曲中不可少的成分。【補遺】

第二，曲家如此論本色，必然也影響到詩人對本色的討論。例如胡震亨「唐音癸籤」卷三：「作古詩先須辨體。無論兩漢難至，苦心模倣，時隔一塵；卽爲建安，不可墮入六朝一語；爲三謝縱極俳麗，不可雜入唐音。小詩欲作王韋，長篇欲作老杜，便應全用其體，亦不得他雜。詞曲家非當家本色，雖麗語、博學無用，況此道乎？」㊸所謂麗詞非本色，宋人卽無這樣的講法。又如同書卷廿五：「凡詩，一人有一人本色」，卷卅一批評高棅「唐詩品彙」：「大謬在選中晚必繩以盛唐格調，概取其膚立僅似之篇，而晚末人眞正本色，一無所收」等，也是受論曲者以「眞情話」論本色的影響，故唐順之云：「秦漢以前，儒家有儒家之本色，至如老莊家……縱橫家……名家……墨家、陰陽家皆有本色，雖其爲術也駁，而莫不皆有一段千古不可磨滅之見，各自其本色而鳴之爲言。其所言者皆本色也」（答茅鹿門知縣）。本色，在這裡就代表每個人每個時代眞正的面目、眞正的聲音。宋人論本色，尚無此一說法。

但這些說法，跟宋代的本色說，也不相違悖，因爲像胡震亨那樣，以本色討論辨體問題，正是宋人舊蹊。胡應麟「詩藪」說得好：「文章自有體裁，凡爲某體，務須尋其本色，庶幾當行」（內編卷一）「諸體各具本色，學者務須尋其本色，卽千言鉅什，亦不使一字離去」（內編卷三），這種體，既指體製，也指風格家數。因此這只可以稱爲本色說在明代的發展，並無創新的成份㊹。但是，根據這一說法，既可以强調「法」、提倡模擬，也可以主張人人各具本色、不尙模擬，却是非常重要的事。明朝無論七子或反七子的人，大抵都離不開這個

㊶ 見「北宮詞紀凡例」。又「南宮詞紀凡例」也說：「下里之歌，殊不雅馴；文士爭奇炫博，益非當行」。凌濛初雖抨擊文詞派，但「譚曲雜劄」也認爲：「沈伯英審於律而短於才，亦知用故實用套詞之非，欲作當行本色俊語，却又不能，直以淺言俚句，掤拽牽湊」是不對的。可見曲在雅俗之際，煞費斟酌。

㊷ 參見徐渭「南詞敍錄」中「以時文爲南曲」「香囊如教坊雷大使舞」二條。

㊸ 此乃引王世懋「藝圃擷餘」語，按：胡應麟「詩藪」的意見與他相同，詳後。王漁洋「池北偶談」亦引此語，且云：「余向語同人，譬如衣服，錦則全體皆錦，布則全體皆布，無半錦半布之理，卽敔美此意」（帶經堂詩話卷一引），這可以看出漁洋神韻說和明人的關係。

㊹ 詳龔鵬程「本色」（文訊月刊十八期·文學術語辭典）。

觀念㊺。

第三，文士作曲，難於本色，故提高辭藻的地位，在本色說的發展史上，是很重大的事。因爲假如我們根據以上的探討，來看明顧曲散人「太霞曲話」，一定會摸不著頭腦。該書說：「當行也，語或近於學究；本色也，腔或近乎打油」，簡直就是以文詞家爲當行了。又晚近吳梅論北曲作法時也說：「西廂：『繫春心，情短柳絲長；隔花陰，人遠天涯近』，語妙古今，顧在當時不甚以此等艷語爲然，謂之行家生活，卽明人謂案頭之曲，非場中之曲也。實甫曲如：『顚不剌的見了萬千，似這般可喜娘罕曾見』及『鶻伶淥老不尋常』等語，却是當行出色」，前面的「行家生活」，含意顯然與後面的「當行」相反，是指文詞藻麗、不能搬演的案頭劇。讀者看到這些，難道不會糊塗嗎？這到底是怎麼回事？

以下，我們卽想針對這幾點，稍做說明。

## 七、本色與南北宗問題

宋人論本色，是要解決詩歌中含蓄與鋪陳、直述與比興、才力議論與吟咏情性之對立的。可是曲中並無此種問題，因此，論曲之本色，當然僅能偏重其傳統成規的一面，由其通俗、不堆垛學問、不炫耀辭采處談。而詩人論本色，亦僅知本色指詩的本質或寫作傳統，將本色視同於「法」，不再企圖通過本色的釐定以及「悟」，來解決本色與非本色之間的問題，以致含蓄和鋪陳、議論書卷和吟咏情性的對立，在明朝中葉開始再次出現，如胡應麟、胡震亨，甚至强調：「曰仙曰禪，皆詩中本色，惟儒生氣象，一毫不得著詩；儒者言語，一字不可入詩」（癸籤卷二）。

爲什麼仙釋都可入詩，且爲本色，唯儒者言語氣象不能入詩呢？王世懋「藝圃擷餘」曾說：「絕句貴有風人之致，其聲可歌，其趣在有意無意之間，使人莫可捉著，晚唐快心露骨，便非本色，議論高處，逗宋詩之徑」，頗可見此中消息。蓋詩之本色，在於它表達一種無固定客觀認知意義的美感意蘊，所以說：「詩境貴虛，故仙語勝釋，釋語勝儒」（謝肇淛「小草齋詩話」）。【補遺】

這一說法，不僅顯示了明代那種含蓄與舖陳說理對立的嚴重性，也直接導致後來神韻、性靈這一系統，和講究學力議論類詩風的長期爭抗。可以說明清的詩論，大體也集中在這個

㊺ 本色說在胡應麟的詩論中，是與「正格」相關聯的，强調「大家正統」（內卷三）「不踐玆途，便爲外道」（內卷一），此與宋人相同。至於其所謂本色，與「法」是一體之兩面，詳簡錦松「胡應麟的辨體論」（六八・古典文學第一集・學生）。事實上，通過本色說來看，嚴羽的妙悟以及七子的法，脈絡正自井然，故胡氏又說：「漢唐以後談詩者，吾於宋嚴羽得一悟字，於明李獻吉得一法字，皆千古詞場大關鍵，第二者不可偏廢」（內篇卷五）。又、簡文認爲嚴羽並未就各體談本色，也未就各體立正格，正格不立，本色之說便很含糊。本文則以爲分體論本色，原亦出於宋朝，只不過宋人論本色還能追究該體之本質，而不僅歸納分析出一種風格以作爲該體的正統罷了。故明人之說事實上是既發展又墮落的，通過本色，本來已經解決了的知性感性辯證問題，到此斷了線索；乃逼得明朝中葉以後的詩論家，不得不再從對比與傳統的再發現，來處理此一問題。詳後文及第二章第五節。

問題的解決上，例如毛先舒「詩辯坻」說：「退之多以文法爲詩，則傖父矣。子瞻多以序記法爲賦，則委苶矣」（卷三），不仍是本色的堅持嗎？其自序辯詩言理的問題、辯詩尚含蓄訐汗露的問題、辯性靈與辭采的問題，更足以代表當時詩學的問題重心所在㊻。明末清初，對嚴羽「詩有別材，非關學也；詩有別趣，非關理也」二語，熱烈的爭辯，也卽是在這種情況下出現的㊼。【補遺】

在這場爭論中，有一類人，從情致與理的對峙，反省到比興傳統，而反對明七子所代表的論詩脈絡，放棄本色說，改從「詩史」的問題著手，挖掘杜韓詩風與比興諷喻的關係，以解決這個問題，如錢牧齋就是㊽。但也有些人，面對同樣的問題，仍然運用本色說去處理，王漁洋卽此中巨擘。

漁洋論詩，最欣賞司空圖「不著一字，盡得風流」二語，或問不著一字，盡得風流之說，則舉李白牛渚西江夜、孟浩然挂席幾千里，謂其「色相俱空，正如羚羊掛角，無迹可求，畫家所謂逸品是也」（分甘餘話）㊾。

逸品論詩，卽詩境貴虛之說，所以他又認爲「釋語入詩最近雅」（香祖筆記）。在漁洋看來，這卽如禪宗的頓門，與施愚山那種瓴甓木石一一平地築起的漸門作風迥異㊿。如果我們還未忘記嚴羽曾說本色乃爲頓門，則對這種說法也就比較容易理解了。

事實上，詩之分南北宗，始於題賈島撰「二南密旨」，謂南宗一句含理，北宗二句並意；其後宋吳沆「環溪詩話」又有一祖二宗，方回有一祖三宗之說。已具有宗法正統的義涵；嚴羽以頓漸論詩，亦是如此。但並未跟繪畫合併討論，論畫之南北宗者，始於董其昌。董氏認為：

禪家有南北二宗，唐時始分；畫之南北宗，亦唐時分也。但其人非南北耳。北宗則李思訓父子著色山水，流傳而為宋之趙幹、伯駒、伯驌，以至馬夏輩；南宗則王摩詰始用渲淡，一變鉤斫之法，其傳為張璪、荊、關、郭忠恕、董、巨、米家父子，以至元之四大家51。【補遺】

而南北宗比較起來，南宗是「文人畫」、「虛和蕭散，如方外不食烟火人，另具一骨相者」，以渲染為主；北宗是「板細乏士氣」的畫匠，以著色山水為主。故南勝於北。漁洋所謂頓漸，

46 毛先舒也認為「淡者詩之本色」「古人作詩，取在興象」，所以說：「不墮理窟，不縛言筌耳。世曰杜陵義兼雅頌，然末葉弊法，頗見權輿。逮宋人踵之，併今詩之法俱喪」（卷一）。這種態度，跟田雯「古歡堂雜著」所說：「大雅三頌，與典謨、訓誥無異，而詩人宛轉之致、風人溫厚之辭，所謂情動於中，嗟嘆之不足而咏歌之者，則具於國風小雅」（卷一）相同，都討論到性靈與辭采學問、含蓄與直露、風與雅頌、比興與說理的問題，故周容「春酒堂詩話」云：「涉於議論，失詩本色」。

47 清初如錢牧齋、馮鈍吟兄弟、王漁洋、朱竹垞等，對嚴氏詩論都有很多爭辯。

48 詳見註45引龔鵬程文。

49 見「帶經堂詩話」卷三「入神類」所引諸文。

50 此「漁洋詩話」之說，「帶經堂詩話」收入卷三「眞訣類」。

51 本節論畫中南北宗問題，多參考啓功「山水畫南北宗說辨」「戾家考」（一九八一·中華·啓功叢稿·頁一二四—一四八）、徐復觀「中國藝術精神」（六五·學生）第十章。但此處不暇深論，略存梗概而已。

正取此義，故云詩境貴虛。又自謅華嚴樓臺，彈指卽現，實與董氏「此一派畫（北宗）殊不可習，譬之禪定，積刼方成菩薩，非如董巨二米三家，可一超直入如來地也」之說同理52。且沈顥「畫麈」「分宗」條又說：

南宗則王摩詰，裁構淳秀，出韻幽淡，為文人開山。……北則李思訓風骨奇峭，揮掃躁硬，為行家建幢。

以南宗爲文人畫，北宗爲行家畫。當然也是本色說的延伸。但是行家本是推美之詞，何以到了這個時候反而具有貶義呢？這便涉及元明間「行家」含義的轉變。在宋代，張端義「貴耳集」載「兩制皆不是當行，京諺云戾家是也」，戾家是與行家相對的語辭，指不在行不當行的人。可是入元以後，趙子昂却有了新的解釋，「太和正音譜」卷上：

雜劇，俳優所扮者，謂之倡戲，故曰勾欄。子昂趙先生曰：「良家子弟所扮雜劇，謂之行家生活，倡優所扮者，謂之戾家把戲」……或問其何故哉？則應之曰：「雜劇出於鴻儒碩士騷人墨客所作，皆良人也。若非我輩所作，倡優豈能扮演乎？推其本而明其理，故以為戾家也。」（雜劇十二科）

這是新解，是文人參與戲曲創作後對行家含義的新詮釋。前文已經說過，明代戲曲愈來越趨向文藻一途，因此這種新解，也逐漸被人接受，如前文所舉「太霞曲話」卽用此義，臧晉叔「元曲選序」也有類似的看法。在繪畫方面，行戾本來也是指專業畫家和業餘文士，如何良俊「四友齋叢說」云：「我朝善畫者甚多，若行家當以戴文進爲第一，而吳小仙、杜古狂、周東村其次也。利家則沈石田爲第一，而唐六如、文衡山、陳白陽其次也」，行戾（利）仍是分類性的區劃，但已無高下價值判斷在了。再加上文人之間，易生氣類之感，又鄙視（或美妬）專業畫師技巧太精熟，遂逐漸抬高利家的身份，如詹景鳳跋元饒自然「山水家法」一書說：

> 山水有二派，一為逸家，一為作家。逸家始自王維……作家始自李思訓。……若文人學畫，須以荊關董巨為宗，如筆力不能到，即以元四大家為宗，雖落第二義，不失為正派也。若南宋畫院及吾朝戴進輩，雖有生動，而氣韻索然，非文人所當師也。

屠隆「畫箋」「元畫」條，更獨尊隸家，說士氣畫即是文人而能作隸家畫品者，全法氣韻生動，不求物趣，以得天趣為高。沈顥「畫麈」又力辨士大夫畫不是外行，說：「今人見畫之簡潔高逸，曰士夫畫也，以為無實詣也。實詣，指行家法耳。不知王維、李成、范寬、米氏父子、蘇子瞻、晁無咎、李伯時輩，士夫也，無實詣乎？行家乎？」凡此，均與董其昌抬高南宗地位同一心理。

【補遺】

漁洋標舉逸品、講求詩境虛和，提倡神韻，不執著於物色，都接近南宗，故能以頓悟自喜。然而，漁洋之神韻，本自擘積重重中來，與明七子的關係異常深遠，翁方綱說神韻即格

52 董氏論詩文，也提出神韻的要求，如「詒美堂集序」說：「或氣盡語竭，如臨大敵，而神不完；或貪多務得，如列市肆，而韻不遠，烏覩所謂立言之君乎？」、「容臺別集」卷一說：「作書與詩文，同一關捩。大抵傳與不傳，在淡與不淡耳」；……均可與漁洋所說互相印證。

調，確有見地[53]。他雖標舉逸品，其實做的却是融合南北的工作，因此，他又說了一些與上文所述貌若矛盾的話，例如論詩以「骨重神寒」爲貴，又說：

> 近世畫家專尚南宗，而置華原、營丘、洪谷、河陽諸大家，是特樂其秀潤，憚其雄奇。余未敢以為定論也。不思史中遷固、文中韓柳、詩中甫愈、近日之空同大復，不皆北宗乎？牧仲中丞論畫，最推北宋數大家，真得祭川先河之義，足破聾瞽，余深服之（蠶尾文・帶經堂詩話卷廿二引）。【補遺】

所舉遷固甫韓，都恰好是一般論本色者所排斥的，故漁洋之意，應如「居易錄」中所述：「一日秋雨中茂京丞携畫見過，因極論畫理，其義皆與詩文相通。大約謂始貴深入，既貴透出，又須沈著痛快；又謂畫家之有董巨，猶禪家之有南宗。董巨後，嫡派元唯黃子久、倪元鎮，明唯董思白耳。余問倪董以閑遠爲工，與沈著痛快之說何居？曰：閑遠中著沈痛快，唯解人知之。又曰：仇英非士大夫畫，何以聲價在唐沈之間、徵明之右？曰：劉松年仇英之畫，正如溫李之詩，彼亦自有沈著痛快處，昔人謂義山善學杜子美，亦此意也」。詩中王孟高岑大曆元和，是南宗；陶謝沈宋陳子昂李杜，是北宗。二宗之外，俱屬旁門魔外，非嫡子正宗。而此二宗，都以沈著痛快爲極至，只不過南宗逸品是古澹閑遠中實沈著痛快而已[54]。

要了解漁洋爲何如此說，自當上溯於宋。「滄浪詩話」爲什麼說「以文爲詩」的琴操，「正是本色，非唐賢所及」[55]？爲什麼說優游不迫與沈著痛快皆有神韻？須知本色說的提出，本來即是要對詩的知性感性，做一番超越辯證的綜合，漁洋通過格調、北宗韓甫、沈著痛快、根柢於學問，以得羚羊挂角之興會，大抵也是如此[56]。【補遺】

## 八、結　語

綜上所述，本色，是在宋代因面臨文體難以分辨的問題時，爲了釐析文體特色及其規範，而從當時行業行爲和組織中借用來的文學批評術語。

藉著這個術語，他們對創作和批評提供了每一文體的標準藝術形相，並界定每一文類的成規、每一作家的風格，以致發展出有關家數正變的看法。至於正之與變，究竟應如何協調，本色說也提出了站在本色立場的超越辯證解決之道。

宋朝以後，詩文詞曲的本色觀念，依然普遍運用在文學評論中，並與元明清各種文學理論、流派、觀念的發展，息息相關。而對正與變的爭執和矛盾，也有像王漁洋這樣的人，從

53 「復初齋文集」卷八：「昔之言格調者，吾謂新城變格調之說而衷之以神韻，其實格調卽神韻也」（神韻論上）。說又見「格調論上」。郭紹虞則認爲漁洋是在格調說的骨幹上，加了一件神韻說的外衣（神韻與格調。收入「照隅室古典文學論集」．七四．丹青．頁一七三—二五〇）。

54 詳王氏「芝廛集序」（帶經堂集卷六五），這卽是論本色者一貫孕涵的正宗觀念，談海珠「王漁洋詩論之研究」（六八．嘉新水泥文化基金會）第三章，引此文，謂爲漁洋詩學綜合殊廣之證，誤。

55 見「詩辯坻」卷三、「滄浪詩話」詩評。

56 詩之道，有根柢焉、有興會焉，詳「帶經堂詩話」卷三。優柔含蓄與沈著痛快各有神韻，洋錢鍾書「談藝錄」頁四八、郭紹虞「滄浪詩話校釋」頁十。

事類似宋人的處理。所以，研究「本色」這一批評觀念，可以釐清不少宋元明清文學批評的理論內涵和發展脈絡。可惜前人對此，未及著手；本文粗發其凡，僅供參考而已，詳細的討論，希望日後能續予補充。

# 第四章　論妙悟

## 一、妙悟與學詩如參禪

以悟、妙悟、頓悟論詩，最著名的是嚴羽，「滄浪詩話」：「禪家者流，乘有小大、宗有南北、道有邪正，學者須從最上乘，具正法眼，悟第一義。……論詩如論禪……大抵禪道唯在妙悟，詩道亦在妙悟，惟悟乃爲當行，乃爲本色。……若以爲不然，則是見詩之不廣，參詩之不熟耳。」歷來對於這段文字，爭論極多，因爲這其中牽涉到妙悟、透澈之悟、一知半解之悟的區分，也跟以禪論詩、以禪喻詩，參詩、參禪之類問題有關。

參詩參禪是一種活動或工夫，參而一旦頓悟、一夕悟入，則悟是指境界。詩道惟在妙悟，是說作詩必須參、必須悟，才能掌握詩的本質。這是宋人一般的觀念，原不止嚴羽一人如此說，如龔相云：「學詩渾似學參禪，悟了方知歲是年」、呂本中云：「作文必要悟入處」均是。

但問題在於：妙悟究竟何所指？是什麼樣的悟？如何才能悟？作詩又爲什麼須要悟？爲什麼當時人不期而然地均以「悟」作爲詩文創作的第一要事？妙悟與當時的文學理論有何關聯？能不能顯示中國藝術精神的特質？本文主要就是希望能解決這些問題。

## (一) 研究途徑之再思

參詩之說，始發自蘇軾；而學詩詩則以吳可爲首唱。其本身皆屬以禪論詩的範疇。以禪論詩，自宋以來談者紛紛，通常的理解是：詩人受到禪宗的影響、或詩境等於禪境、詩與禪融合爲一。推而廣之，則一般也常把宋代富有（知性）內省精神的藝術和文化，看成是佛教禪宗或心宗的產物；以爲唐宋的詩和詩學發展，是受了禪宗的影響❶。這類流行而美麗的錯誤，似乎是因爲不甚瞭解文學影響的範疇、性質和功能，也未詳勘兩者內在的流變和義理結構所致。

試舉一例，稍事說明：

我國的書法、繪畫，都有南北宗之分。畫之分南北宗，始於明代，董其昌「畫禪室隨筆」卷二、莫是龍「畫說」十五條及陳眉公「偃曝談餘」卷下等，都曾用禪宗的南能北秀來譬擬王維、李思訓的畫風差異，認爲北質實而南虛曠，但並未直指文人畫的產生即是受到禪宗影響漬潤而然❷。後人則推求過甚，指實王維曾撰「六祖能禪師碑銘」，而其詩畫之閑澹超遠，則是受了禪宗的影響。其尤甚者，乃更以爲詩中之王孟及妙悟神韻一系，亦如禪之南宗，舉漁洋禪髓論詩之語爲證。——這些論者，似乎並未考慮到：王維某些詩，用禪宗義理來解釋，固然超超玄者；但若用天臺、華嚴、法相，乃至老莊義理來詮表，亦無不可。王維本人更曾擔任八十卷華嚴經的翻譯工作，何以知道他定屬禪宗呢？至於以南北宗論詩文，始自「文鏡秘府論」南卷論文意、賈島「二南密旨」，宋吳沆「環溪詩話」更曾把杜甫、韓愈、李白共稱爲一祖二宗，但這些絕對不可以用禪家祖師及南北宗妄加比附，因爲詩文之分「祖」「宗」，本於歷代宗廟制度；而詩風之有南北，又恰好跟禪家南北宗的性質完全相反，與明末以後所說的南宗北宗也不同❸。何況，卽使依明末以後南北宗的劃分來看，神韻妙悟亦不當屬禪宗影響，被視爲南宗的王漁洋就曾說：「近世畫家專尚南宗，而置華原、營丘、洪谷、河陽諸大家；是特樂其秀潤、憚其雄奇。余未敢以爲定論也。不思史中遷固、文中韓柳、詩中甫愈、近日之空同大復，不皆北宗乎？中丞（宋牧仲）論畫最推北宋數大家，眞得祭川先河之義，足破聾瞽，余深服之。其詩之工，又無論矣」。若不知神韻妙悟，實出自襞積重重的宋詩，

❶ 如Arnold Silcock著「中國美術史導論」（王德昭．五十年．正中書局）頁一〇五，卽如此說。另見杜松柏「禪學與唐宋詩學」（黎明書局）、「禪宗成立前後中國與詩學之比較」（中外文學七卷六明）等。

❷ 詩與畫之南北宗問題，可參錢鍾書「中國詩與中國畫」（文學研究叢編第一輯）、徐復觀「中國藝術精神」（學生書局）第十章。

❸ 詳龔鵬程「知性的反省——宋詩的基本風貌」（聯經出版公司．中國文化新論．文學篇二）「試論江西詩社宗派的形成」（學生書局．古典文學第二集）。

則於此眞無法索解；而誇大扭曲了禪與藝術間的關係，離題恐怕就更遠了❹。

「參詩說」的情形與此相似，自北宋詩人創此名詞以來，參詩學詩便常與禪學併論。東坡跋李端叔詩卷所謂：「暫借好詩消永夜，每逢佳處輒參禪」，就是說詩之佳者，應如禪之能耐人細細參悟領會❺。這「參」字，本是佛教名辭，併論自無不妥，但是，我們以爲：

1宋代佛教之與士大夫關係深密者，實不只於禪宗，東坡山谷等人，固然以濡染禪學著名，可是東坡向他弟子由借閱的，卻是華嚴宗典籍「法界觀」。漁洋論東坡也說：「淋漓大筆千年在，字字華嚴法界來」（冬日讀唐宋金元諸家詩偶有所感各題一絕於卷後）。此與沈德潛所說：「海外何愁瘴癘深，華嚴法界入高吟」（歸愚詩鈔卷六·書東坡集後），於義正同。任淵評陳后山詩，以爲：「讀后山詩，如參曹洞禪，不犯正位，切忌死語」（目錄），而后山自己也說：「可復參儂一味禪」（寄晁載之兄弟），但事實上后山所習亦包括華嚴，文集華嚴證明疏說弟子陳師道與妻郭悟，同心共施，因慧嚴大師宗永，買大方廣福華嚴經一部八十一策云云可證。就作者而言，詩有所謂的「禪意」，其根抵卻未必來自禪宗。就讀者評者而言，所謂詩家三昧，亦本華嚴經十定品，而借喻者則不止於詩歌而已，如東坡謝師分茶詩：「來試點茶三昧手」，借以喻茶道；陳簡齋陳叔易賦王秀才所藏梁織佛圖詩邀同賦因次其韻詩：「淪精入此三昧手」，借以喻織絲。我們既不能說煎茶織絲是受了禪宗的影響，或其境界同於禪；又確知許多作者的「禪趣」，其實並不來自禪宗，便應知道禪與詩本無必然的或歷史的關聯。【補遺】

【補遺】

2.禪學與詩，並無必然的關係，所以李東陽「懷麓堂詩話」就非常露骨地說：「僧最宜詩，然僧詩故鮮佳句」，僧人之蕭瑟淡泊，本來與詩人很像，但其畢竟非詩人，其詩亦少佳句，則是因爲詩人與僧人對文化和生命的掌握不同，禪之性質，與詩人生命及創作並不相應。爲什麼呢？因爲禪宗本以「楞伽經」爲主，楞伽屬於如來藏系統，是唯識法相之學。其後六祖慧能始因五祖之教，依金剛經「應無所住而生其心」，悟到「一切萬法不離自性」，以「直指人心，見性成佛」爲宗旨。這自性與空宗所說者不同，乃是指每個人自己的眞性；既是眞性，便無生起，故眞正生起萬法的乃是心，而非性。心本是幻妄緣識之心，但因本性的作

❹見宋牧仲「西陂類稿」論畫絕句王漁洋評點。漁洋論詩，雖以神韻著名，當時人則稱其爲清秀李于麟，原因就在於妙不關文字者，正來自襞積細緻之中。觀「香祖筆記」及「古夫于亭雜錄」一再強調宋景文詩無一字無來歷，不難窺見此中消息。漁洋之根柢如此，故論詩特重黃山谷，以爲「涪翁掉臂出清新，未許傳衣躡後塵」「豫章孤詣誰能解，不是曉人休浪傳」，又說：「山谷與摩詰貌相似」（帶經堂詩話卷廿七引居易錄）。持論如此，故能合骨力沉穩與興象翛然者爲一，「帶經堂詩話」卷三引蠶尾文云：「唐宋以還，自右丞以逮華原營丘洪谷河陽之流，其詩之陶謝沈宋射洪李杜乎？非是則旁出，其詩家之有嫡子正宗乎！」不但將王維詩文分開處理，又合古淡閑遠與沈鬱厚實爲一，而統稱之爲南宗，其言若與評點宋牧仲詩不同，其實就漁洋詩學根柢來看，並無扞閡。又詳第三章第七節。

❺見「潛溪詩眼」，然范氏以爲：「蓋端叔詩用意太過，參禪之語，所以警之」，未免誤會東坡原意。其所以誤會者，正因宋人之論學詩如參禪，目的是要自得、要自然，范溫先入爲主，故不免於誤會。詳後文。

用，于幻境上不生念，便是般若清淨心，故云「性在身心存，性去身心壞」。這種理論進路和內容，與詩大不相應：詩人應物抒感，物色之動，心亦搖焉，禪宗卻要人不在色、聲、香、味、觸、法上生心；詩人含毫吐臆，與境孚會，禪宗卻要人心無所主，在幻境上不生念，存在實踐地自悟本心本性。因此，依禪宗義理來講，絕對開展不出「詩」來，不僅因爲他們不立文字而已。後代之所謂詩禪，都是單拈一端，賦詩斷章，以供譬說。例如嚴羽說：「大抵禪道在妙悟，詩道亦惟在妙悟」，妙悟是詩禪都講求的一套方法，但其目的指向不相同，方法的根據亦不同，甚至方法本身也不同（禪必須頓悟，詩家之悟則總在漸修，故呂居仁「童蒙訓」說：「作文必要悟入處，悟入必自工夫中來」，傳燈錄卷廿六則說精修用功只是乾慧、無與根本），絕不能併爲一談。曾茶山曾說學詩如參禪，然其所謂禪，其實仍是儒者之養氣，便是個最値得深思的例子❻。因此，綜合地看起來，宋代與詩發生關係的既不限於禪宗，以禪論詩又不專就禪宗內部義理來論，參詩說和妙悟說的內涵便不能只以禪來分析，須就普遍的哲學層次予以思考，由詩人生命成就處觀察之。

3.如上所述，將詩道之參悟和禪宗的證解相提並論，可能會忽略了兩者本質上的若干差異。因爲詩人的慧業必須涉及知解，勒成文字，與無言寂寥、言語道斷的禪，並不相同，故劉克莊跋何秀才「詩禪方丈」就說：「詩家以少陵爲初祖，其說曰：語不驚人死不休。禪宗以達磨爲祖，其說曰：不立文字。詩之不可爲禪，猶禪之不可爲詩也。何君合二爲一，余所不曉」（後村大全集卷九九），元遺山「陶然集詩序」也以爲：「詩家之所以異於方外者，渠輩談道不在文字、不離文字；詩家聖處不離文字、不在文字，唐賢所謂情性之外不知有文字云耳」（文集卷三九），詩是語言藝術，其創作活動卽是對符號本身的覺察，不像禪家視言語爲津筏，因此在文字方面，兩者無可比論❼，要論，只能就修持的工夫和進境上論，元遺山「陶然集詩序」就是這樣處理的，所謂「方外之學，有爲道日損之說，又有學至於無學之說，詩家亦有之」云云，皆就詩人情性生命發展之程序上談。然而，卽使是修持之工夫和進境，詩人與禪客亦各異趣，因爲：①動機和歸結處不同，工夫與進境自不一樣。②詩人之由技進於道，在於人格修養之完成，而其人格修養則不來自見性與頓悟。③所謂學至於無學，實包括詩人摶合文字的能力而言，仍以遺山「杜詩學引」爲例，他說：「竊謂子美之妙，釋氏所謂學至於無學耳。……夫金屑丹砂芝朮參桂，識者例能指名之，至於合而爲劑，其君臣佐使之互用、甘苦酸鹹之相入，有不可復以金屑丹砂芝朮參桂而名之者矣。故謂杜詩無一字

❻「詩人玉屑」卷一：「贛川曾文清公題吳郡所刊東萊呂居仁詩後語云：詩卷熟讀，治擇工夫已勝，而波瀾尚未闊；欲波瀾之闊，須令規模宏放，以涵養吾氣而後可。……（趙）蕃嘗苦人來問詩，答之費辭，一日閱東萊詩，以此語爲四十字，異日有來問者，當謄以示之云：若欲波瀾闊，規模須放弘；端由吾氣養，匪自歷階升，勿漫工夫覓，況於治擇能；斯言誰語汝？呂昔告於曾。」

❼近人頗有輯宗門語錄所載傳法偈子爲詩集者，其實偈子與詩不論其形式是否相同，都不應混爲一談，猶如道士金丹歌訣和寺廟籤條，不能視之爲詩一樣，故「丹鉛總錄」卷十九譏嘲陳白沙邵堯夫詩，是：「傳燈錄偈子也，非詩也」，方回「桐江續集」清濱上人詩集序亦云：「偈不在工，取其頓悟而已，詩則一字不可不工」。

無來處可也，謂不從古人中來亦可也」，把杜詩融液古人字句而渾化無迹，視爲學至於無學，顯然與禪人修持之道大相逕庭。——在這種種不同之下，詩人仍不妨借禪喻詩，應可瞭解他們是站在文學本身的精神及文化特質上來考慮的，絕非以禪爲基點來掌握詩與詩人。六朝以前，中國並無禪宗，故詩人取義，僅及於老莊和孔門詩教；唐朝中葉以後，始漸借佛家名相義理以闡說詩學，其緣故亦即在此。【補遺】

4.基於以上各種理由，個人以爲：無論是以禪論詩或參悟說，都不是受禪宗影響而有的觀念，只是在宋代詩學意識之發展中、中國藝術精神之凝形中，詩人默察澄觀其生命與詩歌創作的種種曲折，而提出來的觀念架構。這一觀念架構，事實上又與宋文化及宋代所有詩學內部問題習相關，不能孤立地處理。但因爲它與當時所有問題互有關聯，而禪宗又是當時的重要思想系統之一，詩家即假借「禪」來譬況、來說明。這種說明，當然也不必非禪莫辦，只要是當時重要的思想系統，都能假借運用裕如，譬如「能改齋漫錄」卷五說：「鮑愼由答潘見素詩云：學詩如登仙，金膏換凡骨。蓋用陳無己答秦少章：學詩如學仙，時至骨自換之句」❽。李勤十章兼寄雲叟之三：「學詩如食蜜，甘芳無中邊，陳言初務去，晚乃換骨仙」（日涉園集卷二）、「泊宅編」：「陳去非謂余曰：陳無己之詩，如養成內丹」之類，都以道教丹鼎來譬況詩人生命成長的過程。至於方回詩思十首之九所云：「生年同孔氏，傳道仰文公，爛卻沙頭月，誰參到此中」（桐江集卷廿八），更是以儒門道學爲參詩法業。足證此事與禪無關，借儒、借道、借佛爲喻，皆無不可。只不過宋代佛學以禪宗較盛，故詩人取譬，常染宗門習氣罷了❾。在李唐則不然，像王昌齡論詩，即有「改他舊語，移頭換尾，如此之人，終不長進，爲無自性」之說（所謂無自性，是空宗般若學的義理，「中論」觀有無品第十五說，諸法皆因緣生，所以非獨立實有，是假名、是空，故無自性，只能依他起性。王昌齡借此喻劣等詩人只會抄摘仿襲，依其他作品因緣而生，本無自性，毫不長進，全無眞實獨立之價値）。足見以禪論詩或學詩如參禪，其根本理論建構，在詩而不在禪，不是禪之義理架設使之發展如此，也不是「詩人以參禪之法用之於詩」⑩，而是藉仙道禪佛哲理之與詩相通者，來點染、來闡發詩中奧秘。故皎然「詩式」說：「高手如……蓋皆詣道至極者也。向使此道尊之於儒，則冠於六經之首；貴之於道，則居衆妙之門；精之於釋，則澈空王之奧」。詩之精詣，是可與禪之最上妙義相似，也能和儒學或寂寥芴漠之道相通的。

綜合上述四項理由，本文不擬重蹈舊轍，而將嘗試以一種佛學的普遍義理結構，哲學地來詮釋詩人生命的圓成，並解釋有關妙悟和「參詩說」所牽涉到的各種詩學內部問題。希望能藉此彰顯整個宋代詩學的重心與精神。既不偏限於禪宗，更不可能認爲妙悟和參詩說卽是

⑧ 又見「漫齋語錄」。「苕溪漁隱叢話」又云：「無己詩云：學詩如學仙，時至骨自換。山谷亦有學詩如學道之句，若語意俱勝，當以無己爲優。王直方議論不公，遂云陳三所得，豈其苗裔耶？意謂其出於山谷，不足信也」，後山所云，未必卽出自山谷，但江西宗派中人，無不注意及此，則是可以確定的。

⑨ 由上擧數例，可以想見：在北宋末期，學詩如參禪尚未成爲一句口頭禪，故或喻爲學仙、或喻爲學道、或喻爲養内丹、或喻爲服金膏，至南宋則普遍以參禪來擬喻了。

⑩ 同注一引杜書、頁三七五。又清徐增「而菴詩話」亦云：「作詩除去參禪，更無別法」，與此同誤。

兩宋禪學向人生或詩歌延伸的產物。這是全然不同於過去的研究方式，所採取的說明性理論結構，就是「解深密經」所提出的「三自性」。

## (二) 解釋系統的建立

本文的解釋系統，是根據以下幾種考慮而建立的：

### 1 義理本身的原因——

(1)佛教傳入中國以後，枝分派衍，若以天臺華嚴兩宗判教的觀點來看，所謂藏、通、別、圓，或大乘始、終、頓、圓，其中實包涵甚多問題，譬如天臺「法華經」與華嚴之「華嚴經」同為一乘教義，但一乘中又分同教一乘與別教一乘，若別教一乘是為圓教，則天臺是否為圓教就很難判定了。近代方東美視「涅槃經」與天臺「法華經」為一乘圓頓教，但只是共教、唯華嚴別教始能信圓果滿、成就最高的宗教情操；勞思光則謂天臺華嚴與禪宗皆屬一乘，又皆歸於眞常；牟宗三「佛性與般若」一書卻力陳天臺三觀乃是大乘觀法之通式，而禪宗在義理上則不能獨立，只能與天臺華嚴合會⑪。……這類爭議，宋代即已有之，天臺與禪宗之互諍，可勿具論；天臺本身亦因此而啓山家與山外之爭，「釋門正統」五慶昭傳云：「自玆二家觀法不同，各開戶牖，枝派永異，山家遂號（奉先源）清、（慶）昭之學為山外宗」，即指此事。這些爭議，牽涉到個人對佛學義理的認識、和判教標準的差異，甚難梳理。但據筆者個人來看，禪宗依其歷史，實屬有宗如來藏清淨心系統，故與華嚴宗關係十分密切；可是它後來的理論發展，則頗接近天臺。而且，單就義理來看，禪宗亦無獨立的宗義，其獨特處不在義理，而在特殊的接引方式。因此，專就禪宗而言，若要討論「以禪論詩」之禪，亦須就有宗唯識理論之如來藏清淨心系統、或空宗以後的天臺般若學系統來論，否則卽只能空洞地說些參、悟和不相干的枝葉問題。因爲禪宗的特色在不立文字和接引方式，詩家旣不能脫離文字表現、又不能棒打拳踢，就這一層面來談禪與詩，其實是掛搭不上的。

(2)再就唯識與般若兩系統來看，般若空宗發展至天臺、唯識有宗發展至華嚴，才成爲實教而非權教。故華嚴判教，以般若和瑜伽唯識之學爲大乘始教、起信論和一切如來藏清淨心系統爲大乘終教。依解釋學立場來說，唯有權教才能做爲一種系統分析的解釋架構，透過它，才能開權顯實、發迹顯本；否則圓教實教本身就是圓實無諍，實在無法說明⑫。因此，無論我們是否視禪宗爲一圓頓教，就整個佛學立場上看，借用權教來解說都是必要的。權教中，

⑪ 見方氏「華嚴宗哲學」（黎明書局），勞氏「中國哲學史」（三民書局），牟氏「佛性與般若」（學生書局）下册第三部。

⑫ 詳龔鵬程「林明峪『禪機』序」（聯亞出版社）。其意與牟宗三較爲接近，認爲禪宗本身並無理論體系及思考法則，其思考方法卽是簡化了的天臺華嚴觀法（此所以傳燈錄中卽攀引天臺智者大師爲禪林達者），只不過配合他們特殊的接引方式和不立文字的精神表現出來罷了。但牟氏不承認禪宗不立文字的精神，具有與他宗對抗的特色，未免極端了些；因爲不立文字固然不是禪宗獨有之義，但他宗並未以此表現其精神與價值，禪宗强調此事，形成特色的情形確是不容置疑的。

般若乃是共法，以般若智照見一切法空，連有宗也不能不講，所以我們若要在權教中選擇一種分析的理論，只能求諸唯識法相。

(3)以唯識本身義理言之，其與般若之學最大的差異，在於唯識除承認一切法空之外，更要進而研究形成「空性」的「理」，所以它多了有關現象論的成份。換言之，唯識乃討論物質之形變和心靈之識變的一套學問。這套理論，用來解釋詩人生命之成長及詩篇構成的原理，也較其他各派合適。例如詩家之所謂「悟入」，歷來皆是描頭畫腳、捕風捉影，弄不清何以要悟、如何悟、悟前悟後之境界差異如何；但如借用「轉識成智」（覺悟）的義理來說明，就清楚得多了：阿賴耶識執着自我，與現象界之迷妄互相雜染，不能超越解脫，是人生最大的困窒。但如果人能破除執妄，不沾滯於一切認知對象，自證本心，轉識成智，則一切宇宙法界皆能顯其究竟眞實，所以龔相的學詩詩說：「學詩渾似學參禪，悟了方知歲是年：點鐵成金猶是妄，高山流水自依然」（詩人玉屑卷一引南濠詩話）。點鐵成金，是文字技巧間事；而悟則爲生命修養的層面，詩家所重，固在此而不在彼也⑬。

2. **研究對象的性質——**

(1)我們都知道：研究對象的性質，決定研究的範疇與方法。依宋人所論參禪妙悟的性質來看，它與宋代普遍的「言意之辨」深具關係。言指形式結構的考慮，意指義理內涵的追求，而言究竟能不能盡意，自「易經」「莊子」以下，一直是個爭議不休的論題。龔相學詩詩云：「學詩渾似學參禪，語可安排意莫傳；會意卽超聲律界，不須鍊石補青天」，就是言不盡意的哲學立場。這個立場大抵爲宋人之共識，所以論詩、文、書、畫都普遍講求「韻」「味」，追求言外幽旨；對義理追求的重視也在鍊字煅句等形式要求之上，如「中山詩話」就說：「詩以意爲主，文詞次之。或意深義高，雖文詞平易，自是奇作」，語與龔相若合符契⑭。時人所重者既在意，那麼所謂學詩如參禪，自然就會關切到作者本人的人格修養和識解等問題，例如山谷說：「丈夫存遠大，胸次要落落」（次韻楊明叔見餞十首之七）、「漁隱叢話」前集卷五引「潛溪詩眼」說：「學者先以識爲主，禪家所謂正法眼藏」、或韓駒贈趙伯魚論參禪

⑬ 這就是前人根據禪義來分析「以禪論詩」，而總是模糊玄妙、無法捉摸的原因。大抵說來，境界義，仍可藉圓教實教所開顯的境界來遮表：過程義，則斷不能不以權教來說明。「學詩如參禪」云云，注重的是個「學」字、「參」字，這都是工夫歷程之義，所以宋人才用三自性的理論來詮析，觀下文自見。

⑭ 龔詩第二句「語可安排意莫傳」出自陳簡齋詩：「忽有好詩生眼底，安排句法已難尋」（春日）。第三句「會意卽超聲律界」，出自范溫「東坡作文，工於命意，必超然獨立於衆人之上」（詩眼），都是言意之辨的問題。

學詩詩說：「爾曹氣味那有此？要是胸中期不俗」，都指向詩人本身修養的層面⑮。

(2)言與意的關係，在宋代每與道器關係的思考合併討論。文（器）究竟是貫道、載道、還是達道，正是當時各派詩評文論爭議的中心，對「文」本身的價值，看法也不一致。但基本上他們都主張「文與道俱」，詩文和作者本人生命之探索絕不能分開，比如黃山谷書王知載朐山雜咏後云：「詩者，人之情性也，……其人忠信篤敬，抱道而居，與時乖迕，遇物悲喜……因發爲呻吟調笑之聲，胸次釋然，而聞者亦有所勸勉」（題跋卷二），就指出了詩的生命，並不外在於道，詩人生命若得圓成，詩道也才能完就。因此呂本中論「活法」，即主張從無意於文處，求詩之圓美如彈丸⑯。這種思考進路，正是北宋末年參禪學詩說的典型，故吳可學詩詩卽說：「學詩渾似學參禪，自古圓成有幾聯？」詩語之不能圓成，正在於作者不悟。

(3)經覺悟之作用，而轉識成智，由「偏計執性」轉入「圓成實性」這一生命提昇的歷程，正是唯識論所欲解釋的。借用這一套解釋系統，不僅在義理上非常相應，對宋代詩學意識及其實踐而言，亦是應有之義。這由上文所談言意、道器的思考轉折處，可以淸晰地看出；何況，首倡學詩如參禪的吳可，亦曾標明了「圓成」在學詩歷程中的重要性呢！

3. **解說時的方便——**

(1)南北宋詩人借禪或金丹大道來說明、譬況詩之性質及詩人的創作活動時，禪或仙道都只是個描述系統。而一切描述，都是約定的（Conventional）；被描述者本身並未規定或安排，而是描述者選擇一種語言形式予以設定，並約定俗成的。每個觀察者，都可以就其本身之立場，選擇描述該事件的獨特「語言」。這些描述，若不自相矛盾，就都可以是對等的（equivalent）描述。我們可以在許多對等的描述中，選擇一個描述系統，稱之爲模範系統（normal system）；這個模範系統並不一定是因爲眞，而是因爲它經濟、方便、適用。例如數學中歐氏幾何就是幾何學的一個模範系統，這一系統並不是要把幾何納入一個預鑄的鐵靴裏，而是爲了解說幾何學的具體內容。於詩亦然，我們必須選擇一個模範系統，以便展

⑮ 這種思考模式，亦影響及於元明，如元葉顒云：「筆端妙語誠須識」（樵雲獨唱詩集・軍中彥士），明鍾惺云：「要以古人眼，深着今人詩，直期於見道，迂豈至阿私，亦自關吾識，安容苟爾爲」（選蔡敬天詩託寄示三律）之類，輒可與此相發。正因爲宋人這些見解，已逐漸成爲中國文學與藝術精神之所在，所以本文在討論時，也偶引宋元以後文獻，借供參驗，並示其影響承襲之迹，讀者幸勿誤會我們是以後證前。

⑯ 見呂居仁「夏均父集序」（四部叢刊影舊鈔本後村先生大全集卷九五江西詩派引）。陸游有答鄭舜卿詩，謂：「文章要須到屈宋，萬仞青霄下鸞鳳。區區圓美非絕倫，彈丸之評方誤人」（詩稿卷十六），意若不安於圓美彈丸，但事實上是陸游對呂氏此語有所誤解，因爲陸游本人也主張「外物不移方是學，俗人猶愛未爲詩」（詩稿卷四六・朝饑示子聿）。

開我們對宋代詩學的描述⓱。

⑵哲學的說解，必須透過語言，必須採用描述的系統觀點，因此也勢必落入假諦，成爲第二義。這是因眞諦空諦雖非無法描述，但其描述的方式卻必須是「異法門」的詭譎遮詮方式，而非系統分析的表詮⓲。所以上文才說圓教實敎本身之圓實無諍，無法說明；以致於不得不借用權敎，選擇有可諍性、有戲論性的唯識宗「三自性」，作爲解析的模範系統。佛敎中以爲佛說不能免於戲論性，是因爲佛不能無方便；研究時的描述，也是一種方便。

⑶這個描述系統，不但是我們所選用的，也是宋代批評者所使用的。「詩人玉屑」卷十九引玉林詩話：「方北山有絕句云：舍人早定江西派，句法須將活處參。參取陵陽正法眼，寒花乘霧落毿毿」，可見江西宗派和南宋受江西影響的詩學，唯一關鍵卽在「參活句」處；而參活句，又旨在「圓成」，觀吳藏海學詩詩可證⓳。這實性圓成的理論，出自「解深密經」，意在追探虛幻現象世界產生的原因，並尋求人生實踐過程中應如何提昇與超拔。宋詩的思考途徑，與此正相脗合，所謂「學道期日損，哦詩亦能事」（謝幼槃文集卷一．讀呂居仁詩），詩學合於道學，詩人自須勘破虛妄、提昇自我，務使吟咏聲發，盡爲志意外諭之言；比辭綴文，趨嚮道德沛然之旨。充其體於立意之始，從其志於造語之際，故有「換骨」「成丹」之喻，而無刻鏤彫琢之病，謝逸所云：「大抵文士有妙思者未必有美才，有美才者未必有妙思，唯體道之士，見亡、執謝，定、亂兩融，心如明鏡，遇物便了，故縱口而筆，肆談而書，無遇而不貞也」（溪堂集卷一．林間錄序），正可代表南北宋一般的見解。廓聞見而去偏執，轉識成智，以臻實性圓成的思考途徑，也極明顯。今天我們研究宋詩，若不緊扣這條線索，要

觀察當時的批評標準、理解宋代詩學的整體內容，便不可能。

## (三) 本文的解釋系統

繼空宗般若學而興起的唯識宗思想，是根據「楞伽經」「解深密經」「瑜伽師地論」「

⑰ 詳鄭正博「語言形式的約定原則」（鵝湖月刊四卷九期），卡納普「卡納普與邏輯經驗論」（環宇出版社・六十・馮耀明譯述）。此所說語言的約定原則，也可以補充注九所說，學詩如參禪漸成爲口頭禪的原因。

⑱ 不僅佛家義理如此，道家如「老子」所說：「道可道，非常道」，即是此意。

⑲ 好句圓美如彈丸、活法，都由呂居仁所倡。活句須圓，「圓」者在意不在辭，非詩語流利之謂，故謝邁讀呂居仁詩有云：「居仁相家子，斂退若寒士，學道期日損，哦詩亦能事，自言得活法，尚恐宣城未。……徐侯南州傑，論文極根柢，讀君詩卷終，曰此有餘地，期若高無上，二謝以平視，要當掣鯨魚，豈但看翡翠」（謝幼槃文集卷一）。必須學道日損，始爲詩文根柢，其意亦可見諸「詩人玉屑」卷四，文曰：「苟無意與格以主之，才雖華藻、辭雖雄贍，皆無取也，要在意圓、格高」「物象爲骨，意格爲髓」。宋詩最高的評價標準，在於高格，而格主乎意，意圓則格高，則爲活法。金王若虛嘗有詩云：「妙理宜人入肺肝，麻姑搔癢豈勝便？世間筆墨成何事，此老胸中具一天」「百斛明珠一一圓，絲毫無限徹中邊，似渠屢從羣兒謗，不害三光萬古懸」（滹南先生文集卷四五・王子端云：近來徒覺無佳思，縱有詩成似樂天。其小樂天甚矣，余亦嘗和爲四絕），不但說明了樂天精采處在思理而不在文字，其論圓亦本呂氏故蹊。

攝大乘論」等著作，將宇宙的發生過程、人生的變化程序，藉着識的層次，揭開一切奧秘。在「解深密經」裏，對於人面對宇宙萬象時已覺和未覺的境界，曾提出三自性的觀念予以描述。所謂三自性，是指：遍計執性、依他起性、圓成實性。

所謂遍計執性，是說一般人透過經驗意識的活動，而察識到一切外在對象世界，於是便誤以爲這一切外境皆屬本來實有，遂產生妄情。這種妄情之形成，是因執着於自我之虛妄意識活動而來的。

依他起性，是說萬法皆因緣所生，無自性而依他（其他種種因緣）起性：人若能知因緣，自然了解一切法皆非經驗意識之投射，而是依他起性，人之觸、受、愛、取，亦皆爲因緣所涵，這樣就可免於遍計執。如白居易詩云：「峽猿亦無意，隴水復何情？爲到愁人耳，皆作斷腸聲」，就是針對猿啼聲悲的說法，做一義理上的翻轉。秋聲之苦、猿啼之悲，在於人內在意識之悽怛，投射於外，所謂：「心緒逢搖落，秋聲不可聞」（蘇廷碩・汾上驚秋），正是我執使然。如果了解秋聲之淒乃物與人之因緣觸受所致，卽能免於遍計所執。然而，這在義理上固較遍計執爲高，卻仍不免溺於猿水等現象，不能照見本眞，譬如遍計執見一繩而以爲是蛇，依他起則逕謂此爲繩，不知其本體原卽是麻也[20]。

以上兩性都指出了人生幻妄的成因，了解幻妄，而透過「轉識成智」（轉俗諦爲眞諦）的覺悟歷程，卽能歸入圓成實性。就唯識學來說，覺悟大略有以下三種方法：

1.八識中，阿賴耶識本身卽爲眞常淨識，具有覺悟的能力，可轉其他各識。——爲楞伽地論之說

2. 八識之外，另立一第九識：阿摩羅識，以轉八識。——爲攝論宗之說

3. 視阿賴耶識爲染淨同依，迷染未覺時是阿賴耶識，覺悟卽爲清淨如來藏，由心生滅門轉入心眞如門。——爲大乘起信論之說㉑。

不論以何種方式開悟，一旦澈知識心之執，卽能超越成心，契會道眞，達到生命的圓成。呂居仁詩說：「文章有活法，得與前古並；默念智與成，猶能愈吾病！」（詩集卷七・大雪不出寄陽翟寧陵）正是指詩人作詩之所謂活法，不是技巧形式上的事，而來自他本身對生命的體認，唯有轉識成智，解脫溺心上下、爲境所牽之苦，實性圓成，才能物我圓融，觸處無礙，

⑳ 三性是唯識學通義，但因前後期唯識學發展不同，對它們的解釋亦頗有差距。遍計所執性、圓成實性，皆玄奘改譯，眞諦原譯爲分別性和眞實性。由玄奘的成唯識論立場來看，以依他起泯除遍計執，就能見到圓成實性；但依眞諦所譯「三無性論」所說，則分別性與依他起性事實上糾結不可分，都是俗諦；因爲依他就是染濁依他，其中就存有分別性。本文因爲只是借用唯識學的描述系統，所以在此合併兩家說法，態度與純講哲學不同，特此聲明。

㉑ 這裏也將成唯識論的看法併入合敍。理由是成唯識視阿賴耶爲藏識，其中含有無漏種子，可以經由薰習而轉化爲眞如，確與「大乘起信論」基本的理論相近；且成論事實上無法轉識成智，所以也無法別立一條。成論的困境，請參看方東美「華嚴宗哲學」第十三章「就緣起論漫談中國大乘佛學思想演變過程中嚴重的疑難」，勞思光「中國哲學史」第二卷第三章，霍韜晦「如來藏與阿賴耶——從思想史上考察」（鵝湖月刊四卷八期九期）、龔鵬程「孔穎達周易正義與佛教之關係」（孔孟學報三九期）。

「不煩繩削而自合」。此所以張孝祥詩有云：「句法能如此，胸中定自寄」（于湖居士集卷九·贈王茂升）「先生義概雲天薄，千載參渠活句禪」（卷六·和揔得居士康樂亭韻），汪藻亦云：「精神還仗精神覓」（浮丘集卷卅·贈丹丘僧了本），藝術精神之體現，正須知由此求之，故郭若虛才會說：「凡畫，氣韻本乎遊心」（圖畫見聞誌卷一），他們的意見，在此是相當一致的。【補遺】

句法活法，都來自生命境界的充實和提昇，其主要原因之一，卽在於詩文都以氣爲主，所以作者必須經由養氣的工夫，來求得詩文的極詣。上文曾舉呂東萊說，以爲要想跟古人並馳爭先，必須具活法，王十朋恰有一句相類似的話：「余嘗語所學：文當氣爲先，氣治古可到，何止科第間？」（前集卷四·別宋孝先）。足見所謂活法，亦須來自養氣持志，故陸放翁云：「文章當以氣爲主，無怪今人不如古」（桐江行）。換言之，學古人者，並不在摹仿聲腔筆調，而在學其治氣，若能涵養吾氣，則古人境界之高，亦不難到，方回讀子游近詩後次前韻二首之一說：「孰肯剖腸湔垢滓，始能落筆近風騷」（桐江集八），蓋卽此義。一般論者多以爲宋人講句法，論奪胎換骨，是只在技巧形式上用工夫。但事實上宋人幾乎人人詬病純形式的追求，不但認爲詩須以理、以志、以道爲歸，更直接主張「李杜胸中有佳趣，詩酒聊以發其悟」（陳棣·蒙隱集卷一）。因此，其所謂學古，便談不上摹擬或剽竊，因爲所學者是在於古人所秉有的志、意，而所用以達成的工夫則在養氣和悟[22]。姜夔「白石詩說」說得好：「格出於意，先得意也：吟咏情性，貴涵養也」，這個意，並非沿襲古人之意，而卽是詩人之意，是胸次玲瓏所具有的佳趣、和對人生實有體悟的倫理禮義之情[23]。

這套工夫和生命修持歷程，當然也可見諸儒者之養氣持志或道家之去執，不是專受禪宗影響而有的觀念，譬如呂居仁學道詩卽說：「學道如養氣，氣實病自除」，氣實病除，恰與上文所舉圓成實性以治病之說相符。另外，金李純甫則有詩云：「老蜣被衲染塵緇，轉丸如轉造物兒；道在尿溺傳有之，定中出幻嬋娟姿。金仙未解羽人尸，吸風飲露巢一枝。倚仗而吟如惠施，字字皆以心爲師。千偈瀾翻無了時，關鍵不落詩人詩，屏山參透此一機，髯弟瞎兄何見疑？」（中州集卷四・爲蟬解嘲獻臣伯玉不平蟬解）以老莊之勝義，合參悟玄機，其所取徑，彷彿與呂東萊不同；然轉成心爲道心，認爲詩不能徒求於文字，則又與東萊若合符節。所以呂氏學道詩下文又說：「但能嚴關鍵，百歲終不枯；道苟明於心，如馬得堅車，……所以季路勇，不如顏氏愚」，所謂關鍵在於明心，正與李氏所論相發；吳曾「能改齋漫錄」卷

㉒ 由學句法詩法而到得古人之意，以周必大跋米元章書講得最清楚：「因古人之法，而得三昧自在之方，此詞此字之所以傳世」（益公題跋卷九），這是由志學到從心的過程。推求詞源，擇用句法，歲鍛月鍊數十年，然後經大澈大悟後，筆端有口、句中有眼，心聲心畫，唯意所適。另詳卷四「跋楊廷秀石人峯長篇」、卷五「跋文與可草書李賀銅仙人辭漢歌」「跋東坡秧馬歌」。

㉓ 姜夔「詩說」：「三百篇美刺箴怨皆無迹，當以心會心」，旣是以心會心，則所謂句法自須內求於己，此所以「梅磵詩話」載趙師秀論句法云：「飽吃梅花數斗，胸次玲瓏，自能作詩」。誠齋集卷四也說：「不是胸中別，何緣句子新」（蜀士甘彥和寓張魏公門館用余見張欽夫詩韻作二詩見贈和以謝之），又云：「句妙元非作」（明發弋陽縣），句妙非由「作」來，與氣韻之不可「學」，原理正復相同，皆天機而非人巧也。

十一致心平易始成詩條更說：「呂與叔嘗作詩云：『文如元凱方成癖，賦似相如只類俳；唯有孔門無一事，止傳顏子得心齋』，楊仲立云：『知此詩，則可以讀三百篇矣』」，爲詩文者在心，尤則呂李所論切合。李純甫之後，元遺山亦云：「廓達靈光見太初……詩家關捩知多少？一鑰拈來便有餘」「好句端如綠綺琴，靜中窺見古人心」（感興。案遺山此句本諸南軒弟子游誠之詩，詩見羅大經「鶴林玉露」卷六引），以道心爲作詩之關鍵悟入處，可說是英雄所見略同。而其言論之相似處，則來自於對生命的共同體認。這點很可代表宋金詩論的特色，也是取禪悟以喻詩的主要原因，例如講學詩如參禪的包恢，就曾說：

> 在心為志，發言為詩。……不反求於志，而徒外求於詩，猶表邪而求影之正也，奚可得哉？……惟其志如此，故其詩亦如之，……如李如杜，同此其選也。李之「宴坐寂不動，湛然冥真心」、杜之「願聞第一義，回向心地初」，雖未免雜於異端，其志高於人幾等矣。……所患佳句，大旨雖正，未能無病……大抵真到宏處，其言不假妝點而自合……卻幸在心為志上加功，不然抑末也（答曾子華論詩書）。

論詩而專注在明道於心、在心爲志上，這種思想模式，在詩學中，我們可以用兩句呂居仁的詩來說明：「筆頭傳活法，胸次卽圓成」（詩集卷六．別後寄舍弟卅韻）！　【補遺】

## 二、宋代詩學的理論結構

### (一) 徧計所執的創作型態

形成這樣的觀念內容，當然和宋人對詩本身及整個詩歌創作活動的看法有關。

宋蔡夢弼「杜工部草堂詩話」引洪邁「容齋隨筆」，說詩基本上乃是「以眞爲假，以假爲眞，均之爲妄境耳」。詩爲什麼是妄境呢？【補遺】

以認識論來說，外在世界的一切，都必須透過認知主體——我——的活動，才能具現其一切相；而認知主體，也必然會跟經驗世界主客對立地形成各種關係。清醒時固然是透過見、聞、知、覺，與境相接，種種好惡取捨，萌生心中，不能暫止；卽使在睡夢中，夢中的世界也依然是以我的認知「對象」出現。以致於認知不斷游離奔競於外在的對象上，與物相劘相刃、隨物流盪，境既有順有逆、心便執是執非。不但使自我陷於無限的追逐中，以有涯逐無涯，不能自拔；其所認知的，事實上也只是有限且具分別性的。這不是虛妄是什麼？莊子齊物論說：「其覺也形開，其寐也魂交，與接爲構，日以心鬬……其溺之所爲之，不可使復之也」，就指出了心識流轉、哀樂蕩人的虛妄性。

人與經驗世界的關係，除了認知活動外，還有情意的活動。情意活動包括生物本能、生理慾望、意念造作等，它本身必然會藉著感官與外物交接，並使內心執滯於某一對象而不捨，例如見一女子而愛悅不已、見一大官而歆羨不已，終身役役而不見其成功，茫茫追索而不知其所歸，順其心則喜、逆其心則怒，喜怒的關鍵，倒不在乎外境的順逆，而在於主觀意識對於順逆之境的執著。這種執著，是人類一切痛苦煩擾的根源，所以范成大說：「古人賦多情，無事輒愁苦」（觀禊帖有感），愁苦的根源，就在於執著自我，以致成爲「徧計所執」。亞德勒（Adler）心理學嘗謂好譽惡毀之權力要求，是人一切心理中最根本的需索，人之一切心理病態，及各種自傲自卑情緒之產生，皆由此要求之不能充份滿足而來。義亦類似於此。

本來認知我的活動，也可以開展出邏輯認識的系統，成就科學的知識。但因詩本身乃是「緣情而綺靡」的活動，因此認識知活動遂恆在情意活動的控制之下進行[24]。以我觀物，物物皆著我之色彩，成爲自我意識的投射，淚眼問花、愁腸聽雨，雨聲花色，莫不淒然魂斷。名實未虧，而哀樂爲用，以詩人之妄執，表現出一種狂花客慧、背覺合塵的境界，龔定庵詩所謂：「幽光狂慧復中宵」（懺心），正是指這種迷而非覺的頑癡之境。雖然他們在創作時，具有意向性，但這種創作，原則上允許產生一些豐富而出人意表的意象，可以構建另一個奇妙的宇宙來替代現實人生，而且可以一種非邏輯的表述程序來陳述作者內在的渴求、揭露作者意識活動的內容，例如李益「早知潮有信，嫁與弄潮兒」、張先「不如桃杏，猶解嫁東風」之類，賀裳「皺水軒詞荃」就把它稱之爲「無理而妙」，表現一種悖謬於事理的頑癡之情、與偏執之意，並成爲傳誦人口的好詩。這是詩的特質之一，所以劉熙載「藝概」說：「文善醒、詩善醉。醉中語亦有醒時道不著者，蓋其天機之發，不可思議也」、錢振鍠「詩話」上卷也說：「詩自有一種詩理，不可以理繩之」。這種詩理，其實就是一種情溺的耽執，如醉如狂，不可理喻[25]。

這種醉，基本上是由詩人之我執而來的，但有所執、必有所繫，因此其本身乃是不自由的，故亦必有所憾，朱弁次韻劉太師吟詩云：「痴迷竟作禽塡海，辛苦眞成蟻度絲」（中州集卷三），痴迷辛苦，身與心仇，自是詩家本份。且人心思緒，百態紛擾，騰沸於體內，不能自已；思之來也無端，則斷如復斷、亂如復亂；興之發也無定，則倏忽無見、惝怳難尋。詩人究竟不是哲人，他透過認識活動，而在經驗世界捕捉到的形象，乃是分別心與差別相的組合，本有迷妄之可能；他本身的生命，也可能只是一股盲流，落在蒼茫宇宙中，受造物者所播弄。不但心識中積蓄的印象和經驗，會遞興遞滅，瀑轉旁滋；其本人也常因生命的飄忽無端，而使他產生無名的惆悵。因此，他心靈的表象作用，便也愈發顯得畸零不整。宋人說詩家多是「天地之畸人」，明代竟陵派鍾惺譚元春等人則批評詩人是「幽情單緒」。他「孤行靜寄」「獨行冥索」於天地之間，狂歌以當哭，哀樂以爲歡，茫茫四顧，若噫若嘆，這種不畸於天則畸於人的生命型態，正說明了我執雖是常人共有的生命現象，但因詩人格外耽溺其中，其心理狀態也就特別不平衡；而且常人可以認知邏輯的「我」，紓解情識活動造成的

㉔ 徧計所執，卽是識心之執。凡知性、想像、以及感性所發的感觸直覺，皆屬識心。而這一切識心之執，在佛家說來，都是情。華嚴賢首大師說徧計執是「情有理無」，情有是因爲執著定相而產生虛妄，理無是因爲所見並非物如實相。這種區分，用來解釋宋詩，非常方便，因爲宋人的哲學立場，正是以性爲正，以情爲邪的。情是人慾而非天理，故宋詩主於理而不主於情。「朱子語類」卷一三九論文上：「言文士之失曰：今曉得義理底人少，間被物慾激搏」，可以參看。

㉕ 陳含光論詩絕句：「如醉如狂畫不成，詩人豈有理堪評？」「待向宗門細細探，七情顚倒苦沈酣；詩家自是魔非佛，一語爲君來發凡」，是我國論詩絕句中對這層執妄講得最精刻的。據此而談詩禪之異，當然較一般所說立文字與不立文字之分深入。另外，他有自注云：「詩人之情，當如醉如癡，如狂如寢，乃爲至再，理與情相敵，故最忌理語……理語而不出於情則不佳」，也說明了詩人的認知活動恒在情意活動的控制下進行（唯陳氏誤以是非分別見爲詩中所不須要的元素，未免一間未達，因爲情執也必起分別見）。

愁苦，詩人則反而讓情意支配了認知活動，以致於一往不返，以哀情孽意，自纏自縛，激盪沈淪而不可解。韓愈贈孟東野序云：「凡物不得其平則鳴」，倘將詩人的道德涵養或知識，暫置勿論，則詩人的生命和性情，泰半是不平衡且有缺憾的。所謂太上忘情，其下不及情，他們與此世界相感相應，造成其所以不能已於言者，則在乎一片深情。詩的傳達，發動於情，而生命之所以不能證入眞源，也只爲了不能忘情的緣故。此卽陳含光所說的：「詩家究是魔非佛」；陳散原詩：「胸腹作魔一大事，只留惘惘在燈前」（冬日徐園看殘菊，晚歸過乙庵，出觀新句），也是此意。

情癡理障，其實都是修道之礙，所以稱之爲「魔」，白居易詩說：「自從苦學空門法，銷盡平生種種心；唯有詩魔銷未得，每逢風月一閑吟」[26]，又說：「人各有一癖，我癖在章句，萬緣皆已消，此病猶未去」。癖就是偏執，由於內在之魔尚未消除，故有此癖，它是生命中病痛之所在，因此也只具有負面的價值意味，宋陳簡齋雨詩：「小詩妨學道」（卷十五）及范成大所說：「詩人類癡頑」（卷十三。自冬徂春道中多雨，至臨江宜春之間特甚，遂作苦語）都指出了這種意味[27]。

就哲學發展的立場來看，要能領會到這層意味，首先必須先察覺到：因妄情我執而認識的經驗世界，並非實相。自然現象的經驗世界，本來是隨序之相理、橋運之相使，窮則返、終則始，如如流行，無有定相。但人所見所察之宇宙則有定相，這是因爲人透過我執的意識，而決定了物之存在，把一切存有物認爲是具有實在性的存有。不但茅庵梅影，視爲眞實；凡當風而泣、對景言愁之際，所見物象，亦以爲卽是物之本身。中唐哲學的突破（philosophic break through ）以後，詩人才開始意識到有關「認識」的問題，知道這種誤以爲能夠直接把握實在的想法，其實極爲幼稚，像白居易「峽猿亦無意，隴水復何情」、杜牧「秋聲無不覺離思，夢澤蒹葭楚雨深，自滴階前大梧葉，干君何事動哀吟」（齊安郎中偶題）、歐陽脩：「啼猿非有恨，行客自多悲」（聞猿）之類說法，都接近大乘有宗根識與分位假法之說：「識」見一白紙，並非物界或大種界之本相，只是物界或大種界中某一部份與我眼根相待而顯得之相罷了。這種相，又常因觀者意識內容不同，而賦予不同之意義，一失其本，背離彌甚。故宋葛立方「韻語陽秋」卷十六就直截地說：「人情對境，自有悲喜，而初不能累無情之物也」。這層道理，中唐以前，罕人理會，宋人則言之津津，「鶴林玉露」「艇齋詩話」等書，都曾引山谷等人的詩，加以說明。

㉖ 錢氏詩話嘗云這種不可以理繩之的詩理，唯詩人知之。但事實上這是具有普遍性的認識問題，在哲學中可屬於主觀的觀念論，視物爲我主觀意識內容所決定。在西方，此義最先見諸特嘉爾，其後則有巴克雷，至休謨而此說乃定，謂實在等於知覺（Esse＝percipi ），近代則由此而發展純粹經驗論等。然此類理論在哲學中亦如在詩學中所遭遇之批評，如羅鴻詔「認識論入門」即說：「主觀的觀念論中有一種奇怪的思惟傾向，在實踐行爲上難以容納的，甚或可說是背理的；這不獨素朴的實在論者覺得如此，即我們大家都覺得如此的」（商務）。

㉗ 以詩爲魔，自中唐以來，漸成俗語，蓋凡能令人沈耽消散者，皆可名爲魔也。如「詩人玉屑」卷十九：「劉良佐平生用力爲詩，見稱於范石湖，誠齋亦喜其睡魔正與詩魔戰，窗外一聲婆餅焦之句」，是其例。

如此，由識心本執所決定的萬物實有性，既屬虛幻，識心本身亦是妄情。妄情起滅，變轉不已，詩人若不能由此超越出來，則終究不能免於凋瘵，傷身害性，流蕩不返㉘。宋人對這點是深有體認的，所謂詩能窮人，其窮並不僅指外在的饑寒、流徙、獲罪，而更是指內在情意的汩蕩；且因爲僻執愈甚，詩人外向世界的開拓，也愈形困難，終致蹭蹬蹶躓不已，形成生命中的大病痛。呂居仁學䄂詩：「若看林中蛇，妄想從何起？忽聞一妙語，初無强料理；回觀積年病，乃是一念使。誰能明此心？香山老居士」（卷四），便明顯地指出：詩人宿疾，在於妄念，因偏計所執，而見到無數幻影（蛇），唯有明心養氣，轉此成心爲道心，才能超越妄執（强料理卽是執），銷除詩魔。金王若虛所云：「窮愁須理遣，不必淚沾巾」（憶之純第三首。滹南集序），於此可謂針芥之應㉙。

## (二) 依他起性與反省之路

偏計執性，主要是就詩人「胸復作魔」的情況而說；因詩人自然生命的奔馳、生理慾望和心理情緒的激盪、以及意念系統的造作，而興起許多無名的悲詫，因成心之執著而執相，以自我之狂醉而幽疑惘惘。元盧摯商調梧葉兒曲子說：「新來瘦、忒悶過，非病酒，爲詩魔」（席間戲作四章之二）就說明了這種內在的耽執，能照境攝境，卻不與境發生互相感應的關係。故詩人對景生情，或寫物敍事之際，宣洩其悵惘難酬的哀樂，表達他對時空飄移的感傷等，事實上乃是依他起性，而非偏計執性。

所謂依他起性，其實本與偏計執性不可分（因爲現象必與認識發生關係），而現在分開來講，勢必先對依他起性稍做一哲學上的界定：所謂依他起性，包含兩個層面，一是指「執」之依他而起，受現象之導引支配而產生；一是說現象本身亦依他而起，人若知諸法無自性，依他起性，如幻如化，卽可以不執。

詩人的情癡理障，本卽是執，但這執因何而有？不是在他與現實世界相互依存感興時，應物斯感、感物斯應而來的嗎？明徐禎卿「談藝錄」說得好：「情無定位，觸感而興」，無定時無執，依他則有執，這是第一個層次，是「文心雕龍」物色篇所謂：「歲有其物，物有

㉘ 其他類似之語甚多，以下數例，較爲著名：放翁讀唐人愁詩戲作：「清愁自是詩中料，向使無愁可得詩？」「此懷豈獨騷人事，三百篇中半是愁」（詩稿卷八十）范成大：「詩人多事惹閑情，閉門自造愁如許」（石湖十七．陸務觀作春愁曲甚悲，作詩反之）。二人觀點互異，正是對詩人是否應留居於愁中的思考。

㉙ 詩能窮人之說，起自宋代，基本上是由中唐之認識到詩人生命的僻執而來，　韓愈荆潭唱和集序：「和平之音淡薄，而愁思之聲要眇；懽愉之辭難工，而窮苦之言易好也」，啓其先聲，歐陽炯、歐陽修繼之，加以强化，則成爲詩窮而後工的理論。所謂詩窮而後工，一般皆就詩人外在的不得意而說，其實歐陽修已說詩人之窮包括了「不得施於世」和「內有憂思感憤之鬱積」兩方面(梅聖俞詩集序)。周必大也說：「昔人謂詩能窮人，或謂：非止窮人，有時而殺人。蓋雕琢肝腸，已乖衞生之術；嘲弄萬象，亦豈造物之所樂哉？唐李賀、本朝邢居實之不壽，殆以此也」（題羅煒詩稿）詩能殺人，說雖驚人，其實正扣住了詩人內在的病痛，楊萬里「陳晞顏和簡齋詩集序」說：「大抵責則遜，險則競，此文人之奇也，亦文人之病也。而詩人此病爲尤焉。惟其病之尤，故其奇之尤。……然則險愈甚，詩愈奇；詩愈奇，病愈痼矣！」（卷七九）論之最晰。

其容，情以物遷，辭以情發」的層次。在這個層次裏，一切法不只是激萌情感的觸媒而已，它對詩人之情執，更有決定性的作用，處秋則悲、逢春則喜，正如佛萊（Northrop Erey）在「文學的原始類型」一文中所說，作者的心境，常被希望新生的春、或蕭條肅殺的秋所支配，帶動出深刻的情感反應，「文心雕龍」也說：「春秋代序，陰陽慘舒，物色之動，心亦搖焉。……是以獻歲發春，悅豫之情暢，滔滔孟夏，鬱陶之心凝；天高氣淸，陰沈之志遠；霰雪無垠，矜肅之慮深」。

情既隨物興起變遷，則詩歌也必然須藉物象予以表達，所以「文心雕龍」緊接著上文之後，宣稱：「是以詩人感物，聯類不窮，流連萬象之際，沈吟視聽之區。寫氣圖貌，既隨物以宛轉，屬采附聲，亦與心而徘徊」，這是第二個層次。詩人在其存在活動的經驗場域之中，流連沈吟，而直接地把感動他的物、事，圖寫出來；或間接地把他的情感透過經驗的類比過程，敍述出來時，物象都是極重要的「詩之元素」。循此以往，詩人必然會發展出一種窺情於風景之上，鑽貌於草木之中的「形似」之風。外師造化，模寫自然。由齊梁「近代以來，文貴形似」，到元結「篋中集」序說：「近世作者，更相沿襲，喜尙形似」，大抵代表了六朝三唐的風格走向㉚。

這種走向，較諸徧計所執，自是略勝一籌。徧計所執，是挾成見而執情强物，心既有執，則不能見物之萬殊，其觀物也，實與「列子」所說亡斧者視鄰人之子無異；我既有障，物遂失眞，以致詩境成爲幻境，猶如法國批評家包蘭（paulhan）所說，藝術是有欺瞞性的，它交給讀者一個幻相，使讀者迷惑。柏拉圖之不願意讓詩人進入理想國，原因亦即在此㉛。依他起性則不然，它不以物象著我心境，只觀一切法之因緣和合、生滅變異，而見物之情與我相爲映發。因爲萬法依他，依因緣而生，而因卽是阿賴耶識種子，所以成玄英莊子齊物論疏說：「衆生心識，變轉無窮，審而察之，物情斯見矣」。物起我情、我情觀物，於是兩相映照，風景卽是心境（Un paysage quelconque est un état de l'âme），與人心消息相通。

這就是爲什麼在哲學上或藝術批評上，我們常把「依他起性」認爲卽是已悟境界的緣故。勞思光「中國哲學史」卷二以爲：就佛家義理來說，一旦遣偏計執而顯依他起，卽是由未覺轉向已覺，圓成實性不過是說明覺境界的「理」而已；錢鍾書「談藝錄」頁六二也直接由破除執心、以顯物境，講到情景相發卽是非我非物的境界。但是，依他起性事實上是兩頭通的，就依他起泯除偏計執，卽能見到圓成實，固然不錯；但染濁依他，其中就仍有分別見存在，而且情景雖然相發，物我之相卻未刬除，錢鍾書所云：「相未泯，故物仍在我身外可對而賞

㉚ 有關六朝形似之風，參看王文進「論六朝詩中巧構形似之言」（師大國研所碩士論文）。與王文不同的是：我們以爲三唐六朝固然詩以形似爲主，畫也尚未完全脫離形似之風。南齊謝赫之六法中，氣韻生動其實是與經營位置、傳模移寫、隨類傅彩、應物象形等形似之風相結合的；唐張彥遠也以爲繪畫應：「詳辨古今之物，商較土風之宜，指事繪形，可驗時代」（歷代名畫記）。到張璪才開始說：「外師造化，中得心源」，這是種極大的轉變。另詳錢穆「理學與藝術」（中國學術思想史論叢六）、錢鍾書「談藝錄」頁六六。

㉛ 根據柏拉圖的講法，自然是完美而永恒理念的不完美模擬，詩人和藝術家則模擬自然，因此藝術和詩在他的理論系中地位中地位甚低，離眞實有兩層。此與佛教所云：現實是種幻象，而詩只是幻象的幻象相似。

觀；情已契，故物如同我衷懷，可與之融會」，正是依他起的性質，一方面固然可以物我交融，非物非我，一方面卻主客對立，有物有我。

既然是主客對立，自然就牽涉到徧計執的認知關係和情意活動等問題。一切法與阿賴耶識交互相引的結果，可能不再執相，卻會執生。有迷執的依他起，卽有各法底相貌顯現；並因此相貌再起虛妄分別，卽是分別性的相惑。緣「相」而起「惑」，其非究竟了義，顯然可知[32]。

如何由迷執依他轉入清淨依他，而成爲圓成實性，是宋代詩學的主要內容之一。他們對六朝三唐追求形似的作風，頗爲不滿，認爲：「取成於心，寄妍於物；融會一法，涵受萬象，此唐人之精也。然厭之者，謂其纖碎而害道」（葉水心文集卷十七．徐道暉墓志銘）[33]。取成於心、寄妍於物云云，卽上文所說徧計執性的創作方式；融會一法、涵受萬象，卽前文所云依他起性的創作型態。這些創作型態，爲什麼會害「道」？可見他們的批評，原有哲學上的考慮，因爲宋人那種不講「形似」的作風，目的就是要透過分別性的物，而追探超越的道或理。

葉石林詩話說：「詩禁體物語，此學詩者類能言之」、許彥周詩話也說：「寫生之句，取其形似，故詞多迂弱」。體物，卽深入觀察物形、物態、物情，而藉語言文字表現出來，非以物來就我之性情，而是以我卽物，體貼其性情容貌，巧構形似。詩禁體物，則是不以形似爲貴，如蘇東坡所說：「論畫貴形似，見與兒童鄰；賦詩必此詩，定知非詩人」、晁說之謝邵州五郎博詩卷則說：「念彼形似徒，澀舌吞杜菌」（嵩山集卷五）。他們一致認爲諸法不但皆屬因緣所生（緣起），亦非實有（性空），故在現象不應起執。體物，就是執定一個對象；賦詩必此詩，也是執相，因爲詩本身也是因緣所生法。詩人面對詩創作時，雖然不能沒

㉜「韻語陽秋」卷十六：「人之悲喜，雖本於心，然亦生於境。心無繫累，則對境不變，悲喜從何而入乎？淵明見林木交蔭、禽鳥變聲，則歡然有喜；人以爲達道，余謂未免著於境者也」。上半段說明了依他起與徧計執本不能分；下半段則說明了依他起並非究竟義。

㉝宋人對唐詩頗爲不滿，除葉適此文外，如惠洪云：「世稱唐文物特盛，雖山林之士輒能以詩自鳴。以余視之，如雙井茶，品格雖妙，然終令人咽酸耳！」（石門文字禪卷廿六・題權巽中詩）、張耒云：「唐人作詩，用思甚苦，而所得無多」（卷五八・答李援惠詩書），皆可爲代表。「得」也是指得道而言，因不得道，故終令人咽酸。

趙汝回雲泉詩序：「世之病唐詩者，謂其短近，不過景物，無一言及理。……人之於詩，其心術之邪正、志趣之高下、氣習之厚薄，隨其所作，無不呈露……自然而然，初非因想而生見者……故作詩貴識體，尤在養性，不養性則無本，不識體則無法」，指出了唐人之所以不得道的原因，在於：⑴因想生見、⑵寄妍於物。此與葉適所論相同，故可視爲當時之共識。

許多宋詩研究者都以爲葉適本文是在替唐詩張目，以羽翼四靈，但事實上葉適本人對四靈及唐詩皆不滿意，序王木叔詩曾說：「爭妍鬪巧，極外物之意態，唐人所長也；反求於內，不足以定其志之所止，唐人所短也」，正可爲徐道暉墓志銘作一注脚，也可見其宗旨本是一貫的。

以上這些說法，可能是熟悉「滄浪詩話」的讀者所無法接受的，因爲滄浪認爲唐詩全在興趣，不在形似。這個問題，「詩人玉屑」卷十九引玉林詩話即已提出（「水心所謂驗物切近四字，於唐詩無遺論矣。然與嚴滄浪之說相反」）；其根本原因，在於嚴羽是以宋詩見唐，故所謂唐詩妙境，實只是宋詩高處而已，非唐詩本貌。

有一詩篇結構做爲「對象」，但基本上此一對象是可因創作型態之不同而予以轉化清除的，不是無「詩」、卽是無「已」，譬如繪畫，董逌「廣川畫跋」卷六書范寬山水圖說：「神凝智解，無復山水之相」，卽是無了「詩、畫」；東坡書晁補之藏與可畫竹第一首說：「與可畫竹時，見竹不見人。豈獨不見人，嗒然遺其身。其身與竹化，無窮出清新。莊周世無有，誰知此凝神？」卽是無了「我」。無，是種工夫，消除主客對立的工夫，唯有解消對象，獨立無待，才可以無窮出清新，而不必賦詩定此詩。雖作詩，而能忘言得意，體物得神；雖寫象，而能超以象外，進入道的領域。象尙且須超，則似與不似，自非詩人畫家所關心的了。「夢溪筆談」卷十七說得好：「書畫之妙，當以神會，難可以形器求也。世之觀畫者，多能指摘其形象位置、彩色瑕疵而已，至於奧理冥造者，罕見其人。……雪中芭蕉，此乃得心應手，意到便成，故造理入神，迥得天意。……歐公盤車圖詩云……忘形得意知者寡……此眞爲識畫也」㉞。得心應手，意到便成，則無復山水蕉雪之相；忘形忘相，而獨見眞實，見「道」。宋人之所謂句中有眼者，其意蓋卽在此：

凡詩之言有眼者，蓋不滯於題，詩外有所見，大抵謂道也。豈特風花雪月，區區以自蔽惑而已？（李季可「松窗百說」詩眼條）㉟

不滯於題，就是作詩不定爲此詩，是「漫叟詩話」所說的不可太著題；不只蔽惑於風花雪月之間，則是「天厨禁臠」所說的言意不言名，物外見道。據他們的看法，詩雖亦寫物，但此物卻不應是意識與概念活動的「對象」，唯有超以象外，不爲物之名相所囿，才能表現一超越層次的道。宋人之所以稱贊杜甫「雖皆出於風花，然窮盡性理，移奪造化」，就是因爲他能由象見道㊱。

在這兒，「道—象」「理—物」「意—形」，是一種類似的區分。物指經驗世界諸相，而它們是透過人類意識與概念才被認知的；但是，就知性的認知活動而言，凡經驗知識皆有其概念系統的封閉性，其相之呈現，也具有分別對立性。詩，基本上是描述物的，但因爲經驗世界既受類概念（Classe Concept）所指涉，語言又是概念的外在化，當然就僅能及於經驗世界。可是經驗世界，正如上文所述，具有封閉性分別性，所以它本身卽有所執，語言又僅能指向經驗世界，則它當然無法描述超越之道。這，便構成了「言不盡意」或「意不可言傳」的問題。陳簡齋春日詩：「忽有好詩生眼底，安排句法已難尋」（詩集卷十），講的就

㉞ 誠齋送彭元忠縣丞北歸詩：「近來別具一雙明，要蹈唐人最上關，三春弱柳三秋月，半溪清水半峯雪，只今六月無此物，君能喚渠來入筆」（卷十六）——㈠六月無冰雪柳月，卻要入筆，顯然與雪中芭蕉相同，强調詩人忘形得意的一面。㈡忘形得意爲唐人最上關，此所謂關，是用禪宗三關的哲學理論。㈢誠齋所見唐詩，與滄浪相似，皆因宋求唐者。

㉟ 此所謂詩中有眼，與五七言第三五字鍊字之說不同。說創自黃庭堅，庭堅贈高子勉詩云：「拾遺句中有眼，彭澤意在無弦」，又評東坡「我攜此石歸，袖中有東海」，曰：「此皆謂之句中眼，學者不知此妙，語韻終不勝」（冷齋夜話卷五引）。語又見范溫「潛溪詩眼」，據范氏記山谷語云：「學者先以識爲主，禪家所謂正法眼藏」「直須具此眼目，方可入道」，溫卽據其說以作詩眼，稱：「識文章者，當如禪家有悟門」。此與惠洪所說：「句中眼者，世尤不能解。語言者，蓋其德之候也，故曰有德者必有言」（冷齋夜話卷四），都顯示了詩眼主要是指作者本身的人格識解而言，具詩眼，才能詩外見道：不滯於題，而有餘韻無窮。一般論山谷句眼，皆就鍊字而說，大謬。

㊱ 宋人經常討論杜陶是否見道的問題（大抵多爲肯定），其原理正在於當時人極强調由象見道。

是這個問題。

欲了解這一問題，須分幾方面來談——

第一、語言之限制及現象本體之區分。

語言在表達意義時，意義所涉及的對象，可能是經驗對象（如形、色、聲、名等），也可能是超越對象；語言對於前者頗能充份把握，對後者則往往力有不逮，因此詩人若要由象見道，勢必超乎言外，釋居簡「北澗集」卷四說：

少陵何人斯？曰似司馬遷。太史牛馬走，於此何有馬？普者普不理，知言超言前。正如春在花，春豈必醜妍？又如發清彈，意豈必在弦？（大雅堂詩）

春由花顯、意以弦傳，花與弦代表聲色，這是語言所能及的範圍，但意與春呢？莊子「天道篇」說得好：「意之所隨著，不可以言傳也」成疏：「意之所出，從道而來，道既非聲非色，故不可以言傳說」。春由花顯，但花乃是分別性的經驗對象，故有妍醜可議；道由言見，而語言卻是有為性的符示工具，故有限制。花弦兩喻，正是成疏非聲非色之說，居簡用此兩喻來說明知言者必須超以言外，不能僅及於經驗概念所可及的範圍之內，因為道是不可言傳的。執著於語言文字，更不可能真正了解詩道，所以下文他又接着說：「（山谷）至今百歲後，此意唯心傳；炎宋諸王孫，傳癖不復痊……奪胎換骨法，妙處尤拳拳。……亦有老斲輪，堂下時蹁躚」。道不能以言傳、不能以相見，故只有以心傳了。所謂傳心者，以心見道，是呂居仁詩所說明道於心之意。遺山詩：「詩印高提教外禪，幾人針芥得心傳」（感興）「詩為禪客添花錦，禪是詩家切玉刀，心地待渠明白了，百篇吾不惜眉毛」（答俊學記學詩），論此義亦不愧爲山谷嫡傳。可惜南宋以後，學江西山谷詩者，多只能在文字上用力，未得其道，僅得其癖。癖卽是執，執於文字，正與莊周斲輪之喩所譏諷的得其糟粕無異。居簡此詩，與當時普遍的覺悟相似，都是主張詩外求詩，得意、得心，而不斤斤於語言文字之技巧形似。不但摹擬古人是法執，徒然死於句下（如吳可學詩詩所云：「學詩渾似學參禪，頭上安頭不足傳；跳出少陵窠臼外，丈夫志氣本衝天」）；費力推敲錘煉，亦非詩家正道。元張觀光屛巖小稿論詩云：「三百餘篇豈苦思？個中妙處少人知，籟鳴機動何容力，才涉推敲不涉詩」，還是客氣的講法，若江西諸子，則竟直斥言語雕琢爲「俗」了㊲。俗卽俗諦，不近道眞。這是就他們認識到語言之限制的一方面而說的㊳。

再就本體與現象的劃分來看，徧計執是執相、依他起是執生。但「莊子」至樂篇成疏說：「從無出有，變而爲生」，執生可說是執有。有是象，執有執象，卽是執於用而未見其體。

㊲ 宋人論詩、文、書、畫，皆以刻意爲工者爲俗，太精、太切、太工，在評價上都不高，故「竹坡詩話」云：「詩人造語用字，有著意道處，往往頗露風骨。不惟語稍崢嶸，兼亦近俗」，「劍南詩稿」卷四八：「恨我未免俗，吟諷勤雕鐫」（夜雨）亦是此義。

㊳ 依此，辭本不能達意，故宋人所謂辭能達意者，必須卽是能言外見義，蘇軾答謝民師書：「求物之妙，如繫風捕影，能使是物了然於心者……是之謂辭達」，是明顯的證據。達者，達物之妙，故須捕捉其形象之外者，陳模「懷古錄」卷上所說：「杜詩……辭皆足以達其意也……而可憐之意，自溢於言外矣」，卽是此理。章士釗「柳文探微」通要之部卷九論文一痛斥言盡而意不盡之說，而主張辭以達意，殆不知此也。

因爲據宋代哲學的一般看法，理是體、象是用，有體卽有用，而且卽用可以見體。譬如海水，海水顯現爲衆漚，海水是本體，衆漚則是本體散而在個別事物上的呈現；一個個的漚，絕非海水之全體，但這個本體，也並非超脫在無數漚水之上而獨在的㊴。猶如春顯於衆花，但姸媸分別的一朶朶花卻非春之本體，因爲道是全整無封閉性的存有；卽用可以見體，卽花可以見春，但花只是全體之春的直接顯現，而非卽是本體㊵。詩人藉言顯意，藉象見道，與由花見春相似，都是由用見體，因此「漫叟詩話」就說：「前輩謂作詩當言用勿言體，則意深矣」㊶。

作詩言用不言體，是因爲卽用可以見體，故有言外之意，「朱子語錄」卷四二說：「文振說樊遲問仁曰愛人一節。先生曰：愛人知人是仁知之用，聖人何故但以仁知之用告樊遲？卻不告以仁知之體？文振云：聖人說用則體在其中。曰：固是！蓋尋這用，便可知其體，蓋用卽是體中流出也」，與漫叟所言，若合符節。旣然每一物上皆可見其體用，則不但說用體在其中，用由體中流出；離用也不能見體。故姜夔「詩說」云：「文以文而工，不以文而妙，然舍文無妙」。詩能有體有用、亦可卽用見體，卻不能有體無用，「詩人玉屑」卷十一「體用」一節，曾引胡五峯論晦庵詩有體無用一段，可爲此說佐證：

先生送胡籍溪有詩云：「甕牖前頭列翠屏，晚來相對靜儀刑，浮雲一任閑舒卷，萬古青山只麽青」，胡五峯見之，因謂其學者張敬夫曰：「吾未識此人，然觀其詩，知其庶幾能有進矣；特其言有體而無用，故吾為是詩以箴警之」。五峯詩云：「幽人偏愛青山好，為是青山青不老；山中出雲雨太虛，一洗塵埃山更好」。

浮雲舒卷聚散，譬喻現象隨時變滅；青山不老，譬喻道體兀然自存。胡五峯的意思是說不能捨用見體：雲自山出，即是由體中流出，雲又降雨，也是一事之上又有體用；用能顯體，故雨後青山應當比無用之體美好。這裏之所謂體用，與春花、海漚之喻，稍有異，因爲裏面另外牽涉了一個「物自身」（Being in itself）的問題。

第二、現象的兩種區分。

依上文所說，朱熹的詩以青山喻體，這種譬況，跟「春」「海」不甚相似，因爲山也是現象之一，胡五峯何以說它是有體而無用呢？同例，陳簡齋春日詩所謂安排句法已難尋的，也是春日眼中所見的景物、現象，若說語言所能指涉的正是經驗的現象世界，何以簡齋又有語言難尋之嘆？

如果以偏計執性所執的相，和佛家所說的「物如實相」來說明，以上這個難題自將豁然而解。所謂執相，是因爲它成爲認知主體的對象，而認知心是識心的一種形態，所以它是由識心之執而有的一種「現象」（Appearance）。物如實相，則類似康德所說的「物自身」

㊴『玉屑』卷一趙章泉謂可與言詩條載有詩兩首：「山窮雲起初無意，雲在水流終有心，儻若不將無有判，渾然誰會伯牙琴」「誰將古瓦磨成硯，坐久歸遲總是機，草自偶逢花偶見，海漚不動瑟音希」。上首言勿執於有，下首海漚不動，言不惑於象而見其體。此所以可與言詩。

㊵可參閱劉若愚「中國文學理論』（杜國清譯・聯經公司）頁一〇九。

㊶據「冷齋夜話」說，言其用而不言其名、或「比物以意，而不指言一物」，就是象外句。

（或譯物自體），是物以其自身本來面目而存在，這種存在，並不是另一個對象，而只是同一物之另一面顯現。這相因爲是物以其自己的身份而存在，因此它也是物的自在相，未受到識想之扭曲。自在相並非對象（Object ），故不能被識心所知，它只是海德格所說的「內在的自生相」（Eject），所以也「不生不滅、不常不斷、不一不異、不來不去」。萬古青山只麼靑，就是以這種不生不滅、不常不斷的物如實相呈現着，「詩人玉屑」卷一引龔相學詩詩云：「學詩渾似學參禪，悟了方知歲是年；點鐵成金猶是妄，高山流水自依然」、卷十九引方北山詩云：「舍人早定江西派，句法須將活處參，參取陵陽正法眼，寒花乘霧落毿毿」，皆須就此來理解。——點鐵成金，是文字技巧上的工夫，猶有執於文字；高山流水自依然、寒花乘霧落毿毿，則是物如實相，爲悟後所見。前者虛妄，後者眞實。「歲」是指時間和人識心發生交感後，成爲人類內在經驗的知識；「年」則指時間光陰本身。由經驗我（Empirisches Ich）的感官世界認識，回到物自身（Zuruck Zu den Sachen Selbst ），中間須有一「悟」。

悟，指轉識成智、轉俗成眞。因爲在現象與物自身的超越區分中，物自身非感性主體與認知主體所能知（因爲這些都只是有執的識心），要能知物如實相，須以無執的智心，來靜觀萬物皆自得，見其自在相。譬如莊子所說之天籟：風吹萬竅，衆竅激聲，是爲地籟；比竹喁聲，則爲人籟。地籟人籟，都是心靈仍在因果條件之序列中所見，所以是有待；至於天籟，則吹萬不同，使其自己，心靈超越了條件之序列，獨觀每一物的物如實相，皆具天地之大美，此則可以無待。天籟地籟與人籟，並非不同的聲音，而是不同的心靈觀照所致。故姚鼐曰：

「喪我者聞衆竅比竹，擧是天籟。有我者聞之，只是地籟人籟而已」㊷。喪我，卽是如何無待的工夫，這工夫是要人喪「我」、無「己」、無「耦」，由主客相對而提昇到絕對的境地。換言之，人猶人也，而今之隱几者非昔之隱几者，其差異卽在心靈層次之不同；同一物，以識執之心見之爲現象、以智心見之則爲物如實相，兩者爲層次之差異，而非對象之不同。因此，是否能由象見道、是否能解脫識執而無待，在心，不在物。心若能悟、能無我，則「以法眼觀之，無俗不眞」（山谷題意可詩後）。康德所謂：「物自身的概念、與現象之概念間的區分，不是客觀的，而只是主觀的」（康德遺稿・E. Adlckes 編次・頁 653），殆卽此義。墮形體、黜聰明，倫與物忘，大同乎涬漠，自能廓除理障，直觀其自在自然之道。「韻語陽秋」卷十二：「妙明眞心，不關諸象」、與李伯時畫自在觀音時所說：「世以趺坐爲自在，自在在心，不在相也」，都具同一體認。而這種體認，又可見諸陳善「捫蝨新話」上集卷四：

> 天下無定境，亦無定見，喜、怒、哀、樂、愛、惡、取、捨，山河大地皆從心生。此心在焉，則管蒯不可以代匱，糟糠不可以下堂，是未嘗有正色也；心不在焉，則鼓吹不及池蛙，絲竹不如山鳥，是未嘗有正聲也；舌欲綦味也，而世有餐痂之士；

㊷ 朱自清不解此理，「論逼眞與如畫——關於傳統的對於自然和藝術的態度的一個考察」一文引清王鑒「染香庵跋畫」「形影無定法，眞假無滯趣，惟妙悟人得之；不爾，雖工未爲上乘也」語，而懷疑：「他這些話並不曾解決了他想像中的矛盾，反而越說越糊塗」（朱自清古典文學論文集・頁一二二）。其實朱氏雖糊里糊塗，王鑒姚鼐卻是清清楚楚的。

鼻欲慕香也，而海上有逐臭之夫。天下事如是多矣。杜子美曰：「感時花濺淚，恨別鳥驚心」，至於悶詩則曰：「出門惟白水，隱几亦有山」，山水花鳥，此平時可喜之物，而子美於恨悶中惟恐見之。蓋此心未淨，則平時可喜者，適足與詩人才子作愁具耳。是則果有定見乎？論者多怪孟東野方嘆出門之礙，而復誇馬蹄之疾，以為唐詩人多不聞道；此無他，心見不同耳！故釋氏之論曰：心淨則佛土皆淨，信矣！

這份文獻，不但與上文所說：「宋人察覺到因妄情我執而認識的經驗世界，基本上是虛幻的」的思考內容相符合，更由此展開心淨則佛土皆淨的體會。所謂無定境，是說諸法皆由識顯，依他起性，相無自生；所謂無定見，是說識心流轉，變滅無常，相無自性。識心既是執非、乍喜乍悲，境當然也就隨之變轉無定。陳善的講法，是就依他起之上，加以偏計執，故說山河大地皆從心生。因為是偏計執，所以底下舉證也只談色聲香味等經驗知識；而這些以感觸直覺為底子的經驗知識，正是執的知識。若能放下此執，清淨其心，自然轉識成智，轉俗成眞；智心所見，即不再是執妄的世界，而是般若淨土了。此處顯然是用如來藏清淨心系統的講法。心既有眞常心和妄心的分別，所見之境自有現象和物自身的差異。若以心為體，則現象和物自身都是用，不過物自身是本體界的存有，而現象只是現象界的存有，故上文舉朱熹詩以青山為體、白雲為用，只是一事之上顯其體用而已，眞正的本體依然是心。

這種思考路向，亦可見之於天臺宗。——「般若經」說：「不壞假名而說諸法實相」、「維摩詰經」說：「但除其病而不除法」，天臺據此而講「法門不改」「除無明有差別」，認為法本身無論好壞，都是客觀的，問題只在執與不執，執是病，不執即無病（呂居仁詩所說的積年之病，就是指這種執），所以只除病不除法。因爲法對識而言，雖有執相的現象；對智而言，卻是如相實相。人若能通過止觀的工夫，卽能掌握清淨法門，見到眞正客觀存在的實相，故知禮「十不二門指要鈔」說：「圓家斷證迷悟，但約染淨論之，不約善惡淨穢說也」，斷、證、迷、悟，是主觀工夫上的事，善惡淨穢則是客觀物如本有之事，修道人只論前者，不必管後者。因爲心若能淨，境無不淨者，智顗「四念處」卷四說：「實相卽一實諦，亦名虛空佛性，亦名大般涅槃。如是，境智無二無異，如如之境卽如如之智，智卽是境。……亦名心寂三昧、亦名色寂三昧；亦是明心三昧、亦是明色三昧」，卽指此理。心得神解，則眞意實諦，靡不具呈，境智無二，主客合一，斯與「韻語陽秋」所云：「淵明深入理窟，但見萬象森羅，莫非眞境，故因見南山而眞意具焉」（卷四），脣脗不殊。詩人作詩，本來卽是與至道同一關捩的。

詩人作詩，既與至道同一關捩，則消除識執，以智心照境，自爲不二法門。所謂詩思多生於杳冥寂寞之境，而志意所如，往往出乎埃壒之外㊸，試看陸放翁示子聿詩：「正令筆扛鼎，亦未造三昧。汝果欲學詩，工夫在詩外」，而這詩外工夫就是：「豈惟凡骨換，要令頂門開」（卷五七．讀梅宛陵先生詩）。只能在文字上下工夫，卽或筆力可以扛鼎，亦無與於眞實，工而不妙；因爲語言所能捕捉的是經驗現象，卻無法掌握超越對象，而這種經驗對象

㊸ 參見「韻語陽秋」卷二，杳冥寂寞皆形容心與道化的境界。又放翁文集卷十三：「夫文章，小技耳，然與至道同一關捩。唯天下有道者，乃能盡文章之妙」（上執政書），亦可參看。

又隨執識流轉而變滅，所以只有轉識成智、轉俗成眞，物自身才能呈現。龔相學詩詩：「會意卽超聲律界，語可安排意莫傳」「欲識少陵奇絕處，初無言語與人傳」，都告訴了我們，爲什麼要傳心，因爲整個提昇生命的關鍵、由虛妄轉入眞實的關鍵、以及詩句由俗弱轉入高妙的關鍵，卽在透過轉識成智而「悟入」㊹。

## (三) 轉識成智的工夫進程

「詩人滿腹著清愁，吐作千詩未肯休」（誠齋集卷十・紅葉），因爲執著，而且是耽執，造成詩人性格的偏宕與痛苦，五官之動，迷而不反，以致於賊莫大乎德有心而心有睫。這種識執，宋人稱爲「病」。病之起，既爲妄念之執，則所謂詩病，便只是作者內在之妄念延伸到詩句中去的疵累。此所以宋人論「詩病」，每兼就思想內容和法度形式兩方面來談（前者如蘇轍「詩病五事」、後者如姜夔「白石詩說」）；但若要治病，則勢必拏住根本緊要處。宋人這類觀念，起自山谷呂居仁，山谷次韻向和卿詩：「覆卻萬方無準，安排一字有神；更能識詩家病，方是我眼中人」，首句卽陶鈞萬物之意，第三句言更者，方爲主旨所在，故後文又云：「覓句眞成小技，知音定須絕弦；景公有馬千駟，伯夷垂名萬年」，聽於無聲、視於無形，可以見其推崇陶淵明之故：以淵明意在無弦而又能淡泊其志也。一般雕琢章句、安排句法者，不足以知此，故其病亦不可瘳。

因內在的魔心不除，於境便有所癖。就詩而言，其所癖者又在於文字。呂居仁寄江端本諸人詩不是說了嗎：「誤沾文字癖，虛覺鬢毛斑」（詩集卷七），嘔出心肺，盡精力於詩，但文字本身卻非眞實、卻不能盡道㊺。學者若不能跨出文字所指涉的經驗概念世界，朝向超越的層面，則其精力只是虛擲，其詩亦終不免於只是癖而已。

面對內在妄念與文字執癖這兩項困局，若借東坡的話來說，一要解除識心之執，了解詩和詩人「不比狂花生客慧」；二要超越文字之癖，澈知「賦詩必此詩，定知非詩人」。張鎡「南湖集」卷五就曾用兩句話來概括此二事：「胸中活底仍須悟，若泥陳言卻是癡」。換言之，整個問題的關鍵，在於悟，若悟，則識執自去、言語不泥。

悟，具有工夫的過程意義。本來詩必須悟，是呂本中「童蒙詩訓」中早已揭櫫的，但呂氏同時又警告詩人：「悟入必自工夫中來，非僥倖可得，如老蘇之於文、魯直之於詩，蓋盡此理也」。學詩既如學仙，換骨自非一日之功。但所謂工夫，並非刻意苦學、日日斲鍊，而更在於涵養胸襟：

△謝逸：「意到語自工，心眞理亦邃」（溪堂集卷一．讀陶淵明集）

△謝薖：「要將餘事付風騷，已悟玄機窺佛祖」（幼槃文集卷三．有懷覺範上人）

△丁鶴年：「蠅頭小楷寫烏絲，字字鍾王盡可師；忽悟庖犧初畫象，工夫原不在臨

㊹ 劉應時讀放翁劍南集：「飽參要具正法眼，切忌錯下將毋同，茶山夜半傳機要，斷非口耳得其妙」（頤庵居士集卷上），即指悟入在心而言。

㊺ 羅大經「鶴林玉露」卷六：「繪雪者不能繪其清、繪月者不能繪其明、繪花者不能繪其馨、繪泉者不能繪其聲、繪人者不能繪其情。然則語言文字固不足以盡道也。」

池」「南窗薄暮雨如絲，茗盌薰爐共論詩，天地悠然人意表，忘言相對坐多時」（元、丁鶴年集卷一·雨窗宴坐與表兄論作詩寫字之法 ）

未悟之前，是識心執心；既悟之後，則解縛去執，能見物如實相，天地悠然，這就是實性圓成的階段。然而，在依他起性之上著徧計執，必須藉轉識成智的工夫進程，才能見圓成實，則一切工夫自然都必須落在怎麼樣轉化識心爲智心之上。

這種轉化，正如前文所述，可以有許多不同的途徑，唯識學本身即有三種方法，天臺也可以以止觀的工夫來達成；依宋人詩文評論的觀點來看，在佛家方法之外，如莊子的心齋坐忘、或儒者的道德主體，也是當時人所極重視的。譬如陳后山文集卷十九「談叢」裡，記載韓幹有四走馬圖，絹壞了，馬足也毀損不可見了，李伯時卻說：「雖失其足，走自若也」。足已失去，便是象已不存；而走自若，正是意仍可見。元劉靜修評論此事時，就引用莊子「齊物論」中嗒然喪我的理論，說：「足不能行氣自馳，天機深處幾人知？世間無物能形此，除我南窗兀坐時」。南窗兀坐，主要是致虛守靜的一套工夫，藉著這套工夫而喪我，消除我執；而忘象，消除對象之執。所謂喪、忘，可依胡賽爾（Edmund Husserl ）現象學的觀點稍做說明：據他的看法，經驗活動的客觀對象，可以存而不論，中止判斷；而由感官世界走入超越世界。「由經驗我（Empirisches Ich ）的感官世界認識，到超越世界之眞實境界之間，有一條通路。要走的這條通路，第一步就是把經驗我存而不論」。風花雪月諸象，是經驗我的感官認識，但經由「喪我」「忘象」之後，卻可由感官世界的認識通往超越世界，忘象見道、忘言得意，得「象外之象，境外之境」（李洪·芸庵類稿卷六·樾株集序）。這不是技巧問事，更不可由形迹上求，所以劉靜修才說世間無物能形容此一南窗兀坐、嗒然喪我的境界。這個境界，卽是董逌「廣川畫跋」中所說畫者凝念不釋、倫與物忘，則「心術之變，化有而出，舉天機而見者皆山也，故能盡其道」（書李成畫後）的境界。舉天機而見之山，乃是實相如相。必須如此，然後文字與線條才能盡其道，因爲它本身已經超以象外，呈現出一種超越的層次了。謝逸所謂體道之士，見忘執謝，則心如明鏡，遇物便了，意卽在此㊻。宋詩所强調的忘言得意、不貴形似，都可以透過這條線索來理解。

由此可知，每位藝術創作者，都跟生命的證驗者相同，一定得悟，可是每個人悟入的方法卻未必相同，禪家開悟，也是人人不同的。不過這種不同並非目的或原理之異，所以依儒、依道、依佛也無根本之殊，且其方法本身也可以納入同一義理進程中，合併討論。例如陳善「捫蝨新話」下集卷一：「老杜詩當是詩中六經，他人詩乃諸子之流也。杜詩有高妙語，如云：『願聞第一義，回向心地初』，可謂深入理窟，晉宋以來詩人無此句也。『心地初』乃莊子所謂遊心於淡、合氣於漠之義」，事實上心地初乃佛家語，他卻併於儒道兩家義理中，來說明杜詩之所以高妙。又、周必大「益公題跋」卷九：「侍讀胡公平生未嘗啓梵夾、效膜拜，戲爲證老作此庵記，而辭理超詣，便得儒釋之妙」（跋此庵記）亦復如此。可見在同一義理進程底下，只要是能轉化執癖、呈顯本心，由物象超越至於道意，而圓融不二者，都能

㊻ 有關心如明鏡之喻，可另詳劉若愚前揭書，頁九五——九八。

提供詩人作爲依據。

以下，我們便稍說這轉識成智的幾種途徑。

## 三、轉識成智的幾種途徑

林希逸「竹溪鬳齋十一稿」續集卷廿九：「放翁曰：『俗人爲俗詩，佛出救不得』，此語最佳。但何以爲不俗、何以爲俗，此須分別得仔細，方可下筆」。離俗全眞、轉俗成眞，一直是宋詩第一序列的要求；所謂俗人，並非市井民氓之謂，而是俗學窒之、俗慮汩之的人。唯有解脫纏縛，「懷抱淸眞」，才能免俗[47]。但解脫纏縛卻有不同的途徑，而途徑雖不相同，所造則一，放翁與兒輩論李杜韓柳文章偶成詩所云：「未言看到無同處，看到同時已有功」（卷廿八）卽指此言，可見放翁於此深有體悟。然而陳仁子序其集時，卻忙不迭地問了：「世之詩，陶者自沖澹處悟入、杜者自忠義處悟入、蘇者自豪邁處悟入，吾不知放翁詩悟入，當自何處？」（牧萊脞語卷七）

陳氏此問，我們未必能夠回答，但宋人幾種轉識成智的悟入之途，卻可以概略介紹一下。

我們的分析模式，是葛立方在「韻語陽秋」中所推薦的。該書卷十二載：「柳展如，東坡甥也。不問道於東坡而問道於山谷，山谷作八詩贈之，其間有『寢興與時俱，由我屈伸肘；飯羹自知味，如此是道否』之句，是告之以佛理也。其曰：『咸池浴日月，深宅養靈根。

胸中浩然氣，一家同化玄』，是告以道教也。『聖學魯東家，恭惟同出自。乘流去本遠，遂有作書肆』，是告之以儒道也」。道有三途，所造則同；詩之欲見道，蓋亦同此。

無論途徑之異同，整個問題所關涉到的重點大抵有三：一是作者本身如何悟入的問題。二是作者與外物之關係的問題。三是作者如何創作的問題。

## (一)儒家：由道德意識顯露自由無限心

儒者處理這些問題，基本上是由泯除識之執知，而挺立道德實體這條路子來的。換言之，其重心在於作者本人人格的修養。修養深厚，則如水有淵源，詩文皆沛然若自其胸中流出；不假外求，故亦可免於現象之執著。李綱云：「信筆輒千餘言，理致條暢，文不加點，信乎道學淵源自其胸襟流出」（梁谿先生集卷一六三・書陳瑩中書簡集卷）、周必大云：「觀其字如其詩、詩如其人，後世不待識面，當知爲伊洛勝流矣」（益公題跋卷十・跋汪季路所藏朱希眞帖），都代表了共同的體認㊽。

由詩既可以覘人之養，則涵養之道究當如何？固可以有許多不同的看法，但總其大要，則不外讀書與治心養氣二事。這也是儒者尊德性與道問學的傳統，然而二事先後次第，卻很

㊼ 懷抱清眞，見「劍南詩稿」卷十七暮春詩。另詳劉後村「跋傳自得文卷」「跋毛震龍詩稿」。

㊽ 宋人論淵源，恒包括這兩方面：一是內在的心源、二是外在的師友傳習。

難論定。

尊德性而道問學，可以黃山谷爲代表，山谷書舊詩與洪龜父跋其後說：「龜父筆力可扛鼎，他日不無文章垂世，要須盡心於克己，不見人物臧否，全用其輝光以照本心。力學有暇，更精讀千卷書，乃可畢玆能事」（文集卷卅），不但直以養心爲「學」，更認爲讀書與治心不可偏廢。此與白石詩說謂：「思有窒礙，涵養未至也，當益以學」，以學爲涵養之一端者，正復相同。

道問學而尊德性，可以朱熹爲代表。朱子早年以爲知言而後始能養氣，知言卽指知識思慮地格物致知；晚年則以涵養致知兩相穿透。這種轉變，並非其哲學立場有所遷移，而是轉識成智一般的現象㊾。前者就其工夫言，後者就其悟入之後的狀況言。換句話說，也必須讀書養心二者兼攝，涵養才算周至。

以下分別說明之。

### 1 治心養氣

晁補之嘗說黃山谷「於治心養氣，能爲人所不爲，故用於讀書爲文字，致思高遠，亦似其爲人」（雞肋集卷卅三・書魯直題高求父楊清亭詩後），治心養氣，何以能令人文章致思高遠呢？作詩文又何以必須藉治心養氣以求致思高遠呢？

就宋人的哲學觀點而言，天地以生生爲心，生生之仁，又內具於人，所以經由仁心之發露，人可以見天地之心。但天本身只是一元之氣，這一元之氣運行周布，則爲雲漢星斗、春夏秋冬，爲文。天地之心見於元氣成文，人心之仁自亦如之，只有人得其氣之正，不偏不塞，此心才能通貫天地，人文也才能秩然相應。張耒所說：「詞生於理，理根於心，苟邪氣不入於心、僻學不接於耳目，中和正人之氣溢於中，發於文字語言，未有不明白條暢」（答汪信民書），卽是此義。文與心之中和，自須於理氣之間求之。

以氣言之，文固出於氣，才亦根於氣。——文爲天地元氣之所發露，故欲爲文，須先養氣，劉宰「漫堂文集」卷廿四說：「文章所以發天地鬼神之秘……必其氣之淸也，故物不得而汨之；必其氣之直也，故物不得而撓之；必其氣之和且平也，故物不得而激之；必其氣之果毅奮發也，故物不得而沮之。……故論者曰：文章以氣爲主」（書惲敬仲詩卷後），這個氣，是由人心之仁所發，理論上應是純善中和的，但性理本身不能活動，能活動發露的是氣稟之才情，才情有善有不善，所以必須通過後天的工夫，使其符合於性理，此則有待於養㊿。職是，所謂養氣也者，應是使情氣之動合於性理，朱子答張敬夫書：「感於物者心也，其動者情也。情根乎性而宰乎心，心爲之宰，則其動也無不中節矣，何人欲之有？」（文集卷卅

㊾ 朱子早年依胡五峯說，先察識後涵養；晚年則數經變易後，主張涵養與致知如車之兩輪、鳥之雙翼，不可分割，且相穿透，認爲「存養之中便有窮理工夫，窮理中便有存養工夫」（語類卷六三）。但就爲學次第言，則「須當以涵養爲先」（同上卷一一五）。

㊿ 理氣，在宋儒的講法中分歧很大，但基本上當是就氣以顯理，視氣爲宇宙流行運化的實現原理，在氣化流行中顯其善否。

二）人欲就是識執51，詩必須得性情之正、發性情之和，當然要透過養氣的工夫，使其中節，宰乎心而得乎理。魏了翁說文辭「根於性，命於氣，發於情，止於道」，講的就是這個道理。文或人若能止於道、得乎理，則將如孔子之從心所欲，無入而不自得了。汪藻所云：「理至而文隨之，如印印泥、如風行水上，縱橫錯綜，燦然而成者，夫豈待繩削而後合哉？」（浮溪集卷十七．鮑吏部集序）之所以為宋人論文之最後祈嚮所在，道理亦在於此。

養氣，是要使情氣之動合於性理，勿受外物所汩蕩。這是偏於泯除其識執之知的一面。但只有這一面工夫是不夠的，儒者之精采處尤在道德實體之挺立，此即須要治心。前引趙汝回「雲泉詩序」所說作詩若能養性識體，則詩隨人格之所養而自然呈露，初非因想生見云云，最可說明此義。

養性識體，是要人自得其良心，並以此自得而見天地之生機。韓元吉「南澗甲乙稿」卷十六「深省齋記」說：

> 世之人蓋有聞鐘磬之聲，而自得其良心，以進於道者，非鐘磬使然也。……杜子美遊龍門寺詩：「欲覺聞晨鐘，令人發深省」，子美平生學道，豈至此而後悟哉？特以示禪宗一觀而已，是於吾儒實有之，學者昧而不察也。曾子曰：「吾日三省吾身」。夫識其遺忘，謂之省；審視其微，亦謂之省。人能內省其身，如識其遺忘與審視其微，則所以存其心者，蓋當如何！

趙汝回的講法是要詩人知體、養性，韓元吉則要人存心、內省。試比較他們的說法，就可知道此心此性，即是道德之實體，是仁、是良心；而存養此一良心，則又有賴於反省和識察的工夫。這就顯示了：無論採取任何途徑來轉識成智，都以得心爲主，佛家如此，儒家亦然，此可與前文所述者相印證。且顯仁必在克欲，也說明了消除識執與顯現智心仍是不可分的。識其遺忘，察其幾微，微，指慾念之浮動而言，所以反省識察，實際上卽是恭敬存養、克己復禮的一套工夫，爲儒者「悟入」所必須。黃山谷所謂盡心於克己，全用其輝光以照本心，不但開宋人以克己存養論詩之漸，也與宋代一般的哲學體認相通。南宋時，上蔡、龜山、湖湘、朱熹等各系理學，對於仁的理解，雖有異同，但克己去私，以明其本心，大抵則是相似的[52]。朱子尤其主張必須通過識察才能成其涵養，文集卷七七有「克齋記」一文，以爲克塞人欲，則其心藹然若春陽之溫，亦可與韓元吉說互參。

由道德意識所顯露的這顆心，藹然若春陽之溫的心，其實卽是自由無限心。所謂自由無限，是因爲心體仁體本爲人人皆具的良心，克私去欲之後，仁體呈露，此心之體既無所壅蔽，則皇皇四達，感通無礙、覺潤無方，其用遂亦無所不行。以自得其心來見天地之心，所以無礙，所以「活」；因見天地之心，所以人雖有限而可以無限，可以超越客觀條件的限制與阻

[51] 識執，包括情欲與知識，已在上文論徧計執與依他起時申述頗詳。這不是佛家獨有的看法，而是儒者傳統的區分，「禮記・樂記」：「知誘於外」、鄭注：「知猶欲也」；易乾元：「各正性命」疏：「天本無情，何情之有？而物之性命，各有情也。所稟生者謂之性，隨時念慮謂之情」。都顯示了知慮與情欲原本不分。

[52] 上蔡、龜山及朱子等各系理學，對於仁的爭議，詳劉述先「朱子哲學思想的發展與完成」（學生書局）第一部第四章。

礙，知命樂天，不憂不懼，所以又是自由。宋人詩論中喜歡稱贊某某人外物不移，雖遭橫逆險巇而夷然溫粹，具見所養。卽是就這一面而說的。

## 2. 讀書

宋人論詩家，都極重視書卷，這點不待强調，人人皆知。然而，讀書事實上是與治心養氣密不可分的，試看陳后山答江端禮書說：「文……正心完氣，廣之以學，斯至矣」（文集卷九）及韓拙「山水純全集」說：「天之所賦於我者性，性之所資於人者學。能因其性之所悟，求其學之所資，未有不業精於己者也。古人以務學而開其性」等記載，便知無論文章或書畫，莫不講求積學養心，而這點實隱含了宋代詩學中一個絕大的問題。

原來宋人一直認爲作詩必須以積學窮理爲工夫，但詩之眞正成就處卻不在於學問，而在心靈之超越，所以必須要「悟」。嚴羽所謂：「詩有別材，非關書也；詩有別趣，非關理也。然非多讀書多窮理，則不能極其至」，就是這個傳統下的產物[53]。站在這裏講詩道在於妙悟，其言當然與周必大、樓鑰等人相同——

△公由志學至從心，上規賡載之歌、刻意風雅之什，下逮左氏、莊、騷、秦、漢、魏、南北朝、隋、唐，以及本朝，凡名人傑作，無不推求其詞源、擇用其句法。五六十年之間，歲鍛月鍊，朝思夕惟，然後大悟大澈，筆端有口、句中有眼，夫豈一日之功哉？（益公題跋卷四・跋楊廷秀石人峯長篇）

△詩……非積學不可為，而又非積學所能到；必其胸中浩浩，包括千載，筆力宏放

……而後為不可及（攻媿集卷五二・雪巢詩集卷）。

△與武子評詩，謂當有悟入處，非積學所能到也。……山谷晚年詩，皆是悟門。……遽讀之或不易了，而中有理窟，覽者當自知之（同上卷七十・書張武子詩集後）。

悟，非積學所能到，但必須積學至此，然後有悟，不學則無悟也。且悟入之後，既是從心所欲之境，則所謂悟者，當指心而言。包恢與留通判書論此義甚切：「今之學者，終日之間無非倚物。倚聞見、倚議論、倚文字、倚傳注語錄，以此為奇妙活計；此心此理，未始卓然自立也」（敝帚稿略卷二），讀書在儒家，為聞見之知；此心此理之卓然自立，則屬德性之知。「閱之多、考之詳、鍊之熟、琢之工」，目的固然在於剝落皮膚、求造眞實，但若不能自得，則亦無用。魏了翁所云：「須從諸經字字看過，思所以自得」，羅大經所云：「不求之六經固不可，徒求之六經，而不反之吾心，是買櫝而棄珠也」（鶴林玉露卷六），皆就詩文而言，恰與陳后山桴鼓相應，只不過后山較强調詩人須藉書中學問來超拔擴充心靈罷了。山谷題宗室大年小年畫說：「若（大年）更屏聲色裘馬，使胸中有數百卷書，便當不愧文與可矣」（文集卷廿七），亦是此意。因其性之所悟，務學以開其性，這兩句話眞是講得好極了。

另外，由志學到非積學所能到的境地，也就是元遺山所說的學至於無學。「玉屑」卷一趙章泉詩法條云：「問詩端合如何作？待欲學耶無用學？今一禿翁曾總角，學竟無方作無略。欲從鄙律恐坐縛，力若不加還病弱，眼前草樹聊渠若，子結成陰花自落」，講的也是學至於

53 互詳後文論轉識成智的禪宗途徑處。

無學。無學無作，而草花樹子自我呈現。這便牽涉到作者與外物的關係、和作者如何創作的問題了。

* * *

儒者轉化僻執與障溺而悟入，歸結處既在此心仁體之自立自得，則透過此一道德實體，不難觀見天地之心；且可以觀此天地之心所卽物而在的物，而見其自得。「仁之爲道，乃天地生物之心卽物而在」，語雖出自朱子「仁說」（文集卷六七），但羅大經「鶴林玉露」講得很清楚：「古人觀理，每於活處看……故曰：『觀我生觀其生』、又曰：『復見天地之心』，學者能如是觀理，胸襟不患不開濶，氣象不患不和平」，所謂觀理，是指卽物而窮理之理。心能觀物，但何種心觀何種物，由觀物之活，正可反襯出心中甚活，所以文中又强調「如是觀理」，如是，指觀物之方法態度而言。

這種態度，亦見諸羅氏同書卷八，文曰：「杜少陵絕句云：『遲日江山麗，春風花草香。泥融飛燕子，沙暖睡鴛鴦』，上二句見兩間莫非生意，下二句見萬物莫不適性。於此而涵泳之、體認之，豈不足以感發吾心之眞樂乎？大抵古人好詩，在人如何看，在人把做什麼用。如『水流心不競，雲在意俱遲』『野色更無山隔斷，天光直與水相通』『樂意相關禽對語，生香不斷樹交花』等句，只把做景物看亦可，把做道理看，其中亦儘有可玩索處。大抵看詩，要胸次玲瓏活絡」。——唯胸次活絡，才能見物見詩之活，已如上述。但此處事實上是詩人觀物、而讀者又觀詩。詩人卽或觀物得活，能見天地之心；仍有賴讀者之修養始能知見，不然則以爲只是景物現象而已，任淵注后山詩，警告讀者「讀后山詩如參曹洞禪，不犯正位、忌參死語。若以色見，以聲音求，是行邪道，不見如來也」，原因卽在於此，這仍是種超越的區分。某些人之所以能不以聲色景物求詩，能「把做道理看」「把做什麼用」，是因爲他們觀物的態度，不是認知地指向景物事件本身，而是因涉及物而引起他們有關行爲思想方面的思考，反求諸己，在自己的良心上見物我無礙。這就是宋人所說的「用」與「活」。

活卽不滯礙之意。於活處觀物，則鳶飛魚躍，固是心活也是物活，這樣才能在現象景物之外，看出一層道理；於活處作詩，也能因象見道、卽物窮理，具有含蓄之美。這種美，兼指道德之美與美學意義之美兩方面，吳子良「荆溪林下偶談」卷二謂意尤遠而語加活者，意含蓄而語不費，屬於後者；「鶴林玉露」卷五謂楊慈湖詩句意清圓，足覘所養，則兼含二者。宋人之所謂活法，尤當如此理解[54]。

至於用，則不含美學的意義，亦與實際事物的作爲無甚關係。那位「所造詣有在言語之外者，非世俗所能測」的戴石屏，在論詩絕句中說：「陶寫性情爲我事，留連光景等兒嬉；錦囊言語雖奇絕，不是人間有用詩」（詩集卷七），認爲流連光景、雕琢語言，皆是依他起性，無與眞實，唯有陶寫性情，才能見道、才是有用。這種觀點，頗可代表當時的評價標準，故羅氏「鶴林玉露」亦云：「天以雲漢星斗爲文、地以山川草木爲文，要皆一元之氣所發露，古人之文似之。巧女之刺繡，雖精妙絢爛，才可入目，初無補於實用，後世之文似之」（卷

54 同上，但禪家之講活法，多偏重於「活句」方面，參活句禪者，乃是不沾滯於語言文字之意，對於詩人的觀物態度則較少涉及。

一)。此語不但可爲戴詩註腳，他以一元之氣所發露來論文，也點出了詩人創作時的態度。

天地以一元之氣發露爲文，人亦以其氣流顯爲文。這種流顯發露，乃是自然而然的，如風水相觸、如泉源噴湧，只是自然地呈現，而非作出來的。作，代表人爲的創造，自然則爲天機暢發，不假思索模擬而至，張元幹亦樂居士集序所云：「韓杜門庭，風行水上，自然成文，俱名活法」(蘆川歸來集卷九)，卽指此言[55]。施德操「北窗炙輠錄」講得更透徹：「子美讀盡天下書，識盡萬物理，天地造化、古今事物，盤礴鬱積於胸中，浩乎無不載，遇事一觸，輒發於詩。淵明隨其所見，指點成詩，見花卽道花、遇竹卽說竹，更無一毫做爲」(卷下)。妙識物理、盤礴胸中，卽是「含蓄」；含蓄旣厚，遇事輒發，初無意於造作；而見花道花、見竹說竹，則是其心無所繫累；所以能照見物如實相，「以物觀物，而不牽於物；吟咏情性，而不累於情」(魏了翁．費元甫陶靖節詩序)。這是在道德主體流行中，心與行爲物一體呈現，心固自得，物亦現其如相實相自在相。物旣是自我呈現，則非「寫物」甚明。寫物形似之所以不佳，正因其不能自得，故「玉屑」卷十引復齋語錄說：「詩吟函得到自有得處，如化工生物，千花萬草，不名一物一態。若無自得，只如世間剪裁諸花，見一件樣，只做得一件也」，涵養自得，則物不待雕琢剪裁、揣摸刻繪，以物觀物，物物自然呈現。

詩人觀物時的情形如此，其作詩亦然。在「物色入眼來，指點詩句足」的情況下，詩並非「作」出來的，而是自我呈現的，所以楊萬里有詩云：「好詩排闥來尋我，一字何曾撚白鬚」(晚行東園)「鍊句鑪錘豈可無，句成未必盡緣渠。老夫不是尋詩句，詩句自來尋老夫」(晚寒題水仙花并湖山)。【補遺】

詩句自我呈現，所以是天機而非人力，「默契神會，不知其然而然」。這種機籟鳴發、不假造作的詩觀，顯然有兩點值得注意：一、以上整個理論結構，與易傳關係邃密，由天地生物講到觀我生觀其生、復見天地之心，正是顯露自由無限心，而物皆見其自己、一如人之自得其良心在其自己；物皆見其自己、呈現其本來面目，則是佛家所謂如相實相，呂本中題晁恭道善境界圖詩：「疇昔相從三十年，如今休去不逃禪，知君參見法輪老，始知蒼蒼便是天」，講的就是這種儒釋之妙的境界。同詩第二首說：「境界本來無善惡，人間何處有新圖。欲知個裏眞消息，臘月寒松永不枯」，發揮尤切：旣悟之後，只是中和，靜動言爲皆自然而然，無所謂善惡；而心有本源，自也無礙自在，雖臘月亦不枯萎。二、作品出於自然，無意造作，卽產生以文爲寄寓的創作態度，終身言而未嘗言；而作品本身則形成文以見道、意餘於文的狀況，亦與易之象相似。呂本中夏日詩：「閉門觀易象，反復看如何？——妙處元非畫，微言不在書」（詩集卷十五），與滄浪所謂詩妙處如相中之色、鏡中之象，言有盡而意無窮云云，正可互參。清宋大樽「茗香詩論」說：「易取象、詩諷諫，猶之寓言也」，於此可謂善於祖述。

* * *

當然，這條途徑之精采處猶不在此。因爲無論是含蓄、或由文以見道所導出的氣韻風神

55 風行水成文，是宋人常用的譬喻，「困學記聞」卷廿說蘇洵「仲兄字文甫」是衍毛詩「伐檀」釋漣爲風行水成文之語。但毛傳此釋，當亦衍自易渙卦「象曰：風行水上，渙」。另詳錢鍾書「管錐編」頁一一八。

之說，也都可見諸佛道兩家轉識成智的逕路中。但唯有經由懲忿窒欲，而挺立道德實體這條路子，才能透出對社會的關懷。——

儒者一方面愼乎所養、一方面學問充富，「寤寐食息，必念於是；造次顚沛，必念於是，則將超然懸解、躐等頓進，逕至妙處，一日萬里」（李廌答趙士舞德茂宣義論宏詞書）。達到佛家所謂妙悟、道家所謂換骨的境地。這一境地，主要是在自我道德主體的挺立與修持，以存心養性爲其工夫。而存心，又以敬以直內、義以方外爲其精一操存之道[56]，所以理論上它必不止於自我安頓爲已足，必須再透出義以方外的一面，展示他對社會人羣的關懷與責任。魏了翁答丁大監黼書說：

愈疾古詩見懷唐律，蕩然有懷人憂世之意。非但詞工味雋，而所示近者，又以見二三年間樂天知命、從容自得之趣（文集卷四六）。

樂天知命、從容自得，這種由道德意識所顯露的自由無限心的作用，正是與懷人憂世之意完全結合爲一體的。此所以爲「適用」。戴復古、眞西山、羅大經等人之所以抨擊雕繪章句、留連光景的作品，原因就像許尹在「黃山谷詩集注序」文中所說的：「曹、劉、沈、謝之詩，非不工也，如刻繪染縠，可施之貴介公子，而不可用之黎庶。……唯杜少陵之詩，出入古今、衣被天下，藹然有忠義之氣」。藹然，是形容仁者之言的狀詞，可見所謂忠義之氣、憂懷黎庶之意，本是內在仁心所發，義以方外，出乎自然。李綱道卿鄒公文集序曰：「士之養氣剛大，塞乎天壤，忘利害而外死生，胸中超然，則發爲文章，自其胸襟流出。……唐韓愈文章號爲第一，雖務去陳言，不蹈襲以爲工；要之操履堅正，以養氣爲本。……進諫陳謀，屢挫不屈；皇皇仁義，至老不衰」（文集卷一三八），頗能說明此義。士先涵養胸中之浩然，存此仁心，則義可以不斬然而見諸外。

因爲義是不斬然而見諸外的，所以是自然流出，與發爲文章相似，而非有意爲之。既非有意爲之，則其吟咏情性之間，自然能見禮義之所止，傷閔哀思，若有所諷諭，這就是「興」，是葛立方所說觀物有感而近乎訕的興，也是上文所說如易之有象的譎諫。這個諫諷，與訕謗不同的是它本身並無直斥痛詈之辭，只在文外見其興諭感諷之意，其本身卽是意餘言外的一種表現，故亦能興起讀者的仁心。眞德秀跋南軒送定叟弟赴廣西任詩十三章說：「棠棣之作，至今千載矣，藹然忠厚之情、惻然閔傷之志，讀者猶爲興起。南軒先生此詩，於怡怡之中，有切切偲偲之意，雖使不令兄弟觀之，友悌之心尙當油然而生，況綽綽有餘裕者乎？」（文集卷卅六）殆卽指此而說。本來文學與藝術純就其美學價值而言，詩篇是否具有道德意識、是否能導出社會的關懷，與詩之所以爲詩，並無直接而必然的關係。但基於下列兩點考慮，宋人勢必要强調這層意義：(1)就一切文學藝術之欣賞與創作而言，欣賞與創作之所以可能、其本身何以存在，這一類文學藝術的根本問題，事實上卽是哲學的問題，西方美學自始卽隸屬哲學之內，是個最明顯的例證。同理，在討論詩文時，宋人認爲欣賞與創作之所以可能，必須預設人心主體可以互相感通才行。而因爲人心可以感通，讀者才能透過作品，諦聽作者的生命與呼吸，並興起自我的仁心；這就是他們論興、論詩之教化功能的基礎。換言之，由

56 詳朱熹文集卷六七「觀心說」。

哲學預設到文學之美感及社會功能，這周密貫串的一整套理論，不管後人是否同意，都必須承認它們並未用道德原理來替代文學原理，而是論詩文與藝術題中應有之義。⑵在一個反省觀照的時代，窺探文「心」，對個人精神志氣與境物接運的關係，作一省視，本是極為自然的現象。但思索所得，未必相同，對創作及欣賞所持的態度，亦復相異。轉識成智，是他們共同的路向，但如何轉、轉後境界如何，皆不免小有參差，這點我們只須着看宋人往往將杜陶合論，而又說杜甫如六經、陶如老氏的情形，便可知道。挺立道德實體、開展社會關懷，正是儒者氣象與佛道妙悟不同之所在，無怪乎他們要屢屢言之了。

## (二)道家：以虛靜心消除造作而顯一切有

這樣的不同，當然只是一種分別罷了，宋人在論哲學文學時，往往求同多於別異，我們只能說含道應物、澄懷味象，是儒道之所同，不過在應物時小有差異而已（道家主要在講詩人應物而不傷、儒者則或更要講應物而化物）。因為程伊川呂與叔論詩文，就是引莊子「心齋」為說的。

為什麼要以心齋來論詩文是否知本呢？陸放翁夜坐示桑甥詩：「好詩如靈丹，不雜羶葷腸；子誠欲得之，潔齋祓不祥」（詩集卷十九），頗能點出此中消息[57]。宋人論學詩，輒曰如學仙、如養成內丹、如金膏換凡骨，這雖是受當時宗教背景影響而產生的一些比擬，但也可知詩人作詩，雖有靈丹一粒，可以點鐵成金，也必須先滌腸去垢，始能得之。齋祓，就是蕩識遣執的工夫。其工夫的目的，不在詩語的刻鏤，而在識心之轉化，「畫苑補益」載張懷論畫有曰：「昧於理者，心爲緒使，性爲物遷，汩於塵坌，擾於利欲，徒爲筆墨所使，安足以語天地之眞哉？」心爲緒使，故不能忘我；汩於塵坌，故不能忘象；徒爲筆墨所支配，故不能忘言。此卽爲俗！轉俗，才能成眞。

這種創作的進程，基本的了解是：藝術並不只於媒介之表現，如何使用筆墨線條文字媒介，是作者的技巧，但藝術創作本身，當是技進於道的過程，放翁稱贊梅聖俞杜甫的詩是：「豈惟凡骨換，要是頂門開，鍛鍊無餘力，淵源有自來，平生解牛手，餘力獨恢恢」，便是承認詩人可由鍛鍊之精，漸至於恢恢有餘之境，忘其爲技與習，而獨得道眞。由技與習而到忘其爲技與習，則其創作，已在不用心、不用意之中完成了，山谷題李漢舉墨竹，說古人繪事妙處，類如輪扁斲斤，不能以教其子，「近也崔白畫竹，幾到古人不用心處」（文集卷廿七），便是技進於道的最好說明。這其中，技進於道，正如輪扁庖丁，必須得乎手而應乎心，心識其所以然，而手亦能著其然，始能成爲一種藝術創造，否則卽只能止於美的觀照和內在

57 心「齋」與祓垢，其實也卽是易繫辭上傳所說：「聖人以此洗心，退藏於密」的洗心。傳又曰：「聖人以此齋戒，以神明其德」注：「洗心曰齋」，莊子本之，云：「汝齋戒，疏瀹爾心，澡雪爾精神」（知北遊）「願君刳形去皮，洒心去欲」（山木）。

的修養，這便是哲學家與藝人最大的不同[68]。東坡在書文與可篔簹谷偃竹記中，將手如何應心的鍛鍊，稱之爲「學」。因此我們也可以知道技進於道的藝術創造歷程，其實卽是學至於無學的歷程。一位大作家，基本上必須手能應心，然後才能得心應手。心與手合、物與心合，則其能達人所不能達者，事實上只是能見人所不能見、能想人所不能想。周必大等人稱畫與詩是心畫，原因卽在於此。詩文若爲心聲心畫，則其高妙與庸俗，正是心境澄濁之外顯；欲使詩文佳妙，卽非治心不可。心齋之作用，就在於此，它是整個轉識成智的中心，也是詩人是否能夠化俗成眞的關鍵。

就技進於道的藝術創作而言，得心應手，必須凝神不紛、「官知止而神欲行」。心齋也是如此，它是轉化成心的工夫，希望透過這種工夫，官知止而神欲行：「勿聽之以耳，而聽之以志；勿聽之以心，而聽之以氣；聽止於耳、心止於符。氣也者，虛而待物者也。唯道集虛，虛者心齋也」（莊子・人世間）——這些不同的認知態度中，聽之以耳的是感官知覺，聽之以心的是概念思考，所謂心止於符，是指外物與概念的符應，所以成疏說：「心有知覺，猶起攀緣；氣無情慮，虛柔任氣」。情慮知覺與攀緣符應之知，都屬識知，心若止於這類認知方式，則其爲妄心無疑。如何由妄心轉入常心（常心見德充符）？只有藉著齋心的工夫了。妄心與常心，並非兩顆心，而是心的兩種不同狀態，前者爲妄心執心，此類妄執，若能經由集虛養氣、斷除知障等工夫，卽能廓掃塵翳，成爲虛靜心。

虛靜心虛而待物，所以能見物之本然，荀子曰：「心何以知道？曰虛一而靜」，就是指此而言。它由忘知而呈現，故爲虛、爲靜。因爲虛，所以意識自身的作用和被意識的對象，才能同時呈現；因爲是靜，所以富、貴、嚴、顯、名、利，不能在心上起執。東坡送參寥師所言：「欲令詩語妙，無厭空與靜；靜故了羣動，空故納萬境」，於此體會甚切。空與靜都不是指詩句而言，而是說唯能虛靜其心者，才能照見萬境、才能掌握羣動，不以物撓心，而優遊自得，詩語也才能妙。游誠之詩：「閑處漫游當世事，靜中方識古人心」、陸放翁詩：「人情靜處看方見」，都是就此而言。因爲這種靜，是存心之靜，故外在形迹之靜動與否，實不相干。「鶴林玉露」卷六：「列子曰：『仲尼廢心而用形』、淵明詩云：『形迹憑化往，靈府常獨閑』說得更好。蓋其自彭澤賦歸之後，灑然悟心爲形役之非，故其言如此。果能行此，則靜亦靜、動亦動，雖過化存神之妙，不外是矣」，淵明上句之根，卽在下句，靈府獨閑，是用莊子德充符物不足以滑和之意。靈府虛湛，自然行迹隨化，動靜無礙。此與朱子論心之所以爲體者寂然不動相似：「寂而常感、感而常寂，君子卽可以此致中和」（見文集卷

58 心手相應，參看錢鍾書「談藝錄」頁二四七、「管錐編」頁五〇七。又，因爲是得乎心而應乎手，所以也是不能言傳的。莊子輪扁之喻，又見諸歐陽修書梅聖俞稿後：「樂之道深矣，故工之善者，必得於心應於手，而不可述之言也。聽之善，亦必得於心而會於意，不可得而言也」（外集卷廿三）；詩爲樂之苗裔，當然也是如此。所謂茶山夜半傳機要，斷非口耳得其妙者，與「宗鏡錄」卷四引古教所云：「無一法可得」「無智亦無得」「不得一法，疾與授記」等，正相符合。「困學紀聞」卷十說：「莊子所謂傳，傳以心也。屈子所謂受，受以心也。目擊而存，不言而喻。耳受而口傳之，離道遠矣」，似乎也認爲凡得乎心而應乎手的藝術，傳習者也應以得乎心爲要，不是聲聞知見之類知識所能處理的。

卅二・答張敬夫書）。

致中和，必須同時講到天地位、萬物育，於虛靜心亦然；但偏重在萬物皆自得這方面：以虛靜心觀一切物，而物皆在其自己，各以其物自身呈現。東坡書王定國所藏王晉卿畫著色山詩：「我心空無物，斯文何足觀。君看古井水，萬象自往還」（詩集卷三一），就是說至人之用心若鏡，物各以其本貌呈現。因其面貌並不被我所扭曲，所以靜觀萬物，物皆自得。這，就是虛靜心的作用——以「無」刮除一切造作與膠著，而觀照以顯一切有。

* * *

「無」，是指洗濯塵垢、斷絕知見的工夫，在莊子即名為心齋、坐忘。

老莊哲學中，無，本有工夫與境界二義，像蘇轍祭文與可文中所說的：文氏畫竹「遇物賦形，得於無心」，就是由工夫轉化而出的境界。這種無的工夫，可以概括老子的「無為」、「無知」、「無欲」、「無身」、「虛其心」、「致虛極、守靜篤」，莊子的「無己」、「無功」、「無名」等，而都落實在心上。心有執有知，所以要去執忘知，層層剝落，以顯純粹意識。齊物論一開始就談「吾喪我」，逍遙遊也載堯「往見四子藐姑射山，窅然喪其天下焉」，可見他們對這一問題的重視。喪，即是忘，成疏說：「喪之為言忘，是遺蕩之義」、郭注也說：「都忘內外，然後超然俱得」。遣、蕩、喪、忘、滌除玄覽、損之又損，其目的都在無為，使物無所容心，而達到無為而無不為的境地。這種進路，頗與宋人之論克私去欲相似，故其歸趣，亦往往合轍。

這種合轍，當然也是基於文學本身的考慮。朱子書屏山先生文集後說：「其精微之學、靜退之風，形於筆墨，有足以發蒙蔽而銷鄙吝之萌者」；陸游序曾裘父詩集，也認爲詩的最高境界，應能讓「讀之者遺聲利、冥得喪，如見東郭順子，悠然意消」，這都是就文學作品的效應上說的。但，要讓人如見東郭順子，須得自己是東郭順子。這就非用到莊子這套心齋坐忘的工夫不可了。

正如郭象所講，忘，必須內外皆忘，才能超然自得。在內，必須忘我；在外，則必須外物、忘象。詩人本來皆不免於偏執，甚且以此偏執自樂，方勺「泊宅編」卷上嘗說韓詩多悲、白詩多樂，袁文「甕牖閑評」卷五也說：「情之惑人甚矣，自非胸中有過人者，而能以理自遣，不爲陷溺者幾希矣」，清趙吉士卽本此說，謂：「詩本性情，多悲多樂，不免性情之偏」。詩人本身多是性情有偏的，而其所以有情有偏有執有病有愁有苦有大患者，爲其有身。他們雖然也常因其本身才性、感情、思想秉賦之異常，及對理想世界追求之渴望，而隱含有宇宙萬物的同情或哀矜，體念出人世靡常、我執非眞的道理。但那往往仍只是一種知解，並未切實深下無己的工夫。是以閉門造愁，吐作千詩；而詩裏淸愁，又惹閑情；如斯輾轉，遂至沈溺不可收拾，不死不已。要想脫執解縛，唯有在生活或藝術創作中，實踐地忘我：東坡謂文與可畫竹時，見竹不見人，「豈獨不見人，嗒然遺其身」，就是說文氏在藝術創造活動中，能因神凝智解，而消解我執，與竹冥化；郭熙謂畫家詩人，「不因靜居燕坐，明窗淨几，一炷爐香，萬慮消沈，則佳句好意，亦看不出；幽情美趣，亦想不成」（圖畫見聞誌·畫意篇），則是說藝術家必須在生活上體驗虛靜，以養其心、澄其慮。前者逕用齊物論，後者則與莊子達生篇梓慶爲鐻，必齋以靜心，然後成見鐻，完全相同，也是一種神凝智解的工夫。神凝，故可以「齋」來形容，東坡子由都曾說文與可畫竹，是「縱橫放肆，久而凝神；晚歲好道，耽悅至理，洗濯塵翳，湛然不起」，可見這種實踐地忘己工夫，實乃誠敬篤實、眞積力久所致，伊川喜教學者靜坐，又以主敬代替主靜，原理亦與此相似，非可以放閑隨意得之，而須以齋敬之心處之。一位藝術家若能凝神不釋，自然神與物化；能主客合一，自然遺去機巧；能意冥玄化、遺去機巧，自然陶融太和，如飲醇酎、如享太牢。在沛然充足中，顯現心之自由與無限。這便是技進於道的境界了。

所謂神與物化，正是「鶴林玉露」卷六紀曾無疑論畫草蟲所說的：「不知我之爲草蟲耶？草蟲之爲我耶？」我與物、主與客之間，無一毫間隔，化合爲一。董逌說范寬作畫「神凝智解，無復山水之相」者，卽是此境。——忘象之境。

忘象也者，如前文所舉雪中芭蕉、六月冰峯之類，皆是忘象所得。作者玄覽冥契，自是無定象可執，所以它與忘我是相依而生的。在虛靜心的觀照下，見物我之同一，將外物所附著的和解與誘引，完全消納喪忘，於是我執遂也因喪失了對象而無所掛搭，由內至外、由外至內，層層擺落，而顯虛靈不昧、覺而能照之心。

在這種情況下，物我自然玄同爲一。這是主客合一或無主客對立的超經驗觀悟，我見物之自然，我本身也隨物之自然呈現而存在，人見其人、物見其物。此事在哲學修爲中不難理解，但在藝術創造中卻成爲一種弔詭。因爲無論作詩、畫畫、或彈琴，都必須觀象而不能忘象，其經營與表現，更須藉助線條、文字、和音符，此卽有「迹」，有迹便有執著，便不能見道。此所以宋人要說「小詩妨學道」，而老莊也要强調言不盡意了。然而，事實上語言與線條等，乃是無法拋棄的，「容齋隨筆」更說：「老莊滅絕禮學，忘言去爲，而五千言與內外篇，極其文藻」（卷十六），直接指出這層弔詭。要解開這個弔詭，只有仍回到老莊的系統裏，採取「言無言」的態度。

本來所謂忘言，卽類似前文所說佛家異法門的遮詮方式。因爲言不能盡意，故所言者並非意之本身，但言畢竟不能完全拋棄，那麼就只好「忘」了。忘言，故其言乃是「言無言」、其無言乃是「淵默而雷聲」；無言之中有至言妙道，而至言妙道雖瀾翻泉湧、言之不窮，而終若未嘗言。

以東坡爲例，他曾有詩說：「師已忘言眞有道，我除搜句百無功」，有道僧人之忘言，本是與詩人搜句恰好相反的態度，但等到詩人轉而說：「淸吟雜夢寐，得句旋已忘」時，便是雖得句而未嘗有句，雖言而忘言了。且句而曰得，又顯示了文章本天成，詩句本身乃是自然浮現的，詩人天機輻湊，妙手偶得，並非由我創造而來，故又有詩云：「春江有佳句，我醉墮渺茫」。曰醉、曰夢，其實都是「放入括弧」（Einklammern）中止判斷的處理方式，也就是忘。他並不否定詩句可以爲一客觀的存在對象，但他忘了。他是詩人，但也已忘言了[59]。【補遺】

[59] 所謂都忘內外，是連其忘也須忘的。不但無是非利害之辨，亦泯人我心物之分，渾淪冥漠，內外皆盡，達到「維摩詰所說經・文殊師利問疾品」第五：「空病亦空」、「肇論・般若無知論」第三：「聖心虛靜，無知可知，可曰無知，非謂知無」的境地。

這種處理方式，爲道釋所同，山谷文集卷七七題趙公佑畫：「余未嘗識畫，然參禪而知無功之功，學道而知至道不煩，於是觀圖畫悉知其巧拙功楛、造微入妙」，無功亦見莊子逍遙遊，可見此處山谷乃是會合而言之的，態度與東坡相同，故其論言與默亦相似。聽崇德君鼓琴詩：

> 兩忘琴意與己意，乃似不著十指彈，禪心默默三淵靜，幽谷清風淡相應，絲聲誰道不如竹？我已忘言得真性，罷琴窗外日沈江，萬籟俱空七弦定（外集卷二）。【補遺】

琴（客）我（主）兩忘，言相俱遣，卽是崇德君琴聲的高境。彈者既不似十指所彈，知音亦在絕弦，豈不是與「廣川畫跋」卷四書李營丘山水圖所說：「爲畫而至相忘畫者」、卷六書記室藏山水圖說：「初若可見，忽然忘之」，手眼相似嗎？非言非默，所以言無言，終身言，未嘗言；終身不言，未嘗不言。這是因爲所言者爲物自身，而物自身是物以其自己而存有，因此言雖出自我口，卻等於非我所言；我本身並無心無情附麗於物上。——

關於前者，蘇轍「墨竹賦」講得最好：「始也余見（竹）而悅之，今也悅而不自知也，忽乎忘筆之在手與紙之在前，勃然而興，而修竹森然。——雖天造之無朕，亦何以異於玆焉？」（欒城集卷十七）竹雖是我手所畫，而且畫在紙上，但那卻只是物自身之呈現，天機森然，並無造使之者。其所以如此，是因作者忘言、而且絕待，故竹紙筆皆非聳立在我面前的對象[60]。

關於後者，眞德秀「送蕭道士序」講得最精采：「今子戒於言而歸於默，善矣；顧未能亡琴與詩焉。是知多言之害，而未知多藝之累也。子默然而笑，曰：『有是哉？然琴以養吾之心，而吾本無心；雖終日彈，而曰未嘗彈可也。詩以暢吾之情，而吾本無情，雖終日吟，而曰未嘗吟可也。琴未嘗彈，與無琴同；詩未嘗吟，與無詩同。曾何累之有哉？』余曰：『子之言達矣！』」（文集卷廿八）以無心無情應物，何晏所謂聖人無情，人哭亦哭、人慟亦慟；陶潛所謂眞意既得，方欲辨之、卽已忘言，都是此說的遠源。他們視有心有情於物，爲知識與耳目的錯覺或陷溺，所以要擺脫自我情識的執著，因物付物，藉無心而忘言[61]。【補遺】

透過這些方法來忘言，究竟有什麼好處呢？一眞絕待的「道」，固然是超絕言鑒，非語言所能見能盡，但詩所表達的經驗，並不等於「道」，何以也必須忘言呢？

忘言在藝術創作活動中最大的好處，便是：唯有忘言，才能發揮語言最大的功能，並最精確地表現宇宙。杜夫潤（Mikel Dufrenne）所說：「藝術家的語言，越缺少表現力——亦卽越沈默、越謹愼、越非個人——他越能表現自己」，或可爲此提供一個註腳[62]。凡愈注重語言表現的藝術家，其執溺愈重，因爲他在創作時，對象兀然森然矗立眼前，他一方面受這個對象（文字）所牽引、限制，無法超越文字所提供的認知經驗，而獨觀萬物；一方面又視

[60] 這種創作型態，正是「五燈會元」卷一二曇穎達觀章次記谷隱蘊聰語所說的：「此事如人學書，點畫可效者工，否則拙，蓋未能忘法耳。當筆忘手、手忘心乃可也」。由這條引文，不但可以知道當時談藝者每徵引哲學以爲譬況，也可以看到他們用藝術創作來譬喻修道法則的例子。

[61] 此卽無心無意於文，呂本中批評曹植七哀詩宏大深遠，「非復作詩者所能及，此蓋未始有意於言語之間也」（與曾吉甫論詩第二帖）。無心無意於文字，則其創作便不是「作」，正是言無言的型態。

[62] 詳劉若愚「中國文學理論」頁一一〇。

文字爲外在的敵手，與之搏鬪，努力地去馴服它、鍛鍊（依自己的意思去扭曲）它。其結果便是陷落在文字中，左纏右縛，如涉大海。山谷說今之詩人，玩於辭，以文物爲工，終日不休若舞，故其聲譬如候蟲（文集卷十六・畢憲父詩集序），指的就是這種情況63。放翁也宣稱：「恨我未免俗，吟諷勤雕鐫」（夜雨）「林逋語雖工，竟未脫纏縛」（湖林梅開），並叮嚀詩人：「叮嚀一語宜深聽：信手題詩勿太工」（和張功父見寄）。文字工巧，只是俗調，避俗求雅，唯在信筆。信筆，正是無所用心，與「忘」有相同的效果。

* * *

「苕溪漁隱叢話」前集卷十九引「蔡寬夫詩話」說：

> 子厚之貶，其憂悲憔悴之嘆，發於詩者，特為酸楚，……卒以憤死，未為達理也。樂天既退閑，放浪物外，若真能脫屣軒冕者，然榮辱得失之際，銖銖校量，而自矜其達，每詩未嘗不著此意。是豈真能忘之者哉？亦力勝之耳。唯淵明則不然，觀其貧士、責子與其他所作，當憂則憂，遇喜則喜，忽然憂樂兩忘，則隨所遇而皆適，未嘗有擇於其間，所謂超世遺物者，要當如是而後可也。

透過一切的工夫，剝除人我言象諸障，而顯萬法自在，則其虛靜心自不膠滯於任何人、事，與世澹然相忘。如陶淵明之類，便是宋人所欣賞的一種典型。然而我們若再看郭思載其父郭熙作畫時，「每乘興得意而作，則萬事俱忘」，便可知道：藝術創作本身便是剝除桎梏、澹然忘世的工夫，一位心法無執的作家，他不但可以藉詩畫而忘世，也忘了詩畫本身，不用智巧，臻於無待。

無待，是從一切形器之拘限中，得到大自由、大解脫，如樓鑰「攻媿集」卷七十跋東坡題韓幹馬詩所云。就作者而言，其無待必須擺落的「待」（對象、憑藉），包涵一切人事與所要創造的藝術作品兩方面，已如上述。前者是忘我忘世、後者是忘象忘言。一切藝術評價的標準，即以能否經此忘喪而無待來判斷。例如山谷「畢憲父詩集序」分析詩的三個層次：⑴以文物爲工者，如候蟲之聲。⑵不得其平而鳴者，如澗水之聲。⑶寂寞無聲者，如金石絲竹之音。——第一種未嘗忘言，第二種未嘗忘我忘世，第三種才是淵默而雷聲的大雅之聲。陸放翁也有類似的區分，文集卷十五「曾裘父詩集序」說：「若遭變遇讒，流離困悴，自道其不得志，是亦志也，然感激悲傷。憂時閔己，託情萬物，使人讀之，至於太息流涕，固難矣。至於安時處順，超然事外，不矜不挫，不誣不懟，發爲文辭，沖澹簡遠，讀之者遺聲利、冥得喪，如見東郭順子，悠然意消，豈不又難哉？」專指山谷所說後二者而言，高下顯然可判。且放翁此文專談詩人之志，而不及其藝術表現，也可以讓我們知道山谷所說寂寞無聲的無待之境是包括這兩方面的。

今若不管詩人之志，專就藝術表現來看，則我們也應該考慮兩方面：一是忘言的創作活

63 文字本身有其局限，亦具虛妄。前者如黑格爾、尼采等人所說，文字宣示心蘊既過而又不及（dass diese Ausserungen das Innere zu sehr, als dass sie es zu wenig ausdrucken），或如歌德所說：事物之本質特性非筆舌所能傳。後者如邊泌謂語言能幻構事物（fictitious entities）、斯賓諾莎謂文字爲迷誤之源（the cause of many and great errors）。皆可與此處所論相參證。

動本身、二是忘言時作者與其描寫對象之關係。

就如山谷放翁一樣，當時人多認爲詩歌創作活動中，境界最高的應是忘言的創作型態。徐瑞論詩：「大雅久寂寥，落落爲誰語？我欲友古人，參到無言處」（松巢漫稿）、鄧允端題社友詩稿：「詩裏玄機海樣深，散於章句領於心。會時要似庖丁及，妙處應同靖節琴」，都代表了這種看法。靖節琴，就是彭澤意在無弦的無弦琴，琴意既在無弦，詩意亦當忘言無言[64]。何以如此？言以表意，但意卻非言語所能盡，因此讀者必須因言以求意，勿泥言語以爲卽是意，所以要忘言而得意；至於作者亦然，技巧與語言本是工具媒介，意雖藉此以傳達，言語卻非道意本身，所以山谷才說：「覓句眞成小技，知音定須絕弦」，陷落在文字窟裏的人，是不能了解詩意的。葛立方「韻語陽秋」卷三說：「劉夢得稱白樂天詩云：『郢人斤斲無痕迹，仙人衣裳棄刀尺；世人方內欲相從，行盡四維無處覓』，若能如是，雖終日斲而鼻不傷，終日射而鵠必中，終日行於規矩之中，而其迹未嘗滯也。山谷嘗與楊明叔論詩，謂『以俗爲雅、以故爲新，百戰百勝，如孫吳之兵，棘端可以破鏃；如甘蠅飛衛之射，捏聚開放，在我掌握』，與劉所論，殆一轍矣」，呼應山谷，頗得其實。詩人唯有在忘言的藝術創作活動中，才能擺脫語言的限制，並發展其無限地可能。詩人既能轉識成智，以法眼觀之，無俗不眞；其語言之運用，當也應能化俗爲雅，捏聚開放，在我掌握，「無窮出清新」。這種推論，完全合理。但我們應注意：詩既以忘言無聲爲最佳，畫本身卻是無聲詩，因此這一類詩往往與畫相同，東坡云「詩畫本一律」，又說「味摩詰之詩、詩中有畫」；山谷也認爲蘇李畫枯木道士，是「取諸造物之鑪錘，盡用文章之斧斤」（文集卷一）；此與歐陽修盤車圖詩所講：「忘形得意知者寡，不如見詩如見畫」（文集卷二），原理相同，畫旣畫意不畫形，詩若不能忘言得意，何以能如畫呢？

就作者創作時跟描寫對象的關係而言，也會碰觸到同樣的問題。就如子由論文與可畫竹，是天造之無朕那樣，在忘言絕待之中，藝術創作本身乃是天機而非人力，「得句若有神」。其所以爲天機者，在於作者不但不以作品爲一對象（忘言），其所面對的宇宙萬物，他也不視爲一峙立在我身心之外的對象。不是捫毛辨骨、揣色侔聲；而是身與物化，人與畫會，深得其性、盡得其情，故能傳其神。其畫物寫物，不以目視而以神遇，一出於玄心與達觀，所以物皆自得，自我呈現。換言之，這是在創作時，以我之凝神，來掌握物之神，而相與俱化，晁補之跋李遵易畫魚圖說：「遺物以觀物，物常不能廋其狀……大小惟意，而不在形；巧拙繫神，而不以手」（鷄肋集卷卅二），卽是此意。前兩句指觀物之態度，必須以遺物的方式爲之，囊几翛然去智，以觀天機之動，不以物爲對象，忘象而得意，則物之精神特性才能呈現。中兩句說觀物須得其意、得其神，而不可執著於物象，藝術創作時亦然。後兩句則說藝術創作之高下，在於作者能否以我之神見物之神，卻不在手筆技巧之中。

關於我之凝神，可以董逌評李咸熙的話爲代表，他說咸熙「於山林泉石，蓋生而好也。積好在心，久則化之；凝念不釋，神與物忘。則磊落欹奇蟠於胸中，不得遁而藏也」。因神凝，而至物忘，自我與物化合爲一，正是郭熙所謂：「欲奪造化，莫神於好……目不見絹素，

64 禪家有時也把本心稱爲「沒弦琴」。這也是藝術創作與人生境界之追求完全密合的情形。

手不知筆墨，磊磊落落，杳杳漠漠，莫非吾畫」之境。作者由摹擬外物，變成自己與物共同參與天地之造化。

關於得物之神，是與物之形相對而說的，張耒詩：「少年詞筆動時人，末俗文章久失眞，獨愛詩篇超物象，祇應山水與精神……」（卷廿六・李賀宅）凝神不分的創作型態，本是官知止而神欲行的，以此精神觀取外象，其所見，當然亦屬象外之精神，而非象內之姸媸，得「象外之象，境外之境」（李洪・芸庵類稿卷六・蹶株集序）。東坡題文與可墨竹說與可竹石「荒怪軼象外」、又說李龍眠陽關圖「畫出陽關意外聲」，關捩皆與此同。唯其超以象外，得物之神，故其作品有韻味。山谷題摹燕郭尚父圖說：「凡書畫當觀其韻。往時李伯時爲余作李廣奪胡兒馬……余因此深悟畫格，此與文章同一關紐，但難得人人神會耳」（文集卷廿七），韻味是因得其神而來，觀者欲賞其韻，亦當以神會之，此文講得非常清楚。葛立方「韻語陽秋」卷十四分析歐陽修蘇東坡等人的不論形似之說，云：「非謂畫牛作馬也，但以氣韻爲主耳」，也是此意。宋人論詩文之「高格」，亦往往以此辨之，故邵博「聞見後錄」卷廿七說：「意不在似者，太史公之於文、杜少陵之於詩也。獨長安中隱王正叔以余爲知者」。前面，毫無問題，是以形似和神似爲價値判斷的依據。最後一語，則似乎可以兜回我們的論旨上：這不正是道家型式的轉識成智途徑嗎？

## ㈢ 禪宗・經三關而透脫

道家之淵默忘言，在宋朝詩人畫客的理解中，往往與禪合論，如上文所述禪心淵靜，則可忘言得眞性者，實不鮮覯。據晁迥「法藏碎金錄」所說：「白樂天有詩云：『是非都付夢，語默不妨禪』，余因擬之，稍加增易，別爲七字句云：『色空辨相何妨道，語默由心不礙禪』」（卷四）「是非都作夢，南華眞人指歸也；語默不妨禪，竺乾先生指歸也；和會發明，西鄂居士指歸也」（卷五），可知當時人在這裏往往是合會莊禪而說的，語默既皆不妨，故未必定屬言語道斷，這才可以開展出詩來。

然而，老莊以忘爲工夫，常「無」以觀其妙，禪宗卻不許用工夫，卽用工夫亦無一定之法則，這便與老莊異趣，也與詩無關了。何謂不許用工夫？這並非指禪宗之禪定禪觀不是修行工夫，而是說它與一般的工夫涵義不同。一般哲學或宗教之講求內心修養時，若要求此心之自主，必以求得此心之能定爲其目標；而其工夫下手處，則都是求此心的止於或定於其知之對象，而更與之冥合。大學的「定、靜、安、慮、得」、或老莊之虛靜觀照，皆是如此。禪宗則不然，禪觀禪定工夫，只在對一義一境已知已解，而更求定止於其中而觀之時，才有禪定禪觀可說[65]，蘇轍書白樂天集後二首，論此義甚晰：「欲兩不墮，必辨眞妄，使眞不滅則妄不起，妄不起，而六根之源，湛如止水，則未嘗息念自靜矣。如此乃爲眞定；眞定既立，則眞慧自生，定慧圓滿而衆善自至，此諸佛心要也」（欒城後集卷廿一）。所謂兩，是指動念與息念，一般修行工夫，都是撥亂反正的路子，如儒者之克己去私、老莊之無知無爲，都主張澆熄妄念，則本心虛靈可顯；獨此不然，先辨眞妄，唯有對眞性已知已解時，妄心自然不

[65] 參見唐君毅「中國哲學原論・原道篇」卷三第十四章「宗密論禪原與禪宗之道」第三節（學生書局）。

起，慧善自然而至，日夜遊於六根而兩不相染；這事實上乃是無工夫的工夫，未嘗息念而念自靜，就是說未嘗用修行工夫而能達成修行的目的（已達此目的，而欲定止於其中遊觀，才須要禪觀禪定的工夫）。傳燈錄所說精修用功無與根本，正須如此理會。

一入手卽擒住根本，明心見性，自然成佛，這在理論上固然精采，但實際修行時卻很難如此，仍不能不有一定的修行次第。早期的禪觀，多主張須歷種種位次（如五停心、四背捨）等以成觀；慧能以後，旣以明心見性爲宗旨，理論上卽不得不排斥修行次第之說，如永明禪師「萬善同歸集」中引思益經云：「入正位者，不從一地至十地」，並說：「楞伽經之寂滅眞如，有何次第？何乃揑目生華，强分行位？」但事實上唯識法相的楞伽經本身，是講修行位次的，禪言雖在理論上否定修行位次，而實際修持中卻不能捨棄，所以又爲調停之說云：「於無次第中而立次第，雖似昇降，本位不動……」。這種理論上的轉變，證諸後期禪家實際參悟的情況，尤爲明顯。

據宗密對禪宗的分析，禪家略可分爲三宗：一爲息妄修心宗，息我法之妄，修唯識之心，爲禪宗之漸教，與天臺及神秀門下意趣不殊。二爲泯絕無寄宗，萬法本來空寂，法界固爲假名，心亦無有，故無法可拘、無心可修，石頭、牛頭、徑山屬之。三爲直顯心性宗，自性本來清淨，若明本心，立地成佛。宋代禪學，如臨濟、曹溪、洞山諸宗，大抵都屬第三類，而尤以直顯本心爲主。但這些直顯本心的禪師們卻無不講究參禪，參本身卽是工夫義，這種工夫固然是「於無次第中立次第」，不須有一定之次第，而可隨機自運，構成禪機，然其爲工夫自若。不但如此，禪師之參悟，也必求人印可，「宋元學案」衡麓學案引胡寅崇正辨說：

「自達磨而後，凡參禪悟徹者，必求人印證」，卽指此言。何以要印證呢？因爲無任何工夫保障時，直指、立地，其所見之心、所明之性，究竟是邪魔？外道？小乘？還是大乘？印證就是要對參禪者的境界和工夫作一估量[66]。禪本身是不講工夫的，修行中雖不能不有工夫，卻無一定次第；但這一印證、這一估量，卻顯出次第來了。

這個次第，便是禪宗的「三關」之說，三關之作，始於百丈大師，而自南嶽青原二支以下，五家七派，花樣百出，參其旨歸，則都不外乎三關。有趣的是：三關與華嚴四法界、天臺五略三諦，原理幾乎完全一致，所以宋人往往喜歡講禪敎合一，如本嵩「華嚴七字經題法界觀三十門頌」一書，就以禪宗的具體譬喻解釋華嚴的眞空觀、理事無礙觀、事事無礙觀中之各門；法眼宗之十玄六相、曹洞宗之依理事言五位君臣，也有取於華嚴。至於永嘉玄覺證道歌及臨濟之重破奪等，由天臺轉手，尤不待論。敎外別傳者，寖假而同於敎下，關鍵就在工夫之不可捨。

就詩來說，詩人消除生命中的雜染、勘破文字的執障，都是息妄修心宗，而非直顯心性或泯絕無寄，後者開展不出詩來。詩人論參禪工夫，也僅就辨詩道之正邪與得人印可上說，初不管詩人是否能無念寂照、直顯本心。如滄浪之辨大小乘與邪魔外道；韓子蒼之論詩文須

[66] 「滄浪詩話」詩辯：「禪家者流，乘有大小、宗有南北、道有邪正。學者須從最上乘，具正法眼，悟第一義。若小乘禪、聲聞辟支果，皆非正也」、「詩人玉屑」卷五：「韓子蒼云：作詩文當得文人印可，乃自不疑」「公云：詩道如佛法，當分大乘、小乘、邪魔、外道」。

得文人印可，乃自不疑。都與參禪學詩之說有密切的關係。尤其是韓子蒼，一方面講飽參得正法眼，一方面又主張詩須本之於學[67]，可見參詩也者，著重其工夫義，其工夫之進程，則爲三關。不同的工夫，顯出不同的境界，故三關同時也顯示了參禪學詩者的造詣。

再就禪與老莊的分際來看，直顯心性的禪宗，認爲一切衆生皆具如來智慧，爲本覺。覺則爲佛，不覺卽有妄想，卽爲衆生。確與莊子喪我則爲天籟、執我則爲地籟人籟之說相似；但莊子以心齋坐忘爲其工夫，禪則無此工夫；有之，則爲三關之說所顯現的工夫進境。巴壺天「藝海微瀾」一書中曾舉莊子「應帝王篇」壺子四示一段，與禪宗三關相比較：

| 莊子應帝王篇有關壺子四示一段原文 | 成玄瑛說（見莊子疏） | 釋德清說（見莊子內篇注） | 楊文會說（見南華經發隱） | 胡遠濬說（見莊子詮詁） |
|---|---|---|---|---|
| 鄭有神巫，曰季咸，知人之生死、存亡、禍福、壽夭，期以歲月旬日如神。鄭人見之，皆棄而走。列子見之，而心醉，歸以告壺子曰：「始吾以夫子之道爲至矣，則又有至焉者矣。」壺子曰：「吾與汝旣其文，未旣其實，而固得道與？衆雌而無雄， | 壺子示見義有四重，此第一示，妙本虛凝，寂而不動也。 | 此下三見，壺子示之心不測之境，此卽佛門之止觀，乃安心之法也。地文乃安心於至靜之地，此止也。 | 此以奢摩他顯眞諦，理證空如來藏。 | 地文示以純坤，老子所謂歸根也。而巫咸但見其靜，故謂之死。 |

而又奚卵焉？而以道與世亢必信，夫固使人得而相汝。嘗試與來，以予示之。」明日列子與之見壺子，出而謂列子曰：「嘻！子之先生死矣，弗活矣。不以旬數矣。吾見怪焉，見溼灰焉。」列子入泣，涕沾襟，以告。壺子曰：「鄉吾示之以地文，萌乎不震不正，是殆見吾杜德機也。嘗又與來。」

明日又與之見壺子，出而謂列子曰：「幸矣，子之先生有瘳矣。全然有生矣。吾見其杜權也。」列子入以告。壺子曰：「鄉吾示之以天壤，

此第二示，垂迹應感，動而不寂也。

天壤謂高明昭曠之地，此即觀也。

此以三摩鉢提顯俗諦，理證不空如來藏。

天壤示乾坤交媾，老子所謂虛而不屈，動而愈出也。巫咸但見其動，

67 韓駒論詩人須本於學，見「玉屑」卷五。嚴羽也說：「若以爲不然，則是見詩之不廣、參詩之不熟耳」，所以他主張取漢魏晉宋南北朝沈宋王楊盧駱陳拾遺開元天寶李杜大曆十才子元和晚唐蘇黃以下……等詩而熟參之。這幾乎是無書不讀了。

| | | | | |
|---|---|---|---|---|
| 名實不入，而機發於踵。是殆見吾善者機也。嘗又與來。」 | | | | 故謂之有生。 |
| 明日又與之見壺子，出而謂列子曰：「子之先生不齊，吾無得見焉。試齊，且復相之。」列子入以告壺子。壺子曰：「鄉吾示之以太沖莫勝，是殆見吾衡氣機也。鯢桓之審爲淵，止水之審爲淵，流水之審爲淵，淵有九名，此處三焉。嘗又與來。」 | 此第三示，本迹相卽，動寂一時也。 | 言動靜不二也。初偏於靜、次偏於動，今則安心於極虛。動靜不二，猶言止觀雙運，不二之境也。 | 此以禪那顯中諦。理證空不空如來藏，衡氣機止觀平等也。 | 太沖莫勝，示以太極，陰符經所謂相勝之術也。而巫咸但見其動靜無端，故謂之不齊。 |
| 明日又與之見壺子，立未定，自失而走。壺子曰：「追之」列子追之不及，反以報壺子曰：「已滅矣！已失矣！吾弗及也！」壺子曰：「鄉吾示之以未始出吾宗，吾與之虛而委蛇，不知其誰何，因以爲弟靡，因以爲波流。故逃也。」 | 此第四示本迹兩忘，動寂雙遣也。 | 宗者謂虛無大道之根宗。安心於無有，了無動靜之相，卽佛氏之攝三觀於一心也。 | | 至未始出吾宗，則示以無極，而動靜泯絕。巫咸莫測誰何，宜其走矣。 |

右列表中成玄英釋德淸楊仁山等人所釋四示境界，均援用佛理，「雖有四示，實爲三關」：有→空→雙照雙遣。宋人之所以能以莊合禪，基本上亦建立在此一基礎上。明乎此，而後可以論轉識成智的禪宗途徑。

* * *

葉夢得「石林詩話」卷上：「禪宗論雲門有三種語，其一爲隨波逐浪句，謂隨物應機，不主故常。其二爲截斷衆流句，謂超出言外，非情識所到。其三爲函蓋乾坤句，謂泯然皆契，無間可伺。其深淺以是爲序。余嘗戲謂學子言老杜詩亦有此三種語」。雲門三句即是三關，據「五燈會元」十五德山緣密章，此三句可依起信論一心開二門之說爲釋，函蓋乾坤爲一心門、截斷衆流爲眞如門、隨波逐浪爲生滅門。萬物生滅流轉、心識隨之，故爲隨波逐流，如春照陽和花滿地，滿林初囀野鸞聲，如落花遊絲白日靜、鳴鳩乳燕靑春深，妄念流轉，對外境攀緣不止。這是有境、是重關、是立一切法之假諦。外止諸緣、息滅妄念，則爲截斷衆流，石林以「百年地僻柴門逈，五月江深草閣寒」、天柱靜以「昨夜寒風起，今朝括地霜」擬之，都是指其刮除剝落或遠離一切境之攀緣，「遠離憒鬧，心如牆壁以入道」。這是初關、是空境、是泯一切法的空諦。至於涵蓋乾坤，則爲統一切法之中諦，首山念以「普天匝地」、石林以「波漂菰米沈雲黑，露冷蓮房墜粉紅」、柏子地以「祥雲彌宇宙」擬之，表示十方虛空、地水火風、諸色聲香味觸法，盡是本份，皆是菩提，無一物非我身，無一物非我自己。境智融通、色空無礙，獲大自在，所以是牢關、是最上關[68]。

這重關、初關、牢關，就是石林所說：「其深淺以是爲序」的修道歷程，可以見工夫之深淺。所以他又說：「若有解此，當與渠同參」。學詩如參禪云者，應從此處談起：

△參透黃陳向上關，肯將風月乞揚鑣？（劉克莊．後村大全集卷十九．又和張使君八首之五）

△士貴切磋寧獨學？僧雖苦硬有同參（同上卷廿二．寄題徐仲晦）

△少日曾經諸老學，傳家自有祖師關（張孝祥．于湖居士文集卷七．次韻黃子餘）。

△受業初參且半山，終須投換晚唐間，國風此去無多子，關捩挑來只等閑（楊萬里．誠齋集卷卅五．答徐子材談絕句）。

△吾友蕭東夫，今日陳后山；……鄰邑黃永豐，與渠中表間。黃語似蕭語，已透最上關（同上卷卅六．答賦永豐宰黃巖老投贈五言古詩）。

△要知詩客參江西，正似禪客參曹溪（同卷卅七．送分寧主簿羅宏材秩滿入京）。

在這些文獻裏，所謂參三關與透達向上一關，指的都是工夫進程，例如楊誠齋所說，學詩須由半山上溯晚唐，再進探國風；拏定關捩，則其事不難，正如禪家之一鏃破三關。這樣的講法，完全不觸及心識轉變或見性修心等義理問題，而只表示了一種詩學的工夫意義（雖然這種工夫意義必須建立在類似嚴滄浪韓子蒼那樣對詩道劃分的基礎上，才能成立；但所謂大小乘聲聞辟支果等分判，原是佛家通義，與天臺華嚴之判教相同，與禪宗義理本身並無關聯）。在此處論學詩如參禪時，參可能就只是指多讀多看多作多想多學等純粹用功的層面，而這也是宋人論參詩時最基本的層面。參之參之，經之營之，以待其不日成之，則豁然透悟，四竅玲瓏。韓駒贈趙伯魚詩所云：「學詩當如初學禪，未悟且遍參諸方」、葉茵二子讀詩戲成所云：「翁琢五七字，兒親三百篇，要知皆學力，未可以言傳」，均指此言。

這種工夫（參），是始境而非終境；是用功處，而非歸趨處，所以葉詩又說覺悟之後，「殊途歸一轍，飛躍自魚鳶」。

飛躍自魚鳶，是指「覺」「得」之後，見物自身活活潑潑自得自在。這在理學家也常如此說，可見從釋從儒，其參與學之目的並無二致；而參詩之參，除了工夫意義之外，也還常有目的的指向。這是宋人論參詩時的第二個層面。上文所舉劉克莊及楊萬里最後一語，都顯示了詩人參詩，所參之對象、或參詩時的心理活動，皆與其目的指向有關，也與作者本身對詩歌創作活動之體認有關。試看葛天民寄楊誠齋詩所說：「參禪學詩無兩法，死蛇解弄活潑潑；氣正心空眼自高，吹毛不動全生殺。生機熟語卻不俳，近代唯有楊誠齋。才名萬古付公論，風月四時輸好懷。知公別具頂門竅，參得徹兮吟得到。趙州禪在口頭邊，淵明詩寫胸中妙」，可知參詩是以四竅玲瓏，透闢無礙，活潑自在爲目的；認爲一旦參徹，則氣正心空，所見卽是所吟，口邊胸中，了無罣礙。這種看法，當然必須了解他們對詩歌創作活動的體認，

68 歷來對石林這段文字皆無解釋，張健「宋金四家文學批評研究」頁二〇六、金英淑「葉石林的詩論」（韓中國語文學第二輯）雖有解釋，但因二氏對佛學完全外行，遂把函蓋乾坤解爲技巧高妙、把截斷衆流釋爲開門見山，把隨波逐浪視爲不用典不說教，大謬。

才能確實地了解。

根據他們的看法，詩道有邪正之分、文章也有皮骨之別。皮者文字聲律、骨者胸襟性情；學者若想換骨洗髓，不墮入邪魔外道，就必須參。參是以悟為目的，悟者悟心，心若能活潑無礙，則口頭筆下無不外現為跳脫自在。戴復古論詩絕句中有云：「欲參詩律似參禪，妙趣不由文字傳，個裏稍關心有悟，發為言句自超然」，徐瑞雪中夜坐雜咏也說：「文章有皮有骨髓，欲參此語如參禪；我從諸老得印可，妙處可悟不可傳」。參是工夫，悟是歸趣；參是深究於文字之間，悟是參到無言之處；參而未悟，只是力學不成的半截人；參澈而悟，則胸中流出，心底快活，觸處皆詩，自不必學、也不必「作」。戴徐諸氏所論，大抵即是這類見解。張鎡題尚友軒詩說：「作者無如八老詩，古今模軌更求誰？淵明次及寒山子，太白還同杜拾遺，白傅東坡俱可法，涪翁無己總堪師。——胸中活底仍須悟，若泥陳言卻是癡」（南湖集五），也是此意。詩人之參詩，猶如禪客之參公案，未悟時遍參諸方，悟後一齊放下。若執著於公案詩句，則仍是癡、不是悟。換言之，詩人之「未悟且遍參諸方」，正是為了「一朝悟罷正法眼，信手拈出皆成章」。

信手拈來皆成章這種悟後之境，所强調的大約有三點：一是無言之言、二是無法之法、三是觸見成句。

所謂無言之言，是說詩人本為心悟，而非筆傳，他雖有豐富的知解知識、熟稔的詩學訓練，但基本上他的心靈或性情，若無詩人之敏感或其他特質，他便不能成為一位詩家。所以詩人之所以為詩人，主要是心悟。語言本身乃是媒介工具，其所能觸及者亦只是經驗現象，甚至只是美的幻覺（esthetic illusion），如果作者不能自悟本心，而想將他人文字所表述的現象或幻覺，轉化爲自我的心源，那便是筆傳學語，而非心悟創作了。對此，詩人們呼籲：

△心非言傳，則無方便；以言傳之，又成瑕玷（惠洪・石門文字禪卷廿）。

△李北海以字畫之工，而世多法其書，北海笑曰：學我者拙，似我者死。當時人不知其言之有味，余滋愛之。蓋學者所貴，貴其知意而已，至其蹤迹繩墨，非善學者也（同上卷廿三）。

△忘言之言，未始有言也；可道之道，未始有道也（宋祁文集卷四五・雲門錄序）

言既不足以傳心，所以必須得意忘言。不獨觀覽詩文時必須忘言得意，卽使在創作時，也講究忘言而言，山谷所說「我已忘言得眞性」，是一明顯的例證。

既是忘言而言，則其創作亦屬無法之法；無法之法，卽是活法。活水死水之分，始見於東坡「書蒲永昇畫後」[69]；於詩，亦有死法活法之分，石林詩話卷中：「今人多取其（杜）已用字模倣用之，偃蹇狹陋，盡成死法；不知意與境會，言中其節，凡言皆可用也」。活法因基本上只是心法，所以任何表現均可，本無一定規律。張元幹認爲「風行水上，自然成文」，就是活法；張孝祥認爲「縱橫運轉，如盤中之丸」，也是活法。都極盡形容之妙。尤其是彈

69 見「經進東坡文集事略」六十卷。他說蒲氏「性與畫會，始作活水」，與葉夢得把「意與境會」稱爲活法的創作基礎，機杼相同。另詳龔鵬程「活法」（文訊月刊廿期，文學術語辭典）。

丸之喻，自呂居仁以來，詩家無不奉爲圭臬，楊萬里云：「句似金盤柘彈流」（和李子壽喜雨口號）「烱如柘彈走盤圓」（和尤袤），也可以看出他們主張活法，是希望「句法天然自圓熟」的，如魚躍、如鳶飛、如水流、如風動，其中並不摻雜個人意念的造作，而是自然成文，意與境會。

這種意與境會的活法，就是我們所說的觸見成句。詩人在此，猶如「千載參渠活句禪」的悟道老僧，心機既活，則死蛇解弄，萬物無不以其本來面目示現，他信手拈來，無非禪機，更不必有心做作。山谷教徐俯作詩「不可鑿空强作，待境自生則自佳爾」，卽是此意。南宋以後，如楊夢信題亞愚江浙紀行集句詩：「學詩元不離參禪，萬象森羅總現前，觸著見成佳句子，隨機飣餖便天然」、張鎡携楊秘監登舟詩：「造化精神無盡期，跳躍騰踔卽時追，目前言語知多少，罕有先生活法詩」、覓句詩：「覓句先須莫苦心，從來瓦注勝如金；見成若不拈來使，箭已離弦作麼尋」、詩本詩：「詩本無心作，若看蝕木蟲。旁人無鼻孔，我輩豈神通？風雅難齊駕，心胸未發蒙。吾雖知此理，恐墮見聞中」……等，皆屬山谷嗣響。張氏覓句詩後二語，卽東坡「作詩火急追亡逋，清景一失後難摹」之意，注重觸境成句的「觸」，猶如風水相觸，亦是此理。在人境交觸中，作者無心以應物，而見物如實相，萬法森然，活活潑潑，展現於眼前。這，就是參禪或參詩的最後境界：境智融通、色空無礙的最上關。

要能見這種物我無礙的最上關，必須具備一雙「正法眼」，楊萬里送彭元快北歸詩：「近來別具一雙明，要蹈唐人最上關」、范溫「潛溪詩眼」：「學者先以識爲主，禪家所謂正法眼；直須具此眼目，方可入道」，講的就是這雙眼。山谷所云「句中有眼」，也須如此理解。

* * *

由上所述，可知轉識成智的禪宗途徑，乃是冀求作者能夠由參而悟，悟此本心圓覺，則一切自然實性圓成，不墮文字障中。三關之說，卽在點明這種工夫的歷程，學詩者苦參硬參、遍考前作，然後在最上關的關卡上，豁然大悟，打透關隘，跨入本體現象相卽相涵的聖凡無礙境地。李之儀與季去言書所說：「說禪做詩本無差別，但打得過者絕少」（姑溪居士前集廿九）就是說詩人要勘破文字之執障，而進入牢關，必須具有大魄力大見識才行。此處卽須有悟，悟了才能打得過。換言之，轉識成智，關鍵卽在此一轉，宋人每教學詩者要拈住關捩、要悟，正顯示了這是整個問題的中心。曾茶山讀呂居仁舊詩有懷云：「學詩如參禪，愼勿參死句。縱橫無不可，乃在歡喜處。又如學仙子，辛苦終不遇，忽然毛骨換，正用口訣故。——居仁說活法，大意欲人悟」，辛苦學習，退筆如山，只是工夫，爲學不能沒有工夫，工夫卻非終極歸趣，倘不拈住這個關鍵訣竅，便很可能終身不悟，所以張煒學吟詩又說：「池塘春草英靈處，水月梅花頴悟時，我亦學吟功未進，每將此理叩心師」，池塘春草、水月梅花，皆自然呈現的物如實相，要見此相，須叩悟本心，此處說得極爲清楚。

由此，我們可以發現：在參透三關的歷程中，擬學詩於參禪的先生們，在消除情念、斷絕妄緣、照見諸幻皆空等方面，幾乎毫無發揮；他們重視的是直顯心性而澈悟這一方面。這，當然十分脗合禪宗的特質。但是，正如前文所說，在實際修行時，它必須具有工夫，這工夫不只是要求學者參公案參詩而已，它的目的在悟。目的既然在悟，它便須在心上下工夫；若完全不談息妄修心，它的工夫又著在哪兒呢？試看所有學詩如參禪的文獻，他們對隨波逐浪、截斷衆流等心識活動，雖然談及甚少，但對詩人朝向文字這種外境的攀緣，卻非常在意，不斷警告詩人禪客勿參死句，勿執著於文字。然而，要不執於文字，必須先是心法無執，唯其「無」心，故能「無」言。要「無」心，卽不能不藉重修行息妄的工夫。禪者在此，並無工夫，於是整個討論便很容易由「無言」而滑入莊子的系統，例如上文所舉張鎡詩本詩，謂詩本無心，如蟲蝕木，在山谷「題李漢舉墨竹」一文中就是以莊子的輪扁斲輪來解釋的（文集卷廿七）。我們雖不必如徐復觀那樣，斷言一切以禪論詩文藝術者，講的其實都只是莊子[70]。但也應知道：在所有轉識成智的途徑中，禪宗的途徑最爲奇特，看似熱鬧，其實門庭最爲寥落；而且因它本身與詩文創作不甚相應，所以以參禪擬喻寫詩時，糾葛也最多。一般學者，不了解這些糾葛，往往發生誤會。例如郭紹虞「中國文學批評史」下卷第二篇論嚴羽之妙悟，誤以爲嚴羽只談學者須從最上乘具正法眼，而不太論重在工力方面的一旦超悟。正是因爲他不了解悟與工夫方面的糾葛所在，所以認爲前者本之范溫、後者則爲江西詩人所重。其實范溫詩眼之說，本諸山谷，原爲江西詩人之共識，故誠齋才有「要知詩客參江西，正似禪客參曹溪」之說。郭氏誤分爲二，遂成了笑話。又如嚴羽「滄浪詩話」中論「悟有深淺、有分限、有透徹之悟，有一知半解之悟。漢魏尚矣，不假悟也；謝靈運至盛唐諸公，透徹之悟也」，幾乎所有的研究者都搞不懂他的意思，認爲滄浪既說漢魏晉唐詩爲第一義，又說漢魏不假悟、晉唐爲透徹之悟，「不免有些虛玄，措辭失於含混籠統」[71]。實則第一義與小乘、聲聞辟支果等，均指其成就之高下而言，不假悟云云，則指其工夫進境而言。透過工夫修持而悟，其悟有深有淺，謝靈運至盛唐，是悟而透澈的，所以其成就，是大乘的境界。但同屬大乘境界的漢魏詩，乃是本來如斯，自然呈現，不待工夫歷鍊，故與晉唐不同。學者不能沒有工夫，所以他要人「工夫須從上做下」，博取楚辭漢魏晉諸詩集，朝夕諷誦，醞釀胸中，「久之自然悟入」。換言之，就參之工夫言，才有悟的問題；如果只是直顯本心，照見山河大地，則亦無所謂悟。就三關來看，悟亦是一種工夫的歷程，必有此工夫，必經此歷程，才能入道。包恢「答傅當可論詩」說：「前輩嘗有『學詩渾似學參禪』之語，彼參禪固有頓悟，亦須有漸修始得」（敝帚稿略卷二），只是惑於禪者頓悟之談，不知所謂一旦頓悟，卽是漸修所得；但他發現了學詩參禪之說必須要講漸修，識力仍是超人一等的。我們今天處理參悟的問題，對於這些前車之鑑，自須格外留意。因爲包氏這種參詩如參禪的講法，才是宋代深受理學漬潤的文人詩客所能接受的，嚴羽朝夕諷誦以待其久而自然悟入，不是與朱子「大學補傳」所說：「至於用力之久，而一旦豁然貫通焉，則衆物之表裏精粗無不到，而吾心之全體大用無不明矣」，同一路數嗎？

⑳ 見徐著「中國藝術精神」頁三七一——三七四。「中國文學論集續編」頁一——廿一：儒道兩家在文學中的人格修養問題。

㉑ 見張健「滄浪詩話研究」（臺大文史叢刊）頁廿二。

## 四、技進於道的詩學

以上是對宋代詩學基本理論結構，及妙悟之理論內涵的探討，有關這個理論架構中觀念的性質和意義，也有說明[72]。但是，在文學批評史或美學史的立場上看，僅對理論及觀念，做一番詮釋與疏通，還不算完整；因爲如果我們不能對詩學觀念產生的條件，予以說明，則觀念的內涵就仍然不很清晰。

所謂詩學觀念產生的條件，所指十分複雜，諸如詩人的心理、哲學家與讀者的感應、同時代人對藝術的看法，所處時代的社會結構以及當時一般的審美趣味等等。有些詩學觀念和理論，深受社會的、經濟的、政治的條件之影響，有些則只間接地依賴政治和社會的條件，而受到理念和哲學較深的影響。一位文學批評史家或美學史家，必須顧及以上這些相互依存的關係，才能完成一部解說性的文學批評史或美學史來[73]。

關於妙悟問題。我們所考慮的，又不僅止於此。因爲一種詩學理論的建立或形成，最根本的原因，仍在於它對文學本身的思考。而這種思考，若能成立，則它也必然含有美學上的理由。因此，我們若要追問：宋代何以會產生轉識成智理論型態的詩學，自須把文學與美學上的理由，合併到文化社會哲學裏，一齊討論，方能解釋：如何轉識成智、何以必須轉識成智。

這裡就是嘗試從文學原理來對宋代詩學做一些說明。

## (一) 宋代詩學的特徵：美感經驗之探索

宋代詩話及有關詩學的文獻，一般都認為只是淩亂且流於瑣屑的紀錄性雜俎，不但缺乏系統，理論性也嫌薄弱。郭紹虞所說：「（詩話）曰以資閑談，則知其撰述宗旨初非嚴正，是以論辭則推舉雋語、論事則泛述聞見，於詩論方面無多闡發，只成為小說家言而已」，乃是大多數人共同的看法[74]。

就形式上看，這種講法當然是不錯的。但是，所謂詩論，是否一定必須用命題與推論的邏輯方式來闡發呢？就詩的特殊性質來說，命題或邏輯推論的詩論，其實反而常有跬礙難通之處，甚至有使詩淪為非詩的危險，宋人採取標舉雋語、泛述見聞的方式來闡發詩論，有何不可[75]？其次，在宋人標舉雋語、泛述見聞時，事實上即含有一些價值判斷在，而這些美感

[72] 敘述的美學史和解說的美學史，參看佛拉第斯勞・達達基茲（Wladyslaw Tatarkiewicz, 1886-1980）「西洋古代美學」（七十・聯經・劉文潭譯）頁九。

[73] 郭氏「中國文學批評史」（滙文出版社）頁三七三。類以郭氏這種意見的人很多，尤其是自西方科學和系統性知識要求涉入文學研究領域之後，我國詩文評的非系統性，愈發明顯，而許多學者也因此而對傳統文學批評頗為不滿。另參費維廉（Craig Fisk）「主觀與批評理論——兼談中國詩話」（中外文學六卷十一期）。

[74] 詩之特質及其與批評語言的關係，另詳第五節結語部份及龔鵬程「文學散步」（七四・漢光）第二章。

[75] 記述性的美學與規範性的美學，同註[72]所引書，頁三。又、宋人詩話中有張鎡的「詩學規範」，有葛立方的「韻語陽秋」，有撰人不詳的「詩憲」，從標題上也可以發現它們具有規範性的意義。

的價值判斷，並不十分紛亂矛盾，它們（每個詩人或批評家）多有一固定而統一的價值標準和觀念；所以所謂資閑談者，非如村姑野老、狐史稗官，隨意恣口，而至少應該與「懷特海對話錄」（Dialogues of Alfred North Whitehead）一類著作等量齊觀；這一類著述，當然是對理論有甚多闡發的。第三，這些記述性的文字，除了概括一些事實，記述他們認爲是好詩所具有的屬性、描述他們內心因這些好詩而受到感動的經驗以外，也包含了如何創作好詩、如何達成眞實的美、以及如何正確評估詩歌的介紹。換言之，宋代詩學，含有相當程度的規範成分，他們的意見，固然有一部份是從歷史事件中紬提出來的，但大部份（包括他們那些記敍性的活動在內）卻都是由廣被當時人所偏愛的理論預設和價值標準裏得來[76]。

這種規範性詩學，雖已久被囿於形式的研究者所遺忘，但在詩話中卻相當明顯。例如一般詩話總會不斷提醒讀者：東坡如何學白居易陶淵明，山谷如何學杜甫王安石，又有些詩話提到李白不可學、杜甫可學，東坡不可學、山谷可學，另外則有些批評家談工夫、主熟讀，這些都可視爲站在指導者立場說的話，姜夔「白石詩說」說：「詩說之作，非爲能詩者作也，爲不能詩者作，而使之能詩；能詩而後能盡我之說，是亦爲能詩者作也」，卽是此種立場的直接宣示[77]。

只有在這種規範詩學的立場中，他們才會集中那麼多力量去討論「學詩如……」（包括詩要不要學、如何學、學什麼等等）；才會發展出轉識成智的理論結構，把詩歌創作看成是「學者

⑯ 宋代詩話具有指導規範後學的意義，另詳簡錦松「胡應麟詩藪辨體論」（六八、學生、古典文學第一集）。一般我們常認為傳統詩話，是高階層讀者間的對談，所以言意簡賅；這當然不錯，但詩話本身除了高階層讀者間的對談以外，也有向低階層的指導性說解。而且，就是高程度讀者間的對話，他們說話的意識，依然是具有規範導引後學之用心的。

其次，黃景進「嚴羽及其詩論之研究」（七二、中華學苑廿八期）則認為宋代詩話一般都是資閑談的，後來才逐漸傾向於議論並含有指導初學的用意。此說，我以為並未分清楚動機和理論的差異，我們在寫作動機上，可能未必有指導的用意，但理論內容仍然可能具有規範性和指導性，反之亦然。所謂規範、所謂指導，必須有理論上的實質意義，才能成立。而且，規範性與指導性，也與寫作方式無關，作者可以用議論的方式說明詩理，也可以用資閑談的方式，以事見義，例如劉邠「中山詩話」說：「詩有詩病忌俗當避」「詩以意為主，文詞次之」等等，都是在例舉詩句時說的，以事見義，而亦未嘗不具指導性。甚至，我們還可以說，一般師弟傳授與教育過程中，這種型態才是最普遍的。

⑰ 這個學，被許多學者誤解為學古主義，因此郭紹虞批評他們「僅知學古，而且要學古人中的高格；却不知詩有反映現實的作用……不從深入生活上著眼……也就全盤落空了」（滄浪詩話校釋・頁五），錢鍾書更認為宋詩「偏重形式的古典主義發展到極至……唯學古人句樣而已」（宋詩選註序）。

案、宋人所謂學，當然包括讀古人詩文及典籍，但讀書與學詩都只是「學」的方法，不是學的目標，而且只是方法之一，「學至於無學」也是學。如果我們對於他們所說學的內容、程序、方法、目的，一概不知；而竟指宋人為學古主義，實在是非常可笑的。至少，我們必須明瞭：所謂學古，是以古為學習對象，以合於古為主要目的；而宋人之所謂學，却往往以成就詩之藝術完美性為依歸，且認為完美的詩即是入道，也代表自我人格的完成，所以它是為己之學，與學古之為為人之學不同，二者差異極為明顯（明人之摹擬，蓋即屬於為人之學）。至於所謂現實云云，學古與摹擬，固然不能使作品具有現實意義，但反映現實云者，其實也是一種摹倣；如果批評者不能意識到入道的重要性，不能使我之成心轉為道心，則現實就永遠不可能是眞正的現實，而只是虛妄幻相！

入道」的一種型態，是「學之序有不可易者」的途徑[78]。

但是，這一型態與途徑有個特色。那就是指導學詩者學詩時，學習的對象是詩，詩不僅是美感對象，也是思考對象；然而，宋人卻把對對象的探索，掉轉了一個方向，由學「詩」掉轉到學習者本身的美感經驗自身來，並嘗試說明：一個什麼樣的經驗性質、什麼樣的心靈，才能創作出眞正而且好的詩來。這是一種極其特殊的學詩方式，趙章泉所謂：「若欲波瀾闊，規模須放弘，端由吾氣養，匪自歷階升，勿漫工夫覓，況於擇治能」（詩人玉屑卷一引），在宋代乃是極普遍的看法，放翁告其子：「汝若欲學詩，工夫在詩外」，就代表了宋代詩學這種特異的學詩法。

基於這種學詩法的堅持，他們乃不斷强調——規範性地强調——學詩必須如此，若只探求美感對象，而不探索美感經驗，即將成爲客觀的美學；而客觀的美學，據他們判定，乃是極爲膚淺且無法達成目的的絕路。所以在批評形式上，宋代詩評並不太看重詩格詩例及句圖一類作品，而喜歡利用較能表達美感經驗或記載美感經驗的詩話體裁。陳振孫「直齋書錄解題」甚至說：「論詩而若此（指任蕃的「文章玄妙」），豈復有詩矣？唐末詩格汙下，其一時名人著論傳後乃爾，欲求高尚，豈可得哉！」可見從唐末到宋代，在批評形式方面的轉變，實有一價值衡量在；而此一價值衡量，又是與他們回歸經驗本身的要求相配合的[79]。

當然我們此處所說的「回歸」或「轉到」經驗本身，並不是說從客觀詩學轉變成主觀詩學那麼簡單。美感經驗本身，是個人最內在最具體的活動，但它卻導源於一個外在的媒介（詩）；假如此一經驗要提出來做爲一種知識，讓人了解，像詩話所做那樣；則我們勢必要求讀者能同時從（(1)對這外在媒介的認識、(2)對這內存經驗的想像）這兩個方面，來了解此一美感經驗的性質和形態。

但是，但是，對外在媒介（詩）的認識，是一種知性的理解；對內在美感的想像，則是感性的體味。二者之間，如何融通呢？

78 詩格詩例，乃是字句及格律等形構分析的路子。中唐以後，才開始在其中偶而談到性情比興等問題。但宋人對於這種批評途徑，多甚鄙視，例如「蔡寬夫詩話」說：「唐末五代流俗以詩自名者，多好妄立格法，取前人詩句爲例，議論鋒出，甚有獅子跳擲、毒龍顧尾等勢，覽之每使人拊掌不已」、「苕溪漁隱叢話」前集卷八引「詩眼」說：「世俗所謂樂天金針集，殊淺鄙」、「滄浪詩話」說：「李公詩格，泛而不備；惠洪天廚禁臠，最爲誤人」。根據這些言論，羅根澤「中國文學批評史」即很正確地把詩話體裁視爲是對詩格的改革（見晚唐五代部份，第三章第十一節）；但他用政治社會理由來解釋此一轉變，並未掌握到兩者本質上的差異，非常可惜。

另外，如陳世驤黃景進等人，認爲詩話體裁是因爲讀者而設計的，詩話的讀者均爲高度成熟的文學人，故不必採用系統而清晰、且帶有類似唐五代詩格之分析性質的方式，見陳氏「論詩：屈賦發微」（幼獅月刊四五卷二期，古添洪譯，收入陳世驤文存）及註五所引黃氏文。這是個近來較流行的見解，我們也承認它有部份理由；但是，無論中西，那種系統性分析性及客觀性的文學批評語言，也都是從高度成熟的文學人圈子中孕育出來的。我們必須研究：爲什麼在某一種思想判斷裡，人們會放棄炫學式的精密繁瑣分析，不再從事客體的探索；而在另一個思想系統裡，却視客體之分析爲知識的主要內容。

79 參見註72所引書，頁四七。

驗中發現。

## (二) 主體與客體、知性與感性的對立

這個問號，確實非常嚴重。因爲知性與感性、主體與客體之間的對立對諍，由來已久，早已經是問題重重了；偏偏這種對立，我們又不僅可以在美感對象上看到，也可以在自我經驗中發現。

例如，在有關美感對象性質的討論中，詩或藝術究竟是以其自身（主體）呈現爲美，抑或其美必須建立在某個客觀的基礎上，就是個値得爭辯的問題。大多數分析哲學傳統的哲學家，喜歡堅持藝術或美有其客觀基礎：反映眞實世界。——早先，希臘人對藝術品和美感經驗，就看不出它們跟其他事物有什麼差別，審美態度和科學態度，在他們看來均屬觀看的知覺和認識⑧⓪。其後柏拉圖試圖把感性的現實世界和藝術世界、理型世界分析開來，而他藝術摹倣現實客觀世界的主張，也肯定了藝術客觀現實的基礎。亞里士多德則放棄了所謂理型，並認爲藝術世界既摹倣客觀現實世界的現象，也摹倣它的內在本質和規律，以致在詩歌內部構成一種有機的整體結構。在此，亞里士多德不惟强調詩及藝術的客觀基礎，也要求詩人清醒而理智地觀看「情景」，並藉著摹倣（一種使人從客觀事物獲得知識的方法）寫出詩來。據朱光潛說，亞里士多德把摹倣跟學習聯繫起來，也就是肯定了文藝反映現實的認識作用⑧①。亞里士多德的影響，當然十分深遠，分析傳統的哲學家們堅持美須有其客觀基礎，可謂淵源有自。

在這種思想中，詩學的發展至少有兩方面績業卓著，一是對詩歌藝術客觀基礎的省察，

或研究文學反映現實的認識問題；二是因爲講求「認識」以及有機整體的結構觀念，使得研究者努力地去挖掘詩歌作品中的邏輯關聯。這兩方面都是西方分析傳統之所長，而爲我國所欠缺者82。

然而，詩藝術的客觀基礎，究竟是否爲眞？屬於美感反映現實的那個認識作用，是眞認識、還是與科學認識相異的感性認識？據此，有些哲學家開始懷疑了，他們懷疑執著於物相（materiality）或眞實（reality），可能正代表了美感實際上只是一種虛妄幻相，像柏拉圖就是如此。另外，又有一些哲學家主張感性認識作用應該不同於科學邏輯的認識，所以美感

80 詳見朱光潛「西方美學史」上卷第一部份第三章。

81 一、關於詩歌和現實世界的關係，我國也頗有討論，而且發源甚早。但在我國，這類思考乃是伴隨著「文學功能如何」而展開的。或者視文學爲達到政治、社會、道德或教育目的的手段；或者視文學爲政教社會狀況之呈現和感應（這裡我們不能說是反映，反映應放在摹倣傳統中才有可說，例如約翰遜Samuel Johnson說莎士比亞的戲劇是人生的鏡子。我國則正如白居易所說：「未有聲入而不應，情交而不感者……故聞元首明、股肱良之歌，則知虞道昌矣；聞五子洛汭之歌，則知夏政荒矣」。見長慶集卷二八與元九書。一種是反映，一種只是呈現或感應）；或者視政教道德爲文學的價值作用之一。我們確實很少把現實世界視作文學的客觀基礎來探討，認識論式的研究更不經見。

二、以作品爲一有機整體的結構，這一觀念在我國並不發達，而且興盛得很晚。主要原因是缺乏一套與之相應相關的實在論基礎，故而明清那種注重形構的批語評點，都被貶爲八股餘習或鄉塾見識。直到「新批評」傳入我國以後，情形才稍有一點轉變。

82 另詳王夢鷗「文學概論」（六二、帕米爾書店）頁廿四。

認識所獲得的，並非有關眞實世界的知識，而是一種假象或幻覺，例如哈特曼「美學」（E. von Hartmann : *Aesthetik*）第二部談「美的假像」（esthetic schein）；朗格「藝術的本質」（F. A. Lange : *Das wesender kunst*）則指美感經驗爲「美的幻覺」（esthetic illusion）[83]。從這裏，哲學家們更可以從本質上把理性邏輯的知識，跟美感直覺的知識分開來；不論是克羅齊（Benedetto Croce）的分法，還是近代邏輯與科學方法學裏的分法，美感的知識，似乎都是認識論所不處理的領域，不是眞正可以檢證的指涉述句。它們即或不全是假的，也是無眞假可言的[84]。

所謂眞或假，其實均相對於客觀的知性知識而說；我們當然也可以倒轉過來，指明美或藝術才是眞，理性客觀知識爲假。許多美學家强調藝術美高於自然美，或較現實世界更爲眞實，基本上可能都含有否定美感對象須建立在客觀基礎上的用意。例如黑格爾說：「藝術的目的，一定不在對現實之單純形式地摹倣。儘管自然現實的外在形態也是藝術的一個基本因素，我們卻不能把逼肖自然作爲藝術的標準，也不能把對外在現實的單純摹倣視作藝術的目的」「藝術美是由心靈產生和再生的美」（美學）。不論他們的說法如何，此處似乎都肯定了：藝術品必須依感性主體而存在，與藝術品必須以客體爲基礎的意見，嚴重對峙。

在對美感對象的研究方面，有這種情況，在自我經驗方面，亦復相同。所謂經驗，當然是自我所獨有的，但這種自我而獨具的經驗，並不純屬於現時經驗，因爲每一個現時經驗又都與過去經驗交互作用；所以，在經驗的意識層上，必然是主體與客體對立的，因爲每一次的「再經驗」，都必須以自我之意識去經驗那個原始的經驗。這是第一個層面。

其次，一項經驗，例如美感經驗，乃是我們閱讀作品時的反應，因此，這一經驗必定也包含了自我意識與經驗材料之對立，是自我感受客體的一種經驗。這是第二個層面[85]。

透過這兩個層面，美感經驗既顯示了主體與客體的對立，研究者便各有所偏重。例如講科學化的文學研究者，盡量把注意力集中到可以客觀觀察的材料上去，從純粹的結構分析、到作家背景、歷史考證、典故字句出處、語文詮釋、歷代評論彙編……等等，都代表了這類研究，而這類研究是有其實在論的認識論基底的，偏重於客體的部份。反之，則專意於讀者對作品的心理反應，從早期的印象主義，到現今方興未艾的現象學派、心理學派、讀者反應批評等主觀批評，概屬此類。主觀與客觀之間，亦對立爭執不已[86]。

以上我們試圖通過美學史與文學批評史，對知性感性及主體客體之對立狀態，稍做說明。在這一番簡略而且很容易引起爭議的說明裏，我們似乎不太容易看到二者有融通的可能和方法。但假如眞是如此，那麼宋人的詩論又怎麼可能成立呢？

[83] 克羅齊的意見，參看「美學原理」第一章。

[84] 這兩個層面的對立，詳見高友工「文學研究的美學問題（上）：美感經驗的定義與結構」（中外文學七卷十一期）一文中，經驗的內在對立、經驗的結構兩部份。

[85] 西方這種主觀批評與客觀批評的分立，也可參看註[74]所引費威廉文。「新批評」學者認爲我國傳統詩文評屬於印象式批評，即是採用了這種對立的情況而做的類比。其實我國的文學批評及文學理論，既非主觀亦非客觀，詳後文。

[86] 詳見程兆熊「中國文論」（五三、鵝湖書屋）第十二講。

## (三) 由知性反省到辯證超越的綜合

細心的讀者當會發現，我們在前面的申敍中，除了理論之說明外，引例全屬西方所有；我們這樣做，卽在暗示：這個主客對立的嚴重困局，也許已在我國、或者宋代詩學中找到了一個解決的方法或可能。

如前所說，宋代詩學的基本路向，是從對對象的探索轉入主體經驗，所以它在路數上比較接近上面所談屬於主觀的文學研究，而遠於客觀的文學研究。譬如洪邁所說：「江山登臨之美，而觀者必云如畫；至於丹靑之妙，好事者又嘆以爲眞。以眞爲假、以假爲眞，均之，皆妄境也」（黃嫺餘話卷五），就很接近美爲幻覺假相之說。但宋人又並不以此爲滿足，因爲美如果眞是幻相，那麼它是哪一種虛幻假相呢？是與現實客觀之眞實相對待的假相嗎？如果是，當然也可以扭轉過來，說美感爲眞、現實世界爲假。可是如果現實客觀世界本身也是虛妄幻覺，則美之爲假相便不是相對於客觀世界而說了，顯然在知性與感性之外，尚有一「眞實」存在。

這一眞實的存在，並不難理解到；而且，它的提出，也實在很有必要。因爲，從感性主體方面說，文學藝術之創作與欣賞，在我國基本上是抒情的路子，是一種感性的活動；但這一活動，本質上有其局限和疑難，例如感性所從出的主體生命，卽可能反而會因爲這個感性活動而受到斲傷，「顏氏家訓・文章篇」曾說：

> 自古文人，多陷輕薄。……每嘗思之，原其所積文章之體，標舉興會、發引性靈，

使人矜伐，故忽於持操，果於進取。今世文士，此患彌切。所謂多陷輕薄，與曹丕所說：「觀古今文人，類不護細行，鮮能以名節自立」（與吳質書）相同，均非全稱命題，而只是說在文學創作時，「標舉興會、發引性靈」的感性活動，很可能會使人的全幅精神心思，偏限陷落於其中，如此，則文學既無法表現其心靈之純和精神之大，個人的主體生命也會因此而遭到扭曲、狹隘、或飄浮，此卽所謂「輕薄」[87]。「魏書・文苑傳」載楊遵彥「文德論」說：「古今辭人，皆負才遺行，澆薄險忌；惟邢子才、王元美、溫子昇，彬彬有德素」。耽溺於感性活動，則理性的活動必將有所欠缺，歷史上眞是隨處可以發現這類事例；後世標舉性靈的文學家或批評家，如公安派或袁枚等，更常在道德與理性

87 例如章學誠對袁枚的批評，就幾乎全屬於道德行爲方面。惲敬「大雲山房文稿二集・孫九成墓志銘」也說袁枚：「貴遊及富豪少年樂其無檢，靡然從之」。至於袁枚性靈的主張，跟「學問」之間的對立，更是嚴重，袁枚本人卽曾不斷强調，如「詩話」卷三說：「學荒翻得性靈詩。劉霞裳云：讀書久覺詩思澀，非眞讀書能詩者，不解道」、卷五說：「人有滿腔書卷，無處張皇，當爲考據或駢文，何必借詩賣弄？」又說當時詩壇流弊，第一卽是塡書塞典，滿紙死氣；說翁方綱是「錯把抄書當作詩」。値得注意的是：袁枚這種態度，並非個人嗜好的問題，而是感性與知性在實踐之體驗中發生的對諍，所以袁枚之外，洪亮吉批評翁方綱時，也用了性靈二字，說：「翁閣學方綱之詩，如博士解經，苦無心得」（北江詩話卷一）「最喜客談金石例，略嫌公少性靈詩」。翁方綱則批評蔣心餘題焦山瘞鶴銘所云：「注疏流弊事考證，鼷鼠入角成蹊徑」是：「笑蔣之不學也」（復初齋文集十五）；凌次仲更直接抨擊袁枚：「自怯空疏論轉嚴，儒林文苑豈能兼？不聞盧駱王楊輩，樸學曾將賈孔嫌」（校禮堂詩集）。雙方壁壘森嚴，更顯示了知性與感性對立的眞實性。

方面遭到攻擊。根本的原因，其實就在這兒(88)。

文學與藝術，基本上均是一種感性地活動，可是倘若感性活動本質上有其局限和危險，當然就應該想辦法改善。

改善的辦法，最直截的，就是由感性活動的對面——理性活動——作起。例如顏之推，就曾主張：「文章當以理致爲心胸，氣調爲筋骨，事義爲皮膚，華麗爲冠冕」（家訓・文章篇）。這種主張，與劉勰所說：「以情志爲神明，事義爲骨髓，辭采爲肌膚，宮商爲聲氣」（文心雕龍・附會篇），當然頗有不同。但即使是劉勰，也不能純以感性活動作爲文學創作的全部，因爲他所謂的情志，其中就兼包有理性與感性，故「體性篇」云：「情動而言形，理發而文見，蓋沿隱以至顯，因內而符外者也」、「情采篇」云：「情者，文之經；辭者，理之緯。經正而後緯成，理定而後辭暢，此立文之本源也」(89)。

以理性爲文之根本，或認爲情理同屬立文本源，這兩條路子，到了唐代，續有發展。尤其是中唐權德輿、白居易，韓愈以降，所發展出來有關文與道的思考，更是不可避免地必須把文章的根本，植在經術、道德、性理、禮義之上。到了宋代，宋人論詩，很少把情感的抒發視爲主要創作活動內容及其評價標準，通常其評價標準在於「意」。所謂：「以聲律爲竅，以物象爲骨，以意格爲髓」（金針詩格・續金針詩格同）。這個意，在宋代整個流變與發展過程中，固然有許多不同的意涵內容，但我們試看陳善所說：「本朝文章亦三變矣：荆公以經術、東坡以議論、程氏以性理」（捫蝨新話卷五），其中可有一個是以情爲意的嚒？

在這種情形下，宋詩確實是理性知性行爲較多，感性行爲較少，與六朝隋唐「緣情而綺靡」的風格大相逕庭⑩。這種特殊的風格及創作方式，不但在後代引起了許多爭論，就是在宋代，也不是沒有一些疑惑或批評的。例如劉克莊「韓隱君詩序」說：

> 古詩出於情性，發必善；今詩出於記問博而已。自杜子美未免此病（後村先生大全集・九四）。

「竹溪詩序」說：

> 本朝則文人多詩人少，三百年間，雖人各有集，集各有詩，詩各自為體，或尚理致、或負材力、或逞辯博，少者千篇，多至萬首，要皆經義策論之有韻者，亦非詩也（同上）。

這些批評，值得注意的是：它們可以和「本朝詩非惟不愧於唐而已，過於唐也」毫不矛盾。因爲類似這樣的批評，並不眞想扳倒宋詩的地位，而在於眞切了解他們自己的所做所爲；畢

⑧ 劉勰所謂情志，兼包有理性與感性，是他在文學理論中強調「宗經」的原因。但是劉勰雖然明白宗經可以使文章「情深而不詭、文麗而不淫、風清而不雜」，但對此並未深入探討，以致於宗經云云，只轉到技術層面去說，甚爲可惜。

⑨ 另詳龔鵬程「知性的反省——宋詩的基本風貌」（七一、聯經、中國文化新論，文學篇二）。

⑩ 這裡必須注意：宋人在知性反省的過程中，是住兩邊的：不僅涉理路，強調知性與理性的創作觀，也落言詮，強調語言形式的覺知與煆煉。但知性反省之後，以辯證的遮撥使之超越綜合時，却是不住兩邊的。註八九所引文，主要談的是有關前面一部份，此處申論，則重在他們如何超越綜合、轉識成智，幸勿弄混其層次。

竟，他們選擇這條知性詩觀的路子，其本身也來自知性的反省，非冒然從事的[91]。釋惠洪「冷齋夜話」卷二說：

沈存中、呂惠卿吉甫、王存正仲、李常公擇，治平中在館中夜談詩。存中曰：「退之詩，押韻之文耳，雖健美富贍，然終不是詩」，吉甫曰：「詩正當如是。吾謂詩人亦未有如退之者」。

像劉後村上文所引的那些批評，宋代大多數詩人可能都會如呂吉甫那樣回答，否則，也可能會退一步說：「韓以文爲詩，杜以詩爲文，世傳以爲戲。然文中要自有詩，詩中要自有文，亦相生法也」（捫蝨新話）。——呂惠卿的講法，是以知性爲創作的骨幹；陳善的說法，則是以知性感性互相穿透爲立文之本源。

然而，文學創作，是否眞是只要把感性活動替換成爲一種知性理性活動卽可？第一、文學知識是否類等於知性理性的邏輯知識，倘若不相等，則知性理性怎麼能做爲文學創作的基礎？第二、詩歌創作活動中的「用思」「命意」「煉意」，與那種經由演繹邏輯，逐步推證出其他命題的方法和程序，顯然不能混爲一談。三、凡說理性，便不能脫離事法；凡說到意識，便有意識內容；凡說到思考，便有思考對象。但這些，顯然又與宋人反對「有意爲詩」的立場相悖。四、宋人論情性者，如黃山谷云：「詩者人之情性也，非強諫爭廷、怒罵鄰座之爲也。其人抱道而居，忠信篤敬……是詩之美也」（文集卷廿六・書王知載朐山雜詠後），這個情性，顯然也不同於跟知性理性相對的感性抒情，而來自「抱道而居」；既然如此，那麼他們所說的情性究竟屬於什麼層次？

這第四個問題，才是整個問題的答案關鍵。田錫「咸平集」卷二說得好：「援毫之際、屬思之時，以情合於性、以理合於道」（貽宋小著書）。性與道，顯然都是超越情跟理的層次。宋人所謂「文與道俱」（朱子語類卷一三九引蘇軾語）的道，正是這情合於性、理合於道的結果92。

91 宋人之所謂理，驟視之，若卽為與感性相對之理，而其實不是，如「潛溪詩眼」云：「文章論當理與不當理耳，苟當於理，則綺麗風花同入於妙；苟不當理，則一切皆為長語」，此理卽彷彿與緣情綺靡相對者，然下文復云：「老杜……皆出於風花，然窮盡性理，移奪造化」，則知此理非理性之理矣。又盛如梓「庶齋老學叢談」載：「有以詩集呈南軒先生，先生曰：詩人之詩也，可惜不耐咀嚼。或問其故，曰：非學者之詩，學者詩讀著似質，卻有無限滋味，涵泳愈久，愈覺深長」，學者之詩與詩人之詩的分立，乍看也極像註八七所述清代詩評的狀況，但張栻「論語解」說：「哀樂者情之為也，而其理具於性。樂而至於淫、哀而至於傷，則是情之流而性之汩矣。樂而不淫哀而不傷，發不踰節，性情之正也，非養之有素者其能然乎？」養此性理，卽是學者之詩，「學問操作，有以主乎其內」（家鉉翁、則堂集三、志堂說）。所以也顯然是超越了情與理的層次。

92 溺於情好的詩，在宋代當然受到鄙視；講究精奇警策的詩，也不受歡迎。「童蒙詩訓」：「晉宋間人，專致力於此（警策），故失於綺靡而無高古氣味」，「詩學規範」：「好奇務新乃詩之病，柳子厚晚年詩頗似陶淵明，知詩病者也」，黃庭堅與王觀復書：「好作奇語，自是文章病。文章蓋自建安以來，好作奇語，故其氣象衰苶，其病至今猶在」（文集卷十九），陸游讀近人詩：「琢琱自是文章病，奇險尤傷氣骨多，君看太羹玄酒味，蟹螯蛤柱豈同科？」（詩稿卷七八）「我初學詩日，但欲工藻繪……正令筆扛鼎，亦未造三昧。……汝果欲學詩，工夫在詩外」（示子遹）……等言論，都可以作為佐證。

這個合，應該就是指知性和感性辯證發展以後的超越綜合。唐代柳宗元「楊評事文集後序」以爲：

文有二道：辭令褒貶，本乎著述者也；導揚諷喻，本乎比興者也。著述者流，蓋出於書之訓謨、易之象繫、春秋之筆削，其要在於高壯廣厚，詞正而理備，謂宜藏於簡册也。比興者流，蓋出於虞夏之咏歌、殷周之風雅，其要在於麗則清越，言暢而意美，謂宜於謠誦也。——茲二者，考其旨義，乖離不合，故秉筆之士，恆偏勝獨得，而罕有兼者焉（文集卷廿一）。

知性的詞正理備，和感性的麗則清越，在此被視爲兩類乖離不合的矛盾創作型態。這一劃分，在宋代，仍然沿續著，但有新的發展，例如嚴羽「滄浪詩話」說：「詩有別材，非關書也；詩有別趣，非關理也。然非多讀書、多窮理，則不能極其至」。前半仍舊依循柳宗元式的分判，認爲宜於謠誦的詩歌比興，應是不涉理路而吟咏情性的；然而，後半再下一轉語，則緣情比興者，遂與窮理讀書並無乖離不合了。這一點，正如陳善所說文中有詩、詩中有文的相生法，也是知性與感性辯證發展的結果。

## 四 轉識成智與技進於道的創作型態

所謂辯證發展的綜合，並非折衷或相加，而是正反雙方，經一辯證發展的歷程，達到超越的諧和。知性與感性，在人之精神表現的發展過程中，不斷辯證、不斷趨昇，而漸漸透視到形而上的眞實（Metaphysical reality），並對之產生透澈的了悟與肯定。

這一了悟與肯定，宋人謂爲「見道」；而見道的歷程，就是「技進於道」的過程了。所謂技進於道，切確點說，也可以說是宋人對於創作活動的一種思考路向。這種路向，似乎不採取肯定知性與感性，然後再尋求高一級綜合的方式；因爲這種「住兩邊」的方式，容易在心理意識上重新產生另一與此綜合之意念相對立的意念，循環不已。所以他們通常採取辯證的遮撥法，不住兩邊，雙遣是非。猶如天臺宗所云：「觀空、觀有、觀中道」那樣。例如：不涉理路，是對文學創作中理性活動的破斥；不落言荃，又是對文學創作中感性及技術層面的活動（所謂緣情而綺靡）予以破斥。

在文學創作中，破斥理性，是很容易理解的，但爲什麼要破斥感性及技術層面的活動呢？這依然得從上文所述六朝隋唐以來的反省看下來。例如顏之推所說文人輕薄，其主要原因，即是因爲文人把創作停留在「標舉興會，發引性靈」上；創作而停留在感性的興會與性靈上，自不免於以文章爲體，以文章爲用，整個心思陷落在文字構造的技術層面，「一事愜當、一句清巧，神厲九霄，志凌千載，自吟自賞，不覺更有旁人」。

宋人對於這種容易陷於輕薄的創作態度，正面地，提出「文章一小技，於道未爲尊」的觀念來，予以破斥；說明文學創作並不僅僅是文字技巧上的鍛鍊或收獲，創作者必須在心靈上，擺脫感性觀物的方式，滌除以文章爲自我心力投注對象的態度，以類似「目無全牛」的方法，由技進於道。

於是，整個創作活動，便脫離了一般技藝製作的「創」或「作」，而成爲姜白石所說的「箭在中的非爾力，風行水上自成文」（以詩送江東集歸誠齋），或黃山谷所強調的「無意爲文」（文集卷十七、大雅堂記）[93]。這樣，就消解了詩歌創作時的主客對立狀況，達到「以神遇不以目視，官知止而神欲行」的境地，技術及感官能力對心的制約亦隨之消失。以致於文學造詣經常呈現背離文字工妙華美的一般要求之現象，趨向於拙、淡、清、簡[94]。「鶴林玉露」卷三說：

> 作詩必以巧進，以拙成。故作字唯拙筆最難，作詩唯拙句最難。至於拙，則渾然天全，工巧不足言矣。……杜陵云：用拙存吾道。夫拙之所在，道之所存也，詩文獨外是乎？

所謂以巧進以拙成，正是技進於道的型態，所以說拙之所在即爲道之所存。宋人即以此超越感性而追求那個「眞實」。強調詩之簡淡拙清，即足以顯示這個特點。

由於肯定文學創作是技進於道的歷程，所以屬於技的層面中，那種把詩當做學習、美感及思考對象的主客對立關係，自然消除。詩不再是創作的對象或成品，而只代表一種內在美感經驗或體道心靈的外示[95]。換言之，假如我們把宋人對詩的理解，仍放在主與客、感性與知性對待的思考架構裏去觀察，我們即不可能了解它：既無法了解其理論何以可能成立，對於他們的見解，亦不免落入感性或知性層面的誤會。

例如嚴滄浪所說：「詩有別材，非關書也；詩有別趣，非關理也」，後世大多誤「材」爲「才」或「裁」，已經是謬以千里了；至於陷落在詩究竟關理還是不關理的爭論中，更是不計其數。如周容「春酒堂詩話」云：「請看盛唐諸大家，有一字不本於學者否？有一語不深於理者否？」劉仕義「新知錄」云：「杜子美詩所以爲唐詩冠冕者，以理勝也，彼以風容色澤放蕩情懷爲高，而吟寫性靈爲流連光景之詞者，豈足以語三百篇之旨哉？」潘德輿「養一齋詩話」云：「詩境不可出理外，謂詩有別趣非關理也，此禪宗之餘唾，非風雅之正傳」，這一類說法，都是主張詩必須主理，而跟主張詩必緣情者相對峙的。但反對此一立場的，也大有人在，例如李夢陽「缶音序」說：「宋人主理，作理語。詩何嘗無理，若專作理語，何不作文而詩爲耶？」（空同集卷五二），胡應麟「詩藪」說：「禪家戒事理之障：蘇黃好用事而爲事使，事障也；程邵好談理而爲理縛，理障也」（內編卷二）。這些爭論，有時還會跟宗唐祖宋之爭連到一塊兒，糾葛萬端。但都只墮於情理之一邊，對於情與理辯證發展，而達到超越綜合的型態，缺乏理會。如此爭論，是永遠不會有什麼結果的，對滄浪的說辭，當

93 山谷又云：「謝康樂庾蘭成之於詩，鑪錘之功不遺力也，然陶彭澤之牆數仞，謝庾未能窺其彷彿者何哉？蓋二子有意於俗人贊毀其工拙」，「蔡寬夫詩話」亦云：「天下事有意爲之，輒不能盡妙，而文章尤然。文章之間，詩尤然。世乃有日鍛月鍊之說，此所以用功者雖多，而名家者終少也」。

94 宋代詩人，常有詩須不要人愛的說法，如山谷云：「往時作草殊不稱意，人甚愛之，惟錢穆父蘇子瞻以爲筆俗，余心知其然，而不能改。數年百憂所集，不復玩思於筆墨，試以作草，乃能蟬蛻於塵埃之外。然自此人當不愛耳」（漫叟詩話引），其他如東坡、后山、放翁，均有此類議論。

95 「詩人玉屑」卷一趙章泉詩法條曰：「或問詩法於晏叟，因以五十六字答之云：問詩端合如何作，待欲學耶毋用學？今一禿翁曾總角，學竟無方作無略！欲從鄙律恐坐縛，力若不加還病弱，眼前草樹聊渠若，子結成陰花自落」，學無方而作無略，主要原因就在於作詩並非把詩當成一個對象，而只是體道心靈觀見天地山河的當下呈現而已。另詳本章第三節第三項。

然也永遠無法了解。

又譬如句法，句法實爲風格體式的概念，而這句法體式，又是作者性情體氣的呈現，所以人各一種句法，句法也因心氣之昏明厚薄而有高下之分，故所謂格高格卑，初不自言語構造處論[96]。「梅磵詩話」說：「杜小山嘗問句法於趙紫芝，答之云：『但能飽喫梅花數斗，胸次玲瓏，自能作詩』」，就是這個原理。不料，范德機「本天禁語」卻列擧問答、當對、上三下四、上四下三等十一種句法，漁洋「師友詩傳錄」更以爲：「詩須篇中煉句、句中煉字，此所謂句法也」，把風格體式類同於修辭學上的概念，在理解上眞不啻南轅北轍。但是，創作者要擺脫對於文字的執著，的確不是件容易的事，所以也難怪後人對宋代這種批評進路，諸多誤會了。記得黃山谷曾經慨嘆：「無人知句法，秋月自澄江」（詩集卷四·奉答謝公定與榮子邕論狄元規孫少述詩長韻），許多論者，確實常把黃山谷這一類超越文字技術層面追求的詩人，看成是專門喜歡在文字上彫琢點化、甚或剿襲剽竊的詩家；對「草堂詩話」引山谷「學詩如學道」一語，並稱贊云：「此豈尋常雕章繪句者之可擬哉？」渾如未見，這種理解，豈不是甚爲可笑嗎？

我們必須知道，所謂「詩非力學可致，正須胸中度世爾」（后山前集卷廿三詩話作「正須胸度中泄爾」）的詩學態度，乃是由學詩轉換到學習者本人的心胸上來，致力於提昇心靈的層次，其方法，正如黃山谷所說：「如我按指，海印發光，汝暫擧心，塵勞先起。說者曰：若以法眼觀之，無俗不眞；若以世眼觀之，無眞不俗。淵明之詩，要當與一丘一壑者共之耳」（文集卷廿六·題意可詩後）。

所謂以法眼觀之，無俗不眞；以世眼觀之，則無眞不俗。是就詩人心靈層次的轉換上說的。凡執理執情，或陷溺於文字，均屬世眼，均屬徧計所執的層次，生命落在對立扭曲的幻相中。唯有超越到形而上的眞實，才能算是圓成實，才能合於道。

宋人就是在這樣的文學與美學的考量中，提出「學詩如學道」「學詩如學仙」「學詩如參禪」「妙悟」的呼籲。並把文學創作與欣賞提昇到一個非技術性的層面，開顯了我國特有的藝術精神[97]。

[96] 詳見龔鵬程「江西詩社宗派研究」（七二、文史哲）頁二一四—三一九。

[97] 林希逸「南華眞經口義」卷一：「論語之門人形容夫子只一樂字，三百篇之形容人物如南有樛木、如南山有臺，曰樂只君子，亦止一樂字，此之所謂逍遙遊，卽詩與論語所謂樂也。一部之書以一樂字爲首，看這老子胸中如何。若就此見得有些滋味，則可以讀芣苢矣；芣苢一詩形容胸中之樂，併一樂字亦不說，此詩法之妙」，卷二十：「吳道子畫佛像，圓光只一筆便成，遂入神品……其技入神矣。指手指也，指與物化，猶山谷論書法曰：手不知筆，筆不知手是也。手與物兩忘而略不留心，卽所謂官知止神欲行也」，這兩段話，分指欣賞與創作，而皆脫離了語文形構及技術層面的講求，直指胸中之妙。宋代詩學之能與當時的學術思想、藝術創作濡互相通，主要也在這個地方，否則詩人與學者終究屬於兩道，詩與書法、音樂、繪畫在媒介和形式要求上也不相同，如何能併爲一談？

## 五、結語

一國的文學，必與其思想背景有密切地關聯，而我國之文學創作和批評，又特別重視作者人格生命之完成，因此，整個詩論或藝術精神之發展，往往與思想之架構及走向相符應。宋代之詩論及其他各種藝術理論，雖然流派龐雜，人各異辭，但其整體結構仍是可以勾勒的、其基本原理仍是可以描述的。我們的描述，借用了唯識宗轉識成智的理論模式。此一模式，大抵為儒道釋三教所共有，故宋祁「筆記」卷中說：「釋迦文殊，剟言之瘢，刮法之痕，與中國老聃、莊周、列禦寇之言相出入。大抵至於道者，無古今華戎，若符契然」。值得注意的是：這一模式不但顯示了儒道釋三教的基本特質，也是宋代或我國文藝理論的基本結構。我們可以斷言：要了解整個宋代詩學，除此之外，別無他途；而金元明清的文藝評論，基本上仍是衍宋之緒，故亦不能自外於此一途徑[98]。雖然他們本身不一定能如宋人那樣，對創作或批評活動有充份地自覺，但幢幢來往於此一思想文化系絡中，大筋結大根本處仍是不可移易的。

從前的研究者，因為對此較無認識，其研究自然頗有些指鹿為馬的錯誤。例如郭紹虞，對宋詩可謂用破工夫，但其議論，如「宋詩為純形式主義」「反對浮華，為江西詩人時至骨換的關捩所在」「陸放翁證悟到熾熱的現實生活才是創作的無盡寶藏，以此為前提，藝術技巧才能有用地為積極的思想內容服務」……等。可謂觸處皆誤[99]。郭氏如此，其他自不必論。

近數十年來，能約略認識到這一模式特質之重要性者，似乎只有徐復觀、劉若愚、葉維廉三氏。

徐復觀「中國藝術精神」一書，對超越主體的抉發、與莊學精神在詩畫方面的展現，論析甚精。但他忽略了儒釋兩家也都能開展出這一藝術精神，以致於把魏晉以後的藝術精神發展完全歸功於莊學之影響，並認爲此一藝術精神只宜於山林淡泊之士、欠缺社會投入的一面。因此，就他的講法，幾乎根本無法處理妙悟和參詩的問題；對宋代以後詩學理論的整理，也罕有助益。這點可以用徐氏自己的文章來證明：像他在「宋詩特徵試論」一文中，對參詩的問題便毫無解釋，對詩與人格修養的問題也草草滑過，對山谷詩之剝落浮華、澄汰感情，則以感情之理性化爲說。殊不知澄汰感情，透見物之本性實質，正是轉識成智的工夫，唯有轉化情識，才能進入道的境界；理性本身也是識執，識執加上識執，怎麼可能「要求詩像莊子之所謂道的境界與形象」呢？這些都是徐氏明而未融之處。

劉若愚「中國文學理論」一書，特闢形上理論一章，根據徐氏所論，更加推衍，並援引現象學批評家杜夫潤（Mikel Dufrenne）之說輔助說明，非常清楚。然而，他雖一再申言表現理論與形上理論之不同，但事實上，所謂形上理論與表現理論乃是不可分的，必須就詩言

98 在此必須特別提醒讀者：詩學文獻中，雖然基本架構相似，而時代前後自有參差，派別不同，論點亦多爭議，其中的個別差異仍是很大的。

99 參見郭氏「宋詩話考」頁十、七九、八六，及其主編之「中國歷代文論選」中册頁二二二、一三六。

「志」上說，才能發展出參悟之說，嚴羽滄浪詩辯劈頭就說學者入門立志須高，可以隅反；而且，像表現理論、審美理論、技巧理論、實用理論……等平列的劃分，是否能表現中國文學理論的整體結構呢？據我們所知，技巧理論、形上理論……之間，並非分隔的，而是一個系統之內的層次劃分，因此在評價時也有高下。像戴復古黃山谷等人在參悟說的系統中談詩之實用問題，即不能脫離這一理論系統而單獨地了解。所以我們有必要將這幾類理論重新調整為立體的架構，許多理論間的複雜關係也才能得到清理。

徐氏強調的心齋坐忘，其本人曾以純粹意識來說明，劉若愚稱之為二度直覺（ second intuition ）、葉維廉則名之為具體經驗或純粹經驗。「嚴羽與宋人詩論」一文中，葉氏認為像蘇東坡虛懷納物那樣的理論，正是直取具體世界或自然本身，而擺脫知性干擾的直覺主義（ intuitionism ）；而黃山谷等人則偏重法度格律的一面。因此而形成宋代詩論的兩大發展。這當然是種誤解，誤解來自於葉氏對山谷之所謂「眼」及嚴羽之所謂「悟」不太了解，以致把主張無意於文的山谷視為「刻意用心創作的詩人」、把主張多讀多參多諷誦的嚴羽視為不待工夫而悟。不過他文中也提到了兩個值得深思的問題：一是嚴羽禪悟之說似乎來自宋儒；二是這類理論，帶有心學的色彩。這兩個問題，葉氏並未詳予說明，但它在我們這一解釋系統中則都有完整的解答⑩。

現在我們推薦的這一理論系統，不但能補充上述諸家的缺憾，也能符合並解釋宋代所有的詩學文獻、說明中國藝術精神的特質。而這一特質在與西方對照時，更具特色：

西方文學批評的理論，夙以重視邏輯分析、情慾之掙扎與衝突、悲劇精神為特色。而此一特色，可說是全屬於徧計所執、依他起性等識執的範圍；轉識成智、經由純粹意識之直覺而達成的自由與無限，在他們認爲，乃是人所不能達到的，只有上帝才具備此一能力；因此它們是不能提昇的，要提昇只有迅速轉入宗教，在皈依中得到澄靜與安寧。

我們必須指出：不能經由純粹意識之直覺而展現人的無限，乃是西方哲學最大的侷限。人不能具有這一直覺，觀見物自身便不可能；不能見物自身，物便永遠是人類識心之執的對象，形成主客對立的世界觀；由此世界觀發展出來的，乃是認識論、範疇、法則、邏輯、數學、理性……等[101]。然而，這一切認知或感情對象之存有，可能正如佛家所說，是虛幻的。人如何肯定它們的存有和價值呢？這就只好歸入上帝了。以笛卡兒爲例，笛卡兒懷疑一切事物的眞實性，認爲只有憑藉著理性之光所直覺出來的一些基本原理，才是眞理。理性之光是什麼呢？即是「我」、我的思維。笛卡兒曾說：「我思，故我在（je pense, donc je suis）」，這個我，是個思維我，思維的本體。這是一切存有被肯定的基礎。不過，此一思維我之存在，必須另外承認兩個實體：上帝與物質世界。上帝是人類先天本有的觀念（所謂內在觀念 innate idea），也是我之所以能恆存的保證；而因爲上帝存在，祂令我們感受到的

[100] 此處所談，僅就涉及宋代詩學的部份而言。其他相關的文章與論旨，可參看鄭樹森「現象學與當代美國文評」（中外文學．九卷五期）。

[101] 悲劇精神，基本上必須建立在「對立」上，人與外在世界對立，形成命運悲劇的問題；人與自我對立，則形成性格悲劇的問題。性格悲劇之所以爲一根源性的掙扎與撕扯，正因爲它本身是相矛盾的。

物質世界也必然存在。這種哲學見解，把中世紀以前人類的存有觀念，拉回到對自我主體的關注上，實爲一大進步，但笛卡兒最大的困局，就在於他不能擺脫西方哲學傳統，要由理性、透過上帝來肯定物之存在。上帝雖然是整個肯定的保證，可是有內在的上帝觀念並不能保證上帝是眞正的實體存在，所以在他的哲學中，眞正的實體只有「我」，而這個我與客觀的物質世界又無路可通，這便如何是好呢？

在知識論中，「所有想藉由概念來擴展我們對象先驗知覺的嘗試都已失敗了」之後，康德提出了新的處理方法：將對象劃分爲「現象」與「本體」（Thenomenon and Nounenon），物自身本體的對象，是人類純粹理性所無法達到的領域，唯有假借一種人類所沒有的直觀模式，才能察見。這種直觀模式，蔡美麗譯爲叡知的（intellectual）、牟宗三則譯爲智的直覺。基本上他承認具有此一直觀能力的乃是「無條件者」（The unconditioned），是不在因果序列中的第一因，是上帝；但是，人類的純理批判只能想到本體，卻不能對本體有任何「先天的綜合知識」，我們對本體依然不能了解。所以到了最後，康德在第二版純理批評的序文中，只好說：「我發現必須否定知識，以讓位給信仰」，信仰：意志自由、靈魂不滅、上帝存在[102]。

海德格常說西方哲學自柏拉圖開始，就走錯了路，因爲他們將存有從我們的世界搬走了。亞里斯多德以迄中世紀哲學家固無論矣，即使是康德，仍然認爲就純粹理性而言，本體是不可知的。胡賽爾與海德格的現象學方法，就是要突破此一困境，找回一個被排斥掉的世界。

胡賽爾的存而不論（epoche）方法，是要把外在世界和自我存而不論，單獨處理二次存而不論之後的純粹意識，處理超越主體（Transcendental Subjectivity）。他把傳統的主客對立化解爲意識內容（Noema）和意識作用（Noesis），而意識作用本身乃是一種指向性，意識內容必須有指向性才能構成。於是主客合而爲一，跨過了西方哲學裏的鴻溝。

海德格沿用了現象學的方法，並宣稱現象學卽是本體論。然而，這套方法其實仍是認識論的老路。脫胎於笛卡兒，對本體之掌握，似乎仍有困難，海德格本人的哲學著作迄未完成，便是一個例證。

相對西方這個蹇困的傳統，中國哲學不需要上帝，便很自然地能在主客合一中求得自由與無限，實在是椿值得欣慰的事。在認識論系統中，人們對詩歌的了解，必須透過認知活動，思維地觀察，運用邏輯與分析；在主客合一的系統中，則詩本身不能視爲外延的知識對象，而必須與主體發生聯繫。

這裏我們稍就外延眞理與邏輯概念分析二者，加以說明。——海德格嘗云：凡通過概念、範疇等概念的分解（conceptual analysis）活動，而將一對象之各方面表示出來的，都是表象的思想（representative thought），這類思想不能進入存有論之堂奧。又、凡不牽涉主體，而可以客觀判斷（objectiuely asserted）者，都只能成爲外延眞理（extensional truth）。——詩歌之鑑賞與批評，基本上乃是一種主客交融的美感過程，因此它必須是不能

(102) 另詳蔡美麗「存在主義大師——海德格哲學」（環宇出版社）第二章：存有概念的歷史性的發展以及海德格對傳統本體論的批評。

客觀判斷的內容眞理（intensional truth）；它不能以知性的語言和概念的分解活動來獲得，因此它的批評方式，也必須以詩的語言來喚起讀者的美感，成爲創作的批評或抒情式的批評（lyrical criticism）[103]。「周易正義」豫卦象辭疏說：「凡言不盡意者，不可煩文其說，且嘆之以示情，使後生思其餘蘊，得意而忘言也」。正是我國詩評語言與觀念最好的說明。

這種觀念，和沒有悲劇精神一樣，都應視爲中國文學的優點。所謂優點，是就轉識成智的理論系統所揭示的層次劃分，和西方思想本身的障礙而說的[104]。我們深知價值判斷非僅不易，也易引起誤解，但卽或不用優劣等字眼，我們也當知道彼此殊異的原因和狀況。而不應如朱光潛之流，隨隨便便地就說中國詩長在哲學思想荒瘠的土壤中；老莊哲學輕視努力、主張人類回到原始時代的愚昧……[105]。至於新批評一派，所强調的：純就作品本身予以客觀分析，並詬病中國文學評論缺乏邏輯分析一類看法，尤應放棄。這是我們討論妙悟並從宋代詩論中籀釋出中國藝術精神時，所附帶論及的。

[103] 抒情式的批評，詳高友工「文學研究的美學問題」（中外文學七卷十一、十二期）。

[104] 這點，將另文處理。

[105] 朱光潛說，「見「中西詩在情趣上的比較」（「詩論新編」、洪範書店・頁一三一——一四五）。

# 附錄一：參考書目舉要

| | | |
|---|---|---|
| 唐代經濟史 | 陶希聖　鞠清遠 | 商務 |
| 宋元經濟史 | 王志瑞 | 商務 |
| 魏晉南北朝隋唐經濟史稿 | 李劍農 | 華世 |
| 宋元明經濟史稿 | 李劍農 | 華世 |
| 中國經濟史研究 | 全漢昇 | 新亞 |
| 中國經濟史研究 | 鄭合成 | 古亭 |
| 中國行會制度史 | 全漢昇 | 食貨 |
| 中國經濟史考證 | 加藤繁 | 華世 |
| 中國學術思想論叢（三、四、五、六） | 錢　穆 | 東大 |
| 中國思想史論集 | 徐復觀 | 學生 |

中國哲學史　勞思光　三民
中國哲學原論　唐君毅　學生
歷史與思想　余英時　聯經
佛性與般若　牟宗三　學生
心體與性體　牟宗三　學生
現象與物自身　牟宗三　學生
禪門逸書　明復編　明文
禪宗集成　藝文
中國佛教研究(三)　橫超慧日　法藏館
中國文化新論　劉岱編　聯經
清末的公羊思想　孫春在　商務
莊子轉俗成眞的理論結構　林鎮國　師大國研所集刊二二號
宗廟制度論略　龔鵬程　孔孟學報四三、四四期
道統論之形成與發展　龔鵬程　師鐸十二期
觀乎人文：文化之形式與意義　龔鵬程　中國學術年刊七期
察於時變：中國文化史的分期　龔鵬程　孔孟學報五〇期
四庫全書總目提要　紀昀等　漢京

| | | |
|---|---|---|
| 欽定全唐文 | 清仁宗敕修 | 文友 |
| 全唐詩 | 清聖祖敕修 | 文史哲 |
| 宋文鑑 | 呂祖謙 | 世界 |
| 唐宋文舉要 | 高步瀛 | 宏業 |
| 唐宋詩舉要 | 高步瀛 | 宏業 |
| 宋詩紀事 | 厲　鶚 | 鼎文 |
| 宋詩鈔 | 吳之振 | 世界 |
| 宋詩別裁 | 沈德潛 | 廣文 |
| 宋詩選注 | 錢鍾書 | 木鐸 |
| 明詩綜 | 朱彝尊 | 世界 |
| 明文在 | 薛　熙 | 商務 |
| 清朝文錄 | 姚　椿 | 大新 |
| 清詩滙 | 徐世昌 | 世界 |
| 清詩紀事 | 鄧之誠 | 鼎文 |
| 陶淵明研究資料彙編 | | 文馨 |
| 杜甫卷（上編） | | 明倫 |
| 柳宗元研究資料彙編 | | 明倫 |
| 白居易卷 | | 明倫 |

| | | |
|---|---|---|
| 黃庭堅和江西詩派卷 | 傅璇琮編 | 九思 |
| 楊萬里范成大卷 | | 明倫 |
| 兩漢魏晉南北朝文學批評資料彙編 | 柯慶明編 | 成文 |
| 隋唐五代文學批評資料彙編 | 羅聯添編 | 成文 |
| 北宋文學批評資料彙編 | 黃啓方編 | 成文 |
| 南宋文學批評資料彙編 | 張　健編 | 成文 |
| 金代文學批評資料彙編 | 林明德編 | 成文 |
| 元代文學批評資料彙編 | 曾永義編 | 成文 |
| 明代文學批評資料彙編 | 邵　紅編 | 成文 |
| 清代文學批評資料彙編 | 吳宏一、葉慶炳編 | 成文 |
| 中國歷代文論選 | 郭紹虞等 | 華正 |
| 歷代詩話 | 何文煥編 | 木鐸 |
| 續歷代詩話 | 丁福保編 | 藝文 |
| 清詩話 | 丁福保編 | 明倫 |
| 續清詩話 | 郭紹虞編 | 木鐸 |
| 古今詩話叢編 | | 廣文 |
| 百種詩話類編 | 臺師靜農 | 藝文 |

| | | |
|---|---|---|
| 詩話叢刊（增訂螢雪軒叢書） | 近藤元粹 | 弘道 |
| 詩品集解 | 郭紹虞 | 河洛 |
| 宋詩話輯佚 | 郭紹虞 | 華正 |
| 宋詩話考 | 郭紹虞 | 學海 |
| 苕溪漁隱叢話 | 胡　仔 | 長安 |
| 詩人玉屑 | 魏慶之 | 商務 |
| 滄浪詩話校釋 | 郭紹虞 | 河洛 |
| 詩藪 | 胡應麟 | 正生 |
| 唐音癸籤 | 胡震亨 | 木鐸 |
| 薑齋詩話箋注 | 戴鴻森 | 木鐸 |
| 箋注隨園詩話 | 雷　縉 | 鼎文 |
| 詩比興箋 | 陳　沆 | 鼎文 |
| 詞話叢編 | 唐圭璋 | 廣文 |
| 歷代詩史長編二集 | 楊家駱 | 鼎文 |
| 中國文學批評史 | 羅根澤 | 學海 |
| 中國文學批評史 | 郭紹虞 | 河洛 |
| 中國文學批評史（新版） | 郭紹虞 | 滙文 |

中國文學批評史　劉大杰　滙文
中國文學批評大綱　朱東潤　開明
朱自清古典文學論文集　朱自清　源流
照隅室古典文學論集　郭紹虞　丹青
中國文學論集及續集　徐復觀　學生
中國藝術精神　徐復觀　學生
中國詩學　黃永武　巨流
中國文學理論　劉若愚著　杜國清譯　聯經
六朝文論　廖蔚卿　聯經
六朝風格論之理論與實踐　蔡英俊　臺大碩士論文
宋金四家文學批評研究　張　健　聯經
嚴羽及其詩論重探　黃景進　中華學苑三一期
清代詩學初探　吳宏一　牧童
飲之太和　葉維廉　時報
談藝錄　錢鍾書　開明
中國文學論探索　王夢鷗　正中
文學概論　王夢鷗　帕米爾

| | | |
|---|---|---|
| 文學理論 | 韋勒克、華倫 | 大林 |
| 廿世紀文學理論 | 佛克馬、蟻布思 | 香港中文大學 |
| 啓功叢稿 | 啓功 | 中華 |
| 西方美學史 | 朱光潛 | 漢京 |
| 西洋文學批評史 | 布魯克 | 志文 |
| 逐園書評彙稿 | 張師之淦 | 商務 |
| 王國維及其文學批評 | 葉嘉瑩 | 源流 |
| 迦陵論詞叢稿 | 葉嘉瑩 | 明文 |
| 文學散步 | 龔鵬程 | 漢光 |
| 江西詩社宗派研究 | 龔鵬程 | 文史哲 |
| 讀詩隅記 | 龔鵬程 | 華正 |

# 附錄二　論法

任何研究中國文評的人，都曉得「法」這一觀念，在中國文學批評和藝術理論中，佔有極重要的地位。不但有關詩法、文法的剖析，門類甚爲繁頤；環繞著「法」這個觀念，更衍生了無數的爭論，諸如執法/破法、有法/無法、死法/活法、法古/自得……等，可說是中國文學批評裡最龐雜紛擾的基本問題。而此一問題，又與其他各重要文評觀念，如性靈、格調、詩史、本色、妙悟等，關係密切。因此，本文準備對「法」做一綜括性的說明，以供研究中國文學理論者參考。

## 一、從無法到有法：「法」的觀念之興起

「法」的注重與強調，盛於兩宋，乃衆所周知的事實。然而法這個觀念的興起，却是六朝中葉以迄唐朝前期的事。以書法來說，書法這種藝術創作活動，最早僅稱做「書」或「筆」，漢末魏晉暨六朝人論書著作中均是如此，後來則或稱爲書道，或稱爲墨道。但唐人在用墨道

書道來指明這種藝術行爲的同時，也廣泛使用「書法」一辭。如「全唐文」卷四四〇有徐浩的「書法論」，「唐文拾遺」卷二一又有蔡希綜「法書論」，武平一有「徐氏法書記」，盧玄卿有「法書錄」，張彥遠更輯有「法書要錄」十卷、「唐會要」卷三十五則有「書法」類。

像這樣，把書寫這種活動視爲一藝術行爲，而稱爲書法或法書，最早可能是梁武帝蕭衍的「觀鍾繇書法十二意」。在書法史上，我們會發現：漢代及其以前，書迹雖多，却沒有論書之作，也沒有人以書家著稱；到了漢末，才有趙壹「非草書」、蔡邕「九勢」「筆論」等論書著作，同時也才開始有書家在歷史舞台上演出❷。而他們討論的，就是筆勢的問題，像魏劉邵「飛白勢」、晉衞恆「四體書勢」、索靖「草書勢」、題王羲之「筆勢論十二章」等，皆論結體落筆所構成的形勢起伏映帶關係，且善於觀物取象，如蔡邕「篆勢」云：「頹若黍稷之垂穎，蘊若蟲蛇之棼縕……縱者如懸，衡者如編」、崔瑗「草勢」云：「抑左揚右，兀若竦崎，獸跂鳥峙，志在飛移，狡兔暴駭，將奔未馳」之類，比擬甚多❸。這種描述，誠如「廣藝舟雙楫」所說，是：「古人論書，以勢爲先。蓋書，形學也，有形則有勢。兵家重形勢，拳法亦重撲勢，義固相同，得勢便，則已操勝算」（綴法），因筆劃與結構之肥瘦、長短、曲直、方圓、平側、巧拙、和峻而構成了各種不同的形勢姿態，書家作字，即在掌握這些形勢姿態，顯出字的藝術造型和趣味來。

這是把字從書寫實用表意層面，提舉到藝術演出的一大步，故直到唐朝，張懷瓘仍說：「必先識勢，乃可加工」（玉堂禁經）❹。然而，筆勢的構成，是因點劃在字的結構中所處位置之不同，以及每位書家用筆結體特點之不同而來的，與書家個人氣質習性關係很大，並無確定的準則可說，只能做一般原理的描述，這就是它爲什麼多半要擬譬物象以供說明的緣故。且所謂勢，乃一形勢、姿勢、氣勢之流動分布問題，本身便充滿了韻律感，不易捉摸，故亦僅能比況肖象以爲詮說，無從實指勘驗，示人以矩矱。此所以題王羲之「筆勢論」必須一再強調「啓心」「教悟」，因爲光談筆勢，實在難免：「懸針垂露之蹤，難爲體制；揚波

❶「全唐文」卷三六五所收，與此文不同。

❷康有爲「廣藝舟雙楫」有「本漢」「傳衛」之說，認爲衛瓘、衛恒、鍾繇的字，都出於漢朝衛凱這個系統；南北朝分裂後，鍾繇一派在南方發展，衛凱一派在北方發展。這個講法，其實是在反對包世臣說後世書法只有鍾繇和梁鵠兩系的看法，並不足以證明漢朝即有「書家」。參看龔鵬程「文學與美學」（七五、業強）頁九七。

❸論書法之觀物取象，參見錢鍾書「管錐編」頁一一二一。但錢氏把唐以後人論書之擬況物象者與唐以前混爲一談，實在是忽略了像孫過庭對六朝勢評之反省這樣的工作。而且這種擬象評論的方式，更不是書法所獨擅，六朝時期，如鍾嶸論詩，亦復如此（見廖棟樑「論鍾嶸的形象批評」、古典文學第八集），若據此而言書法通於畫法，則亦當論詩文通於繪事也。

❹王壯爲說：「東漢以前卻不能在書籍上找到站在欣賞的觀點上述論書法書風的記載。崔瑗『草書勢』、蔡邕『篆勢』可說是最早的兩段純粹以欣賞藝術的眼光，形容書法態勢的文字，與字書的性質全然不同。……一、它們全然是述說這兩體書的形狀姿態，是就字體本身的外狀而言，並不及其文字之意義。二、他們都用了勢這個字，也是純就書法觀點設詞。三、他們開始用自然物象比擬書法，此一比擬方式，是敍述書法性質並顯示與文字觀念分離的一種重要的發展」（書法研究、五六、商務、頁三五）。

騰氣之勢，足可迷人」❺。

後人對此類筆勢論的不滿，主要原因也即在此。孫過庭「書譜」就說：「諸家勢評，多涉浮華，莫不外狀其形，內迷其理」，唐太宗也說：「我今臨古人之書，殊不學其形勢」（唐會要卷三五）。

因此，第二步便是如何把筆勢的原則整合歸納成一套規範，使它不再只是描述筆姿，而是指點筆法。這個過渡，最主要的例子就是題衞夫人撰的「筆陣圖」。筆陣圖，即是七種筆勢的描述，一橫如千里陣雲、一點如高峰墜石、一豎如萬歲枯藤、一捺如崩浪雷奔，構成筆陣出入斫陣圖，又稱七勢。這即是後來永字八法的雛型。永字八法，或云出自崔子玉、鍾繇、王羲之，但比較可信的是出自智永，或者不是智永，而是陳隋間人❻。這八法，後代仍然常與筆勢混稱，如元雪菴「永字八法」即有變化三十二勢之說，清張廷相魯一貞「玉燕樓書法」更是把筆陣圖擴展成七十二筆勢，稱爲「衞夫人書法各式」。但不管其間的混淆如何，「法」的提出，畢竟值得注意。這跟梁武帝「觀鍾繇書法十二意」、蕭子雲「十二法」一樣，都顯示了六朝中末期，有關法的思考，確實已開始萌蘗❼。

書法如此，繪畫亦然，南齊謝赫「古畫品錄」，首揭六法之說，與書法之八法，正相輝映。他說：「六法者何？一、氣韻，生動是也；二、骨法，用筆是也；三、應物，象形是也；四、隨類，賦彩是也；五、經營，位置是也；六、傳移，模寫是也」，後人雖或認爲他所談只局限於人物畫的範圍，未嘗道得畫中三昧❽，然「法」之提出，亦不能不說是劃時代之舉。這個法，就是荆浩「筆法記」中所說的「法則」「以爲圖畫之軌轍」，使繪畫這一活動，從天才的自由創造，走向法度規範。

詩文創作呢？在魏，曹丕還在「典論論文」中倡言：「氣有清濁，引氣不齊，雖在父兄，不足以移子弟」；到了沈約，却努力地嘗試爲詩文創作建立一套法則規範，說：

> 敷衽論心，商榷前藻，工拙之數，如有可言：夫五色相宣，八音協暢，由乎玄黃律呂，各適物宜。欲使宮羽相變，低昂舛節，若前有浮聲，則後須切響。一簡之內，音韻盡殊；兩句之中，輕重悉異。妙達此旨，始可言文。……自靈均以來，雖文體稍精，而此祕未覩，至於高言妙句，音韻天成，皆暗與理合，匪由思致（宋書・謝

❺ 本篇，孫過庭「書譜」力辨其爲僞託，但「墨池編」「書苑菁華」均載入，而兩本互異。「書苑菁華」本有十二章，與「書譜」云十章不同，眞僞考詳余紹宋「書畫書錄解題」卷九。然文雖僞作，它所顯示的，却正好是針對筆勢論的反省。

❻ 永字八法，起源與流傳，約有三說，詳余紹宋前揭書，卷二。

❼ 唐以前論書之作，談到法的問題較少，宋虞龢「法書目錄」、梁傅昭「書法目錄」、佚名「古今八體六文書法」等，大概都是唐人標的篇名，今亦佚去無可考。比較可能是討論筆法問題的，應該是顏之推「筆墨法」及佚名「筆墨法」。其他如韋續「五十六種書法」一卷、蔡希悰「法書論」一卷、題歐陽詢「歐陽率更書三十六法」、題顏眞卿「張長史筆法十二意」一卷、張懷瓘「顏眞卿筆法」一卷、李陽冰「筆法論」、竇臮「字格」、張敬玄「書則」等，均爲唐人作。

❽ 見謝肇淛「五雜俎」卷七。參余紹宋「書法要錄一編」前錄通論一、錢鍾書「管錐編」頁一三五二——一三五五。按：荊浩「筆法記」云：「謝赫品陸之爲勝，今已難遇。親蹤張僧繇所遺之圖，甚虧其理」，即代表後人對六朝繪畫的不滿，這種不滿，當然是由於畫法改變的緣故。

靈運傳論)。

沈約的講法,陸厥並不同意,曾遺書沈氏,謂:「歷代衆賢,似不都闇此處」。但事實上,司馬相如所謂「一宮一商」、陸機所謂「音聲迭代」、魏文之以清濁爲言、劉楨之明體勢之致,都是指自然的音調,所以雖都曉得要宮羽相變、低昂舛節,却都只能言其然不能言其所以然,更無法舉其條例。沈約則第一次本此原則而規定種種條件,以作爲創作時遵守的定律,所以才能矜爲「獨得胸衿,窮其妙旨」❾。

據「南史・陸厥傳」說:「(沈)約等文皆用宮商,將平上去入四聲,以此制韻,有平頭上尾蜂腰鶴膝,五字之中音韻悉異,兩句之內角徵不同,不可增減」。上尾蜂腰等,即是八病。八病又稱八體,沈約答甄琛書:「能達八體,則陸離而華潔」、魏常景「四聲讚」:「四聲發彩,八體含章」,此與書法之永字八法又稱爲八體相似,均就其規範性而定爲一種格式也❿。

由沈約「四聲譜」進一步的推闡與立法,厥推劉勰「文心雕龍」。「文心」亦論勢,謂文學創作「莫不因情立體,即體成勢。勢者,乘利而爲制也,如機發矢直,澗曲湍回,自然之趣也」(定勢),這種講法,是由劉楨、陸雲論文勢處再往前推,了解到文章形勢之奇正剛柔,本乎作者內在的情致,因此它也只是自然的、流動不居的,論文者要必將之納入「術」的思考範疇之下。

文術雖多,其所關注者,大致有三方面:「一曰形文,五色是也;二曰聲文,五音是也;三曰情文,五性是也」(情采)。在聲律方面,劉勰所說的「韻」「和」,即是沈約所談「聲」「病」的問題。永明體以平上去入爲四聲，以此制韻，劉勰則說「同聲相應謂之韻」；永明體講究五字之中音韻悉異，劉勰則說「異音相從謂之和」。前者是叶韻相應，後者是異音相從⓫。其次，根據劉勰所說「聲有飛沈」，可知他是主張用四聲配五音，並把四聲分爲低昂、浮切、輕重、飛沈這樣兩類，構成兩句之間平仄調配的關係，以使飛沈相配，聲調和諧。三、則是根據「響有雙疊」，提出「雙聲隔字而每舛，疊韻離句而必睽」，這又類似八病說中的傍紐和小韻了⓬。

在形文方面，「鍊字篇」談的是字法的問題，認爲綴字屬辭，「一避詭異、二省聯邊、三權重出、四調重複……凡此四條，雖文不必有，而體例不無。若值而莫悟，則非精解」⓭。由這種字法的講求，再進而討論句法的構造，如「麗辭篇」談句型及句意的對偶關係，以及

⓽ 詳郭紹虞「永明聲病說」（語文通論續集）。按：永明聲病之說，談者紛紜，以下姑言其概而已。韻紐四病，南朝時是否曾經提出，亦仍爲一問題，參啓功「詩文聲律論稿」頁七九—八八。

⓾ 八病又稱八體，或八病本名八體，亦詳註九引郭紹虞文。永字八法又名爲八體，則見元鄭杓「衍極」卷五的「天五篇」：「夫善執筆者八體具，不善執筆者八體廢」劉注：「八體，八法也」。

⓫ 亦詳注九所引文。又，饒宗頤「文心雕龍與佛教」謂劉勰韻和之說，乃運用梵讚轉聲的方法來論漢土詩歌的聲律（收於「文心雕龍研究論文選粹」、六九、育民、王更生編）。然理論之起源與內容並無必然關係，劉氏聲律說之重要性，亦不在其是否果爲運用梵讚轉聲之法以論中土詩文，故此當可存而不論。

⓬ 詳見周振甫「文心雕龍注釋」（七三、里仁）聲律篇說明。

⓭ 請注意「體例」「條例」這個觀念。詳後文。

四種對仗法式（言對、事對、正對、反對），四種毛病（駢枝重出、優劣不均、孤立無偶、無奇類異采）；「章句篇」處理的是文章段落和造句，紀昀所謂：「此一段論章法。此一段論句法，然但考字數，無所發明，殊無可採。此因句法而類及押韻及語助。論押韻特精，論語助亦無高論」云云，是後世論詩法文法愈趨精密以後，再回過頭來看。但就法之建立的歷史意義說，這當然也是度越前修的。然而，「文心雕龍」所論，尚不止此，它還企圖從字法、句法、段法而討論整篇文章撰構的結構關係，這就是「附會篇」。「何謂附會？謂總文理、統首尾、定予奪、合涯際，彌綸一篇，使雜而不越者也」，這正如紀昀所說：「即後來所謂章法也」。

換言之，在「文心雕龍」裡，我們大抵可以看到後來詩文評話乃至圈點眉批中各種章法、句法、字法的雛型。但「文心」並不稱此為法，它稱之為術。「總術篇」有一段話，可以代表中國文術觀念奠立的宣言：

> 凡精慮造文，各競新麗，多欲練辭，莫肯研術。……伶人告知，不必盡窕桍之中；動角揮羽，何必窮初終之韻。……夫不截盤根，無以驗利器；不剖文奧，無以辨通才。才之能通，必資曉術，自非圓鑒區域，大判條例，豈能引控情源、制勝文苑哉？是以執術馭篇，似善奕之窮數；棄術任心，如博塞之邀遇。

法的建立及其功能，是超越了經驗的熟稔與感性的直覺，而圓鑒區域、大判條例，構成一客觀之創作憑據與規律⑭。使得藝術創作活動，不再只是依才情機遇偶然性地碰巧寫出一篇佳構，不再只是靠著經驗來進行語言的探索，也不再只仰賴天才與靈感。而且，從「多欲練辭」這種文辭字句的修飾，到依「術」而對文學創作有整體理則上的掌握，也代表了文學創作意識的大躍昇。

## 二、「法」之觀念的發展

從這一刻開始，中國文學創作事實上業已走入了另一個與從前迥然不同的新天地之中。過去，對魏晉南北朝這一段，在文學批評方面，我們往往集中力氣去關注當時因所謂「人的自覺」而興起的緣情之說⑮，比較忽略了南北朝中葉以後，曾經興起的一股替文學立法的熱潮。對於唐朝，我們雖也討論過他們那時曾經流行廣遠的詩格著作，但基本上只認爲那是考試制度下的副產品⑯；對唐詩及唐朝在文學批評上的歷史性格，也只強調他們的活潑創造表現，而把宋朝視爲對法的堅持者。

⑭ 沈約與陸厥書，也詳細討論了這一問題，他說：「譬猶子野操曲，安得忽有闡緩失調之聲？以『洛神』比陳思他賦，有似異手之作，故知天機啓則律呂自調，六情滯則音律頓舛也」，法度未嘗建立前的狀況，卽是如此，此非創作時所能據以爲憑準者也。

⑮ 有關「人之自覺」，爲近來流行的對魏晉時期之詮釋觀點。此一觀點主要提出者，爲錢穆、余英時，較近的研究，可參看蔡英俊「比興、物色與情景交融」（七五、大安）第一章第二節、第二章第二節；李澤厚「美的歷程」（北京文物出版社、一九八一）頁八五—九五。

⑯ 如劉大杰「中國文學批評史」就完全不提這些唐人批評論著，只說：「初唐時期，階層鬥爭較爲緩和，經濟繁榮發展。帝王大都愛好詩歌，並以詩賦取士。在這樣的政治環境下，詩文風氣，一般趨於華豔，研究詩歌格律的著作，應運而生」（第三編、緒論）。

可是，在藝術史上，我們剛巧發現了書法有「晉人重韻、唐人重法、宋人重意」的說法，而如果我們把齊梁以降，諸如永明體逐漸發展成律體、詩格詩例之書日趨增多、「文心雕龍」總術這一類言論逐漸形成……等現象，綜合起來考察，便將發現：這是一個新的文學批評運動。一方面，它是對魏晉時期所發展出來緣情之說的反省與超越；另一方面，它說明了：唐人重法，不僅是書法史上的問題，也是文學批評史上的現象，這即意味著一種文化史綜合考察的必要。三、對於宋朝文評，可能也應重新理解爲：它既是法之觀念與系統建立完成後，一切均在法之規範下活動與思考的時期，也是朝向鬆動、辯證法律體系這個方向努力的時期，因此才能有對於「意」的強調，並從法的觀念發展出「活法」。

從第一點來看，詩主緣情，說始於陸機「文賦」。而除了「文賦」之外，還有許多資料都可以說明六朝時期緣情說至爲流行，如：

情志既動，篇辭為貴（後漢書・文苑傳贊）。

文章者，蓋情性之風標，紳明之律呂也（南齊書・文學傳論）。

民禀天地之靈，含五常之德，剛柔迭用，喜慍分情，夫志動於中，則歌咏外發（宋書・謝靈運傳論）。

文者，惟須綺縠分披，宮徵靡曼，唇脗遒會，情靈搖蕩（金樓子・立言篇）。

文章之體，標舉興會，發引性靈（顏氏家訓・文章篇）。

兩儀既生矣，惟人參之，性靈所鍾，是謂三才。為五行之秀，實天地之心，心生而言立，言立而文明，自然之道也（文心雕龍・原道篇）。

這所謂情志、情性、性靈云云，主要是由於魏晉以後，對於個人生命的肯定，而將詩歌視爲自我情感之表露，所以抒情的自我（Lyric self）即成爲創作時主要的呈現內容。這個有情，且又與外物相感相應的抒情主體，即稱爲性靈，如鍾嶸論阮籍時，就說他「咏懷之作可以陶性靈、發幽思」，「文心雕龍・情采篇」也有「綜述性靈，敷寫器象」之語。有時也稱爲心靈（如「詩品」序云：「感蕩心靈，非陳詩何以展其義？非長歌何以騁其情？」）或情靈（如「金樓子・立言篇」所說）⑰。

這種對抒情自我的強調，無可置疑地是六朝文評的基本認定，但強調抒情自我，強調創作活動中「感物吟志，莫非自然」的一面，無疑又會使整個創作活動出現疑難，譬如說，文學創作只是情志的湧現，還是必須仰賴文字技巧的構作？文字如何有效地整理情志、表現心靈之所感？「文心雕龍・總術篇」反省的就是這個問題，因此他說：「若夫善奕之文，則術有恆數，按部整伍，以待情會。因時順機，動不失正。數逢其極，機入其巧，則義味騰躍而生，辭氣叢雜而至」，純任心靈之流動，是不穩定的，創作者不能只依靠不穩定的偶合，而必須憑藉有恆數、具穩定性的法式規律以待情會之湊泊⑱。

⑰ 詳龔鵬程「性靈」（文訊月刊廿五期、文學批評術語辭典）。
⑱ 當時所反省的，當然不僅止於這一個問題，像「情」與「理」之間的辯證關係，也是在這時發軔的，詳見本書頁二三八。

其次，單只強調創作是作者抒情自我的發露，那麼同樣是表露性情，何以言有工拙？「工拙之數，如有可言」，則其術安在，沈約考慮的，主要即是這一問題，故曰：「先士茂製，諷高歷賞，子建函京之作、仲宣灞岸之篇、子荊零雨之章、正長朔風之句，並直舉胸情，非傍詩史；正以音律調韻，取高前式」（宋書・謝靈運傳論），直傍胸情之作，所以能夠超妙，即在於其音律調韻。

倘若我們沒有忘記「顏氏家訓・文章篇」曾說過：「自古文人，多陷輕薄……原其所積文章之體，標舉興會，發引性靈，使人矜伐，故忽於操持，果於進取。今世文士，此患彌切」，便當注意到諸如沈約劉勰這一類言論，均應看成是六朝後期整體反省活動的一環。在這種對緣情詩觀的反省中，可能導向道德性的要求，但更重要的，乃是導往規律之建立。

在這種情況下，有關法術的觀念，雖從情靈說中孕育烹釀而生，卻必然常與性靈說衝突，如鍾嶸，強調「古今勝語，多非補假，皆由直尋」，便頗不贊同聲病說。而這種衝突模式，在後代也不斷地上演著。且格調與性靈兩派，歷數千年而爭論不休，但言格調格律者，卻始終不曾反對過詩主性情。論者對此，往往不能明其所以，故討論後世各派詩論之發展與內涵，輒多模糊錯謬之談。例如沈德潛「南園倡和詩序」嘗言：「詩之眞者，在性情，而不在格律辭句間」（文鈔卷十三）、「唐詩觀瀾集序」「本朝館閣詩序」又都曾標舉「性靈」，論者對這種現象，便很難將之與性靈說作一明確的劃分，於是只好說什麼：「論格調而不廢性靈者，有王世貞、謝榛、申涵光、毛先舒、沈德潛等人」[19]。把他們視爲折衷派或調和論，而不曉得這根本不是什麼調和的問題，格調與性靈，亦非異質性的兩個理論系統，它們在理論之形成與結構上，有深邃複雜的關係。

這種關係，要獲得一確當的解釋，即必須正視六朝中期這種爲詩文藝術立法的努力。「宋書・武陵昭王曄傳」載：「曄工奕棊，與諸王共作短句，詩學謝靈運體，以呈上，報曰：見汝二十字，諸兒中最爲優者，但康樂放蕩作體，不辨首尾，安仁士衡深可宗尚」，這種對靈運詩的批評，就是「梁書・庾肩吾傳」所說：「謝客吐言天拔，出於自然，時有不拘，是其糟粕」。這樣的評論，顯見當時對那種純屬自然天機的創作方式，又有了普遍的警惕與不滿。所以才會嘗試經由思致，以知工拙之數的原理。

這些原理，劉勰稱爲「體例」或「條例」。體例一辭，即有立法創制之意（「晉書・李重傳」：「革法、創制，當先盡開塞利害之理，舉而錯之，使體例大通而無否滯」），條例，則是模倣漢儒之治經。漢末，何休「公羊解詁」序中說：「略依胡毋生條例」；胡氏條例，今雖亡佚不可見，但漢晉之間釋例之書甚多。「隋志」著錄有杜預「春秋釋例」十卷、劉寔「春秋條例」十一卷、鄭衆「春秋左氏傳條例」九卷、不著撰人姓名之「春秋左氏傳條例」二十五卷、何休「春秋公羊傳條例」一卷等，「舊唐書・經籍志」也有劉歆「春秋左氏傳條例」廿五卷。劉勰原道宗經，自謂敷讚聖言，莫若注經，而文章之用，實經典枝條，詳其本源，亦皆莫非經典，故搦筆和墨，著爲論文之書，而依倣經注，大判條例，以引控情源、制勝文

⑲ 見林秀蓉「沈德潛及其弟子詩論之研究」（七五、高師院國研所碩士論文）第五章第三節。

苑，實在是件非常自然的事⑳。

漢儒這些條例，雖有異同，但基本上是從春秋三傳的遺辭用字（即所謂的「書法」）中，歸納整理而來的。然而，他們又常反過來，認爲：「其發凡以言例，皆經國之常制、周公之垂法，仲尼從而修之，以成一經之通體」（杜預春秋序）。觀察書法以明孔子進退褒貶之意，則條例的功能是描述的；認爲孔子據書法以修撰春秋，條例皆經國之常制、聖人之垂法，則條例就是寫作時的規範了。——由經典的書法問題，而引生的文法觀念，同樣具有這樣的雙重性格。像沈約說：「敷衽論心，商榷前藻，工拙之數，如有可言」時，它其本上是描述的；得自歸納整理；而劉勰勸人要「執術馭篇」時，那條例便是創作之規範或憑藉了。規範具有普遍性，故劉勰云：「凡此四條，雖文不必有，而體例不無」。

這具有普遍性的規範，劉勰總稱爲「術」。到唐以後，他們一方面沿用了「例」這個名詞（如「文鏡秘府論・東卷」的「筆札七種言句例」、姚合「詩例」一卷），或也沿用了「術」的稱謂，如元兢的「調聲三術」、佚名的「調聲術」。但另一方面，他們也發展出新的稱呼語句，其中最普遍的就是格、式。「文鏡祕府論・東卷」序甚至說：「余覽沈陸王元等詩格詩式等，出沒不同」，沈陸王元，可能是指沈約、陸厥、王昌齡、元兢；然而沈陸並無詩格之書，故由此即顯示了唐代一般均以詩格詩式之名，來涵括有關這一類的著作。

假如比較一下，這些字詞的演變，可能就剛好顯現了整個立法意識的發展。——例，直接沿襲自經學，其語言本身只代表了現象之分類與比類之標準。術，據「說文」，是邑中道路，故可視爲一種通道，引申爲技術、方法。「廣雅・釋詁」：「術，法也」，「說文繫傳通論」講得更好：「術，方術也。一方之道也，猶五味之一也。輪之一輻、蓋之一轑，輻轑之不工，不能無害於輪蓋也，故邑中道而術大道之派也……賢者由術至於道」。劉勰選用術這個字，正可顯示他期望執術研術以引控清源的用心。但例與術，似乎都未足以表示它們本身是一種普遍性的規範，因此逐漸被格式法式諸詞所取代。格，本有法之義涵，如言語可以爲人法則者就稱爲格言，「禮記・緇衣」：「言有物而行有格」注：「格，舊法也」、鮑照「蕪城賦」李善注引「蒼頡篇」：「格，量度也」，它代表一種規格、標準。式，也是法的意思，「周禮」天官典婦功：「掌婦式之法」注：「婦式，婦人事之模範」。這兩個字，本來也不錯，但「格」常與「格調」之意混淆㉑，「式」之義涵亦不如「法」豐富而準確，所以後來格術例式等稱謂均不再流行，只統稱之爲法。

整個爲詩文創作立法的活動，至此才趨於穩定、明晰，且已成熟。經由唐人詩格詳密的

⑳ 杜甫「偶題」詩：「後賢兼舊制，歷代各清規」，仇注：「郭作制，一作例。杜預左傳序：『據舊例而發義』」。

㉑ 傳王昌齡「詩格」中有所謂「古人格高」之說（見「秘府論・南卷」論文意引），且謂「意高則格高」。這個格就不是規矩法度之意，而是品格之意。皎然也有「詩有三格四品」之說，然其格與品却仍是式樣的意思。可見在這兒很容易弄混。且唐人有格調一辭，如方干「美人」：「直緣多藝用心勞，心路玲瓏格調高」、韋莊「送李秀才」：「人言格調勝元度，我愛篇章敵浪仙」、秦韜玉「貧女」：「自愛風流高格調，共憐時世儉梳粧」，格調皆具評價意味。

分類區劃，詩之格法，於焉大備㉒。

## 三、「法」的原理

### 1藝術的世界

這是一個法已建立的世界，混沌鑿破，秩序底定，詩文創作意識丕然大變。在此之前，創作者緣情抒懷，感物唸志，莫非自然；在此以後，詩人安章宅句，務期弗畔於法度。法既導引了作者，也限制了心靈。在創作時，無論再怎麼講性靈、講童心，法的考慮，永遠存在，他要不是法的支持者，就是反叛者，而無論支持與反叛，却又都不能脫離法來思考創作的問題。最典型的例子，就是金聖嘆。金氏論詩，一方面說：「詩非異物，只是一句眞話」（與顧掌丸）「詩非異物，只是人人心頭舌尖所萬不獲已，必欲說出之一句話耳」（與家伯長文昌）「詩如何可限字句？詩者，人之心頭忽然之一聲耳。……唐之人撰律，而勒令天下之人，必就其五言八句或七言八句。若果篇必八句，句必五七言，斯豈又得稱詩乎哉？」（與許青嶼）㉓，一方面又說：「除起承轉合，亦更無詩法」（示顧祖頌），並致力於唐詩之分解，認爲：「分解而後，知唐人律體之嚴，直是一字不可得添，一字不可得減也」（與顧掌丸）。前者何其通脫，後者何其拘謹！然其通脫，乃有法之通脫，非無法之自然；其拘謹亦不純屬拘謹，而是要通過法以得自然。換句話說，法成立以前，感物吟志莫非自然的「自然」，與立法以後創作者所講求的自然，其意義與獲致的方法均不相同了。法與自然蘊含著一種複雜的辯證關係。

此一關係，在自然世界及人事社會裡，早已存在，唯獨在藝術活動中，卻要遲到齊梁以後，方始有之。例如「大戴禮·禮察篇」：「法者禁於已然之後」，「管子·正」卻說：「如四時之不貸、如星辰之不變、如宵、如晝、如陰、如陽、如日月之明曰法」，法既是事後的督責，又同時是天地萬物所以如此的規律。而萬物所以如此之規律，即老子說的「道法自然」。那麼，究竟所以督責事物之法，是否就是自然呢？法，到底依什麼而成立？爲什麼它能有

㉒ 此一立法行動，主要是在詩這方面，原因是沈約劉勰等人討論的聲律對仗問題，直接開啓了唐朝律詩的發展。文章方面，則恰好相反，唐與六朝駢儷並未連接，古文運動興起後，整個切斷了兩者間的聯繫，故文章之法式，須待宋朝，始有討論，其中最重要的書，就是陳騤的「文則」。則，亦法也。

㉓ 對晚明文家的解釋，我們必須特別注意他們這種雙面性，不能僅據一偏來立論。因爲像金聖嘆等，既有性靈的堅持，亦有法的講求，此處雖說唐人不能勒限天下人作詩必爲律體，卻又同時强調：「唐律詩之律字，此爲法律之律，非音律之律也。……此皆自古以來所未有，而爲唐之天子手自定奪者也。當時天下非無博大精深之士也，然而一皆頫首其中，兢兢不敢或畔，於是以其爲一代煌煌之令甲也，特尊其名曰律。……此正如明興以書藝取士也……於是以其爲一代煌煌之令甲也，特尊其名曰制。言義固四子之義，而制乃一王之制也。夫唐人之有律詩之云，則猶明人之有制義之云也」（答徐翼雲）。明之李卓吾、袁中郎等，皆不反對制義，理由當與金聖嘆相似。至於此所謂一王之制，牽涉到「權威」的問題，詳後文，注㊴。

「殺戮誅禁」（管子・心術）或金聖嘆所說「勒令天下之人必就之」的力量㉔？這些法，若出於人為，若來自歸納或約定，則它又憑什麼證明它自身的合法性？……這類法律哲學的問題，歷來討論甚多，但在藝術創作與評論領域，倒仍是一項新遭遇。

這項新遭遇，意味著藝術創作領域已經開始獨立於自然界和社會體制之外，自成一個世界。造物者為自然立法、聖賢為社會立法，這些批評家則為藝術世界立法。使這個世界具有一套自己的法則規律，讓創作和批評活動得以依此法則規律而進行。據這套規範體系，詩的體製，逐漸推衍增多，「古今詩話」說：「古之文章，自應律度，未嘗以音韻為主。自沈約增崇韻學以後，詩家體製漸多，始有蹉對、假對、雙聲、疊韻之類」，指的就是這種狀況。從前，新體製的出現，是由創作者偶然的個人創作，現在則可以依法的規律來演繹了。同樣地，據這套規範體系，他們也建立起屬於這個國度的階層關係。例如王昌齡被稱為「詩天子」、杜甫是「詩聖」，敖陶孫「臞翁詩評」、王世貞「藝苑卮言」等，甚至說杜詩如周孔制作。「吟窗雜錄」則云：「王維詩天子，杜甫詩宰相」，嚴羽「吟卷」也說：「論詩以李杜為準，挾天子以令諸侯也」。其他如張為「詩人主客圖」、呂本中「江西詩社宗派圖」、舒位「乾嘉詩壇點將錄」，都是把詩人視為一個社群。而詩人本身也逐漸發展出屬於詩人的族群意識，開始以詩人作為身分標記；唐朝在詩歌發展史上，之所以顯得特別突出耀眼，這是個很重要的因素。這就法哲學來說，即是一法律團體人格建立了的徵象。法律人格的賦予，不只限於個別的人，也能賦與團體或社會。一般常將此類團體擬人化，把它當做本身擁有權利、具連續性，且能顯示一套持續的態度、政策或價值，有相當程度的固定性與自足性之獨立體。這一團體人格，雖附麗於個別的、可以指認的人類個體，却不等於它所擁屬的任何一個成員。所以我們說「詩人」，可能同時指某一個別的詩家如杜甫李白等，也可能指那一類會作詩、能喝酒或行爲具有某些特徵的一群人。也許我也作詩，但我並不如一般所固定地想像那樣，具有「詩人氣質」，然而這並不影響大家對詩人這一團體人格的認知。這種團體人格的建立，當然是由於藝術世界業已立法的緣故㉕。

## 2.文學的成規

詩人族群形成的同時，文學的成規也已建構。所謂文學的成規，包括語言形式的規範、題材處理的傳統、作家權威關係之建立等。

語言形式的規範，除了指像永明體對詩文聲調韻律的規定、唐人格勢法式的討論、律體的形成、古詩聲調譜之考辨這一類東西之外，我們還必須注意到宋元人所談實字虛字的問題、

㉔ 以律詩之律爲律法之義，非金聖嘆一人私見，如「珊瑚鉤詩話」：「沈宋而下，法律精切，謂之律詩」、「藝苑卮言」：「律爲音律、法律，天下無嚴於是者」、「唐音審體」：「律者，如用兵之紀律，用刑之法律，嚴不可犯也」、「藝概」：「律詩取律令之義，爲其嚴也」皆是。

㉕ 參看龔鵬程「江西詩社宗派研究」（七二、文史哲）第四卷第二章、Dennis Lloyd「法律的理念」（七三、聯經、張茂柏譯）第十三章。

情與景之關聯配合的問題、起承轉合的結構問題等等㉖。文學本來就是一門文字的藝術，有關文字字形、字音、字義的組合規律，當然是評論者討論的重點，但早期僅有「辭達而已」「言之不文，行之不遠」「文主於氣」這樣的原則性提示，現在則要詳細討論它如何用事、如何對仗、如何安詞、如何調聲，即使只是詩的開頭起筆，也可以分析出十幾種寫法㉗。這不僅在詩文創作與批評方面，提供了一套得以依循的規則，也意味著「形式」客觀化的知識，已經建立。如「夢溪筆談」云：「詩第二字側入，謂之正格，如『鳳曆軒轅紀，龍飛四十春』之類。第二字平入，謂之偏格」，正格偏格的區分，在詩文評論中至爲普遍，何以某一形式即爲正、某一形式即爲偏？正與偏顯然與其表達之內容無關，故此種討論，本質上就只是純粹「形」的探討；它所建立的知識，也是一種形的知識，所以范溫才能比較諸家句型構造，而說：「此但論句法，不論義理」（潛溪詩眼）。

從前，論詩者，較著眼於作者本身的情志意念，賦比興也只視爲一種表達手法，用以表達作者內在的情思，故重點依然只在作者之情志內涵，文字乃傳示道之工器而已，並未發展出有關此一形器之知識。「形」並無獨立地位，其自律性也沒有受到尊重。此爲中國文學重視主體精神之一大特徵。然而，自法之觀念在文學批評中出現後，此一傾向即遭到明顯的挑戰，法與作者創作主體之間，乃出現了一種新的辯證關係。

一方面，由於某些形式原則業已被制定，於是逐漸走向一種系統的活動，發展成各種形式系統，如律體和各詩格所述者。這種形式系統的發展，雖仍必須仰賴思想的人，但思想者在發展形式系統之時，却有不得不如此的感覺，「箭在弦上不得不發」，形式本身是會帶著作者走的，因此這即不能不肯定形式系統有相當程度的客觀性和自律性。這一形式系統，依其本身之形式自律，亦能構成若干美的樣式。如「詩人玉屑」所云典重、清新、奇偉、綺麗……，或萬象入壺、重輪倒影、新月驚鼇、眞人御風……等等皆是。此類美的樣式或範疇的提出，乃是就其句法構造而說，並不涉及作者問題。雖因中國文評素重主體性，且它也過於繁碎，而常被譏嘲爲妄立格法，不達大體㉘；然若依康德對美的看法來說，形式之美才是

㉖ 周伯弜選唐詩，卽以情景爲虛實，「對床夜話」：「周伯弜選唐人家法，以四實爲第一體、四虛次之，虛實相半又次之。其說四實，謂中四句皆景物而實也。」方回「瀛奎律髓」謂其說太拘，以爲：「詩止此四體耶？有大手筆焉，變化不測，用一句說景、用一句說情，或先後不測」（卷二六），因此又有「變體」之說。但無論如何，情景如何安置，爲宋末元初之重要詩學問題，另參蔡英俊前揭書，頁二一九。此一問題，亦爲早期王昌齡「詩格」中卽已提出者，特至宋而續有發展耳。故范晞文「對床夜話」又稱四實四虛前虛後實等爲「格」，方回也說他所編的「律髓」是：「所選，詩格也」。

另外，實字虛字問題。實字，乃「環溪詩話」所提出者，與洪邁「容齋隨筆」謂相、自、共、獨、誰等字爲實字不同；虛字，卽活字的問題，詳注廿五所引龔鵬程書，頁一六八、二四四。起承轉合，詳龔鵬程「起承轉合」（文訊月刊廿七期．文學術語詞典）。

㉗ 如王昌齡「詩格」中直把入作勢、商量入作勢、直樹一句第二句入作勢、直樹二句第三句入作勢、直樹三句第四句入作勢、比興入作勢，就都是談如何發端的。

㉘ 參看本書第四章注78，頁二三三。

純粹的美，涉及內容意義之美倒反是依存美哩㉙！我們固不必奉康德之說爲圭臬，但卻應理解到：形式本身的系統性一旦建立，它即能呈現獨立的美感典型，句法之優劣也才可以評估，創作者面對他自己的寫作活動時，也才能明晰地展開他對語言形式的覺知，沈約答陸厥書說：「自古辭人，豈不知宮羽之殊、商徵之別？雖知五音之異，而其中參差變動，所昧實多」，講的就是這個意思。當宮羽商徵之參差變動明晰化、穩定化了以後，創作者就不再依據自己的直覺，而可以就此形式知識來思考或依循了。

## 3.法律的權威

由於這種形式知識、語言形式系統的自律，使得創作活動穩定地進行，使批評活動明晰地運作，我們對於語言，經由形式化後，原先散漫無秩的知覺，遂做了一種排列和統攝。同時，這樣的形式知識或系統，不僅是客觀的，在實際運作時，它更是先驗地存在於主體之內。所謂先驗，是說這些法一旦建立，則它就是先於創作者個別經驗，而先在於主體性之內，並且有確定性和嚴格的必然性㉚。形式格律的規範性和強制力，就是在這種情形下形成的，一如刑律，森嚴而不可犯㉛。

但是，問題也就在這裡。先驗的形式之知，假若在落入經驗認知時，出現了無法符應（correspondence）的情況，怎麼辦呢？在科學上，由於科學理論都是抽象而普遍的，但實驗中的感性資料又是具體而流逝的，兩者無法對應，亦無法關聯起來，故除了必須建立對應規則（rules of correspondence）外，還須使用模式（model）來予以關聯。可是文學創作不是科學，我們不可能建立模式，「詩格」中所發展出來的格與例，雖近乎模式，卻無法發揮其功能，反而將整體創作活動割裂成雜亂的格例。同時，格例的形式自律性，一旦轉爲規範之後，往往形成極爲可笑的結果，如「玉屑」謂一聯中上句有聲者（如「興闌啼鳥喚，坐久落花多」）爲天仙搖佩，下句有聲者（如「澄潭寫度鳥，空嶺應鳴猿」）爲臥香挽車，創作者心中有此名目，每每成爲寫作時的罣礙，且即使再來一句上句有聲或下句有聲，也無法保證其爲佳作㉜。再者，前文曾說過，法則條例，時或來自歸納整理，但它必然從描述走向規範，

㉙ 康德認爲一般快感都涉及利害計較，都只是欲望的滿足，主體對滿足欲望的東西，只關心它的存在而不關心它的形式。反之，審美只對對象的形式起觀照活動，而不起實踐活動，故美感卽起於對形式的觀照而不起於欲念的滿足。在「判斷力批判」第十六節中卽據此區分了自由的美與依存的美兩種美。

㉚ 此爲形式之知的特性，猶如「2＋2＝4」並不來自任何個別經驗認知，卻反而能使我們的個別經驗認知成爲可能。語言形式規範之建立，固然有些原則彷彿來自前人作品之歸納研究，但若追究其實，畢竟仍是先驗的，因爲無論規範形成的方式如何，都是起源論的問題，與形式知識之所以可能的主體性結構無關。這裡談的是後者的問題。參註二所引龔鵬程書，頁五。

㉛ 法律之嚴，見皎然「詩式」：「三不同語勢。……偷語最爲鈍賊，如漢定律令，厥罪必書，不應爲。酇侯務在匡佐，不暇采詩。致使弱手蕪才，公行劫掠。若評質以道，片言可折，此輩無處逃刑。其次偷意，事雖可罔，情不可源。若欲一例平反，詩教何設？其次偷勢，才巧意精，若無朕迹，蓋詩人偷狐白裘于閫域中之手。吾示賞俊，從其漏網。」後來類似這樣的批評方式很多。

㉜ 另詳龔鵬程「文學散步」（七四、漢光）頁二二二。

並因此而具有普遍性。然而，當我們試圖把規律性加諸語文的自然現象上時，文學作品經常也在做無聲的抗拒：我們會發現我們的規則遭到了否證，出現了相反的例子。而從方法論上說，歸納，無論如何也無法一躍而成爲普遍的法則，否證的出現，便提醒了大家注意這個事實。此類否證，在科學發展史上，是構成科學革命的主要原因和動力㉝。在文學創作中，否證亦極重要，一旦否證被發現，且被有意識地運用或探討，亦往往會形成法律系統的修正及文學寫作風氣的革新，造成新的流派。此即「變體」「變例」出現之邏輯。拗體、杜詩、黃庭堅及江西詩社宗派，是最典型的例子。張耒曾說：「以聲律作詩，唐至今詩人謹守之，獨魯直一掃古今，出胸臆、破棄聲律」、王世貞也說：「老杜以唱行八律，亦是變風，不宜多作，作則傷境」㉞。杜黃在詩史上都被視爲集大成者，但同時他們又都是法則的破壞者，從文學成規發展的邏輯來看，這種近乎矛盾的狀況是相當自然的。文學的常與變，亦依此邏輯不斷地上演著。因爲，不論它怎麼變，變例一旦取得合法性之後，它便成爲法系統中的一部份了。就像拗，拗剛出現時當然是變例，是不合法的，但逐漸地，在「律髓」中特別列了「拗字類」一卷，拗與救之規則也慢慢形成，這時它就反而成了極嚴格的一套軌範。

據此，我們自當追問變體的合法性是怎麼來的。爲什麼學生寫詩，押韻錯落或平仄失調就不合格，老杜如此却反稱佳作，牢籠百代？這就涉及「權威」的問題了。

法的強制力，在文學領域中並不像在社會團體，依賴武力誅罰。它之所以能讓人服從，是靠著文學團體中人承認它的權威。但是，爲什麼一個人會認爲自己有承認法律權威的義務呢？權威是怎麼來的？

假若根據馬克斯・韋伯（Max Weber）的分析，合法統治（legitimate domination）的權威，可能以三種型態出現：領袖式（charismtic）、傳統式（traditional），及法律式（legal）㉟。領袖式，是指個人以其獨特的氣質、能力，創造勢力，形成權威，在政治領袖、宗教教主、學派創始者身上，我們經常看得到這種特質，因此言爲世法，被人奉爲權威。此種權威雖可能隨領袖去世而消失，人亡政息；但通常它也會具體表現在某些制度裡，變成傳統。至於法律式統治，是說其統治已變得尊重法律且與個人無關，權威純依其律法本身之規範性來表現，不再仰求個人特質。舉例來說，沈約以降一系列立法活動，即是企圖建立法律式的統治。但在他們進行這一努力的同時，仍有許多作家在從事實際的創作活動，作家以其個人魅力、獨特的語言處理方式，塑造了人所尊仰的成就，其領袖式的權威即已建立㊱。這種權威是極個人化的，因此我們也僅個別性地承認，詩話中經常出現：「此在杜甫則可，在

㉝ 在這一問題上，值得注意的當然是巴柏（Karl R. Popper）和孔恩（Thomas Kuhn）對科學發展的解釋，參見莊文瑞「當代科學哲學的轉向——巴柏與孔恩的論辯」（當代月刊十期）。至於文學與科學革命結構之不同，杜甫變體的例子，很可供我們思考。

㉞ 拗體，詳註廿五所引龔鵬程書，頁一七〇。又王楙「野客叢書」卷十九論拗句格。杜詩爲變體說，起於宋而盛於明清，參上引書，及簡恩定「清初杜詩學研究」（七五、文史哲）第二編第二章。

㉟ 見Max Weber, *Law in Economy and Society*, ed. Rheinstein（1954），十二章及十三章。

㊱ 由這點來看，創作活動和立法的規範性活動之間，也存在著一種辯證關係。法規範著創作，創作卻時或衝破法的規則性，逼使法重做調整；然而，喪失了法的規範，創作亦覺茫無準則。

他人則不可」這一類論調，講的就是這個問題。但若這些個人氣質（諸如他所開拓的新題材、他特殊的詞彙、句法、聲調、表達手法等）逐漸穩定下來，有人沿用遵循或其內部規律被發現了，那麼，它便轉爲傳統式統治。而領袖式統治和傳統式統治固然也會腐蝕或干擾法律或統治，但它同時又強化了法的權威性，擴張了法的體系。甚至於，法律式統治的權威，往往需由領袖式統治和傳統式統治來。反之，領袖式的權威，也有一部份建立在群衆對法之權威的服從上㊲。因此，表面上看來，整部文學發展史就是一部不斷變遷的歷史，但事實上，這些變，大體都在法的規範中，或直接由法所激生引帶而形成。這裡最明顯的例子，就是杜甫。杜甫雖被尊爲詩聖，認爲他「一變而不可復，何其覇哉」（白雨齋詞話）；但杜甫的地位也一再遭到質疑，古、律、絕都被視爲變調而非正宗。這種「正宗」的判斷，即是從法的規範性中來的㊳。魏鶴山曾有「唐文爲一王法」之說，謂：「一王之法，豈獨有天下者司之，而斯文獨無之哉？……有韓子作，大開其門以受天下之歸，反刓劌僞，堂堂然特立一王之法，則雖天下之小不正者不將於王將誰歸？」（文集卷一百）法之權威於斯可見矣㊴。——當然，這也成就了作家的權威。

## 4.學古的問題

所謂作家的權威，是指在一門藝術領域中，作家對後起者的引導與規範而說的。在感物吟志、發言爲詩的階段中，這種權威並不存在，故吳歈越艷、桑間濮上之謳吟，純出於自然。直到齊梁，仍是「情好互殊，意製相詭」的，詩文的藝術世界尚未獨立，所以也就沒有這個世界中的覇權。等到立法以後，文有一王之法，各家咸統攝歸依而不敢畔亂，正宗、正統、正格的觀念便逐漸形成㊵；聖、王、天子、配享之類比擬也逐漸出現，詩人在問：「佳句法如何」的同時，何者可法及應法何人，更成爲新的關注點。如「環溪詩話」云：「前輩作詩皆有法，近體當法杜，長句當法韓與李」，是法古人，以作家爲對象的學習；「山谷詩亦有可法者乎？環溪曰：山谷除拗體似杜而外，以物爲人一體最可法」，則是針對某一特殊表達方式之學習。而這樣的學習，又必然構成「學古」的問題。

任何人都曉得宋朝以後，學古問題的重要性和複雜性。學古，是建築文學傳統的一種重要方式，但文學創作本出於自由的心靈活動，師古何如師心？因此，第一個引起爭論的問題，便是詩文寫作該不該學古，假若該學，如何學？這一問題的回答，極爲繁複，引起的爭辯也

㊲ 羅素「權力論」（七一、涂序瑄譯、正中）第二章「領袖與黨徒」，卽認爲人們之所以樂於服從領袖的領導，是因爲可以通過領袖共同擁有權力。事實上，任何一位領袖，也都必須證明其「合法性」，他的權威才能施行。

㊳ 法卽正宗，詳陳國球「胡應麟詩論研究」（一九八六、香港華風）第五章第二節。

㊴ 互參註㉓。金聖嘆亦謂唐律與明八股「乃一王之制」。但這是把法之權威關聯到政治權威，並以政治權威來確定法的權威性；與魏氏將文學之法比擬於政治之法，相類似而並不全然相同。

㊵ 唐子西「文錄」：「五經以後，有一司馬子長；三百篇以後，有一杜子美，此天生二人以翼斯文之統。故作文當學龍門，作詩當學少陵，以二書爲根本，朝夕誦讀，則趨向正而可以進退百家矣。」正宗、正派、正統、正格的問題，詳本書第三章第四節，頁一一三、註㉕引龔鵬程書第三卷第三章第三節丙。

很激烈，如宋代「學詩詩」就是其中一例㊶。不過無論如何，爭辯者總是環繞著法來論。李夢陽「駁何氏論文書」說：

> 古之工，如倕、如班，堂非不殊，戶非同也；至其爲方也、圓也，弗能舍規矩。何也？規矩者，法也。僕之尺尺而寸寸者，固法也。……是以古之文者，一揮而衆善具也。然其翕闢頓挫，尺尺而寸寸之，未始無法也，所謂圓規而方矩者也（空同集卷六二）。

肯定詩文創作必須學古的人，其實並不是崇拜古人，而是相信「文必有法式，然後中諧音度，如方圓之於規矩」（同上・答周子書），故反對師心自用，主張依循法的規範。但因法多紬繹自前人的作品，所以這種主張不可避免地會引來佞古或擬古的譏評。

法的規範與權威，創作主體的自由，就在這兒對諍了。強調創作主體性精神的論者，或主張創作應依自然之律度，而不必遵循人爲的規範，如戴昺云：「性情元自無今古，格律何須辨宋唐？人道鳳簫諧律呂，誰知牛鐸有宮商」（東野農歌集・有妄論唐宋詩體者答之），辭能達意即是文章，野陌牛鳴俱屬天籟，何必規規於古人之法？或認爲詩文寄情而已，何需受法之窒錮，雕琢文字？如方逢辰「邵英甫詩集序」說：「詩不必工，工於詩者泥也。詩所以吟咏情性，足以寄吾之情性之妙可矣，奚必工？」（蛟峯先生文集卷四），再進一步，甚至可以如邵雍所自稱的：「自知無紀律，安得謂爲詩？」除這兩派之外，還有些人主張詩文創作，純是主體之發顯，隨心所至，隨體賦格，故亦無法之可拘，如趙孟堅說：「詩非一藝也，德之章、心之聲也。其寓之篇什，隨體賦格，亦猶水之隨地賦形」（彝齋文編卷三・趙竹潭詩集序）「詩者英氣之發見於人者也，感遇事物，英英概概，形而成詩，亦猶天有英氣，景星慶雲，然何嘗體製限哉？」（孫雪窗詩序），或何夢桂說：「先輩謂杜工部以詩爲史、韓吏部以文爲詩，由其胸中儲貯博碩，然後信筆拈出，自成宮商，非抉摘刻削，求工於筆墨言語以爲詩也」（潛齋文集卷五・王樵所詩序）。而不論那一類，他們共同的看法，都是貶抑法的重要性和否定法有作爲評價依據的條件，沈洵序「韻語陽秋」時，稱贊葛氏論詩能質事揆理，不像「世之評詩者，徒揣其句語之工拙、格律之高下」，正代表了他們共同的評詩態度㊷。

此一對諍，可以衍化爲「質/文」「內容/形式」「天然/人工」「悟/法」「自得/學古」……等問題。而在中國文學批評重視主體性的情況下，一切理論固然均以前者爲依歸，却幾乎沒有任何人主張完全放棄後者，都是把這兩者放在一個辯證的架構中來處理，認爲兩者相反而皆不可廢，且可通過法以得自然，或出諸自然情性却與法訢合無間。像宋人謂杜甫

㊶ 學詩詩，詳見本書第四章第一節的討論。但該文偏重「悟」的一面來處理學詩詩的問題，此則從「法」的一面說。而學詩詩正是由學古與法的問題反省至無法無學的，故「玉屑」卷一趙章泉論詩法條載：「或問詩法於晏叟，因以五十六字答之云：問詩端合如何作，待欲學耶無用學？今一禿翁曾總角，學竟無方作無略。欲從鄙律恐坐縛，力若不加還病弱，眼前草樹聊渠若，子結成陰花自落。」

㊷ 汪應辰云：「詩以氣格高妙、意義精造爲主。屬對之間，小有不諧，不足以累正氣」（文定集卷十、書少陵集正異），就正面提出了這項主張。

夔州以後詩，「不煩繩削而自合」㊸；又說李白詩「非無法度，乃從容於法度之中，蓋聖於詩者」（朱子語錄卷一四〇），均是如此。這跟孔子「從心所欲不踰矩」所以爲聖一樣，可能共同顯示了中國的思考與判斷模式。

不過，歸趨所嚮，誠應法悟無間、心法浹合。可是工夫入手用力處，却只在法，陸放翁曾有詩贈趙教授說：「憶昔茶山聽說詩，親從夜半得玄機，律令合時方貼妥，工夫深處却平夷」，以合律爲工夫，殆即指此而言㊹。胡應麟更申論之，曰：

> 作詩大要，不過二端：體格聲調、興象風神而已。體格聲調有則可循，興象風神無方可執。故作者但求體正格高，聲雄調鬯；積習之久，矜持盡化，形迹俱融，興象風神，自爾超邁。……故法所當先，而悟不容強也（詩藪・內篇卷五）。

相信從法之積累而可逐漸達到悟境，在方法論上當然仍有問題㊺。但是這顯然是美學中「天才／學力」的永恆爭論，由於「悟」或「靈感」無從規範、無方可執，致使創作者不得不相信只能通過法的堅持與純熟，來達成法的解消，進入化境。這表面上看來相當詭譎，却未嘗沒有道理。例如在創造心理學的研究中，我們發現依賴邏輯思考因果的科學領域裡，發現與發明可依其理論邏輯推求而得，即不必再仰賴天才超俗的領悟力了。而在人文學科方面，若該學科越依賴科學方法，天才的產生次數與重要性也就越小㊻。換言之，若純依體格聲調的法度規律來做，普通人就能寫出大致像樣的作品，不一定非得有創造性的天才不可。歷史上爭論李杜優劣時所常說的「杜可學，李不可學」，即依此理論而說，故云法所當先，而悟不容強㊼。

43 所謂夔州詩不煩繩削而自合，事實上是對夔州詩不合古法的一種解釋。「朱子語錄」卷一四〇：「古詩須看西晉以前，如樂府諸作皆佳。杜甫夔州以前詩佳；夔州以後，自出規模，不可學」，現在下一轉語，說它雖自出規模，却自然合度，當然就可學了。

44 見「耆舊續聞」卷五「詩有律」條。

45 第一個問題，在於法與悟並不是同質的，由法到悟，須經過一個異質性的跳躍，而無法「積習」漸進，它們中間並無橋梁。因此如何轉識成智的這一轉，須透過其他的工夫，諸如虛靜、無心、無我、無執於文字等，詳註40所引龔鵬程文。第二個問題，是法的純熟，固然可能幫助我們開悟，但它更可能如趙章泉說的，會「縛」住我們。因爲形式的知識，基本上卽包含了一種對存有的看法；不要讓存有（道）顯示出其本然面貌，任它以豐富的衝力把我們帶到生命奧妙的運動之流中，任深刻的韻律帶著我們走；而要用表象世界的日趨精密，來代表、來上演「道」，透過法的建構，使理性彰顯；將存有的整體，代之以形式系統的重新組構，使之穩定、可以掌握（參見沈清松「物理之後——形上學的發展」、七六、牛頓、頁四五與六七）。這當然可以掌握道，却也失去了道。且扭曲或割裂了道之外，人不再能直接與存有照面，必須通過法來感知存有，這不就被法所限制了嗎？文學創作中，「技進於道」的考慮，卽是針對這一問題而發。亦詳上引龔氏文。

46 詳郭有遹「創造心理學」（七四、正中）第八章、第一節第二項「天才在科學時代的地位」。

47 東坡曰：「學詩當以子美爲師，有規矩法度，故可學。退之於詩本無解處，以才高而見長耳。淵明不爲詩，自寫其胸中之趣耳。學杜不成，不失爲工。無韓之才與陶之妙，而學其詩，終爲樂天耳」，乃以杜與陶韓相比，後世則用以較論李杜。如胡應麟卽云：「工部體裁明密，有法可尋；青蓮興會標舉，非學可及」（外編卷四）。

## 四、超越辯證之路：由法到活法

通過以上各種問題的剖析，我們可以發現：立法的行動一旦展開，順著法的原理，其辯證性必然逐漸展開。這種辯證性是多重的、並存的，例如法是人所規定，卻反過來做爲人的行動規範和依據；而法既爲普遍的規律，作爲行動的準則，它便應具有不變的穩定性，但時移世異，法又必須不斷變動，才能保持其內部的活力、擴張法的體系；同時，有定法而無定人，人不僅流動、生活於法之中，也必須倚靠人才能完成法、表現法。……。諸如此類多重複雜的關係，必然會隨著立法活動逐漸圓熟後，慢慢地開始被人思考到。

試看「文心雕龍」之總術，它對術的考慮是包含「情文、五性」的。到了「文鏡秘府論」，天卷論聲調、地卷論體勢、東卷論對仗、南卷論體位、西卷論文病、北卷論屬對，即已偏重形文、聲文，只在地卷後半部論及六義、六志、九意，南卷論及文意而已。其他的唐人詩格詩例，大抵也是如此，側重於對偶、格律、句式（如摘句圖之類）、體勢的討論，偶論文意，卻常顯出它內部的困難。如王昌齡說：「凡作詩之體，意是格、聲是律。意高則格高，聲辨則律清，格律全然後始有調」，意是納入格律的範疇中來討論的。可是，在這種情況下，他即必須同時說：「凡文章體例，不解清濁規矩……不依此法，縱令合理，所作千篇，不堪適用」「作詩不對，本是孔文，不名爲詩」，和「詩有意好言眞，光今絕古，即須書之於紙，不論對與不對」這兩種話。這是矛盾的：前者強調法的權威，森嚴若不可犯；後者申明立意創新之要，彷彿並不需法的規範。造成這種現象的原因，並不是作者不夠聰明，而是順著法的原理來講，法之中的辯證性自然會逐步顯現出來，六朝迄唐，仍在努力立法的階段，對此當不暇措意。中唐以後，由於詩文藝術創作上，也正面臨著一個既有藝術典型已經劇烈變革的衝擊，遂逼使大家注意到、並嘗試去解決這個問題。

東坡曾說：「顏魯公書雄秀獨出，一變古法，如杜子美詩」（書唐代六家書後）「詩至於杜子美，文至於韓退之，書至於顏魯公，畫至於吳道子，而古今之變，天下之能事畢矣」（書吳道子畫後）「至唐顏柳，始集古今筆法而盡發之，極書之變，而鍾王之法益微。至於詩亦然」（書黃子思詩集後）。這簡直是說立法行動才剛剛完成，法剛剛建立，却又被新的創造者摧毀了。事實上情況當然並不如此嚴重，因爲破法者同時也是集大成者，吸收了法、接納了法；而且，上文也說過，法之所以爲法，在於它的權威與穩定性，所以後世論藝，畢竟仍不能不說顏杜只是變體而非正宗。但是，由於這種因創意出現而造成「古法盡廢」的局面，一定會刺激大家重新考意與法之間的關係，並對意的問題更爲注意。

整個宋朝，在詩歌創作上正如葉適所說，是：「自曹劉至二謝，日趨於工，然猶未以聯屬校巧拙，及沈約謝朓，競爲浮聲切響，自言靈均所未覩。其後浸有聲病之拘，前高後下，左律右呂，勻緻麗密，哀思宛轉，極於唐人，而古詩廢矣。杜甫強作近體，以功力氣勢掩奪衆作，然當時爲律詩者不服，甚或絕口不道。至本朝初年，律詩大壞，王安石黃庭堅欲兼用二體，擅其所長」（習學記言卷四九）。唐人律法甚密，杜甫是不守其法者，宋則欲兼用二體，猶如趙以夫云戴石屏「採本朝前輩理致，而守唐人格律」（石屏詩後集序）。

這條路子，基本上是在法的格局中講「意」。格律既須守住，理致情意如何才能與法融合，或者說法如何才能涵攝理致情意，乃成爲一重要課題。這即逼出從「法與悟」到「由法起悟」的詩學模式。而法之所以能夠起悟，其所謂法，本身便已不再是與悟對立的法了，它成爲涵攝了情意理致的法。這種法，就是活法㊽。

活法，是「規矩備具，而能出於規矩之外；變化不測，而不背於規矩。有定法而無定法，無定法而有定法」。要達到這步境地，關鍵在於妙悟，而悟又須有種種工夫，非一蹴可及㊾。因此活法之說，只是宋人在理論上超越辯證地解決了法的問題；其實際創作行爲，恐怕仍在法的縛纏中，並未眞正達到從心所欲不踰矩的地步。這也就是爲什麼元明清三朝詩家必須不斷面對這個問題的原因。

從南宋到元，我們會發現文學批評有倒轉的現象。南宋早已從法到活法，對於悟的一面申述甚詳，元朝開始，却出現了楊載「詩法家數」、范梈「木天禁語」「詩學禁臠」一類書，重新思索法的問題，順著宋人對於法的探討，歸納整理出一套套感覺頗爲機械的「作詩準繩」。其中，起承轉合的分析，影響尤其深遠㊿。明朝，如梁橋「冰川詩式」之類，即沿續了這種論詩方式，其他各家，亦往往有守法的傾向。明朝復古的思潮和創作路線，眞正的關鍵可能在此，否則何以詩僅盛唐，不復兩漢魏晉之古？復古，其實只是回到法。但順著法講，其辯證性又復逐步展開，至謝榛，乃承嚴羽之論「悟」加以發揮，到了王世貞時期，又有「法極無迹」（卮言卷一）的說法。公安派以後，強調悟的一面的詩論更是漸增多。船山葉燮等，都反對起承轉合之類定法定格，而力倡活法，宋詩風格及上復漢魏的風氣也同時興起。至於馮班等人，則轉換到意涵內容上去談學古的問題，說：「不善學古者，不講於古人之美刺，而求之聲調氣格之間」（馬小山亭雲集序）。但在另一方面，如金聖嘆徐增吳淇等却努力地以起承轉合之法解詩論文。可見法與悟仍是駢峙分流的局面，並未辯證綜合。但整個趨嚮上，倒確如胡應麟所說：「漢唐以後談詩者，吾於宋嚴羽卿得一悟字；於明李獻吉得一法字，皆千古詞場大關鍵。第二者不可偏廢，法而不悟，如小僧縛律；悟不由法，外道野狐耳」

㊽ 山谷題顏魯公帖：「歐虞褚薛徐沈輩皆爲法度所窘，豈如魯公蕭然出於繩墨之外，而卒與之合哉！」（題跋四）、跋東坡水陸贊：「士大夫多譏東坡用筆不合古法，蓋彼不知古法從何出耳」、跋東坡論書遠景樓賦後：「今俗子喜譏評東坡，彼蓋用翰林侍書之繩墨尺度，是豈知法之意哉？」（題跋五）。第一則謂不煩繩削而自合，不爲法所窘，但自然合度。第二則追溯法之起源，法亦出於意，故第三則論法意，得法之意，則法不必執著。

㊾ 活法，詳見註⑱所引龔鵬程書第四章；註㉕所引龔鵬程書，頁三〇六—三一一；「論活法」（文訊月刊廿期、文學術語辭典）。

㊿ 起承轉合，詳註㉖、及楊松年「起承轉合——中國詩論者論詩法之一」。起、承、轉、合雖爲定法，但亦可以有正有變，仇注杜詩卷十三：「大家變化，無所不宜，在後人當知起之有正變也」，即指此言。此也是定法而無定法的一種講法。

（詩藪內編卷五），悟與法兩相穿透，畢竟仍是大家一致的期望[51]，只不過此中問題甚多，仍有待理論與實踐慢慢來解決罷了。

本文只是從文學理論（特別是詩論）的立場，嘗試綜括性地說明法之興起及其與文學發展有關的各種事況，因此在理論上並未解決這些問題。而且，假若眞要做文化史的研究，恐怕這些問題也不光屬於文學理論的領域，例如一般總認爲中國缺乏理性架構之思考及因此而建構成的法制的一面，也缺乏形之獨立的科學知識，重新考慮文學中法的問題，當然會讓我們對法治與科學在我國思想中的複雜性，有新的理解。本文於此，未及申論，但不能不提醒讀者注意。

51 正面在理論上討論此一問題的，毛先舒「詩辯坻」很可注意。該書卷四學詩徑錄皆論法者，謂「詩本無定法，亦不可不講法」「法老者則氣靜」「法佚者其心佻」。卷一總論「鄙論篇」則破斥標舉性靈不拘格法之說，認爲：「標格聲調，古人以寫性靈之具也。……取彼之精，以遇吾心，法由彼立，杼自我成，彼我奚間」，追求心法辯證融合。「八徵篇」又說：「作者以法馭氣，以不測用法，其用古人之法，猶我法也。才子者，有情有才，亦假法以範之。小人者，法不勝才，才不勝情」。「三弊篇」則批評：「要期合律，雖遞襲而不妨乎高；苟乖大雅，則彌變彌墮。於是斯有彥伯澀體、長吉鬼才。近如唐六如之俚鄙、袁中郎之佻侻、竟陵鍾譚之纖猥，亦俱自謂能超象迹之外。不知呵佛未易，直枉入諸趣耳。」又說：「詩須博洽，然必斂才就格，始可言詩。無論詞采，卽情與氣，亦弗可溢。胸貯幾許，一往傾瀉，無關才多，良由法少」。取與本文所論互參，讀者不難明其宗趣。但歷來論清初詩學者似乎較少注意到這本書，實在非常可惜。

另外，李卓吾說：「聲色之來，發乎情性，由乎自然，是可以牽合矯强而致乎？故自然發於情性，則自然止於禮義，非情性之外復有禮義可止也」（焚書卷三、讀律膚說），是對性情說和溫柔敦厚止於禮義說的辯證處理。本來「理之所必無，安知情之所必有」，情與理是對立的，「世有有情之天下，有有法之天下」（皆湯顯祖語），情與法也互不相容，但超越辯證的途徑，却是如黃宗羲所說，將性情，從一己之性情提舉爲萬古之性情，而融攝法、理、禮義（參見南雷文定四集卷一、馬雪航詩序）。這種禮義本乎自然性情的看法，是中國的自然法學說，跟西方自然法的精神不盡相同，關於自然法與實在法之關係，看法似乎也不太一樣。但這裡已經來不及詳論了。

# 補遺

## △頁十三

後世已非「文心雕龍」式之問題。劉勰書，歷代褒貶不一，譽者固無論矣，貶之者，或譏其自運不逮所言，如隋劉善經云：「但恨連章結句，時多澀阻，所謂能言之者也，未必能行者也」（文鏡祕府論天卷引）、清方東樹云：「不過知解宗徒，其所自造則未也。既非身有，則其言或出揣摩，不免空華日翳，往往未諦」（昭昧詹言卷一）；或議其引證疎略，如晁公武云其論說篇不知書有「論道經邦」之言（郡齋讀書志卷四上）；或疑其囿於時代風氣，非果能論議文事者，如唐盧照鄰云其：「質謝南金，徒辯荆蓬之妙。拔十得五，雖曰肩隨；聞一知二，猶為臆說」（幽憂子集卷六．南陽公集序）、宋黃庭堅謂其：「所論未極高」（與王立之書．尺牘卷一）、明徐禎卿云：「劉勰緒論，亦略而未備」（談藝錄）、清葉燮云：「劉勰其言不過抑揚呑吐，不能持論」（原詩外篇上）、陳廣寧云其：「不過備文章、詳體例，從未有鉤玄摘要」（四六叢話跋）等。然此皆泛斥其非，未嘗明言「文心雕龍」究竟何處立言不當、所論未高，故不免啓人疑竇也。以愚度之，此蓋時世遷移，凡六朝時劉勰所面對之問題，唐宋以後多已不復存在或早經解決，遂覺其所論未極高明耳。如汪師韓云：「魏文帝典論曰：『

詩賦欲麗」、陸士衡文賦曰：『詩緣情而綺靡』、劉彥和明詩亦曰：『五言流調，清麗居宗』，以綺麗說詩，後之君子所斥爲不知理義之歸也」（詩學纂聞）、李執中云：「蒙不解夫劉彥和之此著，胡爲亙六代三唐之久，而餘艷仍留也？彼其詞纖體縟，氣靡骨柔，毋變於齊梁之習，特重爲容止之修。五十篇目雖肩列，三萬言思比絲抽，實藝苑之莫貴，何撰述之能儔？……居然價重儒林，言語欲齊蹤游夏，毋亦名成廣武，英雄同致嘅曹劉乎？」（文心雕龍賦・沅湘通藝錄卷七），要皆指此而言。大抵詩自陳子昂李太白、文自古文運動以後，「文心雕龍」有關聲律、文法等語言修辭層面之討論，後出轉精，已同芻狗（紀昀即謂其論章法句法，「無所發明，殊無可採」）；流連物色、巧構形似之創作方式，亦皆轉趨於講求神似、無意於文，而自然高古；故謂劉勰以流麗說詩，不免不知理義之所歸。至於文與道之關係，境況從同，另參「江西詩社宗派研究」頁一八八。

△頁十九

以杜甫爲詩史。清闕名「靜居緒言」又有詩騷之說：「太白詩寄興物外，故意在言外；子美之詩，興在目前，故意在言內。李詩騷，杜詩史也。李能憑虛諦構，杜貴實境舉足」，以興寄之異、虛實之殊論李杜，甚堪啓發。

△頁二四

詩史有春秋褒貶之意。文天祥集杜詩自序曰：「昔人評杜詩爲詩史，蓋以其咏歌之辭，寓紀載之實，而抑揚褒貶之意，燦然於其中，雖謂之史可也」（全集卷十六）、劉克莊云：「子美與房琯善，其爲哀挽，方之孔明、謝安；贈哥舒翰詩，盛有稱許，比之廉頗、魏絳。及二人各敗，又直筆不恕，所以爲詩史也」（大全集卷一七六詩話後集），均與「臨漢隱居詩話」所言相發。

### △頁二五

宋以詩史名書者。陳造嘗以韻類次杜詩，爲「韻類詩史」（見江湖長翁集・卷三一）、「直齋書錄解題」亦載莆陽方醇道漫叟編「類集詩史」三十卷。又劉克莊「再跋陳禹錫杜詩補注」曰：「杜公歌不過唐事，他人引群書牋釋，多不咏著題。禹錫專以新舊唐史爲案，詩史爲斷，故自題其書曰：史注詩史。此其所以尤異於諸家歟？」（大全集卷一〇六）。

### △頁四八

說唱彈詞類似史詩。按：周作人亦以爲「史詩或敍事詩的寫法，蓋至此（彈詞實卷）而始得成功。唯用此形式乃可以漢文叶韻作敍事長篇」（文學史的教訓，收入「立春以前」，頁一二六）。且又以爲此類作品蓋受佛教影響，如「佛所行讚經」五卷、「佛本行經」七卷，漢文譯本皆用偶體。這一看法，除了歷史證據的推斷之外，還牽涉到中國文字及語法構造，適不適合寫長篇的問題，未嘗不可進一步討論。但在中國文學批評的基本傳統上看，簡，是一價值性的堅持，即使長篇，也須求簡，故彈唱類作品永遠不能跟詩混爲一談；「薛蟠七字唱」

不就是嘲諷人的話嗎？王船山云：「長句長篇……勢遠則意不得雜，氣昌則詞不待畢。故雖波興峰立，而尤以純儉爲宗。其與短歌微吟，會歸初無二致。自盧江小吏一種賡作流傳不息，而後元白踵承，潦倒拖沓之詞繁，杜牧之所由按劍，非曹亞矣。彼盧江小吏諸篇，自是古人里巷所唱盲詞白話，正如今市井間刊行『何文秀』『玉堂春』一類耳。稍有愧心者，忍辱吾神明以求其形似哉？琵琶行長恨歌，允膺典型，不爲酷也」（古詩評選・卷一・論曹丕大牆上蒿行），頗值得參考。互觀下條。

**△頁五三**

宋人不滿杜甫之賦體。「唐音癸籤」卷六引葉石林曰：「長篇最難，晉魏以前，詩無過十韻者，蓋嘗使人以意逆志，初不以序事傾盡爲工，至老杜『述懷』『北征』諸篇，窮極筆力，如太史公紀傳，此固古今絕唱；然『八哀』八篇，本非集中高作，世多尊稱之不敢議，此乃揣骨聽聲耳」，雖嘉其創體之功，固不以此類似史筆之長篇爲傑作也。明人引此，其批評之意識亦可想矣。

**△頁五四**

楊升庵論詩史。魏源謂升庵之說，乃出鄉曲之私，「再書宋名臣言行錄」云：「（升庵）謂杜恆推李，李恆藐杜，既不君子古人，又以杜詩見重宋代，幷謂宋人杜撰『詩史』，壞風雅體」（文集，又輯入皇朝經世文編卷六八）。此誠有見，然譏詩史、貶杜甫，非升庵一人如此，明中葉自有此風氣也。仇氏「杜詩詳注」凡例杜詩褒貶條：「嘉隆間，突有王愼中、鄭繼之、郭子章諸人嚴駁杜詩，幾令身無完膚，眞少陵蟊賊也，楊用修則抑揚參半」云云，較魏源說爲得其情。且理論歸理論，升庵貶抑詩史之理由，與其所以抑杜者，實爲二事，不必混爲一談。又參下條。

△頁五四

明中末葉對杜甫及詩史觀念之批評。船山論詩史，除此所引者外，如「古詩評選」一：「咏古詩，下語善秀，不犯史壘，是知以詩史稱杜陵，定罰而非賞」、「唐詩評選」論李白「登高丘而望遠海」：「後人稱杜陵爲詩史，乃不知此九十一字中有一部開元天寶本紀在內。俗子非出像則不省，幾欲賣陳壽『三國志』，以雇說書人打匾鼓誇赤壁鏖兵。可悲可笑，大都如此」，無不肆意譏彈。此若溯源以求，則王廷相頗堪注意。「王氏家藏集」卷廿八「與郭價夫學士論詩書」云：「詩貴意象瑩透，不喜事實粘著，古謂水中之月，鏡中之影，難以實求是也。三百篇比興雜出，意在辭表；離騷引喩借義，不露本情。……斯皆包蘊本根，標顯色相，鴻才之妙擬、哲匠之冥造也。若夫子美『北征』之篇、昌黎『南山』之作、玉川『月蝕』之詞、微之『陽城』之什，漫敷繫敍，塡事委實，言多趁帖，情出附輳，此則詩人之變體，騷壇之旁軌也。淺學曲士，志乏尙友，性寡神識，心驚目駭，遂區畛不能辨矣。嗟夫！言徵實則寡餘味也、情直致而難動物也，故示以意象，使人思而咀之、感而契之，邈哉深矣，此詩之大致也」。不唯以意象論詩，與船山路數相近；其主氣之哲學，亦與船山類似，豈此等議論，別與其哲學思想有關耶？嘗賡考之也。

**△頁五九**

因反省比興問題而提倡宋元詩。錢鍾書「新編談藝錄」頁四七一論明中葉後，「爲宋詩張目者，每非眞賞宋詩，乃爲擊排七子張本耳」。說實與余相發，乃竟不及深論，但以積習久而易厭，遂由唐返宋爲說，惜哉！

**△頁六四**

牧齋與南雷論詩史。南雷謂牧齋「明詩選」可與史相表裡。無獨有偶，後世亦有不滿牧齋之書而爲詩史著述者：「小說考證」續編卷五引闕名筆記：「汪允莊女士……觀七子標榜，相沿成習，牧齋歸愚選本，推崇夢陽而抑青丘，又大恨，誓翻詩壇寃案，因有明詩初二集之選，丹黃甲乙，晨書暝寫，竭五六寒暑，始得蕆事。有知人論世之識，一代賢奸治亂之迹，亦略具焉。既因感青丘吳待士之賢，節錄明史，蒐采佚事，以稗官體行之，曰元明佚史。凡十八焉。復存元遺臣及張吳諸臣詩於集中，以爲詩史」。觀乎此，不特知詩史觀念流傳之廣遠，亦可以見討論思想史者，不當格於表面之異，而憚觀其思考格局與夫觀念內涵之似也。

**△頁六四**

牧齋論詩史。此引牧齋「胡致果詩序」謂牧齋以詩而有史之性質者，皆可稱爲詩史，殆有史亡而後詩作之意，故黃宗羲「萬履安先生詩序」以以詩補史闕說之。頁六六並云：梨州此說不僅發明牧翁宗趣，且關係詩學甚大，「至此，則詩史是表明詩的一種性質，是可以替代、補充、發明、印證歷史的創作」。簡思定「清初杜詩學研究」（七五、文史哲）第二篇第三章引余說，刪漏此數語，逕謂梨州只是特重以詩補史。不知以詩補史，固余所嘗論及矣，然牧齋梨州果僅主張以詩補史乎？簡氏謂余但就牧齋「胡致果詩序」前半立論，未免引申過當。實則牧齋既云春秋未作以前之詩皆是國史，春秋又爲續詩，則可云「基本上詩仍是詩，史仍是史」耶？牧齋曰：「三代以降，史自史、詩自詩，而詩之義不能不本於史」，是僅以詩補史耶？是詩與史不相蒙耶？是豈余引申過當耶？且「曹之贈白馬、阮之咏懷、劉之扶風、張之七哀，千古之興亡升降，感嘆悲憤者，皆於詩發之」，此數人皆非遺民舊老，其時亦非朝代更替史事淪亡，而千古興亡升降皆於詩發，又豈僅專就一時淪胥者立說？故知論詩史而但及於以詩補史，所見甚隘，且無當理實，非牧翁梨州之本衷也。簡氏書頁一一九又謂牧齋注杜，「演變到後來，不只是以詩補史之闕，而且可以正史之誤。在這裡情形之下，論詩與史已衍爲互相表裡一點也不爲過。……在這種（詩與史）功能相同的條件下，詩自然偶會有史的功能而與史相表裡」，是牧齋論詩史，固不僅在以詩補史。費辭駁我，而不知其自陷於矛盾矣。

**△頁六七**

詩史相表裡，不在表達方式，乃指詩有史義。楊際昌「國朝詩話」卷一：「世稱杜陵爲詩史，學杜者不須襲其貌，正須識此義耳。吳梅村歌行，大抵發於感愴，可歌可泣，余尤服膺圓圓曲……體則元白，可爲史則已如杜也」，足可羽翼錢說。吳喬亦云：「杜詩是非不謬於聖人，故曰詩史，非直紀事之謂也。紀事如『清渭東流劍閣深』與不紀事之『花嬌迎雜珮』皆詩史也。詩可經，何不可史？同其無邪而已！」（圍爐詩話卷四）更進而推至無邪、不謬於聖人，然其不從紀事一耑論詩史，則猶錢氏義也。

△頁七一

詩有詩史，詞有詞史。至清末，又有「曲史」之說：「傳奇多存佚史，不但詞曲可觀。……余舊見揚州某宅，藏有『玉搔頭』傳奇稿本，中敍明武宗南巡，在揚州閱兵諸事，歷歷如繪，皆爲正史所不備者，詎但一樂府也哉？其記武宗簪花戎服，與『陔餘叢考』所引者相同，誠曲中之史也」（小說考證卷八引今事廬隨筆）。

△頁七二

夢窗詩似義山。劉熙載云：「詞品喻諸詩：東坡、稼軒，李杜也。耆卿，香山也。夢窗，義山也」（藝概卷四）、四庫提要亦云：「詞家之有文英，如詩家之有李商隱也」。唯鄭文焯謂其「如詩家之李賀，文流之孫樵、劉蛻，鎚幽鑿險，開徑自行」（校夢窗詞跋）。

### △頁七四

錢仲聯以比興說沈曾植詩。「海日樓詩注」序曰：「其隱文譎譬，遠嘆長吟，嗣宗景純之志也。……弦外希音，意內曲致，望帝春心之託，苦無鄭箋；泉明述酒之章，易滋燕說，孤詣斯隱，解頤安從，讀詩者恨焉」，比興詩無注則不易讀，言之頗切。序又云：「公自言以經發詩，因詩見道」，經，指春秋公羊傳也。孫德謙「寐叟乙卯稿序」不云乎？「至昔春秋之義，興周爲大，月正上日，猶存帝號，豈惟司馬拾遺，纂今上之紀，實乃公羊奉始，著大統之文，先生通乎春秋之敎，尤足爲後世詩家」，比興詩旨出於公羊，更何疑焉？

### △頁七四

湘綺樓論比興與詩史。湘綺頗非春秋代詩之說，「湘綺樓說詩」卷二：「詩亡然後春秋作，此特假言耳，春秋豈可代詩乎？孟子受春秋，知其爲天子之事，不可云王者微而孔子興，故託云詩亡」，然卷三曰：「吳南丈說詩，必合之史，雖未得實據，要如其說，則詩乃有用，眞可謂知人論世，以意逆志者也」。二說貌若矛盾者。此蓋史不可以代詩，以詩本乎比興，而比興之作，轉可合史也，否則其說即不可通。

### △頁七五

黃公度「人境廬詩草序」。世以此文證論黃氏詩界革命之說久矣，然皆謬論，未及深考之耳。按：公度與沈子培、袁爽秋、梁鼎芬、文廷式、陳散原等相交甚久，論詩宗旨多與相契。光緒十五年公度使英，爽秋爲十絕贈之，其六曰：「今得泓崢蕭瑟手，正音一洗嶺南詩」（安般簃集卷己）；及爽秋卒，公度哀之，亦云：「識公十餘年，相見輒倒屣」，二人交誼之重、論詩之契，不難概見。而爽秋，固張廣雅所謂江西魔派不堪吟者也。當時爲西江詩，爽秋外，必推散原爲魁桀，公度亦與之交好。散原父寶箴在湖南主新政時，公度即參與襄贊，其所以識康有爲梁啓超譚嗣同者，並在此時，而與散原尤契，寄題陳氏崝廬詩所謂：「前者主人翁，我曾侍杖履；後者繼主人，雁行吾兄弟」暨上海喜晤伯嚴詩所謂：「橫流何處安身好，從子商量抱膝吟」，皆指其事。散原詩，陳石遺謂其取法鼓吹鐃歌及謝翺楊維楨。然光緒廿一年公度與石遺於酒樓談詩，公度亦盛稱謝翺「晞髮集」、其詩學之同乎散原，又不難概見。無怪乎袁昶謂其詩泓雅蕭瑟，蓋近似散原，而與晚歲之橫恣排奡迥不相侔也。「人境廬詩草序」，撰於光緒十七年辛卯六月，時猶未有別創詩界之說。至廿三年酬曾重伯詩，雖有「廢君一月官書力，讀我連篇新派詩」等語，然前一首又云：「詩筆韓黃萬丈光，湘鄉相國固堂堂」，江西故步，結習仍未之改也。廿四年戊戌八月，公度放歸故里嘉應，即未再出，與散原長沙一別，亦未再見，故光緒廿八年七月散原贈詩有「誰信鐘聲隔人境，還分新月到巖阿」之句。詩學之變，蓋在此時。良以三湘薈萃人文，自湘綺樓以下，詩豪文伯，絡驛間出，公度處乎其間，濡染既深，自視亦覺羞澀。石遺錄其「我手寫我口，古豈能拘牽」諸雜感詩，僅許其爲驚才絕豔；公度論韓黃湘鄉，亦備極推崇之忱，則撰「人境廬詩序」，豈能不以復古、以取離騷樂府之神、以文入詩爲宗旨耶？既返嘉應後，日與論詩者，乃梁啓超、邱菽園輩，公度對此，遂不免自居前輩，英雄欺人。不曰凌跨千古，即自謂爲獨立風雪中清教徒之一人，又致書任公，痛詆湘鄉，曰：「其學問皆破碎陳腐，迂疏無用之學。事事皆不可師。苟學其人，非特誤國，且不得成名」。凡變文體、造新字之說，皆至此始發。然尚謂詩文但有維新而無革命也。及十一月間，則詩界革命之說出矣。公度一變再變之迹如此，而欲以「人境廬詩草序」證其詩界革命，無乃傎乎？當知梁啓超得見公度詩，始於光緒廿二三年間，時梁氏尚不解詩，故詫以爲奇作，而所讀即公度所謂新派詩也。其後亦未再讀，然昔日怵動之印象，常存胸中，故撰「飲冰室詩話」，多尊美語，後雖輯得數十首，已覺其奇絕不如往昔，顧猶以爲此未必爲公度得意之作。公度對此後生，亦敢自矜許，動云李杜韓蘇，足堪方駕。其實公度和乙庵哭庵詩，多仿其詩格；於散原尤致傾倒，自作詩篇，輒倩散原肯堂重伯彊村諸氏評改。若未放歸，果能成今之人境廬詩否，余甚疑之。十年前嘗撰「近代詩家與詩派」一種，附論人境廬詩，辨世之妄。迄今見解不改，故復錄之於右，備參考焉。

**△頁八三**

牧齋以比興論杜，爲潘耒所譏。潘氏說，徐世溥復牧齋書已先發之，然時人評論，別有出於學術以外之理由，如沈壽民朱鶴齡「杜詩輯注」後序云：「往方爾止嘗語余云：虞山箋杜詩，蓋閣訟之後，中有指斥，特借杜詩發之」者。清蔡澄「雞窗叢話」云：「古來文人而失節者，往往以修史爲辭，如危素、錢謙益輩是也。錢之才學固大，只可觀其詩文，若議論古今是非得失，則大有謬亂處。所注杜詩『今夜鄜州月』一首，以小兒女謂指肅宗，悖謬極矣。故潘太史稼堂曰：「使牧齋而修明史，三百年人物，抑枉必多」，亦以牧齋立身行誼論其注杜宗旨，實則爲何說與如何說本不相同，以此論牧齋，宜其不中窾也。

**△頁九七**

后山論東坡詞非本色。後世論者，不明本色之義，妄爲東坡辯解，或曰：「詞與詩只是一理，自世之末作，習爲纖豔柔脆，以投流俗之好，高人勝士或亦以是相矜，日趨於委靡，遂謂其體當然，而不知其弊至於此也」（王若虛滹南詩話）、或曰：「詞自晚唐五代以來，以清切婉麗爲宗，至柳永而一變，如詩家之有白居易；至軾又一變，如詩家之有韓愈，遂開南宋辛棄疾等一派。尋源溯流，不能不謂之別格，然謂之不工則不可」（四庫提要）、或曰：「太白之詩、東坡之詞，皆是異樣出色，只是人不能學，烏得議其非正聲」（白雨齋詞話）、或詰之曰：「然則雷大使乃教坊絕技，謂非本色，將方外樂乃爲本色乎？」（沈子培海日樓札叢卷七）。古今爲東坡辯護者，要不出此數說，然皆與后山之意無涉。

**△頁九七**

本色論興於北宋末葉。后山謂退之以文爲詩東坡以詩爲詞，據王十朋云：「學江西詩者，謂蘇不如黃，又言韓蘇二公詩乃押韻之文耳。余雖不曉詩，不敢以其說爲然，因讀坡詩，感而有作」（梅溪文集卷十四），是如后山之說者，乃當時學爲江西詩者所倡，故「中州集」二：引李屛山劉西嵒詩序曰：「魯直天姿峭拔，以俗爲雅、以故爲新，不犯正位如參禪，江西諸君翕然推重，公言韓退之以文爲詩，如教坊雷大使之舞」。

△頁一〇五

本色一詞源出社會結構及身分劃分。此引索緒爾語言學理論爲說，是也，然而未盡也。依涂爾幹（E. Durkheim）說，社會之存在 Sui generis（自成一類）。社會之存在，有某類特徵，於個體出生前即已存在，個體去世後亦仍存在，且個體必與配合之者，如語言即其一也。我生之前甚久即有此中文，我逝之後甚久，中文亦將緜延不絕，若我欲與我所處社會中人言談達意，勢不能捨此中文，我固未創造語言，他人亦然。就此言之，非社會有其獨立存在乎？今我人相信文體本身亦有一獨立存在之「本色」，不因創作者個人志意而有轉移，個體反須參與、學習此一本色，乃得名爲文學創作，不猶類乎此耶？參下條。

△頁一〇七

索緒爾論「語言」。捷克結構主義布拉格學派之伏迪契卡（Felix Vodicka, 1909-1974），嘗據此說以論文學結構之演化。文學作品猶如索緒爾所云個別語言行動（Parole），文學結構則如語言系統（Langue）。個別語言行動，須依循語言系統之規律，文學作品之寫作，亦必受文學結構制約，然文學結構實非僵固凝定之結構，僅爲一於特定時空中形成之脆性之均衡狀態（state of fragile equilibrium）耳。——詳見陳國球「文學結構的生成、演化與接受：伏迪契卡的文學史理論」，中外文學月刊十五卷八期。本色說，或者疑其爲一保守之理論，不知文學結構本非凝固不變者。伏迪契卡以文學傳統本身內在自發之力量（immanent and self-propelled forces）及文學史之「陌生化」傾向（defamiliarization）論文學結構由常轉變，其說甚善。然本色說又不止此。本色固就文學傳統與成規而言，然因對本色之規定，指向文體之本質，指向吟咏情性，故本色也者，亦同時可就一人之眞性情眞面目而說。嚴羽評點李白集，謂李白當塗趙炎少府粉圖山水歌：「通篇皆賦題目，只此是達胸情，始知作詩貴本色，不貴著色」，蓋即如此，明人於此，發揮尤多。參考頁一二六。

△頁一一七

宋人反對以才力、議論、文字爲詩。此就其大趨勢言之，如「竹溪鬳齋十一稿」續集卷三：「三十年前，曾與陳剛父論詩，云本朝詩人極少，荊公絕工緻，並非當行，山谷詩有道氣，敖臞庵諸人只是俠氣」，詩人文人之分，即與后村近似。孫奕『示兒編』十六亦云：「韓退之不可謂之詩，有章韻文也」。然衆口一同，必來反聲之詬，金趙閑閑乃有「以古文渾灝，溢而爲詩，而詩之變盡」之說，劉辰翁亦謂后村言非篤論，錢鍾書「新編談藝錄」頁三十、三四、三六二嘗備論之，可以參觀。是猶沈存中與呂吉甫之辯難也。見頁一〇一。

△頁一二〇

江西論悟。章冠之「自鳴集」卷四送謝王夢得借示詩卷：「人入江西社，詩參活句禪」。江西論詩，以悟爲主，而滄浪「詩辯」，謂其以議論才力文字爲詩；悠悠後世遂同滄浪所詬病者而詬病之，不審其本末是非，隨口雷同，要皆矮人看場耳。

## △頁一二六

明人論本色。陳國球「胡應麟詩論研究」（一九八六年九月、香港華風）論本色，多有與我相發者。其書頁四〇謂胡應麟「詩藪」語及本色凡二十四次，其文學認識論實以本色為中心。如每朝歌詩本色之界定，即與其論文學史之發展演變有關。此即由本色論正變之說也，特余文中未及拈出，陳氏論之甚詳，可以參看。又陳氏云明人以直發胸臆者為本色，或與戲曲批評有關（頁八五），亦與余說相合；唯陳云戲曲論本色及以直發胸臆者為本色，意甚局限，頗乖原義，則不盡然；以直發胸臆者為本色，實有其積極義也，詳頁一〇七補遺。至於本色一辭，溯源「文心」，謂即本采之意（頁八二），余心終不敢苟同，無論「文心」所謂本色本采僅為譬喻之辭，其義涵又豈與宋人論當行本色相同？正不必指獮猴為得姓之祖也。

## △頁一二九

儒者言語不可入詩。「小草齋詩話」：「作詩第一對病是道學，何則？酒色放蕩，禮法所禁，一也。意象空虛、不踏實地，二也。顛倒議論，非聖非法，三也。議論杳渺，半不可解，四也。觸景偶發，非有指譬，五也。宋時道學諸公，詩無一佳者」（鄭荔鄉「全閩詩話」卷四引）。此自與一派論杜詩者大不相同。論杜甫輒謂其言皆王化、飯不忘君，有忠愛纏綿之忱，存稷契謀國之忠，蓋嘗聞道；此則以詩不貴聞道，只在緣情也。歷來緣情說與言志說、性靈與溫柔敦厚之爭，非即此一問題乎？惟胡應麟又謂：「儒者氣象，一毫不得著詩；儒者言語，一字不可入詩。而老杜兼之，不傷格，不累情，故自難及」（詩藪內編卷五），則猶是超越辯證之想也。錢鍾書「新編談藝錄」頁二二九引胡氏此文，而云：「謂仙與禪皆詩中本色，則猶指詞藻言，未知仙道釋理之未必宜於詩也」，誤。

△頁一三〇

牧齋與公安之異。牧齋詩學，淵源公安，然公安論詩，仍以本色說爲主幹，袁宗道固無論矣，江盈科「雪濤小書」亦力持詩文分際、不得如七子以文爲詩之說，焦氏「筆乘」則曰：「詩之妙處，不必說到盡，不必寫到眞，而其欲說欲寫者，自宛然可想，雖可想而又不能道，斯得風人之義。杜公往往要到眞處盡處，所以失之。長篇沈著頓挫，指事陳情，有根節骨格，此杜老獨擅之能，唐人皆出其下。然詩正不以此爲貴，但可以爲難而已。宋人學之，往往以文爲詩。雅道大壞，由杜老啓之也。……然詩終以興致爲宗，而氣格反爲病」。牧齋論杜，正不如此說。

△頁一三一

畫分南北宗。董其昌「容臺別集」卷四：「禪宗有南北二宗，唐時始分；畫之南北宗，亦唐時分也，但其人非南北耳」（畫旨）。南北分宗說，或與吳派浙派之爭有關，詳張光福

「中國美術史」（華正）頁五三九—五四五。

△頁一三三

漁洋襞積重重。田同之「西圃詩說」：「詩中篇無累句、句無累高，即古人亦不多覯，唯阮亭先生刻苦於此，每爲詩，閉門障窗，備極修飾，無一隙可指，然後出以示人，宜詩家謂其語妙天下也」，參錢鍾書「新編談藝錄」頁九八、四一一。又，計子發「魚計軒詩話」載凌絨亭偶作第二首：「新城重代歷城興，清秀贏將牧老稱（自注：時謂王阮亭爲清秀李于鱗，錢牧齋亟稱之，何也？）細讀羼提軒裡句，又疑分得竟陵燈」。考徐紈「南州草堂集」卷十九雲門广公響雪詩序嘗云：「自嚴滄浪以禪理論詩，……遂開鍾譚幽僻險怪之徑，謂冥心靜寄，似從參悟而入」，則凌絨亭之說，殆謂漁洋作詩，亦從參悟入也。

△頁一三四

漁洋論詩。互詳頁一四一。又、漁洋重博學、心愛山谷，詳錢鍾書「新編談藝錄」頁四二八。

△頁一三四

優柔不迫與沈著痛快皆有神韻。「漁洋他日因論畫發明論詩之旨，以爲古澹閑遠而中實沈著痛快，此非俗流所能知也。又云沈著痛快非惟李杜昌黎有之，乃陶謝王孟而下，莫不有之。讀此集者，當知此意」（黃香石・唐賢三昧集跋）。指論漁洋之意甚切。

△頁一四〇

山谷與禪。山谷談藝，好用佛家語，如題楊凝式詩碑：「余嘗評近世三家書，楊少師如教僧入聖，李西台如法師參禪，王著如小僧縛律」（題跋四），集中類此者甚多。張秉權「黃山谷的交遊及作品」專據此等，論山谷耽禪，其說本之饒宗頤，饒氏序其書云：「涪翁耽禪，以禪旁通於詩。抑其融理入藻，博依廣譬，點鐵成金，破壁斬關，胥是偈語翻案之方」。夫饒氏論「文心雕龍」，則謂劉勰之能裁成文理、思辨文心者，皆得力於象教；論山谷詩，又謂山谷以禪旁通於詩，吾不知其何以溺禪至此也。考山谷題跋卷二嘗云：「余舊不喜曹洞言句，常懷涇渭不同流之意」（書洞山价禪師新豐吟後），指其耽乎禪悅，未爲得實，況又謂其爲詩是以禪旁通之耶？此蓋不明詩禪相關所指爲何等層次，故遽以詩家生平交遊爲說，謬哉！元劉將孫「如禪集序」：「詩固有不得不如禪者也：今夫山川草木風煙雲月，皆有耳目所共知識，其入於吾語也，使人爽然而得其味於意外焉，悠然而悟其境於言外焉，矯然而趣其感他有所發者焉。夫豈獨如禪而已，禪之捷解殆不能及也」（養吾齋集卷十），以詩如禪矣，而謂詩非只是禪，故又曰：「學詩如學仙，時至骨自換，余固身體而心驗矣」（卷十・牛蓼集序）。論者不知所謂詩如禪如仙云云，皆是譬況，豈不又將論劉氏耽禪學仙乎？

△頁一四〇

以三昧論藝事。以三昧論詩，始於慧遠，「念佛三昧詩集序」云：「夫稱三昧者何？專思寂想之謂也。……以此覽衆篇之揮翰，豈徒文咏也哉？」蓋以三昧為作詩念佛之修養工夫。後世借三昧一辭論藝事，但喻能得斯藝之精髓耳，取義非一。宋人論詩、論茶、論織皆有此說，論畫則姜特立野步詩曰：「何人三昧手，畫我看秋山」（梅山續稿卷十）。

△頁一四四

后山詩如養成內丹。呂祖謙曰：「道家以烹煉金石為外丹，龍虎胎息、吐故納新為內丹。故坡有『內外丹成一彈指』之句」（詩律武庫卷六）。另詳余「江西詩社宗派研究」頁二九七－二九八。

△頁一五六

活法。活法一詞及其觀念，南宋間甚流行。其含義亦漸寬泛，凡不拘泥成規者、得流動自然之致者，咸得以活法呼之。如周子亮次韻楊廷秀寄題渙然書院詩：「誠齋萬事悟活法，誨人有功如利涉」（平園續稿卷一），即不指文事而言。鄭起潛『聲律關鍵』云二韻第二聯「再破題字最要活法」、四韻「假合：無實事當用此活法」，乃指場屋賦格，與呂本中活法之義不同。

△頁一五八

容齋論詩畫。楊誠齋云：「老杜『沱江臨中座，岷山赴北堂』，此以畫爲眞也。曾吉父云『斷崖韋偃樹，小雨郭熙山』，此以眞爲畫也」，與洪邁所言適可互參。

△頁一九四

詩非作得。歐陽修評文與可詩嘗云：「世間原有此句，與可拾得耳」。此拾得之義，放翁又屢屢言之，如「眼邊處處皆新句，塵務經心苦自迷，今日偶然親拾得，亂松深處石橋西」（詩稿卷廿五・晚眺），又「造物陳詩信奇絕，匆匆摹寫不能工」（卷八十・日暮自湖上歸）。詩乃自然呈現，不唯非人所「創作」者，人亦僅能摹寫之耳。另詳錢氏「新編談藝錄」頁四五五。

△頁二〇五

言而忘言。放翁嘗論此詩曰：「東坡此詩云：『清吟雜夢寐，得句旋已忘』，固已奇矣，晚謫惠州，復出一聯云：『春江有佳句，我醉墮渺茫』則又加於少作一等」（題跋二・跋東坡詩草）。

△頁二〇六

言與默。韓駒題默軒詩：「不言非眞默，但與木石儔，說默默時說，吾聞諸前修」。

△頁二〇七

以無情應物。魏了翁曰：「詩人之辭，樂而不淫，哀而不傷，以物觀物而不牽於物，吟咏性情而不累於情」（費元甫注陶靖節詩序），即爲此義。

國立中央圖書館出版品預行編目資料

詩史本色與妙悟／龔鵬程著.--增訂版.--臺北市：臺灣學生，民81

面；　　公分，--（中國文學研究叢刊；14）

ISBN 957-15-0335-5（精裝）. --ISBN 957-15-0336-3(平裝)

1. 中國詩—歷史與批評

820.91　　　　81000617

詩史本色與妙悟（全一冊）

著作者：龔鵬程

出版者：臺灣學生書局

發行人：丁文治

發行所：臺灣學生書局

台北市和平東路一段一九八號

郵政劃撥帳號○○○二四六六八號

電話：三六三四一五六

FAX：三六三六三三四

本書局登記證字號：行政院新聞局局版臺業字第一一○○號

印刷所：淵明印刷廠

地址：永和市成功路一段43巷五號

電話：九二八七一四五

香港總經銷：藝文圖書公司

地址：九龍偉業街九十九號連順大厦五字樓及七字樓

電話：七九五九五九五

定價 精裝新臺幣二九○元 平裝新臺幣二三○元

中華民國七十五年四月初版

中華民國八十二年二月增訂版一刷

82906



ISBN 957-15-0335-5（精裝）
ISBN 957-15-0336-3（平裝）

臺灣學生書局出版

# 中國文學研究叢刊

| | |
|---|---|
| ①詩經比較研究與欣賞 | 裴普賢著 |
| ②中國古典文學論叢 | 薛順雄著 |
| ③詩經名著評介 | 趙制陽著 |
| ④詩經評釋 | 朱守亮著 |
| ⑤中國文學論著譯叢（二册） | 王秋桂編 |
| ⑥宋南渡詞人 | 黃文吉著 |
| ⑦范成大研究 | 張劍霞著 |
| ⑧文學批評論集 | 張　健著 |
| ⑨詞曲選注 | 王熙元等編著 |
| ⑩敦煌兒童文學 | 雷僑雲著 |
| ⑪清代詩學初探 | 吳宏一著 |
| ⑫陶謝詩之比較 | 沈振奇著 |
| ⑬文氣論研究 | 朱榮智著 |
| ⑭詩史本色與妙悟 | 龔鵬程著 |
| ⑮明代傳奇之劇場及其藝術 | 王安祈著 |
| ⑯漢魏六朝賦家論略 | 何沛雄著 |
| ⑰古典文學散論 | 王熙元著 |
| ⑱晚清古典戲劇的歷史意義 | 陳　芳著 |
| ⑲趙甌北研究（二册） | 王建生著 |
| ⑳中國兒童文學研究 | 雷僑雲著 |
| ㉑中國文學的本源 | 王更生著 |
| ㉒中國文學的世界 | 前野直彬著<br>龔霓馨譯 |
| ㉓唐末五代散文研究 | 呂武志著 |
| ㉔元白新樂府研究 | 廖美雲著 |
| ㉕五四文學與文化變遷 | 中國古典文學研究會主編 |
| ㉖南宋詩人論 | 胡　明著 |
| ㉗唐詩的傳承——明代復古詩論研究 | 陳國球著 |

| | |
|---|---|
| ㉘中外比較文學研究　第一冊（上、下） | 李達三<br>劉介民 主編 |
| ㉙文學與社會 | 中國古典文學<br>研究會主編 |
| ㉚中國現代文學新貌 | 陳炳良編 |
| ㉛中國古典文學研究在蘇聯 | 俄・李福清著<br>田大畏譯 |
| ㉜李商隱詩箋釋方法論 | 顏崑陽著 |
| ㉝中國古代文體學 | 褚斌杰著 |
| ㉞韓柳文新探 | 胡楚生著 |
| ㉟唐代社會與元白文學集團關係之研究 | 馬銘浩著 |
| ㊱文轍（二冊） | 饒宗頤著 |
| ㊲二十世紀中國文學 | 中國古典文學<br>研究會主編 |
| ㊳牡丹亭研究 | 楊振良著 |
| ㊴中國戲劇史 | 魏子雲著 |
| ㊵中外比較文學研究　第二冊 | 李達三<br>劉介民 主編 |
| ㊶中國近代詩歌史 | 馬亞中著 |
| ㊷近代曲學二家研究　──吳梅・王季烈 | 蔡孟珍著 |
| ㊸金元詞史 | 黃兆漢著 |